ASUKA LIONERA

SON OF DARKNESS

GÖTTLICHES GEFÄNGNIS

© rini

Asuka Lionera wurde 1987 in einer thüringischen Kleinstadt geboren und begann als Jugendliche nicht nur Fan-Fiction zu ihren Lieblingsserien zu schreiben, sondern entwickelte auch kleine RPG-Spiele für den PC. Ihre Leidenschaft machte sie nach ein paar Umwegen zu ihrem Beruf und ist heute eine erfolgreiche Autorin, die mit ihrem Mann und ihren vierbeinigen Kindern in einem kleinen Dorf in Hessen wohnt, das mehr Kühe als Einwohner hat.

Für Sammy
(2009 – 2016)

Für immer im Herzen.

Prolog

Dies ist keine Geschichte, in der sich das Mädchen in den strahlenden Helden verliebt und alle glücklich bis ans Ende ihrer Tage leben. Liebe ist nicht immer wundervoll. Manchmal ist sie auch zerstörerisch, und die, die lieben, sind bereit, alles zu vernichten, was ihnen im Weg steht.

Diese Erfahrung musste ich schmerzlich am eigenen Leib erfahren.

Ich starre hinaus in die endende Nacht, während ich die Finger so fest um die steinerne Brüstung kralle, dass sie schmerzen. Dort drüben, hinter den verschneiten Bergen, sehe ich bereits den ersten hellen Streif, der einen neuen Tag ankündigt.

Der Tag, der der letzte sein wird. Für mich. Für alle Lebewesen. Für alle Welten.

Und ich bin schuld daran. Ich ganz allein.

Verbissen blinzele ich die Tränen zurück, die mir in den Augen brennen, und schaue der Sonne zu, wie sie langsam den Horizont erklimmt. Das ist also der letzte Sonnenaufgang, den ich jemals erleben werde. Es ist ein wunderschöner Anblick, so anders als in der Welt, die ich bisher mein Zuhause nannte, und doch so ähnlich, dass es mir schier das Herz zerreißt.

Ich trage die Schuld am Tod allen Lebens. Ich bin dafür verantwortlich, dass die Sonne und mit ihr alles Licht für immer verschwinden wird.

Ein Zittern erfasst meinen Körper und ich schlinge beide Arme um mich, im verzweifelten Versuch, es irgendwie zu dämpfen, doch es ist zwecklos. Ich kann mich selbst nicht so halten, wie *er* es könnte, doch er wird mich nie wieder in seine starken Arme ziehen und festhalten. Nie wieder wird er mir zuflüstern, dass alles gut werden wird und wir nur stark sein müssen. Dass wir jedes Hindernis überwältigen können, wenn wir zusammenhalten.

Doch er ist nicht hier. Er wird nie wieder hier bei mir sein.

Irgendwo dort draußen, weit hinter den Bergspitzen, die gerade von der Sonne geküsst werden, ist der Mann, den ich liebe. So nah, dass ich das Gefühl habe, ich müsste nur die Hand ausstrecken, um ihn zu berühren und doch ist er so unerreichbar fern wie der Horizont. Er ist der Mann, der alle Welten und alle Menschen, die ich kenne, in seinem Zorn vernichten wird.

Nie hätte ich mir träumen lassen, dass ich eines Tages in einer mir fremden Welt auf den Tod warten würde. Und doch spüre ich keinen Hass und keine Angst, nur Bedauern.

Bedauern darüber, dass ich es so weit kommen ließ, denn ich war die Einzige, die ihn hätte aufhalten können.

Es ist zu spät, das Geschehene zu ändern. Doch auch auf die Gefahr hin, dass es hart klingt: Ich bin mir gar nicht sicher, ob ich etwas anders machen würde, wenn ich die Chance dazu bekäme. Abgesehen von der drohenden Apokalypse waren die letzten zwei Monate die schönsten und spannendsten meines Lebens und ich bin froh, dass ich sie mit ihm verbringen durfte.

Auch wenn das bedeutet, dass ich nie wieder einen Sonnenaufgang sehen werde.

Kapitel 1

Zwei Monate zuvor ...

Meghan dreht sich zu mir und schürzt die vollen Lippen. Sie muss sich weit zu mir herunterbeugen und mir regelrecht ins Ohr schreien, um die dröhnende Musik zu übertönen. »Und du bist dir wirklich sicher, dass du allein hierbleiben willst?«, fragt sie mich zum gefühlt hundertsten Mal.

Ich verdrehe nur die Augen und gebe ihr mit einer Handbewegung zu verstehen, dass sie endlich verschwinden soll. Diesmal lässt Meg sich nicht lange bitten, hakt sich bei dem Typen, den sie für die heutige Nacht aufgegabelt hat, unter und zerrt ihn aus der Bar. Erst als sie durch die Tür verschwunden sind, spüre ich, wie mir das aufgesetzte Lächeln aus dem Gesicht fällt. Seufzend wende ich mich wieder dem Cocktail zu, der einsam auf dem klebrigen Tisch vor mir steht.

Ich bin es gewohnt, dass sie mich nach ein paar Stunden allein sitzen lässt, wenn ich mit ihr ausgehe. Allein ihr Anblick zieht die Kerle an wie das Licht die Motten. Meistens kann Meg sich abends vor Angeboten kaum retten, während ich unbeachtet in einer Ecke sitze und an meinem alkoholfreien Cocktail schlürfe. Meine heutige Getränkewahl trägt den Namen *Don Juan* – wie ironisch.

Tja, wenigstens musste ich mir heute nicht von Meg anhören, wie gut ich es doch in meinem Job hätte. Das ist ein Thema, was fast schlimmer ist, als sitzen gelassen zu werden.

Dabei liebe ich meinen Job. Zumindest meistens. Er ist anders, er ist abwechslungsreich, aber oft auch unwahrscheinlich nervig und enttäuschend. Dennoch ist meine Arbeit das, was mich ausmacht und mein Leben zu etwas Besonderem macht. Was *mich* zu etwas Besonderem macht. Vielleicht bin ich auch selbst schuld, dass mich Meg ständig mit Fragen löchert, immerhin erzähle ich ihr nur von den Sonnenseiten meines Jobs. Langweilige oder gar gefährliche Aspekte wie die brütende Hitze, giftige Skorpione und Stiefel voll scharfkantigem Wüstensand lasse ich meistens aus.

Ich schaue auf den leeren Platz neben mir und angele nach meiner Handtasche, um die Drinks zu bezahlen. Danach muss ich mir ein Taxi rufen, um ebenfalls aus dieser Bar zu verschwinden. Daheim werde ich mir eine DVD schnappen und es mir auf dem Sofa gemütlich machen. Das hätte ich von Anfang an tun sollen. Aber nein, ich ließ mich wieder mal von Meg dazu überreden, mit ihr um die Häuser zu ziehen, weil ich endlich mal wieder im Lande sei.

Ich winke den Kellner herbei und signalisiere ihm, dass ich bezahlen will. Nachdem ich ihm ein nettes Trinkgeld hinterlassen habe, schnappe ich mir meine Tasche und die dünne Jacke und bahne mir einen Weg durch die sich im Takt wiegende Menschenmasse. Schon traurig, dass bei der großen Auswahl nicht *ein* Kerl für mich dabei war. Ich gebe es ungern zu, aber nachdem ich Monate im heißen Sand der Sahara gebuddelt habe, während mir die Sonne schier die Haut vom Leib brannte, hätte ich echt nichts gegen ein paar nette Stunden mit dem anderen Geschlecht einzuwenden.

Im Geiste wähle ich schon die DVD aus, die ich mir nachher ansehen werde. Irgendwas mit einem halb nackten Channing Tatum und dann ist wieder Autoerotik angesagt. Warum gibt es eigentlich von *solchen* Promis keine illegalen Pornos im Netz? *Das* wäre doch mal was!

Aber wieder einmal muss ich allein den Nachhauseweg antreten. Das kommt davon, wenn ich mit Meg losziehe. Neben ihr versinke ich in der Bedeutungslosigkeit. Wer Meg nicht bemerkt, muss entweder blind sein oder sich schon im Delirium befinden. Ich weiß bis heute nicht, warum sie nicht modelt, sondern den ganzen Tag in einem Büro hockt. Eine Schande, dieses Gesicht zu verstecken, das perfekt von ihren schulterlangen, leicht welligen schwarzen Haaren eingerahmt wird. Klein und zierlich wie sie ist, schafft sie es, jeden Kerl mit einer funktionierenden Libido mit einem einzigen Augenaufschlag um den Finger zu wickeln.

Ich bin das komplette Gegenteil. Mit meinen knapp eins achtzig überrage ich einen Großteil der anwesenden Frauen und Männer und die gut fünfzehn Kilo zu viel auf den Rippen tragen auch nicht gerade dazu bei, dass einem bei meinem Anblick das Wort *zierlich* in den Sinn kommt. Zwar kann ich mit Rundungen an den richtigen Stellen aufwarten, aber allein meine Körpergröße schreckt die meisten schon ab. Hinzu kommt meine kantige Gesichtsform mit dem zu breiten Unterkiefer, die mir schon immer etwas Herbes verliehen hat.

Ich seufze. Nein, süß und zierlich bin ich *definitiv* nicht. Ich bin zwar kein hässliches Entlein oder gar hoffnungslos entstellt und habe durchaus weibliche Reize, aber im direkten Vergleich zu Meghan bin ich eben ... einfach nur ich.

Wenigstens hat die afrikanische Sonne mein langweiliges, straßenköterblondes Haar ein wenig aufgehellt, sodass es jetzt aussieht, als hätte ich mir blonde Strähnchen machen lassen. Zur Feier des Tages trage ich es offen und es reicht mir fast bis zur Hüfte. Es ist ungewohnt, aber auch schön, mal keinen Zopf wegen der Hitze haben zu müssen.

Als ich endlich einen Weg durch die Bar nach draußen gefunden habe, inhaliere ich die kühle Nachtluft. Hier, in einem Vorort von Berlin, riecht sogar die Luft anders. Frischer und klarer als die in Ägypten. Nicht so stickig und geschwängert von feuriger Hitze.

Aber ich habe kein Recht zu jammern. Das ist der Job, für den ich mich entschieden habe und den ich schon mein ganzes Leben lang machen wollte. Klar, als Kind und Jugendliche habe ich mir das ganz anders vorgestellt. Archäologin war für mich etwas Aufregendes. Ständig neue Länder, andere Kulturen, fremde Schätze, die nur darauf warteten, von mir gefunden und geborgen zu werden. Tja, die Realität ist aber nicht so rosarot wie in einem Märchenbuch. Das haben mir zwar schon zum Studienbeginn meine Dozenten klargemacht, aber ich habe mich trotzdem an die Hoffnung geklammert, dass es bei mir ... *anders* sein würde.

Die meiste Zeit verbringe ich damit, mich von der Sonne verbrennen zu lassen, während ich mich durch Kubikmeter Dreck wühle, in der großen

Erwartung, ein paar vergilbte Knochen zu finden. Die Hoffnung, auf ein altes Pharaonengrab zu stoßen, habe ich schon lange im heißen Wüstensand begraben. Aber solange ich keine phänomenale Entdeckung mache, werde ich trotz meines Abschlusses mit summa cum laude nur die kleine – beziehungsweise große – Praktikantin bleiben, die die Sonnenschirme hinterherschleppt und mit Sand gefüllte Eimer wegträgt. Und – ganz ehrlich – das halte ich nicht mein ganzes Leben lang aus! *Ich* will es sein, die die Entscheidung trifft, an welcher Stelle gesucht wird. *Ich* will diejenige sein, die den alten Legenden der ortsansässigen Einheimischen nachgeht und entscheidet, in welches Land es uns als Nächstes verschlägt.

Doch all das bleibt so lange Wunschdenken, bis ich etwas Großartiges finde. Atlantis oder Avalon oder so, *mindestens.*

Die Archäologie ist meine Passion, aber an manchen Tagen fühle ich mich in meinem Team wie das fünfte Rad am Wagen, wodurch mir der Spaß an der Arbeit madig gemacht wird.

Ich seufze einmal tief, während ich den Bürgersteig entlanggehe und auf ein Taxi warte.

Was habe ich mir nur dabei gedacht, mich auf Ägypten zu spezialisieren? Es hätte mir doch von vornherein klar sein müssen, dass sämtliche Gräber schon vor Jahrzehnten geplündert oder verwüstet worden sind. Oder schon entdeckt wurden. Es gibt kein zweites Grab von Tutanchamun oder einen weiteren Tempel von Abu Simbel, die ich finden könnte, denn sie *wurden* bereits gefunden. Alles, was das Team, dem ich angehöre, bisher ausgegraben hat, sind die bleichen Knochenfragmente irgendwelcher vergleichsweise unbedeutenden Menschen, die es zur damaligen Zeit nicht einmal wert waren, einbalsamiert zu werden. Diese Knochen sind so nutzlos, dass wir sie Hunden zum Fressen geben könnten. Und selbst wenn wir Mumien finden, die halbwegs gut erhalten sind, waren diese Menschen *einst* Würdenträger. Leider sind die Museen bereits voll mit Mumien solcher ... na ja ... für die Weltgeschichte unwichtiger Personen.

Als ich in der Ferne ein Taxi auf mich zufahren sehe, hebe ich schnell den Arm und winke. Ich steige hinten ein und nachdem ich dem Fahrer meine

Adresse genannt habe, lehne ich mich zurück und schließe müde die Augen. Es hat keinen Zweck, mir Gedanken über meine Arbeit zu machen. Jetzt habe ich erst mal für drei Wochen Heimaturlaub, ehe ich zurück in die Hitze muss. Allein beim Gedanken an all den Sand, der mir dann wieder in sämtlichen Körperöffnungen steckt, muss ich mich schütteln. Entschlossen schiebe ich alles, was mit meiner Arbeit zu tun hat, beiseite und freue mich auf die DVD, die mich in meiner Wohnung, zusammen mit einem Gläschen Sekt, erwartet. Ich muss endlich lernen, im Hier und Jetzt zu leben. Und solange ich noch keine Koffer packen muss, sind Gedanken an meine Arbeit tabu.

***

Antriebslos lehne ich mich an die Wohnungstür und kicke die hochhackigen Schuhe weg, ehe ich in die bequemen Hausslipper schlüpfe. Ein Blick auf die Uhr im Flur verrät mir, dass es noch nicht einmal Mitternacht ist. Ich schlurfe durch die Wohnung, lasse Jacke und Handtasche einfach irgendwo fallen und schiebe in der Küche eine Tiefkühlpizza in den Ofen.

Da bin ich schon mal zu Hause und muss trotzdem die Abende und Nächte einsam verbringen ... Das ist doch nicht fair! Vielleicht sollte ich das nächste Mal woanders hingehen, aber allein in einer Bar zu sein, wirkt irgendwie erbärmlich.

Lustlos streife ich mit dem Zeigefinger über die Rücken der DVDs. Ich habe noch nicht einmal mehr Lust, einem oberkörperfreien Channing Tatum dabei zuzusehen, wie er seinen gestählten Body zur Musik wiegt. Ich will nur noch ins Bett, nachdem ich gegessen habe, und mich eine Runde selbst bemitleiden.

Ach Quatsch, das bringt doch auch nichts! Entschlossen ziehe ich *Magic Mike* aus dem Regal, lege die DVD ein und mache es mir auf dem Sofa bequem.

»Nur du und ich heute Abend, Channing«, murmele ich, während ich den Film starte. Ich darf nur nicht die Zeit aus dem Blick verlieren, sonst ist meine Pizza nichts weiter als ...

Neben mir fängt mein Handy an zu klingeln und ich zucke zusammen. Wer ruft denn um die Uhrzeit noch an? Ein Blick aufs Display gibt mir die

Antwort: Es ist Anthony, mein Boss, der Kopf des Teams, für das ich seit meinem Uni-Abschluss arbeite. Na großartig ... Der Abend wird wirklich immer besser.

Kurz denke ich darüber nach, nicht ranzugehen und so zu tun, als wäre ich nicht da oder das Handy von einem schwarzen Loch verschluckt worden. Aber mein Boss ruft mich nie persönlich an. Dafür hat er Assistentinnen und die haben wiederum Assistentinnen, die sich mit Praktikantinnen wie mir abgeben. Seine Nummer habe ich nur für den absoluten Notfall gespeichert, falls ich bei einer Expedition verschüttet oder von einheimischen Kannibalen verschleppt werde oder so.

Mein Finger schwebt über dem weißen Hörersymbol auf grünem Grund, während ich noch das Für und Wider abwäge. Um diese Uhrzeit müsste ich nicht mehr rangehen, aber ... was, wenn er ein neues Gebiet gefunden hat? Einen neuen Hinweis, dem wir nachgehen wollen? Ich bin Archäologin, aber mein Herz schlägt auch für Schätze, und das nicht zu knapp. Der Verkauf dieser Schätze sichert mir meinen Lohn, denn das bisschen Unterstützung, das wir von Instituten oder gar dem Staat bekommen, reicht hinten und vorne nicht. Schätze oder reiche Auftraggeber, die den wahren Aufenthaltsort von Excalibur herausgefunden haben wollen und nun unser Team mit der Bergung beauftragen, sind es, die uns finanziell über Wasser halten.

Ich schiebe das Hörersymbol auf dem Display nach rechts. »Hallo?«, frage ich, während ich vor Aufregung am liebsten an den Nägeln kauen würde.

»Emmalynn?«, kommt es undeutlich aus dem Lautsprecher, fast vollständig überdeckt von Rauschen. »Kannst du -ich hö-en?«

Tatsache! Es ist wirklich Anthony persönlich, nicht einer seiner Angestellten.

»Undeutlich, aber ja«, antworte ich lauter, in der Hoffnung, so das Rauschen und Knarzen im Hörer zu übertönen.

»Entschuldige, dass ich dich in deinem Urlaub stören muss«, fährt Anthony fort. Das Rauschen klingt ab, aber es hört sich noch immer so an, als würde er Cabrio ohne Verdeck mit mindestens zweihundert Sachen fahren. »Wir haben einen neuen Auftrag erhalten.«

Auch wenn ich eigentlich enttäuscht darüber sein sollte, dass mein Urlaub so jäh endet, kann ich es doch nicht erwarten, dass er weiterspricht.

»Was und wo?«, stelle ich die wichtigsten Fragen.

Bitte nicht wieder in einem ägyptischen Landstrich, in dem es über fünfzig Grad Celsius heiß wird ... Das halte ich nicht noch einmal drei Monate durch.

»Ich hinterlege dein Ticket am Flughafen. Dein Flug geht morgen früh um zehn Uhr.«

»Wohin verschlägt es uns diesmal?«

Es dauert eine Weile, bis er antwortet. »Island. Unser nächster Auftrag erwartet uns in Island. Der Auftraggeber hat uns persönlich angefordert.«

Ich bin zu perplex, um zu antworten. *Island*? Was soll es denn *da* geben? Ich drehe mich um und suche auf dem Globus, der neben der Couch steht, nach dem kleinen Land.

»Anthony, ich glaube nicht, dass ich ... dafür qualifiziert bin«, sage ich. »Mein Fachgebiet ist das ägyptische Altertum. Ich weiß nicht, wie ich euch in Island helfen soll. Das ist ... so gar nicht *ägyptisch*.«

»Keine Angst, Emmalynn, wir werden schon eine Aufgabe für dich finden.«

Toll. Das klingt nach Packesel und Catering-Service.

Gerade als ich zu einer Ausrede ansetzen will, fährt Anthony fort: »Ich muss Schluss machen. Wir warten in Island auf dich. Unser Flug geht schon in einer halben Stunde und wir nehmen die Team-Maschine. Für dich wäre es nicht mehr zu schaffen, deshalb geht dein Flug morgen früh mit einer Standardmaschine. Sei pünktlich!«

Ohne meine Antwort abzuwarten, drückt er das Gespräch weg und ich höre nur das *tut-tut-tut* im Hörer.

Ich umklammere mein Handy so fest, dass meine Finger schmerzen, bis mir wieder einfällt, dass ich für das Ding sechs Monate sparen musste, um es mir leisten zu können. Was mich wieder zurück zum eigentlichen Problem führt: Auch wenn ich weder eine Qualifikation noch besonders große Lust auf *Island* habe, muss ich mich doch dem Willen meines Chefs beugen. So kurz nach dem Studium kann ich nicht wählerisch sein, was die Aufträge angeht, sondern muss so viel Erfahrung in der Feldforschung sammeln wie möglich. Denn sonst werde ich nie wieder einen Auftrag bekommen oder Mitglied eines Teams sein, sondern bestenfalls eine unterbezahlte Gehilfin.

Ich schalte den Fernseher wieder aus – *bis zum nächsten Mal, Channing!* –, schlinge die halb gare Pizza im Stehen hinunter und gehe dann ins Schlafzimmer. Dort stehen die Koffer und Taschen des Ägyptenaufenthalts noch so, wie ich sie hingestellt habe. Kaum etwas, was ich dort zum Anziehen mithatte, werde ich nach Island mitnehmen können. Da oben werde ich dicke Winterkleidung brauchen ... Auf so etwas bin ich nicht vorbereitet, aber ich habe auch keine Zeit mehr, erst noch Kleidung zu kaufen. Neue Klamotten würde mir noch nicht einmal *Amazon Prime* bis dahin liefern können und die Läden haben mittlerweile auch schon geschlossen.

In knapp zehn Stunden geht mein Flug, bis dahin muss ich meine Sachen gepackt haben.

Ich durchwühle meine Schränke, werfe Kleidungsstücke hinter mich und finde im hintersten Winkel tatsächlich ein paar dicke Jacken, Pullis und sogar Thermounterwäsche, die ich vor Jahren für einen Skiurlaub gekauft, dann aber doch nicht angezogen habe. Hastig leere ich die Koffer – mein Schlafzimmer sieht mittlerweile aus, als wäre viermal nacheinander eingebrochen worden – und stopfe die Ausrüstung für Island hinein.

Island ... Was es da wohl zu entdecken gibt? Ob wir direkt auf Island oder einer der Vorinseln sein werden? Ich werde mich überraschen lassen müssen.

Nachdem ich mich bettfertig gemacht habe, liege ich noch lange wach und grübele über die bevorstehende Expedition nach. Island ist wirklich ein ungewöhnliches Ziel. Mir fällt auch nichts ein, für was dieses Land stehen würde. Keine großen Könige, keine sagenumwobenen Schätze oder Legenden. Klar, es gab die Wikinger, aber ich kann mir nicht vorstellen, dass wir wegen ein paar verwitterter Äxte oder Essensschalen in ein abgelegenes und selbst für Touristen – im Vergleich zu Spanien, Italien oder Portugal – eher uninteressantes Land geschickt werden.

Es muss aber einen Grund geben, warum es unser Team gerade dorthin verschlägt. Vor allem, weil der Aufbruch so überstürzt kommt. Normalerweise planen wir neue Expeditionen über Wochen hinweg – und reisen nicht von einem Tag auf den anderen los. Entweder es gibt dort etwas wirklich Großes zu entdecken oder der Auftraggeber ist äußerst zahlungswillig.

Kapitel 2

Wie immer vor einer neuen Expedition, beginnt mein Morgen hektisch. In aller Eile überprüfe ich mein Gepäck, fordere ein Taxi an, das mich zum Flughafen bringen soll, esse zwei Scheiben Toast und sammele dann alles für mein Handgepäck zusammen. Reisepass, Geldbörse, Handy, Schlüssel, Schlafbrille.

Ich bin noch dabei, das Handgepäck in die dafür vorgesehene Tasche zu stopfen, als es schon an der Tür klingelt, trotzdem wuchte ich die zwei Koffer nach draußen in den Hausflur, schnappe mir die Handgepäcktasche und schließe die Wohnung ab. Meghan habe ich gestern Abend noch eine Nachricht geschickt, dass ich schon wieder losmüsse.

Anstatt mir mit dem Gepäck zu helfen, trommelt der Taxifahrer ungeduldig mit den Fingern aufs Lenkrad. Die Fahrt zum Flughafen dauert zum Glück nicht lange und verläuft schweigend.

Dort angekommen hole ich mir das Ticket am Schalter ab und gebe mein Gepäck auf. Noch knapp eine halbe Stunde, bis es losgeht. Ein unruhiges Kribbeln macht sich in meinem Bauch breit. So nervös war ich schon lange nicht mehr vor einer Reise. Bestimmt nur, weil es diesmal ein so ungewöhnliches Ziel ist.

Der Check-in verläuft zügig und ich finde schnell meinen Sitzplatz. Knapp vier Stunden wird der Flug dauern und ich werde in der Zeit etwas Schlaf nachholen.

***

In der isländischen Hauptstadt Reykjavík erhalte ich einen Anruf von Anthony. Nachdem er sich pflichtschuldig nach meinem Befinden erkundigt hat –

und ich ihm genauso pflichtschuldig geantwortet habe –, teilt er mir mit, dass ich wie befürchtet mit einem kleinen Flugzeug auf eine der größeren Nebeninseln (oder war es eine Halbinsel?) fliegen muss. Den Namen der Insel habe ich auch nach dreimaligem Nachfragen nicht verstanden und gebe es schließlich auf. Es reicht, zu wissen, dass die Tickets wie immer schon gebucht sind und ich nur zum richtigen Flieger muss.

Ich bin die einzige Passagierin, was mich stutzig macht. Zumindest hilft mir der Pilot – ich hoffe jedenfalls, dass er einen Pilotenschein hat – mit den Koffern und redet dann auf Isländisch mit mir, wovon ich nicht ein einziges Wort verstehe. Diese Sprache klingt so anders als alles, was ich bisher gehört habe, und es gelingt mir nicht, die Worte durch ähnliche einer anderen Sprache zu erschließen. Also lächele ich unverbindlich, nicke und hoffe, dass er keine Antwort von mir erwartet.

Bei jedem Schlenker, den das kleine Flugzeug macht, sackt mein Magen ab und ich rechne damit, dass wir abstürzen. Ich kralle die Hand in den »Angstgriff« an der Tür und zwinge mich, ruhig zu atmen. Währenddessen plappert der Pilot weiter fröhlich auf mich ein. Am liebsten würde ich ihn anschreien, dass er die Klappe halten solle, doch ich beiße die Zähne zusammen.

Als wir endlich auf der kleinen Rollbahn landen, kann ich gar nicht schnell genug aus diesem Sarg der Lüfte rauskommen. Ich schnappe mir meine Koffer, verabschiede mich vom Piloten und sehe zu, dass ich so weit weg von diesem Flugzeug wie nur möglich komme. Ohne viel Zeit zu verlieren, steigt er zurück in die Maschine und startet die Motoren, um zurück zur Hauptinsel zu fliegen. Irgendwann werde ich auch wieder von der Insel runter müssen, was bedeutet, dass ich *noch mal* in so ein Ding werde einsteigen müssen. Mit großen Flugzeugen habe ich keine Probleme, aber dieses Teil, das bei jedem Luftzug irgendwo klappert, ist alles andere als vertrauenserweckend.

Als sich meine Atmung wieder beruhigt hat, fische ich mein Handy aus der Tasche und wähle Anthonys Nummer. Nur die Mailbox geht ran und ohne etwas draufzusprechen, drücke ich das Gespräch weg.

Als Nächstes wähle ich nacheinander die Nummern seiner Assistentinnen, die ihn meistens auf die Expeditionen begleiten. Auch dort habe ich kein Glück und langsam werde ich nervös. Das darf doch nicht wahr sein! Ich sitze hier im Nirgendwo mit nicht einmal einem Dach über dem Kopf und habe keine Ahnung, wohin ich gehen soll. Das Rollfeld, auf dem wir vorhin gelandet sind, ist umgeben von Wäldern. Nirgends sehe ich ein Haus, geschweige denn so etwas wie einen Flughafen.

Meine Finger zittern bereits, als ich durch das Telefonbuch scrolle und jeden anrufe, der zum Team in Ägypten gehört hat. Die beiden, die ich erreiche, sagen mir, dass sie leider nicht mit in Island seien und mir nicht helfen könnten.

Ich schaue auf meine Armbanduhr. Sie zeigt kurz nach vier Uhr am Nachmittag an, weil ich sie noch nicht zwei Stunden zurückgestellt habe. Hier haben wird es erst kurz nach zwei, aber dennoch liegt ein diesiges Zwielicht über der Insel, als wäre es schon abends.

»Hallo? Ist hier jemand?«, rufe ich so laut ich kann. Als Antwort höre ich in der Ferne nur einige Vögel zwitschern.

Was mache ich jetzt? Ich sitze hier auf einer Insel fest, die ich nicht kenne.

Um meine Hände aufzuwärmen, stecke ich sie unter die Achseln. Mir bleibt gar nichts anderes übrig, als hier zu warten, bis Anthony oder einer der anderen auftaucht. Mit den beiden Koffern werde ich mich nicht durch den Wald kämpfen, schließlich weiß ich nicht einmal, in welche Richtung ich mich wenden muss. Aber kann ich wirklich hier warten? Was, wenn die Nacht anbricht und mich noch immer niemand vermisst? Wie kalt wird es in Island? Gibt es gefährliche Tiere?

Wieso hat man uns so wichtige Informationen nicht während des Studiums beigebracht?

Ich traue mich noch nicht, danach zu googeln, auch, weil ich den Akku meines Handys nicht zu sehr strapazieren will. Wenn er leer ist, habe ich ein *echtes* Problem.

»Ganz toll, Emma«, murmele ich zu mir selbst. »Wo hast du dich da wieder reingeritten?«

Die letzten Jahre war ich immer mal wieder in Situationen, die mich an den Rand eines Nervenzusammenbruchs gebracht haben. Das bringt ein Aufenthalt in anderen Ländern, weit abseits der Touristengebiete, nun mal mit sich. Aber hier, mitten im Nirgendwo, zu erfrieren, stand nicht auf meiner Liste der Dinge, die ich unbedingt erleben muss. Darauf könnte ich dankend verzichten.

Immer wieder schaue ich auf mein Handy. Keine Nachrichten, keine Anrufe. Doch das Batteriesymbol weist mich mit einem aufgeregten Blinken darauf hin, dass mir nur noch knapp 25 % Akku bleiben. *Shit.*

Die Zeit vergeht quälend langsam. Minuten kommen mir wie Stunden vor und die Kälte beginnt durch meine Kleidung zu kriechen. Um mich aufzuwärmen, jogge ich um meine Koffer herum, mache immer wieder Pausen, um zu versuchen, Anthony oder irgendeinen der anderen zu erreichen, doch ich habe immer noch kein Glück. Stellenweise habe ich sogar gar keinen Empfang, weshalb ich mein Handy in die Höhe halte und ziellos durch die Gegend laufe.

Ich zwinge mich wieder dazu, ruhig zu atmen, und gehe in Gedanken die Survivalregeln durch, die mir das Team am ersten Tag eingebläut hat.

Regel Nummer 1: Bleibe immer am vereinbarten Treffpunkt, bis dich jemand holen kommt.

Regel Nummer 2: Gehe auf keinen Fall allein los – erst recht nicht, wenn du die Gefahren nicht abschätzen kannst.

Regel Nummer 3: Setze Prioritäten und verwalte deine Ressourcen sinnvoll.

Tja, leider habe ich keinerlei Ressourcen, die ich sinnvoll verwalten könnte. Ich habe weder etwas zu essen noch zu trinken. Irgendwo in meinem Koffer stecken ein kleines Schweizer Taschenmesser und ein Feuerzeug, aber da hört es auch schon auf. Auf ein Überlebenstraining abseits jeglicher Zivilisation bin ich nicht vorbereitet. Selbst mitten in der Wüste hatten wir Kühlboxen, Radios, Generatoren und Solaranlagen, die uns mit dem nötigsten Strom versorgt haben – um die Ventilatoren zu betreiben.

Aber diese Gegend hier in Island ist so roh und unberührt, dass ich mir nicht einmal sicher bin, ob die hiesigen Einwohner überhaupt wissen, was

Strom ist. Von Internet ganz zu schweigen. Ich weiß nicht einmal, ob es hier überhaupt Einwohner gibt.

Als es immer dunkler wird und ich immer unruhiger werde, treffe ich eine Entscheidung. Erneut wähle ich alle Nummern durch, erreiche aber wieder niemanden. Obwohl ich genau weiß, dass ich einen Fehler mache, suche ich mir die unverzichtbarsten Dinge aus den beiden Koffern und stopfe sie in meine Handgepäcktasche: Handy, Schweizer Taschenmesser, Feuerzeug, Geldbörse, Knirps. Anschließend ziehe ich so viele Lagen Kleidung übereinander an wie möglich, schultere die Tasche und gehe wahllos in eine Richtung los.

Grillenzirpen und das entfernte Rufen eines Uhus sind die einzigen Geräusche, die ich höre, zusammen mit dem lauten Klopfen meines Herzens. Ich schlage mich durch das Unterholz, in der Hoffnung, bald auf eine Siedlung zu stoßen, schließlich kann diese Insel doch nicht komplett unbewohnt sein, immerhin gibt es hier ein Rollfeld für Flugzeuge und einen Kiesweg, der von dort wegführt. Allerdings verläuft er sich irgendwo zwischen dichtem Gestrüpp, als wäre er eine lange Zeit nicht benutzt worden.

So groß wird diese Insel schon nicht sein, dass ich mich verlaufen könnte.

Das Piepen meines Handys lässt mich innehalten. Hastig streife ich die Handschuhe ab und fische es aus meiner Jackentasche. Ein Blick aufs Display und ich weiß, was los ist: Der Akku macht schlapp. Das darf doch wohl nicht wahr sein! Doch das Batteriezeichen blinkt mich unerbittlich weiterhin an. Ich erwäge kurz, noch einmal einen Anruf zu wagen, aber verwerfe die Idee gleich wieder. Das würde den Akku endgültig killen.

Ich habe die Wahl zwischen zwei Optionen. Eine davon ist, zurückzugehen und dort auf Hilfe zu warten. Vorausgesetzt, ich finde den Weg zurück ... Die zweite ist, weiter ziellos in den dichten Wald hineinzulaufen und zu hoffen, bald auf irgendeine Form von Zivilisation zu treffen.

Beide Wege bergen Risiken, die ich nicht abschätzen kann. Beide können schiefgehen.

Ich kaue auf meiner Unterlippe, während ich die Möglichkeiten noch mal durchgehe. *Ach, scheiß drauf!* Jetzt bin ich schon so weit gekommen, da werde ich doch nicht umdrehen! Entschlossen schiebe ich die Zweige des Gebüschs, das mir im Weg steht, beiseite und mache einen Schritt nach vorne.

Da, wo ich eigentlich Boden unter meinen Füßen spüren müsste, ist jedoch nichts. Ehe ich realisieren kann, was los ist, verliere ich das Gleichgewicht, spüre ein flatterndes Gefühl im Magen und falle in eine tiefe Schwärze hinab.

KAPITEL 3

Autsch …

Das ist das Erste, was mir durch den Kopf schießt, als ich langsam wieder zu mir komme. Unter Gesicht und Händen spüre ich Geröll und spitze Steine und mein Körper scheint nur noch aus Schmerzen zu bestehen, die in Wellen durch mich hindurchschießen und mich daran erinnern, dass ich nicht tot bin. Mühsam richte ich mich auf.

Als ich wieder halbwegs bei Sinnen bin, mache ich eine kurze Bestandsaufnahme. Die dicke Kleidung hat größere Verletzungen verhindert. Nur am rechten Bein und an beiden Händen habe ich einige Schrammen. Wie mein Gesicht aussieht, weiß ich nicht. Ich spüre Nässe an meinem Schienbein und taste danach. Meine Hose ist an der Stelle aufgerissen, aber die Wunde scheint nur oberflächlich zu sein. Eine glatte Schramme, die zum Glück nicht tief ist und aus der nur ein paar Blutstropfen hervorquellen, weiter nichts. Prellungen habe ich sicherlich auch davongetragen, aber ich komme auf die Beine.

Als mich Schwindel überkommt, kneife ich die Augen zu und stütze mich an der Felswand ab.

Na toll! Ich bin nicht nur mitten im Nirgendwo gestrandet, sondern nun auch noch einen Abhang hinuntergefallen. Hier unten wird mich garantiert niemand finden …

Ich schaue nach oben, kann aber die Kante der Klippe nicht erkennen. An den Felsen emporzuklettern, versuche ich gar nicht erst. Es würde nur damit enden, dass ich mir das Genick breche, da bin ich mir sicher.

Aber was dann? Ich sehe mich um.

Ganz in der Nähe entdecke ich auch meine Tasche, die den Sturz anscheinend ebenfalls heil überstanden hat. Als ich näher komme, sehe ich, dass sich hinter der Tasche ein großes Loch in der Felswand auftut. Ist das eine Höhle?

Unsicher mache ich einige Schritte darauf zu. Dort drin könnte ich geschützt vor Wind und Wetter die Nacht abwarten und gestärkt einen Weg zurück nach oben suchen. Vorausgesetzt, dass noch niemand sonst in dieser Höhle haust und keine ungeladenen Gäste haben will ...

Momentan aber scheint diese Höhle meine beste Option zu sein. Auf jeden Fall besser, als schutzlos unter freiem Himmel die Nacht zu verbringen. Morgen früh, nachdem die Sonne aufgegangen ist, wird es mir bestimmt leichter fallen, einen Weg aus der Schlucht zu finden.

Ich hole das Feuerzeug aus der Tasche und betrete mit einem flauen Gefühl im Magen die Höhle. Das Herz klopft mir bis zum Hals, als ich mich Meter für Meter weiter in das Gestein vortraue. Hier drin ist es logischerweise noch dunkler als draußen und die mickrige Flamme meines Feuerzeugs schafft es nicht annähernd, genügend Licht zu spenden. Viel schlimmer noch: Das flackernde Feuer wirft gruselige Schatten an die Steinwände, die meine Unruhe nur noch verstärken. Ich beginne zu zittern und will nichts lieber tun, als umzudrehen, doch mein Überlebenswille treibt mich vorwärts. Außerhalb der Höhle werde ich erbärmlich frieren oder bei meinem Glück von irgendetwas gefressen werden.

Beinahe blind taste ich mich mit den Händen voran, rutsche immer wieder am klebrig-nassen Gestein ab und erschrecke, als ich etwas Pelziges unter meinen Fingern spüre. Mit einem Schrei springe ich zurück und halte schützend das Feuerzeug vor mich.

Als ich sehe, dass es nur Moos ist, in das ich gegriffen habe, fasse ich mir mit der Hand an die Brust, um mein wild klopfendes Herz zu beruhigen.

»Ganz ruhig, Emma«, murmele ich. »Hier drin ist nichts, was dir gefährlich werden könnte. Das ist nur Moos, nichts weiter.«

Trotzdem weigern sich meine Beine beharrlich, auch nur noch einen einzigen Schritt zu tun. Mir solls recht sein. Dieser Platz ist so gut wie jeder andere. Also lasse ich mich nieder, ziehe den Pulli unter meiner Jacke aus, breite ihn unter mir aus, damit ich nicht auf dem blanken Boden sitzen muss, und ziehe die Beine an den Körper.

Es ist stockdunkel um mich herum. Ein Feuer kann ich nicht machen, da ich kein Holz habe, und das Feuerzeug will ich auch nicht überstrapazieren. Aber wie es aussieht, habe ich Glück im Unglück. Nichts außer mir scheint in dieser Höhle zu hausen. Wenigstens etwas. Nicht auszudenken, was mit mir passieren würde, wenn hier irgendein …

Ein tiefes Knurren ertönt hinter mir und jeder Muskel in meinem Körper verspannt sich. Augenblicklich richten sich sämtliche Härchen auf meinen Armen und im Nacken auf, doch erst als ich einen Lufthauch spüre, der meine Haare ein Stück nach vorne weht, kommt wieder Leben in mich. Ängstlich wirbele ich herum …

… und starre in hellblaue Augen, die in der Dunkelheit zu leuchten scheinen.

Auf allen vieren krabbele ich ein Stück rückwärts, bis ich an die hinter mir liegende Wand pralle. Meine Finger zittern, als ich ihnen befehle, nach dem Feuerzeug zu tasten, das in meiner Hosentasche steckt. Beim Versuch, es anzuzünden, fällt es mir aus der schweißnassen Hand und ich schaffe es nicht, erneut danach zu greifen. Reglos wie ein Reh, das in die Flinte des Jägers starrt, sitze ich da und bin gefesselt von den leuchtenden Augen, die die einzige Lichtquelle sind.

Als erneut das Knurren ertönt und bis in meinen Körper zu pulsieren scheint, halte ich mir mit beiden Händen die Ohren zu.

Scheiße, in was bin ich da nur hineingeraten? Ich könnte jetzt gemütlich daheim auf der Couch liegen und Channing Tatum dabei zusehen, wie er sein Shirt zerreißt, aber nein, stattdessen sitze ich am Ende der Welt in einer Höhle fest und diene gleich als Abendbrot für irgendeine heimische Bestie.

»Bitte, friss mich nicht!«, stammele ich, doch ich wage nicht, die Augen zu öffnen, sondern erwarte jederzeit den Schmerz, wenn das Biest seine Zähne in mich schlägt. Hoffentlich wird es nicht zu sehr weh tun …

Sekunde um Sekunde vergeht und als nichts geschieht, öffne ich vorsichtig ein Auge und spähe in die Dunkelheit. Langsam nehme ich auch die Hände von den Ohren, in denen ich mein Blut rauschen höre.

So schnell es meine schwitzigen Hände zulassen, durchwühle ich die Hosentaschen nach meinem Handy. Scheiß auf den Akku! Ich muss wissen, ob das Vieh verschwunden ist. Als ich das Handy in der Hand halte, drücke ich den Standby-Knopf und sofort wird meine Umgebung in ein diffuses Licht getaucht. Vorsichtig schwenke ich das Gerät erst nach links, dann nach rechts und leuchte so die Höhle aus.

Gerade als ich aufatmen und beschließen will, dass die Gefahr vorüber ist, begegne ich erneut dem Blick aus den hellblauen Augen. Ich schlucke angestrengt, als ich das Monster sehe, zu dem sie gehören, und wage es nicht, auch nur einen Muskel zu rühren.

Völlig ruhig mustert es mich aus gut fünf Metern Entfernung. Die spitzen Ohren sind aufgerichtet und der Kopf leicht zur Seite geneigt. Sein mitternachtschwarzes Fell schimmert im Licht des Displays silbrig.

Ein schwarzer Wolf. *Na großartig.*

Mit langsamen, fast zeitlupenartigen Bewegungen versuche ich, mehr Distanz zwischen das Tier und mich zu bringen. Deshalb rutsche ich ein Stück zur Seite, weg von der Wand, doch als ich gut einen Meter zurückgerobbt bin, zieht der Wolf die Lefzen nach oben und bleckt die Zähne, mit denen ich auf keinen Fall Bekanntschaft machen will. Wieder erstarre ich – und als ich mich nicht mehr bewege, mustert der Wolf mich erneut mit diesem nahezu fragenden Gesichtsausdruck.

Warum bleibt er dort einfach sitzen? Ich habe mich ihm doch quasi auf dem Silbertablett serviert, indem ich einfach in seine Höhle gestolpert bin. Eine so leichte Mahlzeit wird er auf dieser Insel nicht alle Tage bekommen. Warum hat er also noch nicht seine spitzen Zähne in mich geschlagen?

Vielleicht denkt er darüber nach, ob er mich auf einmal schafft oder lieber häppchenweise zerteilen soll, für schlechte Zeiten.

Und dann sehe ich es. Vorsichtig halte ich das Handy ein Stück höher, um mehr Licht zu bekommen. Lange wird das Ding nicht mehr durchhalten ...

Aber eben habe ich etwas im Fell des Wolfs aufblitzen sehen, was dort nicht hingehört. Es sah aus wie ... ein Draht. Ein Kupferdraht, wie von einer Falle.

Ehe ich es mir wieder anders überlegen kann, strecke ich zögerlich die freie Hand aus. »Ich tue dir nichts«, sage ich leise. »Wenn du mir nicht wehtust, tue ich dir auch nicht weh.«

Wie blöd ist das denn? Rede ich hier gerade wirklich mit einem Wolf darüber, dass er mir nichts tun soll? Anscheinend habe ich mich beim Sturz doch schlimmer verletzt, als ich angenommen habe ...

Zentimeter für Zentimeter strecke ich ihm die Hand entgegen, rutsche auf den Knien langsam vor – immer darauf bedacht, ja keine ruckartigen Bewegungen zu machen. Ich schlucke gegen einen dicken Kloß im Hals an und bete, dass er mein Zittern nicht sieht. War es nicht so, dass Wölfe Angst riechen können? Wenn dem so ist, habe ich ein Problem, denn ich muss bis zum Himmel danach stinken. Ich habe keine Ahnung, warum ich mich ihm überhaupt nähere, aber es scheint mir der einzige Weg zu sein. Wenn ich versuche zu fliehen, wird er mich anfallen, da bin ich mir sicher. Wenn ich aber das Gegenteil von dem tue, was er erwartet, vielleicht ... habe ich dann eine Chance, das hier unbeschadet zu überstehen.

Als meine Finger nur noch eine Handbreit von seiner Schnauze entfernt sind, kneife ich die Augen zu und befehle mir, ruhig und gleichmäßig zu atmen. Ein hoffnungsloses Unterfangen.

Ich spüre, dass der Wolf an meiner Hand schnuppert, merke seinen Atem, den er einsaugt und ausstößt, und kann mich nur mit Mühe davon abhalten, schreiend die Hand wieder zurückzuziehen. Jede Sekunde rechne ich damit, dass er seine Fänge in mein Fleisch schlägt und mich verspeisen wird. Doch dann spüre ich etwas Nasses an meiner Handfläche und öffne vorsichtig die Augen. Seine Nase ... Er drückt seine Nase gegen mich. Darf ich das als gutes Zeichen werten?

In diesem Moment verfluche ich in Gedanken meine Eltern dafür, dass ich nie einen Hund haben durfte. Vielleicht wäre ich dann eher in der Lage, das Wissen für meine Zwecke zu nutzen, um das Verhalten des Wolfes jetzt zu deuten, doch so muss ich mich ganz allein auf meinen Instinkt und meine innere Stimme verlassen. Und die flüstert unablässig, dass ich ihm helfen solle.

Ich lege das Handy auf den Boden und strecke auch die andere Hand nach ihm aus. Im fahlen Displaylicht brauche ich eine Weile, bis ich den kupfernen Draht erneut sehe. Vorsichtig teile ich sein dichtes Fell und taste nach der Drahtschlinge. Als ich die Finger darumlegen, stutze ich. Es ist kein Draht, wie ich bisher angenommen habe. Es ist viel weicher, fast wie eine Art Stoff. Eher wie ein ... *Seil.*

Mit spitzen Fingern ziehe ich es ein Stück zu mir und betrachte es stirnrunzelnd. Ein Draht hätte von einer Falle stammen können, aber ein Seil? Zwischen meinen Fingern schimmert es sogar golden und sieht kostbar aus. Könnte das eine Leine sein, weil der Wolf vielleicht jemandem gehört?

Als er sieht, dass ich das Seil mustere, stößt der Wolf ein leises Winseln aus.

»Ist ja schon gut«, murmele ich und wühle in den tiefen Hosentaschen nach dem Schweizer Messer. »Ich werde es dir jetzt abnehmen.«

Ich ziehe die Klinge heraus, die im Schein des Displays aufblitzt. Sofort fängt der Wolf an zu knurren und weicht von mir zurück, die hellblauen Augen starr auf das Messer gerichtet.

»B-Beruhige dich! Ich will dir nichts tun!«

Doch meine Worte bewirken rein gar nichts. Wie von Sinnen starrt er das Messer an. Mit gesenktem Kopf und gesträubtem Nackenfell steht er dort und bleckt die Zähne.

»Ich will doch nur das Seil durchschneiden. Ich werde dich nicht verletzen.«

Natürlich erreiche ich damit nichts. Wie soll dieses Tier mich auch verstehen können? Wieder erstarre ich für einen Moment vor Angst. Zum ersten Mal sieht der Wolf *richtig* gefährlich aus und ich spiele mit dem Gedanken zu fliehen. Bis ich mich jedoch hochgerappelt und umgedreht hätte, wäre er mir schon zehnmal in den Rücken gefallen. Also bleibe ich sitzen und wende den Blick nicht von ihm ab, ohne ihm dabei jedoch direkt in die Augen zu sehen. Ich versuche, so wenig Angst wie möglich zu zeigen.

Das Messer habe ich bereits zur Seite gelegt, aber das beruhigt ihn nicht im Mindesten. Noch immer fixiert er abwechselnd mich und das Taschenmesser, das zwar nicht mehr in meiner Hand, aber noch in meiner Reichweite liegt. Um es ganz wegzupacken, fehlt mir der Mut.

So komme ich nicht weiter. Ich kann nicht zurück, also bleibt mir nur der Weg nach vorn. Ich beiße die Zähne zusammen und strecke erneut die Hand nach dem Wolf aus, ignoriere sein wütendes Knurren so gut es geht. Entschlossen greife ich nach dem Seil, das an seinem Hals herunterhängt. Es scheint um seinen ganzen Körper gewickelt zu sein. Sicherlich stört es ihn und behindert ihn in seinem Bewegungsradius – garantiert einer der Gründe, warum ich noch an einem Stück bin. Aber vielleicht schlägt er sich die Idee, dass ich besonders gut schmecke, aus dem Kopf, wenn ich ihn von dem Ding befreie.

Ich ziehe das Seil weiter zu mir, bis es lose zwischen uns hängt, aber ein Ende kann ich immer noch nicht sehen. Zumindest hat er aufgehört zu knurren.

Damit fängt er jedoch wieder an, als ich nach dem Messer greife. Diesmal zögere ich nicht, mache keine langsamen Bewegungen, sondern setze es schnell an das goldene Seil an.

Als er das Messer aufblitzen sieht, beschließt der Wolf, mich nun doch verspeisen zu wollen. Er setzt zum Sprung an, sein Maul weit aufgerissen.

»Pfui, böser Wolf!«, schreie ich, während ich im nächsten Moment das Seil durchtrenne und das Messer von mir werfe.

Welch glorreiche letzte Worte ... Damit werde ich garantiert nicht in die Geschichtsbücher eingehen.

Abgesehen von diesem Gedanken ist mein Kopf wie leer gefegt. Vor meinem inneren Auge zieht nicht mein bisheriges Leben vorbei, wie ich immer angenommen habe. Da ist rein gar nichts – nur das riesige Tier, das im Begriff ist, mich zu zerfleischen.

Der Wolf springt auf mich zu, doch plötzlich richten sich seine bis eben noch angelegten Ohren nach oben und er reißt die Augen auf. Wäre die Situation nicht so gefährlich, hätte ich über seinen verdutzt wirkenden Gesichtsausdruck gelacht.

Hastig krabble ich von ihm weg, meine schweißnassen Hände verlieren den Halt und ich das Gleichgewicht. Ich rutsche nach hinten und knalle mit dem Kopf gegen die Felswand.

Kapitel 4

Es ist dunkel.

Und es ist kalt.

Sollte da nicht irgendwo ein helles Licht sein, auf das ich zugehen muss, wenn ich doch tot bin? Wo ist das bitte? Kann nicht einmal bei meinem Tod alles normal laufen?

Diese hämmernden Kopfschmerzen ... Ich dachte eigentlich, dass alle Schmerzen mit einem Mal verschwinden, sobald man das Zeitliche gesegnet hat.

Es fühlt sich an, als würde ein Stein auf mir liegen, der mir die Luft zum Atmen nimmt. Aber ich muss doch nicht mehr atmen ...? Doch meine Lunge schreit immer lauter nach Sauerstoff.

Ich befehle meinen Händen, sich zu bewegen, und – tatsächlich! – sie folgen meinem Befehl. Langsam zwar, aber sie tun es.

Zuerst ertaste ich nur den kalten Stein, auf dem ich liege.

Als Nächstes versuche ich zu ergründen, was mir das Atmen so schwer macht.

Wenn ich immer noch lebe, brauche ich Luft. Und eine Aspirin. In genau dieser Reihenfolge. Alles andere kann warten, bis ich wieder halbwegs klar im Kopf bin.

Es schmerzt, meine Arme zu heben. Meine Muskeln ächzen unter dieser simplen Bewegung, als hätte ich sie seit Ewigkeiten nicht benutzt. Es fühlt sich an, als wäre ich in eine Müllpresse geraten, die sämtliche meiner Knochen in fein säuberliche Splitter zerquetscht hat, und als ob es meinen Muskeln gerade noch so gelingt, alles zusammenzuhalten.

Nachdem ich es endlich geschafft habe, meine Arme anzuheben, versuche ich, das, was auf mir liegt, runterzuschieben. Ich erwarte, ebenfalls kaltes Gestein zu spüren, doch ... meine Finger ertasten etwas *ganz* anderes. Es fühlt sich fast so an wie ... *Haut.* Warme Haut.

Ich zwinge mich, die Augen zu öffnen. Sofort kneife ich sie jedoch wieder zu, weil die Helligkeit, die vermutlich vom Höhleneingang auf mich fällt, darin brennt. *Helligkeit?* In dieser Höhle war es stockdunkel, als ich dem Wolf begegnet bin.

Alles dreht sich in meinem Kopf, hinzu kommt das ununterbrochene Hämmern hinter den Schläfen.

Erneut zwinge ich die Lider dazu, sich zu öffnen und lasse die Hände an dem Gewicht auf mir entlanggleiten. Das kann keine Haut sein ... Was sollte sich denn hier nach Haut anfühlen? Vielleicht ein *sehr* glatter Gesteinsbrocken? Aber der wäre nicht warm ...

»Hilfe«, krächze ich und winde mich unter dem Gewicht auf mir.

Schnell beiße ich mir auf die Zunge. Das Letzte, woran ich mich erinnere, ist ein Wolf, dem ich als Appetizer dienen sollte. Vielleicht wäre es besser, wenn ich keine lauten Geräusche mache. Kurz gehe ich sämtliche Körperteile durch: Alle noch da und keines fühlt sich angeknabbert an. Abgesehen von den Kopfschmerzen und dem verdammten Gewicht auf mir, fühle ich mich gut.

Mit beiden Händen versuche ich, es von mir zu schieben, aber es bewegt sich keinen Zentimeter. Panik kriecht in mir auf, als ich immer heftiger nach Luft schnappen muss und meine Bewegungen werden hektischer, auch wenn meine Muskeln dagegen protestieren.

Ein Knurren, das direkt über mir ertönt und meinen Körper vibrieren lässt, beendet abrupt meine Bemühungen. Was zum ...?

Das, was auch immer auf mir liegt, bewegt sich plötzlich, richtet sich auf und ich kann endlich frei durchatmen ...

... zumindest hätte ich das gekonnt, wenn ich nicht gleich wieder die Luft anhalten würde.

Mit weit aufgerissenen Augen starre ich nach oben. Die Helligkeit stört mich gerade nicht im Geringsten, denn ich bin viel zu sehr damit beschäftigt, nicht in Schnappatmung zu verfallen. Mein Kopf fühlt sich an, als würde er jede Sekunde explodieren, weil er das, was meine Augen sehen, nicht verarbeiten kann.

Über mir ... da ist ... *ein* ... *Mann* ...

Er muss es gewesen sein, der bis eben mit seinem ganzen Gewicht auf mir lag und sich nun auf die Ellenbogen stützt. Blinzelnd schaut er auf mich hinab, als wäre er mindestens genauso überrascht wie ich und würde mich zum ersten Mal sehen. Na ja, das tut er womöglich auch, schließlich bin ich ihm noch nie begegnet. Denn – *Holla, die Waldfee!* – daran würde ich mich *garantiert* erinnern!

Sein Anblick löscht beinahe die traumatischen Erlebnisse der letzten Stunden aus meinem Gedächtnis. Vielleicht freut sich mein Gehirn auch nur über etwas Ablenkung, nachdem ich fast verspeist wurde – ich weiß es nicht, aber meine Gedanken überschlagen sich gerade.

Dabei sehe ich nicht viel von ihm, nur das Gesicht und die Schulterpartie, aber das reicht aus, um mein Herz ein paar Takte schneller schlagen zu lassen. Am meisten fesseln mich jedoch die funkelnden blauen Augen, aus denen er mich mit undurchdringlichem Blick mustert. Die Lippen hat er zu einem schmalen Strich zusammengepresst und die dunklen Brauen sind zusammengezogen, wodurch sich eine steile Falte zwischen ihnen bildet.

»W-Wer ...?«, stammele ich, weil ich zuerst die Fähigkeit zu sprechen wiedergefunden habe.

Sofort verengen sich seine Augen zu Schlitzen. Er stößt sich ab und springt von mir runter. Ich rappele mich ebenfalls hoch – sehr zum Missfallen meiner geprellten und nun lautstark protestierenden Muskeln – und beobachte sein merkwürdiges Verhalten. In einiger Entfernung bleibt er hocken und fixiert jede noch so winzige Bewegung meinerseits. Wie eine Bogensehne scheint sein Körper angespannt zu sein – oder wie der Körper eines Raubtiers auf der Jagd.

Apropos Körper: Der ist vollkommen unbekleidet und – *Donnerlittchen!* – mir gefällt durchaus, was ich da sehe. Nicht übertrieben muskulös, aber auch nicht schlaksig – eher wie ein Tänzer. Ein sehr heißer und – wenn mir meine Augen keinen Streich spielen – gut bestückter Tänzer.

Ähm … Was tue ich hier gerade?

Mit brennenden Wangen lasse ich den Blick schnell wieder in unverfänglichere Gefilde wandern und bleibe an seinem Gesicht hängen. Seine rabenschwarzen Haare fallen ihm bis zu den Augen, sind heillos zerzaust und … Moment, was ist das? Da … bewegt sich etwas auf seinem Kopf.

Ich kneife die Augen zusammen und beuge mich ein Stück nach vorne, um es besser sehen zu können. Das sind keinesfalls Haare, die sich da scheinbar unkontrolliert auf seinem Kopf bewegen … Hier in der Höhle ist es vollkommen windstill. Aber was …?

Ich schnappe hörbar nach Luft, als ich erkenne, was es ist: Ohren. Spitz, groß und genauso schwarz wie die Haare ragen sie auf seinem Kopf empor und zucken bei jedem Geräusch, das ich mache.

Ach. Du. Heilige. Scheiße.

Ich halluziniere. Ganz eindeutig. Eine andere Erklärung gibt es dafür nicht.

Wahrscheinlich habe ich mir den Kopf irgendwo angeschlagen und nun fantasiere ich von einem nackten Kerl, der Wolfsohren hat. Das kommt davon, wenn man allein durch die Walachei wandert, ohne sich vorher Channing Tatum zu Ende angesehen zu haben … Untervögelt zu sein und Nahtoderfahrungen im Nirgendwo vertragen sich einfach nicht.

Ich weiche weiter zurück, bis ich mich mit dem Rücken gegen die Felswand presse. Das Herz klopft mir bis zum Hals, während ich den Typen mit offen stehendem Mund anstarre. Im Grunde rechne ich damit, dass er sich jede Sekunde wie eine Fata Morgana in Luft auflöst, doch je länger ich ihn mustere, desto realer kommt er mir vor. Aber wo kommt er auf einmal her? Und warum ist er nackt? (Nicht, dass ich mich über Letzteres beschweren würde … Rein rhetorische Frage!)

Ich habe so viele Fragen, aber ich traue mich nicht, auch nur eine einzige davon zu stellen. Wenn ich ihn fragen würde, was das da auf seinem Kopf ist, müsste ich mir eingestehen, dass ich es *tatsächlich* sehe. Ich würde mich selbst als Verrückte abstempeln. Denn das kann unmöglich real sein! Aber wie schlimm muss ich mir den Kopf angeschlagen haben, um *so etwas* zu fantasieren? Ich meine, ein nackter Mann, okay, das könnte ich noch auf mein fehlendes Sexualleben schieben, aber ein nackter Mann mit spitzen Wolfsohren? Das ist selbst für meine Vorstellungskraft zu viel …

Nachdem er mich die ganze Zeit über angestarrt hat, senkt er seinen Blick und schaut auf seine Hände. Ich tue es ebenfalls und erschrecke, als ich sehe, dass seine Finger spitz zulaufen, beinahe so, als hätte er … *Krallen.*

Das wird ja immer besser … Nicht nur spitze Ohren, nein, auch noch Krallen …

Was ist denn das für ein verrückter Fetisch, den ich mir da einbilde? Aber Einbildung oder nicht, ich würde mich bedeutend wohler fühlen, wenn ich etwas hätte, womit ich mich im Notfall verteidigen könnte. Wo habe ich gestern Nacht nur mein verdammtes Taschenmesser hingeworfen?

Suchend lasse ich den Blick über den Höhlenboden gleiten. Der Mann mir gegenüber sieht nicht so aus, als würde er es sanft angehen lassen – eher, als hätte er schon einige Schlachten gesehen und in dunkle Abgründe geschaut. Da ist keinerlei Wärme in seinen Augen, deren Blick immer noch abschätzend auf seinen Händen ruht, als sähe er sie zum ersten Mal. Mit dem trainierten Körper würde er mich sicher in Sekundenschnelle überwinden, selbst *wenn* ich das Taschenmesser hätte … Und ich bezweifele, dass ich in meiner Panik irgendetwas Lebenswichtiges treffen könnte. Vielleicht wäre es besser, klare Verhältnisse zu schaffen.

Ich kratze all meinen Mut zusammen und räuspere mich. Augenblicklich rucken seine spitzen Ohren in meine Richtung und nur den Bruchteil einer Sekunde später sieht er mich an. Mein mühsam gesammelter Mut verpufft unter seinem stahlharten Blick. Was habe ich mir nur dabei gedacht, seine Aufmerksamkeit wieder auf mich zu lenken? Aber ich darf jetzt keinen Rückzieher machen!

»W-Wer bist du?«, frage ich und bin froh, dass mir kein *»Was bist du?«* entfleucht ist.

Das wäre meine nächste Frage, obwohl ich glaube, dass ich sie lieber nicht stellen sollte ... Der Kerl sieht nicht so aus, als wäre er an einer Konversation interessiert. Und höchstwahrscheinlich versteht er mich sowieso gar nicht. Immerhin sind wir auf Island und er sieht nicht aus wie einer aus meinem Team und ...

»Du ...«, murmelt er. Seine Stimme klingt rau, als hätte er sich drei Tage und Nächte auf einem Rockkonzert die Seele aus dem Leib geschrien – oder für eine sehr lange Zeit nicht gesprochen. »Du bist das Weib von letzter Nacht.«

Weib? Also, ich muss doch sehr bitten!

»Was ... Was hast du mit mir gemacht?«, fährt er fort, bevor ich etwas erwidern kann. Sein Blick ruht auf seinen Händen, die er vor seinem Gesicht nach allen Seiten dreht, wandert dann den Arm hinauf zur Schulter. Dann schaut er mich wieder an und für einen Moment verschlägt mir das aufgebrachte Funkeln in seinen Augen die Sprache. »Welche Magie hast du angewandt, um mich in diesen Körper zu bannen, Weib? Mach es rückgängig, *auf der Stelle!*«

»Ich habe gar nichts gemacht!«, fauche ich ebenso wütend zurück. »Du hast doch auf *mir* gelegen, also hast *du* was mit mir gemacht! Ich will eigentlich gar nicht so genau wissen, was du gemacht hast und was das sollte ... Und überhaupt, sehe ich etwa so aus, als würde ich *Magie* beherrschen? So etwas gibt es nicht. Von wo bist du denn abgehauen?«

Wenn ich mir die Frage selbst beantworten müsste, würde ich tippen auf »Forschungslabor mit verrücktem Wissenschaftler, der Tiere und Menschen kombinieren will« oder »Heilanstalt aus dem Mittelalter«. Und ich bete inständig, dass keine der beiden Möglichkeiten tatsächlich zutrifft ...

Er starrt mich an, als hätte ich aramäisch rückwärts mit ihm gesprochen. Genervt verdrehe ich die Augen und versuche, auf die Füße zu kommen, nachdem ich mir sicher bin, dass er mich nicht jeden Moment anfallen wird. Beim ersten Versuch dreht sich alles um mich herum und ich stütze mich mit beiden Händen ab. Ich schließe die Augen, bis das Schwindelgefühl abklingt, und atme einmal tief durch. Mir dröhnt der Schädel – sicherlich bekomme ich eine fiese Beule am Hinterkopf –, doch ich muss mich zusammenreißen.

Ich bin schon viel zu lange in dieser Höhle. Mein Team sucht mich sicherlich schon und ist ganz krank vor Sorge.

Ich habe keine Zeit, um sie weiter mit diesem Kerl zu vertrödeln!

Auch wenn er so aussieht, als ob er dringend Hilfe nötig hätte ... Ich werfe ihm einen abschätzenden Blick zu. Sein Gefasel über Magie und die Art, wie er seine eigenen Hände anstarrt, lassen mich daran zweifeln, dass er allein zurechtkommt. Draußen ist es immerhin bitterkalt und er hat nichts an. Er mag seltsam sein – vielleicht auch *sehr* seltsam –, aber kann ich ihn einfach so hier zurücklassen ...?

Ach, verdammt!

Ich habe einfach ein viel zu großes Herz ... Und ich könnte es nicht mit meinem Gewissen vereinbaren, wenn ich einen derart heißen Kerl im Nirgendwo erfrieren ließe. Ich sollte ihm zumindest eine kleine Starthilfe geben. Außerdem brauche ich dann nicht die unhandlichen Winterklamotten zurück zum Rollfeld zu schleppen. Eine klassische Win-win-Situation.

»In der Tasche da drüben habe ich ein paar Klamotten, die du haben kannst«, sage ich zu ihm und ärgere mich im gleichen Moment über mich selbst.

Er sieht aus, als wäre er verwirrt und hilflos, trotz seiner körperlichen Stärke.

»Ich mache mich dann auf und suche einen Weg aus dieser Schlucht heraus. Du kannst ja hingehen, wohin du willst. Also, man sieht sich.«

Hoffentlich nicht, füge ich in Gedanken hinzu.

Zunächst muss ich auskundschaften, wie ich am besten aus dieser Schlucht herauskomme. Bis dahin könnte ich die Tasche hierlassen, um unnötigen Ballast ...

»Diese Schlucht und diese Höhle sind ein Gefängnis. Es gibt keinen Weg nach draußen«, sagt er, ohne auf mein Angebot einzugehen.

»Ja, klar, was auch immer«, gebe ich zurück.

Undankbarer Mistkerl! Wütend schlucke ich jedwedes Mitleid, das ich bis eben noch verspürte habe, hinunter. Anstatt sich darüber zu freuen, dass ich ihm helfen will, gibt er nur kryptisches Zeug von sich. Wieder ein Indiz dafür, dass er nicht ganz beisammen ist.

Kopfschüttelnd wende ich mich von ihm ab und hebe mein Handy auf. Wie erwartet, ist der Akku tot, und egal, wie sehr ich darauf herumdrücke, das Handy macht keinen Zuck mehr.

Verdammt! Wie soll ich denn jetzt mit meinem Team in Kontakt treten? Ich blöde Kuh habe mir keine Nummer irgendwo notiert, sondern mich nur auf mein Handy und das integrierte Telefonbuch verlassen. Seit ich klein war, habe ich keine Telefonnummer mehr auswendig gelernt. Jetzt, wo die Technik versagt, bin ich aufgeschmissen. Und so was passiert natürlich, wenn ich mitten in der Walachei festhänge, ist ja klar!

Vielleicht habe ich bei Tageslicht mehr Erfolg, mein Team zu finden. Wie lange scheint in Island die Sonne? Wenn mich nicht alles täuscht, nur für ein paar Stunden am Tag. Ich hätte vorgestern wenigstens ein bisschen Zeit mit Recherche verbringen sollen ... Ich fühle mich gerade hilflos und allein. Von dem Kerl mit den seltsamen Ohren einmal abgesehen.

Die Ohren! Die habe ich ja ganz vergessen.

Ich drehe mich wieder zu ihm um und beobachte ihn eine Weile dabei, wie er nun doch in meiner Tasche wühlt und einige Kleidungsstücke so zwischen seinen Klauen emporhält, als befürchte er, sie könnten jede Sekunde explodieren.

Als ich ihn dabei erwische, wie er an meiner Unterwäsche schnuppert, wird es mir zu bunt.

»He, was machst du da?«

Energisch gehe ich auf ihn zu und er lässt den Slip fallen. Seine Ohren zucken, als er sich wieder auf mich konzentriert, und ich bin außerstande, den Blick von den spitzen Dingern zu lösen. Bei allem Respekt für meine Situation, aber *das* kann ich mir unmöglich einbilden!

Während meiner Expeditionen habe ich schon viele Absonderlichkeiten bei unseren Fundstücken gesehen. Die meisten hatten etwas mit religiösem Fanatismus zu tun. Zum Beispiel auf Wandbildern mit den ägyptischen Gottheiten Anubis oder Horus, die teilweise in Tiergestalt dargestellt wurden. Vor allem in den ärmeren Ländern bin ich auch mit Verstümmelungen und Mutationen des menschlichen Körpers konfrontiert worden, aber solche Ohren habe ich noch nie gesehen.

Sind sie das Werk eines verrückten Wissenschaftlers?

Nein, da steckt mehr dahinter, und mein Archäologinnenherz macht einen Satz vor lauter gespannter Vorfreude, dieses Mehr zu entschlüsseln.

Könnte er vielleicht ...?

Er ist ein Rätsel. Eine Entdeckung. Etwas Unerklärliches. Dafür lebe ich. Und vielleicht ... könnte dieser Mann *meine* Entdeckung sein.

Langsam strecke ich die Hand aus und berühre sein Ohr mit dem Zeigefinger. Ich erwarte, kalten Stahl zu spüren – so etwas wie eine Prothese –, aber ich erschrecke, als es sich warm und pelzig anfühlt.

Ganz so, als wäre es ... *echt.*

Seit ich die Hand nach ihm ausgestreckt habe, hat der Mann sich nicht mehr bewegt. Er sitzt ruhig da und starrt mich aus großen Augen an, als wäre ich das Rätsel, das er entschlüsseln müsste. Genauso, wie er vorhin die eigenen Hände betrachtet hat – mit einem Staunen im Blick, das ich nur von den Kindern meiner Schwester am Weihnachtsabend kenne. Letztes Jahr habe ich ihnen von Lego Star Wars ein Raumschiff geschenkt und sie sind aus dem Gaffen nicht mehr rausgekommen.

Moment ... Ein Raumschiff! Könnte es sein, dass der Kerl ... ein ... *Außerirdischer* ist?

Ich meine, auf einer Skala von eins bis zehn, wobei zehn für »absolut unwahrscheinlich« steht, wäre die Alien-These eine achtzehn oder so.

Aber ... wenn es wirklich möglich wäre, dürfte ich ihn nicht hier zurücklassen! Ich wäre immerhin seine Entdeckerin. Durch ihn würde ich berühmt werden. Ich müsste nie wieder sandeimerschleppende Praktikantin sein.

Keine Geldsorgen mehr! Keine Hilfsarbeiten! Nicht mehr das Schlusslicht des Teams, sondern ... Ich könnte mein eigenes Team haben! Mein Name könnte in großen, mit Gold verzierten Buchstaben auf einem Schild auf meinem eigenen Schreibtisch in meinem eigenen Büro stehen. Reporter würden sich prügeln, um einen Interviewtermin bei mir zu bekommen. Ich wäre ...

Ich schüttele den Kopf, um diese Gedanken zu vertreiben, schaue den Kerl wieder an und zeige auf die Tasche. »Nimm dir, was du willst und zieh dich an. Wir brechen in zehn Minuten auf.«

O nein, selbst wenn die Alien-These abwegig ist, werde ich ihn definitiv nicht hier zurücklassen. Nicht, wenn auch nur die kleinste Chance besteht, dass er eine Entdeckung sein könnte.

Er könnte ... mein persönliches Atlantis sein.

Ich stehe auf, drehe ihm den Rücken zu, um ihm ein bisschen Privatsphäre zu geben, und warte darauf, das Rascheln von Stoff zu hören. Doch nichts geschieht. Genervt stoße ich den Atem aus, gehe zur Tasche und suche ihm Thermounterwäsche, eine weite Hose, unter die ich noch eine andere anziehen wollte, und den weitesten Pullover heraus, den ich finden kann. All das lege ich direkt vor ihn.

»Anziehen. Jetzt!«, kommandiere ich. »Ich warte draußen.«

Als ich schon fast den Höhleneingang erreicht habe, höre ich ihn hinter mir sagen: »Ich werde nicht mit dir kommen.«

Auf dem Absatz drehe ich mich um. »Warum nicht?«

Will er etwa hier in der Höhle bleiben und erfrieren? Er kam mir ja von Anfang an seltsam vor, aber für so strohdumm hätte ich ihn nicht gehalten. Und vor allem: Er *darf* nicht hierbleiben!

»Ich kann die Schlucht nicht verlassen. Sie ist mein Gefängnis.«

Stirnrunzelnd sehe ich ihn an. Er spricht in Rätseln und ich habe keine Ahnung, was er damit meint. Ich sehe nirgends einen Zaun, Handschellen oder eine Fußfessel, also ist mir unverständlich, warum er nicht einfach aufstehen und gehen kann.

Er bemerkt meinen fragend-abschätzenden Blick und versucht, sich zu rechtfertigen. »Meine Fesseln ...«, fährt er schließlich fort. Doch dann scheint ihm etwas einzufallen, denn seine Mimik ändert sich schlagartig. »Sie ... Du ... Du hast sie durchtrennt ...«

Ungläubig schaut er von mir auf seine Hände und Arme und fährt mit den Fingern über seine Handgelenke, als würde er etwas vermissen, was eigentlich dort hingehört.

»Ich habe keine Ahnung, wovon du redest. Ich habe überhaupt nichts gemacht, aber ich wäre dir wirklich dankbar, wenn wir dann so langsam loskönnten. Auf noch eine Nacht in dieser muffigen Höhle oder unter freiem Himmel im Nirgendwo habe ich nämlich keine Lust.«

Was für ein Spinner! Die Theorie, dass er aus einer Anstalt abgehauen ist, wird in meinen Augen doch immer plausibler.

Ich weiß, dass ich die Entscheidung, ihn mitzunehmen, noch bereuen werde. Unser Zusammentreffen war seltsam – und das ist noch untertrieben –, aber … irgendwie fühle ich mich außerstande, ihn hier seinem Schicksal zu überlassen. Ich habe so viele Fragen an ihn: Was macht er hier? Wo kam er plötzlich her? Und nicht zuletzt: Was sind das für seltsame Ohren?

Ich verbanne die leise Stimme der Schatzsucherin in mir in die hintersten Winkel meines Kopfes und doch höre ich sie immer noch flüstern. Was, wenn diese Ohren wirklich echt sind? Wenn er eine neue Spezies ist? Oder wirklich ein Alien? Ich würde berühmt werden! Alle meine Sorgen wären mit einem Schlag null und nichtig. Und was wäre ich für eine Forscherin, wenn ich meine mögliche Entdeckung hier dem Kältetod überlassen würde? Nein, das geht auf keinen Fall!

Doch zuerst muss ich ihn dazu kriegen, dass er sich was anzieht und mir folgt. Mittlerweile scheint er ja wenigstens verstanden zu haben, dass er eigenständig aus der Höhle rauskommt. Das ist immerhin ein Anfang. Für alles andere werde ich ihn einfach vor vollendete Tatsachen stellen.

»Bist du dann so weit?«, frage ich, während ich ungeduldig mit der Fußspitze auf den Boden tippe und aus der Höhle schaue. »Wir wollen los.«

Ich höre, dass er sich mir nähert und sofort stellen sich die Härchen in meinem Nacken auf, doch das ist kein unangenehmes Gefühl. *Komischerweise.* Müsste ich nicht Angst haben, dass er mich von hinten überrumpelt und mir mit einem gekonnten Griff das Genick bricht?

Aber so sehr ich auch in mich hineinhorche, kann ich kein ängstliches Wimmern vernehmen. Da ist nur Erwartung, ein neugieriges Kribbeln, das ich von den Momenten kenne, wenn wir eine neue Grabkammer in Ägypten geöffnet haben – ehe wir dann doch nichts weiter als halb zu Staub zerfallene Knochen fanden und das Kribbeln der Euphorie nüchterner Enttäuschung

Platz machte. Keine Schätze. Keine Überreste eines großen Pharaos. Keine gut erhaltenen Schriften.

Doch diesmal bleibt die niederschmetternde Ernüchterung aus.

Ich wende mich zu ihm um und mustere ihn erstaunt. Die Klamotten sind wild zusammengewürfelt und würden selbst an einem Calvin-Klein-Model unmöglich aussehen, aber ... Ich weiß auch nicht ... Der Pulli sitzt so eng, dass er all die sehnigen Muskeln hervorhebt. Ich komme mir ein bisschen wie eine Spannerin vor, weil ich meinen Blick gar nicht mehr von seinem Oberkörper lösen kann, doch ich schäme mich nicht deswegen. Dafür ist die Aussicht viel zu gut. Und er ist größer als ich! Sogar einen halben Kopf. Dabei habe ich schon fast die Hoffnung aufgegeben, dass es irgendein männliches Wesen auf diesem Planeten gibt, das größer als ich und Single ist.

Er ist doch Single, oder?

Ein diebisches Grinsen erscheint in seinem Gesicht, als er meine Blicke bemerkt, und sofort schießt mir das Blut in die Wangen. Das habe ich gebraucht, um mich aus meiner Spannerstarre zu lösen. Ohne ein Wort zu sagen, laufe ich an ihm vorbei, packe alles, was noch herumliegt, zurück in die Tasche und schultere sie.

»Also«, sage ich, weiche aber seinem Blick aus, »ich hab zwar keine Ahnung, wo wir hinmüssen oder wo sich mein Team gerade befindet, aber hier können wir nicht bleiben. Ich schlage daher vor, dass wir zuerst einen Weg aus der Schlucht finden und dann versuchen, zu einem Dorf oder so zu gelangen. Von dort aus können wir sicherlich jemanden erreichen, der uns abholt.«

Er schweigt und verzieht nicht eine Miene. Ich weiß nicht, ob er denkt, dass ich nur Selbstgespräche führe. Und das macht mich wütend. Ich bin es zwar als Praktikantin gewohnt, weitestgehend ignoriert zu werden, aber das hier ist etwas anderes. Ich will ihm *helfen*. Ich fühle mich irgendwie für ihn verantwortlich und da finde ich es frech, wenn er mich wie Luft behandelt.

»Hey, hörst du mir eigentlich zu?« Ich packe ihn am Handgelenk. »Ich rede mit dir!«

»Ich habe dich verstanden«, antwortet er und starrt mich an.

Schnell lasse ich ihn los und ziehe die Hand zurück. Wo eben noch neckischer Spott in seinem Blick gefunkelt hat, weil ich ihn *sehr genau* gemustert habe, ist jetzt nichts als Kälte, beinahe etwas wie Abscheu. Unruhig reibe ich die Finger, mit denen ich ihn eben berührt habe, aneinander.

Da das unwohle Gefühl in meinem Inneren nicht verschwinden will, räuspere ich mich und beschließe, mich auf ungefährlicheres Terrain vorzuwagen. »Ich bin übrigens Emmalynn, aber alle nennen mich nur Emma. Und wie ist dein Name?«

Er zögert, als müsse er über meine Frage nachdenken. »Ich habe viele Namen«, sagt er ausweichend, »aber wenn du mich unbedingt ansprechen musst, kannst du mich Wulf nennen.«

»Wulf«, murmele ich vor mich hin und ignoriere seine Spitze.

Seltsamer Name, irgendwie altertümlich. Hier auf Island hätte ich irgendwas mit -son am Ende erwartet, aber er ist ja wahrscheinlich gar kein Isländer, schließlich kann er mich verstehen und spricht meine Sprache, noch dazu akzentfrei. Wie hoch ist bitte die Wahrscheinlichkeit, dass ich auf dieser abgelegenen isländischen Vorinsel jemandem außerhalb meines Teams begegne, der meine Sprache spricht? Ich bin kein Genie in Stochastik, aber das Ergebnis wird gegen null gehen. Ebenso, dass er eine neue Spezies ist, über die ich ganz zufällig gestolpert bin.

»Nachdem wir das geklärt haben, sollten wir uns wirklich auf die Socken machen«, sage ich und mache einen Schritt auf den Ausgang zu.

»Auf die Socken ... machen?«, wiederholt Wulf langsam, als müsse er jedes Wort ausprobieren.

»Das ist doch nur eine Redensart«, sage ich schnell. »Hast du das noch nie gehört?« Er schüttelt den Kopf. »Wo kommst du eigentlich her?«

Die Frage wollte ich eigentlich nur beiläufig einstreuen, doch mein Mundwerk war wieder schneller als mein Gehirn. Ich sehe sofort an Wulfs Gesichtsausdruck, wie er sich distanziert.

»Schon gut, schon gut, du musst es mir nicht erzählen, wenn du nicht willst. Aber irgendwohin wirst du ja gehen wollen, wenn wir hier raus sind, oder? Du haust ja sicherlich nicht in dieser Höhle.«

Wieder überlegt er einen Moment, ehe er mir antwortet. »Und wenn es so wäre? Würde dich das ... abschrecken?«

»Ob mich das ...«, echoe ich und fühle mich dabei wie vor den Kopf gestoßen. »Nun, ich ...« Schnell schaue ich mich noch mal in der Höhle um, aus der wir noch immer nicht herausgekommen sind. »Ich sehe hier nichts. Also, so Dinge wie ein Bett oder eine Kochstelle oder ... was auch immer man für das alltägliche Leben braucht. Du wohnst also nicht hier. Von daher ist es doch egal, was ich denke.«

»Es würde dich also abschrecken«, stellt er fest und geht an mir vorbei.

Perplex schaue ich ihm nach. »Tja ... ähm ... wahrscheinlich schon«, gebe ich zu. »So was macht doch heutzutage niemand mehr. In einer Höhle hausen, meine ich, deswegen habe ich mir noch nie Gedanken darüber gemacht.«

»Es scheint viele Dinge zu geben, die heutzutage anders sind, als ich sie kenne«, sinniert er und tritt hinaus ins Freie.

Was meint er denn nun schon wieder *damit*? Das war ja richtig tiefgründig ... Aber schlau werde ich aus ihm nicht.

Er scheint voller Widersprüche zu sein. Seine Person ist als Thema tabu, das habe ich jetzt verstanden, aber wenn ich ihn als Geheimnis ansehe, muss ich so viel wie möglich über ihn in Erfahrung bringen. Erst dann kann ich es wagen, mit meiner »Entdeckung« an die Öffentlichkeit zu gehen, ohne mich zu blamieren – beispielsweise, falls herauskäme, dass seine Ohren doch nur eine neumodische Technikspielerei sind. Ich glaube immer noch nicht daran, dass sie tatsächlich echt sind, auch wenn ihre Bewegungen sehr realistisch anmuten und sie sich ebenso real angefühlt haben. Und obwohl ich während des Studiums immer mal wieder mit dem Okkulten oder den alten Riten Ägyptens in Berührung kam, bin ich niemand, der an Übersinnliches glaubt.

Aliens, okay, die halte ich durchaus für existent, aber magische Wesen? Nein, das ist höchst unwahrscheinlich. Aber wenn ... wenn es doch ein Geheimnis um Wulf gibt und ich diejenige bin, die es lüftet ...

Entweder ist nichts Interessantes an ihm, dann habe ich meine Zeit verschwendet (und meine Klamotten!). Oder es umgibt ihn wirklich etwas Okkultes, dann muss ich mir eingestehen, dass ich falschgelegen habe und so etwas wie Magie tatsächlich existiert. Aber falls er ein Alien ist ... Ich will mir lieber gar nicht vorstellen, welche Tests sie dann an ihm durchführen würden. Ich meine, das sieht man ständig in Science-Fiction-Filmen, oder? Ich kann mich an keinen Film erinnern, in dem es für die Aliens gut ausgegangen wäre und sie nicht als Laborratten geendet oder die ganze Welt in Schutt und Asche gelegt hätten ... Beide Alternativen gefallen mir nicht.

Ich sollte mich vielleicht bemühen, ihn nicht allzu sehr zu verärgern.

Doch das ist im Moment nebensächlich. Viel wichtiger ist mir jetzt, endlich Kontakt mit meinem Team – oder überhaupt einem *normalen* menschlichen Wesen – aufzunehmen und von dieser Insel zu entkommen. Vorzugsweise mit Wulf, denn ich habe noch eine Menge Fragen an ihn.

»Warte auf mich!«, rufe ich Wulf hinterher und folge ihm aus der Höhle. Beim Laufen krame ich in meiner Tasche und ziehe eine Wollmütze heraus. »Hier, zieh die auf«, sage ich und drücke sie ihm in die Hand.

»Warum?« Verdutzt schaut er auf das bunt gestrickte Ungetüm mit dickem Bommel in seiner Hand.

»Damit du nicht frierst«, gebe ich zurück und warte, bis er sie tatsächlich aufgesetzt hat.

Natürlich ist es mir egal, ob er am Kopf friert; mir geht es vorrangig darum, dass niemand sonst seine Ohren zu sehen bekommt. Er ist mein Projekt, und ich werde es nicht zulassen, dass er mir von jemandem weggeschnappt wird, der mehr Erfahrung oder Geld besitzt als ich. Ich ganz allein war es, die ihn gefunden hat, und ich ganz allein werde es sein, die sein Geheimnis lüftet.

»Kann es losgehen?«

Trotz der bunten Mütze und der wild zusammengewürfelten Kleidung sieht er würdevoll aus, als würde er es gar nicht bemerken. Manche Leute können wirklich alles tragen, ohne dabei lächerlich auszusehen. Irgendwie beneidenswert ...

Hinzu kommt diese Aura, die ihn umgibt, und die ihm etwas Erhabenes, beinahe Königliches verleiht. Wie cool wäre es, wenn ich hier den Spross des Herrschers des untergegangenen Atlantis vor mir hätte! Ja, damit hätte ich ausgesorgt – vorausgesetzt, ich könnte es tatsächlich nachweisen.

Aber irgendwas wird mir schon einfallen. Ich *werde* herausbekommen, was es mit Wulf auf sich hat, und wenn es das Letzte ist, was ich tue!

Kapitel 5

Als wir nach gefühlten Stunden endlich einen Weg aus der Schlucht finden – ich habe mittlerweile die Vermutung, dass ich Bleigewichte an meinen Füßen trage –, verlangsamen sich Wulfs Schritte. Zuvor ist er immer ein Stück vorausgegangen, was eindeutig der Tatsache geschuldet war, dass er um einiges fitter ist als ich, doch jetzt bleibt er immer öfter stehen und schaut sich um. Beinahe staunend hat er die Augen aufgerissen, als wolle er mit seinem Blick alles um sich herum in sich aufsaugen und niemals vergessen.

Ich finde sein Verhalten seltsam. Wir sind mitten in einem Wald, umgeben von Bäumen, Sträuchern und Gräsern. Was findet er daran so interessant? Es ist Unkraut, das uns das Vorankommen erschwert, nichts weiter.

Sein Getrödel beginnt mir auf die Nerven zu gehen. Ohne ihn würde ich schneller vorankommen – selbst in meinem langsamen, aber immerhin stetigen Schneckentempo – und hätte mein Team vielleicht schon gefunden. Aber da mein »Projekt« an jedem zweiten Baum stehen bleiben und mit der Hand über den Stamm fahren muss, als hätte es noch nie Baumrinde unter den Fingerspitzen gespürt, verabschiede ich mich langsam von dem Wunschtraum, heute Nacht in einem richtigen Bett zu schlafen. Ich würde mich selbst mit einem klapprigen Feldbett zufriedengeben, solange ich nicht noch einmal auf hartem Felsboden schlafen muss!

Mein Magen beginnt sich bemerkbar zu machen. Bis auf das karge Bordmenü gestern Vormittag habe ich nichts gegessen und ich wage es auch nicht, irgendwas aus der hiesigen Vegetation zu mir zu nehmen. Wieder fällt mir meine mangelnde Vorbereitung auf die Füße. Ich habe mich zu sehr darauf verlassen, die ganze Zeit über bei meinem Team zu sein und mich um nichts weiter kümmern zu müssen. Auch in Ägypten nächtigten wir immer in

Hotels, verbunden mit Frühstück und Abendbrot. Ich bin einfach davon ausgegangen, dass das hier in Island genauso ablaufen würde. Nie wäre ich auf die Idee gekommen, erst noch einen Survivalkurs machen und lernen zu müssen, welche der heimischen Beeren essbar sind und von welchen ich lieber die Finger lassen sollte.

Ich weiß nicht, ob er mein Magenknurren gehört haben kann, doch Wulf bleibt stehen und wendet sich zu mir um.

»Bist du hungrig?«, fragt er, nachdem er mich kurz gemustert hat.

Sein Blick macht mich nervös. Er verweilt zu lange auf mir, sodass es schon fast an Starren grenzt. Gleichzeitig ist er so intensiv, dass ich mich am liebsten darunter winden würde. Ich bin es nicht gewohnt, derart eindringlich angesehen zu werden und ich weiß nicht, wie ich damit umgehen soll. Also überspiele ich meine Unsicherheit mit Gleichgültigkeit.

»Schon möglich«, murmele ich und weiche seinem Blick aus. »Aber daran wirst du nichts ändern können. Oder hast du zufällig irgendwo ein McMenü versteckt? Dazu würde ich jetzt nämlich nicht Nein sagen.«

Er blinzelt verwirrt und ich schlage mir gedanklich auf die Schulter. Wieder habe ich etwas gesagt, was er nicht verstanden hat, woraus ich schließe, dass er keine Ahnung hat, was McDonald's ist. Ein weiteres Puzzleteil, das mich näher zur Vollendung bringt. Nur wo genau ich es anlegen muss, weiß ich noch nicht.

»Lass uns weitergehen«, sage ich und stapfe ziellos in eine Richtung, wie schon die ganze Zeit über.

Ich habe keinen Plan, kein inneres Navi, das mich sicher zu meinem Team oder irgendeiner Art von Zivilisation bringt. In diesem dichten Gestrüpp kann ich kaum den Himmel erkennen und mich daher nur wenig auf den Stand der Sonne verlassen, die mir zumindest die ungefähre Himmelsrichtung weisen würde. Ich schlage mich durch die Wildnis und hoffe, irgendwann irgendwo anzukommen, mit einem Kerl im Schlepptau, den ich nicht kenne und dem ich nicht vertraue.

Wenn es nach mir ginge, würde ich lieber jetzt als später auf andere Lebensformen stoßen, um diesem Albtraum zu entkommen.

Ich dachte immer, dass meine größten Ängste Spinnen und dem finanziellen Ruin gelten würden (universelle Ängste wie Krankheit und der Verlust geliebter Menschen lasse ich in der Aufzählung mal außen vor), doch hier im Nirgendwo gefangen zu sein ohne einen Ausweg, stellt all das in den Schatten, vor dem ich mich bisher gefürchtet habe. Hinzu kommt der nagende Hunger, der mich von innen heraus aufzufressen scheint, und die Verantwortung dem seltsamen Mann gegenüber, der in einer Höhle auf mir lag. Von dem Wolf, der mich als Gutenachthäppchen verspeisen wollte, will ich gar nicht erst anfangen. Der hat sich mir nichts, dir nichts aus dem Staub gemacht, als ich ihn von dem goldenen Seil befreit hatte. Immerhin hat er mich nicht gefressen.

Ja, mein Leben ist gerade richtig beschissen und ich hätte nichts dagegen, wenn sich das mal wieder einpegeln könnte.

Ich atme geräuschvoll aus und beiße dann die Zähne aufeinander. Es hilft nichts, wenn ich jammere und den Kopf in den Sand stecke. Dadurch komme ich auch nicht von hier weg. So groß kann diese Insel nicht sein und es ist nur eine Frage der Zeit, bis wir zumindest die Küste finden. Von dort aus gelingt es mir vielleicht, mich zu orientieren.

Ich höre seine Schritte hinter mir kaum. Er bewegt sich so leise über das trockene Laub und durch das Gestrüpp, als würden seine Füße gar nicht den Boden berühren. Ich hingegen klinge so, wie ich mich fühle: Als hätte ich einen Triathlon hinter mir. Ich keuche, schleppe mich vorwärts und schwitze in den dicken Klamotten zum Gotterbarmen, aber ich traue mich nicht, etwas auszuziehen. Auch wenn sich unter meinen Achseln gerade wahre Seen ansammeln, ist es doch kalt und die Angst, mir zu allem Überfluss noch eine Erkältung oder gar Lungenentzündung einzufangen, ist zu groß. Mit sonderlich viel Glück bin ich in letzter Zeit schließlich nicht gesegnet …

»Wo genau gehen wir eigentlich hin?«, höre ich Wulf hinter mir fragen.

Ich muss mir eine genervte Antwort verkneifen. Wie kann er so begriffsstutzig sein? Aber es ist nicht seine Schuld, dass ich hier festsitze. Das tat ich auch schon, bevor ich ihm begegnet bin. Er verdient es nicht, dass ich meine miese Laune an ihm auslasse. Ich sollte wirklich netter zu ihm sein.

Normalerweise bin ich eine freundliche und zuvorkommende Person und werde deswegen oft ausgenutzt. Leider verlief mein Leben in den letzten Tagen nicht *normal.*

»Zu meinem Team«, antworte ich und gönne mir eine kleine Pause. Die Muskeln in meinen Waden brennen von all den kleinen Hügeln und Höhenunterschieden, die wir bisher gemeistert haben. »Ich hätte meine Leute schon gestern treffen sollen, aber sie kamen nicht, um mich abzuholen.«

»Bist du deshalb hier? Weil dein ... *Team* ... hier ist?«

Wieder spricht er das Wort so aus, als hätte er es noch nie gehört.

Auf seine Frage schüttele ich den Kopf. »Nicht nur. Wir sind hier, weil wir einen Auftrag ausführen sollen.«

»Was für einen Auftrag?«

Interessiert beugt Wulf sich zu mir herab und dringt damit in meine Komfortzone ein. Schnell weiche ich einen halben Schritt zurück, um wieder einen Abstand zwischen uns zu bringen, in dem ich normal atmen kann.

»Wir ... Jemand hat uns beauftragt, etwas zu finden.«

Mein Herz schlägt ein paar Takte schneller, was nichts mit der körperlichen Anstrengung zu tun hat. Wahrscheinlich bin ich nur nervös, weil er mich so seltsam ansieht und mir zu nahe kommt. Weiß er denn nicht, dass sich so etwas nicht gehört?

»Und was?«

Sein plötzliches Interesse erweckt das leise Stimmchen in mir wieder zum Leben, das flüsternd fragt, was ihn das alles angeht, und für einen Moment bin ich drauf und dran, ihm nicht zu antworten. Doch dann sage ich ehrlich: »Ich habe keine Ahnung. Mein Boss wollte mir die Details nicht am Telefon nennen. Er hätte mir alles erzählt, sobald mein Team mich abgeholt hätte, aber ... sie sind eben nicht gekommen. Ich saß Stunden allein am Rollfeld, bis ich losgegangen bin, um sie zu suchen. Als es dunkel wurde, fiel ich in die Schlucht.«

Als ich die Schlucht erwähne, verfinstert sich seine Miene und er verengt die Augen, während er mich weiterhin mustert. Nein, *anstarrt* trifft es eher. Und wieder lässt mir sein Blick einen Schauer über den Rücken laufen – aber diesmal nicht im positiven Sinn.

»Was …?« Ich schlucke angestrengt, als ich darüber nachdenke, wie ich die Frage am besten formuliere. Ich entscheide mich jedoch für die offensichtliche Variante. »Was hast *du* eigentlich in der Höhle gemacht? Als ich … dort ankam, habe ich dich nicht gesehen. Da war nur ein …«

»… Wolf«, beendet er meinen Satz, ohne mich aus den Augen zu lassen.

Ich versuche krampfhaft, seine Miene zu deuten, doch er verzieht keinen Muskel. Sein Gesicht ist eine reglose Maske, die keinerlei Emotion aufweist – bis auf seinen Blick, der Funken zu sprühen scheint. Und so sehr ich mich auch dagegen sträube, kann ich mich nicht von diesem Anblick losreißen. Zu sehr fasziniert er mich, nimmt mich gefangen. Der kalte Schauer von eben ist verschwunden und musste einem aufgeregten Kribbeln weichen.

»Hast du … den Wolf auch gesehen oder dich vielleicht vor ihm versteckt?«

»Ich wusste, dass er da war«, antwortet er und wendet den Blick ab. »Wir sollten weitergehen, sonst müssen wir die Nacht hier draußen verbringen.«

Ohne auf mich zu warten, verschwindet er zwischen den Bäumen.

***

Ein schummriges Zwielicht liegt über der Insel, denn die Sonne ist schon vor Stunden untergegangen. Trotzdem herrscht ein Dämmerzustand zwischen Licht und Dunkelheit, der unser Vorankommen nicht gerade unterstützt.

Nun ja, *mein* Vorankommen. Wulf durchstreift diesen Wald mit traumwandlerischer Sicherheit, als würde er nie etwas anderes machen. Er stolpert nie, im Gegensatz zu mir. Ich habe mir bereits die Hände und Knie aufgeschlagen, weil ich an einer Wurzel hängen geblieben bin, und mir dabei einen abwertenden Blick von Wulf eingefangen, bevor er sich einfach wieder umgedreht hat und weitergelaufen ist.

Blöder, eingebildeter Kerl!

Mein Zeitgefühl hat sich ohne Handy und Sonne schon lange verabschiedet, deshalb kann ich auch nicht einschätzen, wie lange wir uns schon durch diesen isländischen Dschungel schlagen. Laut dem ohrenbetäubenden Knurren, das mein Magen in immer kürzer werdenden Abständen von sich gibt, schon viel zu lange.

»Wir sollten eine Pause machen«, sagt Wulf und ich lehne mich dankbar an einen Baumstamm. »Und du musst etwas essen. Mit den Geräuschen, die dein Magen macht, lockst du noch alle möglichen Tiere an.«

»Gibt es hier etwa Raubtiere?«, kiekse ich.

Blöde Frage, für die ich mir am liebsten auf die Zunge beißen würde. Natürlich gibt es die hier, schließlich hab ich den schwarzen Wolf mit eigenen Augen gesehen.

Meine Gehirntätigkeit ist durch Unterzuckerung und mangelnden Sauerstoff anscheinend nicht mehr die beste. Gegen eine Mütze voll Schlaf hätte ich nach diesem Höllenmarsch auch nichts einzuwenden, aber alles in mir sträubt sich dagegen, auf dem blanken Waldboden zu nächtigen. Die Nacht in der Höhle war schon schrecklich, aber hier unter freiem Himmel wäre es noch schlimmer.

Deshalb stoße ich mich wieder vom Baumstamm ab, auch wenn meine Muskeln sofort protestieren. »Wir müssen weiter«, entscheide ich. »Mein Team wird sicherlich ...«

»Dein Team ist nicht hier«, fällt Wulf mir ins Wort und seine Worte bereiten mir eine Gänsehaut. »Und du hilfst keinem von uns oder ihnen, wenn du vor Erschöpfung zusammenbrichst.«

Ich weiß, dass er recht hat, aber ich weigere mich, das anzuerkennen.

»Lass uns noch ein Stück weitergehen, nur für eine halbe Stunde. Danach machen wir eine Pause und lassen es für heute gut sein.«

Er beäugt mich kritisch von oben bis unten, ehe er nickt. Widerwillig, das sehe ich ihm an, aber er tut es. »Eine halbe Stunde. Nicht länger.«

»Jaja«, murre ich und mobilisiere meine letzten Kraftreserven.

Nach diesem Trip will ich mich für mindestens eine Woche nicht mehr bewegen. Maximal von meinem Bett ins Bad oder in die Küche, aber keinen einzigen Schritt mehr.

Verbissen schlucke ich die Schmerzen hinunter, die mir von den Füßen ausgehend bei jeder Bewegung die Beine hinaufschießen, um mir keine Schwäche anmerken zu lassen. Ich weiß selbst nicht, warum mir das so wichtig ist, aber ich will vor Wulf nicht weinerlich oder schwach erscheinen.

Er soll Vertrauen zu mir haben, schließlich habe ich eine Menge Fragen an ihn.

Den Hungertod würde ich trotzdem lieber vermeiden … Wenn doch nur mein Team hier wäre und mich endlich …

»Emmalynn?«, höre ich hinter mir eine Stimme und wirbele herum.

Wulf reagiert ebenfalls, jedoch ganz anders als ich. Er prescht vor und packt den Sprecher an der Jacke, nagelt ihn dann an einem Baumstamm fest, indem er seinen Unterarm gegen den Hals des Ankömmlings drückt.

Überrumpelt verfolge ich dieses Schauspiel mit offenem Mund, unfähig, auch nur einen Ton von mir zu geben. Wulf hat sich mit solch einer Schnelligkeit bewegt, dass es seinem Gegenüber unmöglich war, überhaupt zu reagieren. Wie ein Fisch auf dem Trockenen schnappt er nach Luft und versucht, sich aus Wulfs Klammergriff zu winden, allerdings ohne Erfolg. Auch fallen mir jetzt wieder die Krallen auf, die aus seinen Fingerspitzen schießen. Kann er sie etwa ein- und ausfahren?

»Lass ihn los!«, rufe ich, nachdem ich wieder bei Sinnen bin. »Du tust ihm weh!«

Ich klammere mich an Wulfs Arm und versuche, ihn von meinem Chef Anthony wegzuziehen, der mittlerweile bedenklich nach Luft ringt, doch Wulf bewegt sich keinen Zentimeter.

»Wulf, bitte! Er ist in Ordnung«, versuche ich es erneut und diesmal scheine ich zu ihm durchzudringen. Für einen kurzen Moment huscht sein Blick, der bisher starr auf Anthony gerichtet war, zu mir. »Er gehört zu meinem Team. Bitte, hör auf damit!«

Zögerlich lässt er von meinem Chef ab, der nach vorne sackt und sich mit beiden Händen an den Hals fasst, während er nach Luft ringt. Schnell beuge ich mich zu ihm hinunter und streiche ihm über den Rücken, was Wulf mit einem Schnauben quittiert.

»Ist alles in Ordnung, Anthony?« Blöde Frage, denn augenscheinlich ist es das nicht, aber was anderes fällt mir nicht ein, um die Stille zu überbrücken. »Es tut mir so leid. Das hätte nicht passieren dürfen. Bitte haben Sie Nachsicht mit ihm.«

»*Nachsicht?* Wer ist der Kerl überhaupt?«, krächzt Anthony.

Sein Kehlkopf scheint ganz schön was abbekommen zu haben, denn seine Stimme klingt, als hätte er eine Packung Rasierklingen verschluckt. Eine sehr große Packung Rasierklingen ... Himmel, warum musste es ausgerechnet meinen Chef treffen? Wenn das Auswirkungen auf meine berufliche Laufbahn haben sollte, werde ich Wulf dafür persönlich den Hals umdrehen – Projekt hin oder her!

Schnell werfe ich Wulf einen giftigen Blick zu und bin dankbar für meine Weitsicht, ihm die Mütze gegeben zu haben. Die krallenartigen Fingerspitzen fallen zum Glück inmitten der bunten Kleidungsstücke nicht auf – sein unverschämt gutes Aussehen tut sein Übrigens dazu, dass man ihm nur ins Gesicht schaut anstatt auf die Hände. Außerdem hat er die Krallen jetzt wieder eingezogen.

»Er ist ein Tourist, dem ich unterwegs begegnet bin. Beachten Sie ihn bitte nicht weiter. Er ist unwichtig.« Wieder ein Schnauben von Wulf, doch ich versuche, es zu ignorieren und wechsele schnell das Thema. »Ist der Rest des Teams auch hier? Ich war ... ziemlich in Sorge.«

Die Untertreibung des Jahrhunderts. Ich hatte eine Scheißangst, als ich allein auf dieser Insel festsaß, aber das werde ich niemals zugeben. Ein paar Schuldgefühle können jedoch nicht schaden ...

»Wir mussten ...«, Anthony hustet trocken, »... sofort zum Ausgrabungsort. Der Auftraggeber war ohne unser Wissen aufgetaucht und hat verlangt, dass wir sofort anfangen zu graben. Ich hab Tess geschickt, um dich abzuholen, aber als sie zurückkam, sagte sie, dass sie nur deine Koffer gefunden hätte.«

Wie ich Tess kenne, hat sie sich entweder hoffnungslos verlaufen oder sich von irgendwelchen Nichtigkeiten ablenken lassen. Ich habe nie verstanden, wie man so viel Enthusiasmus für Blumen oder Kräuter aufbringen kann wie sie.

»Tja, ich ... bin auf eigene Faust losgegangen. Ich weiß, das hätte ich nicht tun sollen, aber es wurde dunkel und war kalt und nirgendwo eine Menschenseele ...«

Anthony hebt den Kopf und schaut Wulf feindselig an. Der erwidert den Blick ebenso kalt. »Bis auf ihn. Wie passt *er* in die Geschichte?«

Ich zögere einen Moment, beschließe dann aber, meinem Chef eine Erklärung zu liefern, die sich so nah wie möglich an der Wahrheit bewegt. »Ich habe die Nacht in einer Höhle verbracht und als ich aufwachte, war er ...«, ich zeige mit einem Kopfnicken auf Wulf, »... einfach da. Wie aus dem Nichts.«

»Wie aus dem Nichts, huh?«, murmelt Anthony, ohne mich dabei anzusehen. Sein Blick haftet noch immer auf Wulf, der uns mittlerweile den Rücken zugedreht hat, als würde ihn all das nicht interessieren. »Wie dem auch sei, ich bin froh, dass ich dich gefunden habe. Wir fliegen zurück.«

»Was?« Verwirrt blinzele ich ihn an. »Jetzt schon? Aber ... wir sind doch erst seit gestern da.«

Normalerweise sind wir Wochen, wenn nicht gar Monate an einem Ausgrabungsort beschäftigt. Selbst wenn sie gestern bereits angefangen haben, können die Teammitglieder unmöglich ...

»Unser Auftrag ist beendet.«

Mit einem triumphierenden Lächeln erhebt sich Anthony, öffnet den Reißverschluss seines dicken Parkas und holt ein goldenes Objekt aus der Innentasche. Ich bin so geblendet von dem glänzenden Material und den Verzierungen – ja, manchmal bin ich eine Elster –, dass ich erst auf den zweiten Blick erkenne, dass es sich um einen Dolch handelt.

Wie immer, wenn wir doch endlich mal etwas Kostbares finden, behält Anthony den Fund eine Weile bei sich – sofern er nicht kurz davor ist, bei der kleinsten Berührung zu Staub zu zerfallen. Ich glaube, mein Chef umgibt sich gern mit den wertvollen Funden, um sein Selbstwertgefühl auf eine noch höhere Ebene zu heben. Solange er die Fundstücke dadurch nicht zerstört, ist mir egal, warum er es tut, denn auch wir anderen kommen so in den Genuss, das, was wir gefunden haben, genau zu betrachten, ohne Folie oder noch später einen Glaskasten dazwischen.

Vorsichtig strecke ich die Hand danach aus, will das kostbare Material unter meinen Fingern spüren, als Anthony den Dolch ohne Vorwarnung zurückzieht.

Als ich mich umdrehe, sehe ich warum. Wulf hat sich aus seiner Lethargie gelöst und will erneut auf Anthony losgehen, doch diesmal breite ich die Arme aus und stelle mich ihm in den Weg.

»Was soll das?«, fauche ich Wulf an.

Er bleibt direkt vor mir stehen und beugt sich zu mir hinab. Noch immer ist es für mich ungewohnt, dass mein Gegenüber größer ist als ich. Hinzu kommt, dass er wieder einmal in meine Komfortzone eingedrungen ist und mich damit überrumpelt. Alles in mir schreit danach, einen Schritt zurückzumachen und Distanz zwischen uns zu schaffen, mindestens eine Armlänge, damit ich wieder normal atmen kann, aber ich bleibe mit vorgestrecktem Kinn an Ort und Stelle stehen. Es kostet mich zwar meine gesamte Willenskraft, aber ich werde keinen Zentimeter zurückweichen.

»Emma«, flüstert er leise und sein warmer Atem streicht über mein Gesicht.

Er ist mir so nah, *zu* nah, dass ich unweigerlich seinen Duft wahrnehme. Er riecht nach ... Ich brauche eine Weile, bis ich den Geruch zuordnen kann, aber dann fällt es mir ein. Frisch gemähtes Gras, das ist es. Er riecht nach Gras und Sommer. Schlagartig erinnert mich diese Mischung an die glücklichen Tage meiner Kindheit. An Ferien, die ich in Amerika auf der Ranch meines Vaters verbringen durfte. Sofort entspanne ich mich. Außerdem ist es das erste Mal, dass Wulf meinen Namen sagt.

Ist es bedenklich, dass ich es mehr als angenehm finde, wie er ihn ausspricht?

Von Anthony, der aus den Staaten stammt, bin ich den amerikanischen Slang meines Namens gewöhnt. Bei Wulf klingen die vier Buchstaben ... irgendwie ... klarer.

Sein Blick huscht über meine Schulter zu Anthony und wird sofort eine Spur kälter. »Ich brauche diesen Dolch.«

Verwirrt blinzelnd komme ich wieder im Hier und Jetzt an. »Was?«

Das kann ich unmöglich zulassen, denn so, wie es aussieht, ist der Dolch der Grund, warum der – wohlgemerkt sehr zahlungskräftige – Auftraggeber uns auf diese gottverlassene Insel beordert hat.

»Der Dolch gehört meinem Team und du wirst ihn nicht anfassen. Ist das klar?«

»Du verstehst das nicht«, knurrt er. »Er gehört euch nicht.«

»Aber dir, oder wie?«, gebe ich leicht schnippisch zurück, weil die Diskussion an meinen ohnehin papierdünnen Nerven zehrt – noch dazu direkt vor meinem Chef!

Sein Blick schießt zu mir zurück und er starrt mich aus zusammengekniffenen Augen an. »Was ist, wenn es so wäre? Wenn der Dolch tatsächlich mir gehören würde?«

»Dann würde ich dich für einen Lügner halten«, stelle ich klar.

»Emmalynn hat recht«, mischt sich zu allem Überfluss auch noch Anthony ein. »Wir haben den Dolch tief unter der Erde gefunden, wo er seit mehreren hundert, wenn nicht gar tausend Jahren gelegen hat. Genaueres werden die Untersuchungen zeigen. Du siehst also, junger Mann, dass du unmöglich der rechtmäßige Besitzer dieses Dolches sein kannst.«

Wulf ballt die Hände zu Fäusten und ich sehe, wie sich die Muskeln an seinem Hals anspannen.

»Halte dich zurück!«, flüstere ich ihm eindringlich zu und lege eine Hand auf seine Brust.

Ich darf nicht zulassen, dass er Anthony erneut bedroht, denn das würde auch ein schlechtes Licht auf mich werfen. Immerhin habe ich den Fremden angeschleppt, also bin ich auch für ihn verantwortlich. Aber – Mannomann – Wulf macht es mir nicht gerade leicht … Seine ursprüngliche, wilde Art scheint mein Blut kribbeln zu lassen.

»Bitte«, füge ich hinzu.

Ich spüre, wie er zittert und mit sich ringt.

»Du verstehst das nicht«, wispert er mir dann zu, aber ich kann den unterdrückten Groll trotzdem in seiner Stimme hören. »Ich *brauche* diesen Dolch!«

»Gibt es ein Problem?«, fragt Anthony hinter mir.

»Nein«, antworte ich schnell, sehe aber Wulf dabei an. »Es gibt *kein* Problem.«

»Gut, dann lass uns gehen, Emmalynn.« Als sowohl Wulf als auch ich uns in Bewegung setzen, fügt mein Boss hinzu: »Kommt der da etwa mit?«

Ohne meinen Blick von Wulf zu nehmen, sage ich: »Ja, er begleitet uns zurück.«

»Du verlangst von mir, dass ich den Typen in meinem Privatflugzeug mitnehme?«

Ich schlucke angestrengt, setze dann ein – hoffentlich! – liebreizendes Lächeln auf und sehe meinen Chef an. »Natürlich werde ich dafür bezahlen. Oder den Preis für seine Rückreise mit Überstunden abgelten.«

Wenn Anthony verbietet, Wulf in seinem Privatflieger mit zurück nach Deutschland zu nehmen, stehe ich vor einem riesigen Problem. Denn so, wie Wulf aussieht, hat er weder einen Reisepass noch sonstige Unterlagen, um das Land auf normalem Weg verlassen zu können. Anthonys Pilot steuert jedoch kleinere Rollfelder an, die an keine großen Flughäfen angeschlossen sind und wo es bisher nie irgendwelche Kontrollen gab. Wahrscheinlich hat mein Chef aufgrund seiner ständigen Auslandseinsätze einen Sonderstatus – und den muss ich ausnutzen, um Wulf mitnehmen zu können.

Ich habe Wulf gefunden. Er gehört mir. Und zur Not werde ich Hunderte Überstunden schieben, um ihn mitnehmen zu können.

Anthony verengt die Augen zu Schlitzen. »Du wirst den nächsten Auftrag kostenlos arbeiten«, grollt er.

Ich muss mir auf die Zunge beißen, um nicht zu widersprechen. Da ich nie weiß, wie lange unsere Einsätze dauern, ist es gut möglich, dass wir gerade über drei Monatslöhne reden, die mir entgehen, wenn ich zustimme.

Unsicher huscht mein Blick zu Wulf, der noch immer angespannt zu sein scheint. Ich kann ihn nicht hierlassen. Abgesehen von der Entdeckung macht er auf mich nicht den Eindruck, als käme er allein zurecht. Wie ich schon dachte: Ich habe ihn gefunden. Also bin ich für ihn verantwortlich.

»Einverstanden«, presse ich zwischen zusammengebissenen Zähnen hervor.

Anthony nickt und murmelt etwas Unverständliches in Wulfs Richtung, ehe er davonstapft.

Als er außer Hörweite ist, stoße ich geräuschvoll den Atem aus und eine zentnerschwere Last fällt von meinen Schultern. »Was sollte das eben?«, zische ich Wulf an. »Willst du unbedingt, dass ich gefeuert werde?«

Wulf runzelt die Stirn. »*Ge … feuert?*« Dann schüttelt er den Kopf. »Wie ich schon sagte, ich brauche diesen Dolch. Und ich werde nicht eher ruhen, bis ich ihn habe.«

»Herrgott noch mal!« Genervt wende ich mich von ihm ab. »So besonders ist der Dolch nun auch wieder nicht. Er ist ein Schmuckstück und bestimmt wertvoll, das war es aber auch schon. Er wird dafür sorgen, dass ich die nächsten zwei Monate meine Miete bezahlen kann, deshalb werde ich einen Teufel tun und dir helfen, den Dolch in die Finger zu bekommen. Denn danach werde ich eine ganze Weile nicht bezahlt werden.«

»Was wäre, wenn ich dir sage, dass der Dolch mehr ist als ein bloßes Schmuckstück?«

Etwas in Wulfs Stimme lässt mich aufhorchen und ich drehe mich doch wieder zu ihm um. »Was meinst du damit?«

Ein Grinsen stiehlt sich für einen kurzen Moment auf seine Lippen, aber es ist genauso schnell wieder verschwunden. »Ich will dir und deinem ... *Team* ... den Dolch nicht stehlen. Ich bin kein Dieb wie ihr.«

»Hey ...« Mein Einwand kommt halbherzig.

»Ich will ihn nur für einen Moment in Händen halten. Und dann werde ich dir zeigen, was ich meine.«

Ich zögere und kaue auf meiner Unterlippe. Archäologe ist zwar nur eine nettere Bezeichnung für *Schatzsucher* – und der goldene Dolch ist auf jeden Fall ein *Schatz* –, aber was, wenn ... wenn da wirklich *mehr* ist? Wenn der Dolch den Weg zu einem noch größeren Schatz zeigen könnte, wie eine Karte oder ein Schlüssel? So etwas sieht man ja immer wieder in Filmen ... Und ja, als Archäologin aka Schatzjägerin schaue ich mir durchaus solche Filme an. Ich besitze sogar den *Indiana Jones*-Sammelschuber!

»Sag mir, was du über den Dolch weißt«, fordere ich ihn auf und verschränke die Arme, aber es gelingt mir nicht, meine innere Unruhe zu verbergen.

Wieder verziehen sich Wulfs Lippen zu einem Grinsen. »Nein, so funktioniert das nicht. Ich muss es dir *zeigen*. Und glaube mir, es wird dir gefallen.«

Bei diesen Worten mutiert mein Gehirn zu einem Hochleistungscomputer und das, was da gerade abläuft, ist *alles andere* als jugendfrei. Wulf selbst scheint gar nicht bemerkt zu haben, wie doppeldeutig seine Aussage war.

Gepaart mit dem leichten Raunen in seiner Stimme klang es ... verdammt verheißungsvoll.

Ich beiße mir schnell auf die Zunge, ehe ich etwas Dummes erwidere.

Ruhig bleiben, Emma!

Aber das ist einfacher gedacht als getan. Zu viele mögliche Szenarien laufen in meinem Kopf ab und nicht alle drehen sich um den ominösen Dolch. Doch gerade die weniger dienlichen Bilder müssen schnellstens aufhören, vor meinem inneren Auge zu erscheinen, ehe mir die Gedanken auf die Stirn geschrieben stehen ...

»Eine Woche«, sage ich, nachdem ich mich einigermaßen gefasst habe. Wulf zieht die Augenbrauen zusammen und ich füge schnell hinzu: »In einer Woche werden die grundlegenden Tests am Dolch abgeschlossen sein. Das war bisher immer so, egal was wir ausgebuddelt haben. Danach darf mein Team an die Schätz... ähm ... an die Fundstücke und sie untersuchen. In einer Woche kann ich dich also zu dem Dolch bringen, aber ich erlaube nicht, dass du ihn entwendest oder zerstörst, ist das klar?«

»Ich interessiere mich nicht für den Gegenstand, sondern für das, was ich damit zu tun imstande bin.«

Ich habe zwar keinen Schimmer, was er damit meint, aber ich nicke. Dann wäre das zumindest geregelt. Trotzdem nagt weiterhin ein ungutes Gefühl an mir, denn mir ist gar nicht wohl dabei zumute, einen Wildfremden zu einem der geborgenen Stücke zu bringen. Wenn Wulf es wirklich darauf anlegen würde, könnte ich ihn nicht davon abhalten, den Dolch zu stehlen. Er ist mir sowohl an Kraft als auch an Geschwindigkeit überlegen. Aber das ist ein Risiko, das ich eingehen muss, wenn ich erfahren will, was es mit dem Dolch auf sich hat – jedoch nicht, ohne daraus Profit für mich zu schlagen.

»Ich verlange dafür aber eine Gegenleistung.« Ich bemühe mich, so viel Autorität wie möglich in meine Stimme zu legen.

Wulf gibt ein spöttisches Schnauben von sich und verschränkt die Arme. »So? Und die wäre?«

»Ich will Antworten.«

Schlagartig verschwindet der Spott aus seiner Miene und macht Wachsamkeit Platz. »Was für Antworten?«

»Zu allen Fragen, die ich stelle. Wer bist du? *Was* bist du? Wo kamst du so plötzlich her?«

Zur letzten Frage habe ich zwar eine Theorie, aber die rangiert in puncto *Abgefahrenheit* auf einer Ebene mit der Aliensache, deshalb werde ich mich hüten, sie laut zu äußern. Nein, ich will es von *ihm* hören – und ich hoffe inständig, dass ich mich irre.

Er zögert einen Augenblick. »Und wenn ich dir nicht antworten will?«

Nun bin ich es, die die Arme verschränkt. »Dann bringe ich dich nicht zum Dolch.«

Wulf beißt die Zähne zusammen und gibt ein Knurren von sich. Ich kann nicht verhindern, dass ein siegessicheres Lächeln meine Lippen umspielt – fast gleichzeitig kribbelt es bei dem Laut, den er von sich gegeben hat, in meinem Bauch.

»Das ist nicht ehrenhaft, was du von mir verlangst«, presst er zwischen zusammengebissenen Zähnen hervor.

»Das habe ich auch nie behauptet«, entgegne ich und muss ein Grinsen unterdrücken. Ehrenhaft! Als ob ich daran einen Gedanken verschwenden würde ... »Wir vertrödeln hier schon viel zu viel Zeit. Also, bist du nun dabei oder nicht?«

Ich halte ihm die Rechte hin und warte gespannt darauf, ob er einschlagen wird.

Sein Zögern werte ich als gutes Zeichen. Er weiß genau, dass ich seine einzige Chance bin, an den Dolch zu gelangen, denn sobald wir zurück sind, weiß Wulf nicht, wohin das Fundstück gebracht wird. Ich hingegen schon. Wie ich Anthony kenne, wird er den Dolch nicht mit in den Flieger nehmen, sondern ihn per Express direkt ans Labor schicken. Sobald wir diese Insel verlassen, ist das Schmuckstück also außerhalb von Wulfs Reichweite.

Langsam hebt er seine Hand und legt sie in meine. Das Glücksgefühl des Sieges erfüllt mich.

… Bis ich mich frage, was ich die ganze Woche mit Wulf machen soll.

Ach du je, da hab ich gar nicht drüber nachgedacht! Ich muss ihn irgendwie dazu kriegen, dass er mir die Antworten gibt, die ich benötige. Vorher werde ich ihn nie und nimmer zum Dolch bringen.

Als wir Anthony folgen, frage ich deshalb: »Sag mal, willst du nicht deine Verwandten anrufen, damit sie dich abholen, sobald wir gelandet sind?«

»Ich habe keine Verwandten. Jedenfalls nicht hier. Sie sind zu weit weg, um mich abholen zu können.«

»Aber … was wirst du dann tun, wenn wir gelandet sind?«

Oh, bitte, bitte, sag nicht, dass du …

»Ich weiß es nicht«, antwortet Wulf schulterzuckend, ohne sich zu mir umzudrehen.

Verdammt! Ich ringe einen Moment mit mir und wäge die Möglichkeiten ab, die ich nun habe. Er muss in meiner Nähe bleiben, denn nur so werde ich all die Geheimnisse, die sich um ihn ranken, entschlüsseln können. Sollte ich ihn vielleicht in einem Hotel einquartieren? Nein, das wäre zu teuer für mich … Aber auf die Straße setzen kann ich ihn auch nicht. Am Ende läuft er mir noch davon, bevor ich eine einzige Frage stellen kann. Und wie ich mein Glück kenne, rennt er sofort einem anderen Wissenschaftler über den Weg, der aus ihm Profit schlägt. Das darf ich nicht zulassen!

Doch um das zu verhindern, gäbe es nur eine einzige Möglichkeit … und die gefällt mir ganz und gar nicht.

Trotzdem sage ich seufzend: »Du kannst die Woche bei mir bleiben, wenn du willst. Ich kann bei meiner Schwester unterkommen.«

Eigentlich habe ich keine Lust, meine ältere Schwester und ihre beiden verzogenen Gören um mich zu haben, schon gar nicht für eine ganze Woche – mir reichen schon die monatlichen Familientreffen voll und ganz, um mir vor Augen zu führen, warum ich so etwas niemals haben will –, aber was tut man nicht alles, um beruflich voranzukommen …

»Du musst nicht gehen. Nicht meinetwegen.«

Seine Worte reißen mich aus meinen Gedanken. Unvermittelt ist er stehen geblieben und ich wäre fast in ihn hineingelaufen. Im letzten Augenblick kann ich abbremsen und mache schnell einen Schritt zurück, um wieder genügend Abstand zwischen uns zu bringen.

»Nein, es ... ist schon in Ordnung. Es macht mir nichts aus«, murmele ich, weiche seinem Blick aus und gebe vor, den Baum neben mir für einen Moment äußerst interessiert zu mustern.

»Du lügst.«

Ich beiße die Zähne zusammen und seufze dann. »Nein, das tue ich nicht.«

Wie kann er mich nur so leicht durchschauen, wo er mir sonst so weltfremd vorkommt? Ich muss wirklich besser auf meine Mimik achten ...

Ohne auf meinen Protest einzugehen, macht er einen Schritt auf mich zu – und kommt mir schon wieder viel zu nah. Kennt der Kerl keine Privatsphäre? Doch um erneut zurückzuweichen, bin ich zu stolz. Oder zu dickköpfig, je nachdem. Und beides ist nicht gut für mich.

»Ich sehe es in deinem Blick, Emma, und höre es in deiner Stimme. Das, was du gesagt hast, war eindeutig eine Lüge, aber ich verstehe nicht, warum du lügst. Du brauchst dich nicht vor mir zu fürchten.«

»Das nennt man Freundlichkeit«, sage ich und weiche seinem Starren aus, das bis tief in meine Seele zu reichen scheint.

Kann er das bitte sein lassen? Warum nimmt er mein Angebot nicht einfach an und lässt es dabei bewenden? Von Sekunde zu Sekunde fühle ich mich unwohler und möchte nichts lieber tun, als zu meinem Team zu flüchten.

»Warum solltest du lügen, um freundlich zu sein? Darin sehe ich keinen Sinn.«

»Ich auch nicht«, gebe ich zu und hoffe, damit die Diskussion endlich beenden zu können. »Komm mit, uns läuft die Zeit weg. Nicht dass das Team noch ohne uns startet.«

Mühelos hält er mit mir Schritt. Wie schon zuvor scheint ihm der Weg durch den Wald gar nichts abzufordern. Er bewegt sich so leicht und selbstsicher, als hätte er nie etwas anderes getan. Ich hingegen ringe bereits nach Luft und wünsche mir nichts sehnlicher als eine heiße Dusche, um mir den Schweiß vom Körper zu waschen. Hoffentlich stinke ich nicht ... Wann habe ich zum letzten Mal ein Deo benutzt?

»Du wirst also bleiben?«

»Was?« Verwirrt blinzele ich zu ihm hinüber.

»Bei mir, meine ich.«

»Ähm ...«

Ich hab keine Ahnung, was ich darauf antworten soll. Am liebsten würde ich gar nicht weiter darüber nachdenken, denn mir ist klar, welche Richtung meine Gedanken wieder einschlügen. Und ich weiß mit Sicherheit, dass es für alle Beteiligten einfacher wäre, wenn ich für eine Woche zu meiner Schwester ziehen würde – trotzdem zögere ich.

»Ich ... weiß nicht.«

»Du musst dich nicht vor mir fürchten. Wenn ich dich hätte töten wollen, hätte ich es schon längst getan. Glaub mir, es gab genügend Gelegenheiten.«

»Tja ... nun ... Danke, schätze ich.«

Was rede ich da für einen Blödsinn?

Ach, verdammt, scheiß drauf! *Du bist eine erwachsene Frau, Emma, und wirst diese Woche überstehen, ohne irgendwelche Dummheiten zu machen!*

»Du kannst auf der Couch schlafen, wenn du willst. Die Woche werden wir schon irgendwie rumkriegen.«

Hoffentlich, füge ich in Gedanken hinzu.

KAPITEL 6

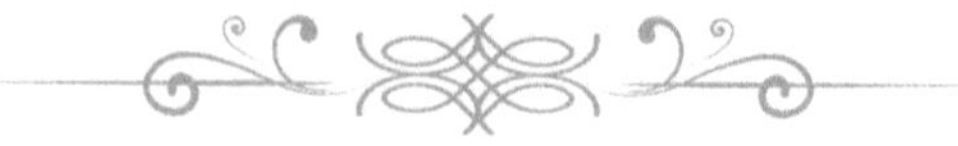

Wir schaffen es gerade rechtzeitig zum Rollfeld, als Anthonys Privatflugzeug landet. Wie durch ein Wunder stehen meine beiden Koffer noch da, wo ich sie zurückgelassen habe. Der Rest des Teams ist bereits vollzählig versammelt. Wulf und ich sind die Letzten, die dazustoßen.

Ich winke allen zu und versuche, dabei möglichst ungezwungen auszusehen. Mit keinem von ihnen bin ich enger befreundet, trotzdem hatte ich angenommen, dass sie sich zumindest ein paar Sorgen um mich gemacht haben, aber ihre teilnahmslosen Mienen verraten mir das Gegenteil. Nur vereinzelt hebt jemand die Hand und erwidert meinen Gruß. Anscheinend bin ich doch nur die entbehrliche Praktikantin, die niemand vermisst, selbst wenn sie von einem Bären – oder einem Wolf – gefressen worden wäre.

Mir entgehen die Blicke nicht, die vor allem die weiblichen Teammitglieder meinem Begleiter zuwerfen, doch ich tue so, als würde ich sie nicht bemerken. Ebenso ignoriere ich ihr Getuschel. Keine Ahnung, was sie sich zusammenreimen, eigentlich will ich es auch gar nicht so genau wissen. Bisher bin ich immer gut damit gefahren, ihr Gerede nicht zu nah an mich heranzulassen.

Auch Anthony bedenkt mich mit einem finsteren Blick, dabei kann ich doch nichts dafür, dass Wulf ihn vorhin angegriffen hat. Am besten tue ich den ganzen Rückflug über wieder so, als würde ich schlafen, um unangenehmen Gesprächen aus dem Weg zu gehen. Nachdem der Auftrag so reibungslos erledigt und der Schatz innerhalb eines Tages geborgen worden ist, werden wir nicht so bald wieder gemeinsam auf Expedition gehen, und ich hoffe, dass Anthony den Vorfall bis zum nächsten Auftrag wieder vergessen hat.

Ebenso wie mein Versprechen, kostenlos zu arbeiten.

Zwei von Anthonys persönlichen Assistentinnen nähern sich Wulf und kichern dabei hinter vorgehaltener Hand. Ich weiß nicht, ob sie sich über seine geborgten Klamotten amüsieren oder ihr Niveau wieder das der siebten Klassenstufe erreicht hat.

Abschätzig mustere ich ihre High Heels und die engen Miniröcke, die sie hier in der Wildnis tragen. Doch – ja, ich gebe es zu – ich komme nicht umhin, sie für ihr perfektes Styling zu bewundern. Meine Haare sehen nach der Nacht auf dem Höhlenboden und dem Marsch durch den dichten Wald sicherlich so aus, als hätte ich in eine Steckdose gefasst. Schnell fahre ich mit den Fingern durch meine dunkelblonde Mähne, um sie zumindest ein bisschen zu bändigen. Ein Vorhaben, das ich nach den ersten Knoten, in denen ich mich verfange, wieder aufgebe.

Ich habe mich schon immer gefragt, wie sie auf *den* Absätzen laufen können, aber sie bewegen sich selbst über unebenen Waldboden sicherer als ich in Turnschuhen. Außerdem sind die beiden meistens abseits stationiert und koordinieren unsere Ausgrabungen aus einem klimatisierten Hotelzimmer mit Meerblick ...

Ich habe eindeutig den falschen Beruf erlernt.

Unablässig beäuge ich die beiden Frauen, die Wulf nun erreicht und eingekreist haben wie Raubtiere auf der Jagd. Ein seltsam stechendes Gefühl flammt in mir auf, während ich die drei beobachte, und ich habe Mühe, an Ort und Stelle stehen zu bleiben.

»Wo kommst du denn her?«, fragt die Mutige der beiden.

Ich habe keine Ahnung, wie sie heißt. Mandy? Mindy? Irgendwas in der Richtung. Mit einem koketten Augenaufschlag schiebt sie sich näher an Wulf heran, der teilnahmslos auf einem meiner Koffer sitzt.

Das Bedürfnis, sie von ihm wegzuzerren – am besten an ihren Extensions –, nimmt mir für einen Moment die Luft zum Atmen. Schnell balle ich die Hände zu Fäusten und verstecke sie in den Jackentaschen.

»Ich hab dich noch nie gesehen«, fügt sie hinzu, als Wulf ihr nur einen flüchtigen Blick schenkt, und schmiegt sich beinahe auf obszöne Weise an seine Brust. »Gehörst du auch zum Team?«

»Nein. Ich gehöre zu Emma.«

Ich war gerade dabei, doch einen Schritt auf die drei zuzumachen, um eine Distanz zwischen sie zu bringen, bei der ich *nicht* innerlich explodiere. Erschrocken bleibe ich stehen und halte die Luft an. Ich weiß genau, dass er das nicht *so* gemeint hat, aber ... Die giftigen Blicke, die die beiden Assistentinnen mir zuwerfen, geben mir zu verstehen, dass *sie* es nicht wissen, und sofort schießt mir das Blut in die Wangen.

»Seit wann dürfen wir denn unsere Typen zu einem Job mitbringen?«, fragt die, die bisher geschwiegen und ihrer Freundin den Vortritt gelassen hat, schnippisch. Julia? Juliane? Ach, ich und mein Namensgedächtnis ...

Ich begegne ihrer Feindseligkeit betont gelassen. »Es hat sich eben so ergeben.«

Niemals würde ich in dieser Situation erklären, wie Wulf seine Aussage gemeint hat. Sollen sie doch denken, was sie wollen. Solange sie ihn und mich in Frieden lassen, soll es mir recht sein. Und ich kann wenigstens diesen kleinen Sieg davontragen und muss mich nicht ganz so schäbig fühlen.

»Wie hat *die* denn so einen Kerl abgekriegt?«, flüstert Mindy-Mandy zu Julia-Juliane, aber natürlich laut genug, dass ich es hören kann.

Schnell beiße ich die Zähne zusammen, ehe mir eine bissige Antwort entschlüpfen kann, und zähle ruhig bis zehn, bis ich mich wieder halbwegs unter Kontrolle habe. Ich darf mich nicht provozieren lassen. Auch wenn die beiden wahre Giftspritzen sind, stehen sie in der Rangordnung doch einige Stufen über mir. Ich darf mir keine Fehler oder Aussetzer erlauben, nicht jetzt, wo das Team einen weiteren lukrativen Job abgeschlossen hat. Und schon gar nicht darf ich vor dem nächsten Gehaltsscheck ausflippen, sonst kann ich meine Miete vergessen.

Reiß dich zusammen, Emma! Sie sind es nicht wert!

»Es kommt nicht wieder vor.«

Ich würge die Worte beinahe hervor, denn alles in mir sträubt sich dagegen, vor diesen beiden ausstaffierten Püppchen zu katzbuckeln, die selbst hier draußen in der Pampa High Heels und Gucci-Handtäschchen tragen, doch ich habe keine Wahl, wenn ich weiterhin Teil des Teams sein will.

Anthonys wachsamer Blick brennt sich mir regelrecht in den Rücken. Ich bin mir sicher, dass er den Schlagabtausch zwischen mir und seinen Assistentinnen sehr genau beobachtet. Da er selbst bereits mit Wulf aneinandergeraten ist, wartet er mit Sicherheit nur auf eine passende Gelegenheit, um es dem jungen Mann, den ich angeschleppt habe, heimzuzahlen und die darf ich ihm nicht liefern.

Irgendwann wenden sich die beiden Zicken ab und ich atme erleichtert auf. Ich laufe ein Stück weiter, bis ich das kribbelnde Gefühl ihrer Blicke in meinem Nacken nicht mehr spüre, und setze mich auf meinen anderen Koffer, direkt neben Wulf.

Auch wenn ich in der Vergangenheit seine Nähe als *zu viel* (und vor allem *zu nah*) empfunden habe, spendet sie mir jetzt Zuversicht. Wenn die Antworten, die ich hoffentlich bald von ihm bekommen werde, aufschlussreich sind und mich voranbringen, schaffe ich es vielleicht, aus Anthonys Team rauszukommen. Momentan habe ich aber keine Alternative dazu, das zu tun, was er oder seine Schnepfen mir sagen. Auch wenn es nicht immer einfach ist.

»Habe ich eben etwas falsch gemacht?«, höre ich Wulfs leise Stimme neben mir fragen. Wie ich schaut er stur geradeaus und gibt vor, das Team zu beobachten.

Ich schüttele leicht den Kopf. Da er das aber nicht sehen kann, füge ich hinzu: »Nein. Es ist alles in Ordnung. Dich trifft keine Schuld. Die beiden sind immer so ... *schwierig*.«

Aus den Augenwinkeln sehe ich das Schmunzeln, das seine Mundwinkel umspielt, doch es ist verschwunden, als ich den Kopf zu ihm drehe.

Eine Frage brennt mir auf der Seele, aber ich schlucke die Worte, die sich bereits in meinem Mund gesammelt haben, hinunter, denn es geht mich nichts an. Und eigentlich sollte es mich auch nicht interessieren. Ich fühle mich blöd dabei, sogar nur daran zu *denken*.

Ziellos lasse ich den Blick umherschweifen, um mich auf andere Gedanken zu bringen, bis ich wieder an den beiden Assistentinnen hängen bleibe.

Ich seufze. »Sie starren dich immer noch an.«

Unsicher beobachte ich Wulf aus den Augenwinkeln und bemerke sein Schulterzucken, das mich irgendwie erleichtert.

»Lass sie doch starren«, murmelt er, ohne direkt in Mindy-Mandys Richtung zu schauen. »Sie sind unwichtig.« Nun drehe ich doch den Kopf zu ihm. Er zieht die Nase kraus und schüttelt sich kurz. »Und sie stinken.«

»Was?«

Ich kann mir gerade noch ein Lachen verkneifen. Zwar habe ich gehofft, dass er etwas Abschätziges über sie sagt, aber das hätte ich nicht erwartet.

»Sie riechen ... künstlich«, versucht er zu erklären, als er bemerkt, dass ich mich über ihn lustig mache. »Süßlich zwar, aber doch so stark, dass es in meiner Nase wehtut. Ich war froh, als sie endlich gegangen sind.«

»Dann bist du also ... nicht an ihnen interessiert?«

Gnaaaarf! Ich blöde Kuh! Nun ist es mir doch rausgerutscht. Am liebsten würde ich es zurücknehmen.

»Vergiss, dass ich das gefragt habe«, schiebe ich noch schnell nach und schaue in die entgegengesetzte Richtung.

Oh, bitte, geh nicht auf den Schwachsinn ein, den ich von mir gebe!

»Warum sollte ich das sein? Ich kenne sie nicht.«

Auch wenn ich es eigentlich nicht wollte, schaue ich ihn nun wieder an. »Mich kennst du auch nicht. Und doch bist du hier. Du fliegst sogar mit mir zurück.«

Je länger ich über Wulf und seine Absichten nachdenke, desto verworrener erscheint mir alles. Jedes Mal, wenn ich glaube, dass ich ihn zumindest ein bisschen verstanden habe, macht oder sagt er etwas, was überhaupt nicht zu dem Bild, was ich mir von ihm gemacht habe, passt. Er verwirrt mich, doch gleichzeitig fasziniert er mich auch. Und wahrscheinlich ist Letzteres das Schlimmste daran. Das sollte ich schleunigst in andere Bahnen lenken, ehe es ausartet.

Er will nur den Dolch, sage ich zu mir selbst. Das ist der einzige Grund, warum er mir folgt. Und ich lasse es nur zu, weil ich eine Möglichkeit in ihm sehe, reich und berühmt zu werden. Mehr ist da nicht.

»Bei dir ist es etwas anderes, Emma. Du hast mich gefunden.«

Das Gleiche habe ich doch vorhin auch gedacht. Aber wie kann er …?

So sehr ich es auch versuche, kann ich doch keinen Spott in seiner Stimme oder seinem Gesicht erkennen. Meint er das etwa ernst? Ein seltsames Flattern breitet sich in meinem Bauch aus, während ich über seine Worte nachdenke.

Gerade als ich den Mund öffne, um etwas zu sagen, sehe ich ein leichtes Zucken unter der Wollmütze auf seinem Kopf, was mich wieder daran erinnert, dass Wulf vielleicht kein normaler Mensch ist.

Die Frage ist aber: Würde es mich stören, wenn er *anders* wäre? Ich weiß darauf, ehrlich gesagt, keine Antwort. Und eigentlich will ich mir diese Frage auch gar nicht stellen, denn sie ist unwichtig. Er ist meine Eintrittskarte in eine bessere Welt. Durch ihn werde ich reich und berühmt werden. An etwas anderes verbiete ich mir zu denken, denn es wäre für mein Vorhaben nur hinderlich.

»Erzähl mir etwas von dem Ort, zu dem wir jetzt gehen«, bittet er mich nach einer Weile des Schweigens.

Die Frage verwirrt mich – vor allem, weil er von *gehen* spricht – und ich brauche einen Moment, um die richtigen Worte zu finden. »Nun … wir … wir werden in einem Flugzeug dorthin fliegen. Das dauert etwas über dreieinhalb Stunden.«

»Wir … fliegen?« Seine Augen glitzern bei der bloßen Vorstellung. »Durch die Luft? Wie ein Vogel?«

»Ähm … bist du etwa noch nie geflogen?«

Er schüttelt den Kopf. Ich verkneife mir die Frage, wie er hierhergekommen ist. Für solche Details habe ich später genug Zeit, ohne Zuhörer, die uns jederzeit belauschen könnten, trotzdem ist es mir unangenehm, solche Fragen auf Vorschulniveau zu beantworten.

»Wir fliegen nicht wie Vögel, also nicht mit unseren Armen oder so, sondern in einem Flugzeug.«

Ich ernte ein verständnisloses Stirnrunzeln. Mir ist zuvor schon aufgefallen, dass er viele alltägliche Dinge nicht kennt und nun scheint er nicht zu wissen, was ein Flugzeug ist. Entweder ist er tatsächlich das Produkt eines verrückten Wissenschaftlers oder stammt aus dem Weltall. Mein Schatzsucherherz vollführt Kapriolen, während sich die einzelnen Puzzlestücke zu Wulf langsam zusammensetzen.

Um kein weiteres Aufsehen zu erregen, verhalte ich mich jedoch normal und senke die Stimme, während ich ihm so anschaulich wie möglich beschreibe, was uns in einem Flugzeug erwarten wird.

Wulfs anfängliche Freude weicht schnell Skepsis.

»Ein Riese aus Metall?«, fragt er. »Wie soll so ein Gefährt durch die Luft fliegen können?«

Ich zucke mit den Schultern. »Keine Ahnung. Ich bin Archäologin, keine Ingenieurin. Mich interessiert nicht, wie ein Flugzeug es vollbringt, durch die Lüfte zu fliegen, sondern nur, *dass* es das macht. Einen Absturz würden wir nämlich nicht überleben.«

»Wir werden *sterben?*«

»Nein!«, sage ich schnell, um ihn zu beruhigen, doch der Schaden ist bereits angerichtet. »Wenn du erst mal drinsitzt, kommt es dir vor wie Autofahren.«

»Auto …«

»Vergiss es einfach.« Ich seufze und massiere mir mit der Hand die Stirn. »Wir werden sicher bei mir ankommen, okay? Mehr musst du nicht wissen. Ich hab dich gefunden, also pass ich auch auf dich auf.«

Zum ersten Mal erscheint ein ehrliches Lächeln auf Wulfs Gesicht – nicht dieses schiefe, schelmische Grinsen, das er sonst zur Schau stellt – obwohl das auch nicht zu verachten ist.

»Ich danke dir, Emma. Eines Tages werde ich dir deine Freundlichkeit vergelten und meine Schuld zurückzahlen.«

Augenblicklich werde ich rot, wende schnell den Blick ab und nuschele etwas Unverständliches. Seine Worte und vor allem sein Lächeln haben etwas in mir berührt, von dem ich dachte, dass es schon seit langer Zeit verschwunden wäre.

Und diese Erkenntnis macht mir Angst. *Panische Angst.* Dieses Gefühl, das zart und vorsichtig in mir zum Vorschein kommt, war nicht ohne Grund seit Jahren verschüttet. Ich muss höllisch aufpassen, keinen Fehler zu begehen.

Wulf ist mein Projekt, nichts weiter. Eine andere Art, an ihn zu denken, darf ich mir nicht gestatten. Und eigentlich will ich es auch nicht, jedenfalls nicht, solange ich nicht weiß, was genau er ist.

Schließlich will ich nichts mit einem Alien anfangen.

Professionalität. Ja, das wird mein Leitwort für die kommende Woche werden.

Kapitel 7

Der Rest des Teams ist bereits ins Flugzeug eingestiegen, als ich Wulf, der bisher staunend um den Flieger herumgelaufen ist, am Ärmel packe. »Komm, sie warten auf uns.«

»Ich soll ... da hineingehen?« Das kindliche Staunen weicht Unsicherheit. »Und dieses ... Flugzeug kann wirklich durch den Himmel fliegen?«

»Na klar. Du hast doch eben gesehen, wie es hier gelandet ist, oder?« Er nickt zögerlich. »Na also! Wir müssen uns wirklich beeilen, sonst lassen sie uns hier.«

Ehe er erneut protestieren kann, zerre ich ihn Richtung Einstieg.

»Du gehst jetzt da rein, setzt dich auf einen freien Platz und schnallst dich an. Ich bin bei dir. Wir werden nicht abstürzen, versprochen!«

Stockend setzt er einen Fuß vor den anderen. Als er ins Innere der Maschine klettert, hält er die Arme dicht am Körper, um so wenig wie möglich zu berühren.

»Gibt es ein Problem?«, fragt Anthony unwirsch.

»Nein, alles bestens!«, rufe ich quer durch die Maschine und schiebe Wulf vor mir her. »Beeil dich«, knurre ich ihm zu, als er stehen bleibt. »Setz dich dahinten hin, damit der Pilot starten kann.«

Ich schiebe ihn in die letzte Reihe auf den Sitzplatz am Gang. Ich setze mich ans Fenster. Nicht, weil ich ihm den Fensterplatz nicht gönne, aber ich fürchte, das wäre etwas zu viel des Guten für ihn.

Es folgt die Durchsage des Piloten, von der ich kein einziges Wort verstehe, weil er stark nuschelt, aber ich bin oft genug geflogen, um zu wissen, was verlangt wird. Die Stewardess, die uns während des Flugs mit Getränken versorgen wird, demonstriert gerade den richtigen Gebrauch der Atemmaske, woraufhin Wulf so blass wird, dass ich mir ernsthaft Sorgen um seine Gesundheit mache. Ich muss ihn dringend ablenken, sonst stirbt er mir noch an Herzversagen!

Ich schließe den Gurt und vergewissere mich, dass mein Sitz in aufrechter Position ist. Ein Blick nach links verrät mir, dass Wulf einfach nur dasitzt.

Ich lehne mich zu ihm hinüber. »Du musst dich anschnallen.«

Alles, was ich ernte, ist ein verständnisloser Blick. Seufzend beuge ich mich über ihn und angele nach den beiden Enden des Gurtes. Obwohl ich mich bemühe, ihn so wenig wie möglich zu berühren, gelingt mir das nicht. Hinzu kommt, dass ich seinen Blick sehr genau auf meinem Hinterkopf spüre, was mich nur noch nervöser macht.

Blödsinn! Ich helfe ihm nur dabei, seinen Gurt anzulegen. Es ist ja nicht so, als wäre das etwas Verwerfliches. Trotzdem zittern meine Hände leicht, als ich den Gurt festziehe.

»Und das verhindert, dass wir abstürzen?«, fragt er leise, nachdem ich mich wieder aufrecht hingesetzt habe.

»Nein. Das verhindert, dass du rausgesaugt wirst, wenn die Außenhaut des Flugzeugs aufreißen sollte«, lautet meine ironische Antwort.

Sein Gesichtsausdruck ist wirklich zum Schießen, aber ich beeile mich, ihn zu beruhigen. Es hätte mir klar sein müssen, dass er meine Worte für bare Münze nimmt.

»Lehn dich zurück und entspann dich. Glaub mir, wir werden heil ankommen.«

Auf Wulfs Gesicht erscheint ein ernster Ausdruck, ehe er sagt: »Ich glaube dir. Trotzdem ... fühle ich mich nicht wohl.«

»Tja, dann wart erst mal ab, bis wir starten und in der Luft sind.«

Wie aufs Stichwort startet der Pilot die Triebwerke und beginnt zu rollen. Wulfs linke Hand krallt sich in die Sitzlehne, mit der anderen klammert er sich an meine Hand. Für einen kurzen Moment bin ich versucht, sie ihm zu entziehen, aber als ich merke, wie die seine zittert, verstärke ich den Druck lieber und verflechte die Finger mit seinen.

»Hab keine Angst«, flüstere ich ihm zu. »Dir wird nichts geschehen.«

Er nickt knapp, den Blick stur geradeaus gerichtet und die Lippen zu einem schmalen Strich zusammengepresst. Wenn ich nicht wüsste, dass er wirklich Todesangst hat, fände ich seinen Anblick amüsant. So aber gebe ich mir die größte Mühe, ihn zu beruhigen. Ich weiß, dass es noch schlimmer werden wird, wenn wir erst in der Luft sind. In dieser vergleichsweise kleinen Maschine werden wir jeden Luftzug spüren.

Und ich werde nicht enttäuscht. Sobald das Flugzeug durch eine Wolke fliegt, sackt es ein Stück hinab. Ich weiß, dass das normal ist, aber Wulf ... Sämtliche Farbe ist aus seinem Gesicht gewichen und seine Finger krallen sich so fest um meine, dass ich sie nachher eine Weile nicht mehr werde benutzen können. Es tut weh, aber ich will ihm diese Stütze nicht entziehen.

Beruhigend streiche ich ihm mit dem Daumen über den Handrücken. »In dreieinhalb Stunde sind wir da«, murmele ich, obwohl ich weiß, dass ihm dieses Wissen im Moment nichts bringt.

»Wenn die Menschen dazu auserkoren wären zu fliegen, hätten sie Flügel wie die Vögel«, presst er zwischen zusammengebissenen Zähnen hervor. »Aber sich freiwillig in ein solches Gefährt zu setzen, grenzt an pure Folter.«

»Ich weiß. Du hast es bald geschafft.«

Noch mehr dieser platten Bemerkungen ... Aber mir fällt nichts ein, was ich sonst zu ihm sagen könnte, um ihm ein bisschen seiner Angst zu nehmen. Seine Panik ist real. Ich sehe zwar, wie er versucht, dagegen anzukämpfen und sie zu unterdrücken, aber es gelingt ihm nicht.

»Warum erzählst du mir nicht etwas?«

Unsicher wirft er mir einen Blick aus den Augenwinkeln zu. »Und was?«

»Keine Ahnung ... Was hast du gern als Kind gespielt?«

Ich bemühe mich, die Themen so unverfänglich wie möglich auszuwählen und mich an positive Erinnerungen zu halten. Doch anscheinend habe ich selbst mit dieser Frage einen Nerv getroffen ...

»Ich habe als Kind nicht viel gespielt. Ich wurde von den anderen gemieden. Meistens war ich allein.«

»Oh ... das ... klingt furchtbar. Tut mir leid. Dann ... was isst du am liebsten?«

Er runzelt die Stirn, als er den Kopf ein Stück zu mir dreht. »Warum willst du das wissen?«

Ich rolle mit den Augen. »Damit ich weiß, was ich kochen ... oder, nein ... eher, was ich *bestellen* soll, wenn wir zu Hause sind. Ich bin keine besonders gute Köchin und das ist noch eine Untertreibung. Deshalb beschränken wir uns lieber auf die Lieferdienste, ehe ich dich versehentlich vergifte.«

»Du willst mich vergiften?« Plötzlich klingt er alarmiert. »Ist das der Grund, warum du mich zu dir mitnehmen willst?«

»Nein!«

Verdammt, egal was ich sage, es geht nach hinten los. Kann ich nicht ein normales Gespräch mit ihm führen, ohne dass er denkt, ich würde ihn umbringen oder ihm anderweitig schaden wollen?

»Ich will damit nur sagen, dass mein Essen nicht genießbar ist, nichts weiter.«

Woher kommt nur dieses fast zwanghafte Misstrauen gegen alles und jeden? Zusammen mit seinem Unwissen von Redensarten und der Tatsache, dass er anscheinend noch nie etwas von Sarkasmus gehört hat, ist es für mich fast unmöglich, mich mit ihm zu unterhalten.

»Also, griechisch oder italienisch?«, versuche ich es erneut. »Oder doch lieber chinesisch?« Als ich keine Antwort von ihm bekomme, beuge ich mich auf meinem Sitz ein Stück vor. »Was möchtest du essen?« Er schüttelt nur stumm den Kopf. »Na schön, dann suche ich etwas aus.«

Langsam nervt es mich, dass ich entweder nur kryptische oder gar keine Antworten von ihm bekomme. Wie wird das erst, wenn ich die Fragen stelle, für deren Antworten ich ihn mitgenommen habe? Er kann mir ja nicht einmal sagen, was er gern isst! Welche Antwort werde ich erhalten, wenn ich ihn nach seiner Herkunft oder seinen spitzen Ohren frage?

Als das Flugzeug durch eine weitere Wolke fliegt, verkrampfen sich Wulfs Finger noch stärker um meine und ich muss einen Aufschrei unterdrücken. Trotzdem fange ich wieder damit an, mit meinem Daumen langsame Kreise über seine Hand zu ziehen. Auf seiner Stirn stehen Schweißperlen, während er immer noch stur geradeaus blickt.

Ich muss ihn irgendwie ablenken ... Doch wie? Selbst einfache, scheinbar unverfängliche Fragen verfehlen ihre Wirkung.

Wieder streichele ich über seinen Handrücken und lehne mich ein Stück vor. »Möchtest du eine Weile aus dem Fenster schauen? Wir sind schon ziemlich weit oben. Wir können auch gern die Plätze tauschen, wenn du willst.«

Zögerlich wirft er einen kurzen Blick zu dem ovalen Fenster. Beinahe befürchte ich, dass er sich gleich wieder panisch an den Armlehnen – und meiner Hand! – festkrallen wird, doch sein Blick verweilt am Fenster. Mit jeder verstreichenden Sekunde verschwindet die Angst aus seinen Zügen und lässt sie weniger hart wirken. Als er sich sogar ein Stück vorlehnt, um besser sehen zu können, lasse ich mich mit einem erleichterten Seufzen wieder in den Sitz sinken.

»Sind wir tatsächlich über den Wolken?«, fragt er und beugt sich so dicht zu mir, dass sein Gesicht direkt vor meinem ist.

Verwirrt blinzele ich, als ich versuche, seine Worte zu verarbeiten, aber irgendwie befindet sich mein Gehirn in einem gefährlichen Leerlauf. Ich bin gebannt von dem Funkeln in seinen blauen Augen, die weit aufgerissen sind und staunend wie die eines Kindes durch das Fenster blicken.

Sein Duft nach frisch gemähtem Gras versetzt mich wieder in den Moment heute früh, als ich mit ihm auf mir drauf erwachte und sofort schießt mir das Blut in die Wangen. Wieder einmal dringt er in meine Komfortzone ein, aber mittlerweile ... habe ich nichts mehr dagegen. Fand ich es zu Beginn nervig und taktlos, so habe ich mich nun ein Stück weit daran gewöhnt. Es ist eben seine Art und es kommt mir vor, als ob er noch nie etwas von persönlichem Abstand gehört hätte.

Vielleicht ist das in dem Land oder dem Gebiet, aus dem er kommt, nicht eine so große Sache wie bei uns.

Vielleicht ... bedeutet es dort gar nichts und diese Nähe ist für ihn ganz normal.

Und er riecht so gut! Wenn ich meine persönlichen Komplexe einen Moment lang außen vor lasse, möchte ich am liebsten die Augen schließen, seinen Duft inhalieren und die wohlige Wärme, die von ihm ausgeht, in mich aufsaugen. Ich kann mich nicht mehr daran erinnern, wann mir zuletzt ein Mann derart nah war und ich es genossen habe. Es muss ewig her sein!

Als ich ihm nicht antworte, wendet er den Blick vom Fenster ab, dreht den Kopf ein Stück und schaut mich an. Seine Nase ist nur noch wenige Zentimeter von meiner entfernt.

Und irgendwie ist mir die Fähigkeit zu atmen in diesem Moment abhandengekommen.

Mein Herzschlag gerät ins Stolpern, als ich in seine himmelblauen Augen schaue, in denen keine Spur des kindlichen Staunens mehr zu finden ist. Auch sein Lächeln ist verschwunden und doch ist sein Blick weich – viel sanfter als sonst, obwohl ich darin etwas zu erkennen glaube, was ich schon sehr lange nicht mehr gesehen habe.

Ich müsste mich nur ein winziges Stück nach vorne lehnen, um …

»Möchten Sie etwas trinken?«

Ich zucke zusammen, presse mich tiefer in den Sitz und blinzele die Stewardess wahrscheinlich an wie eine Gestörte. In meinem Kopf kann ich förmlich spüren, wie mein Gehirn versucht, seine Tätigkeit wieder aufzunehmen und an etwas anderes als den Mann neben mir zu denken.

»Ähm …«, ist das Geistreichste, was ich zustande bekomme. Dass gerade jetzt Wulfs Lippen in meinen Gedanken aufblitzen, ist nicht hilfreich. Schnell schüttele ich den Kopf und schiebe noch ein »Nein … danke« nach.

Mit einem unverbindlichen Lächeln schiebt die Stewardess ihren Wagen weiter und stellt dieselbe Frage.

Noch immer trommelt mir das Herz wie verrückt gegen die Brust. Was ist denn nur plötzlich los mit mir? Unsicher werfe ich Wulf, der sich ebenfalls zurück in seinen Sitz gelehnt hat, einen Blick zu. Er starrt der Stewardess nach und scheint nicht im Entferntesten so verwirrt zu sein wie ich. Sollte ich darüber froh sein?

Ich ringe mir ein Lächeln ab. »Ja, wir sind wirklich über den Wolken«, greife ich seine Frage von vorhin auf, in der Hoffnung, wieder zurück zur Normalität zu finden. »Und im Moment fliegen wir über den Atlantik. Es wird noch ein paar Stunden dauern, bis wir in Deutschland ankommen. Du könntest solange versuchen zu schlafen, wenn du willst.«

Nach einem kurzen Zögern nickt Wulf, lehnt den Kopf zurück und schließt die Augen. Ich bin zwar ebenfalls müde, aber gerade viel zu aufgedreht, um überhaupt an Schlaf zu denken. Deshalb starre ich aus dem Fenster und hinunter auf das schimmernde Blau des Ozeans, das mich seltsamerweise an Wulfs Augenfarbe erinnert.

Ich seufze. Seit wann bin ich denn derart kitschig veranlagt? Ich habe noch nie alltägliche Dinge angesehen und dabei verträumt an meinen Partner gedacht. Wobei Wulf keinesfalls mein Partner ist!

Vorsichtig wende ich mich nach links und beobachte ihn. Er sieht so friedlich aus, wenn er schläft – oder zumindest ruht, denn ich glaube nicht, dass er in dieser Geschwindigkeit eingeschlafen sein kann. Er hat den Kopf ein Stück zu mir geneigt, den Mund leicht geöffnet. Die Wollmütze, die er immer noch trägt, drückt sein Haar weit hinab ins Gesicht, sodass die schwarzen Strähnen bis zu den Augen fallen. Ich könnte mir vorstellen, dass sie furchtbar kitzeln ...

Kurz bevor meine Finger sein Gesicht erreichen, kann ich sie gerade noch stoppen. Was zum ...? Wollte ich ihn etwa gerade im Schlaf streicheln?

Himmel, Emma, krieg dich wieder ein!

Schnell wende ich mich ab, starre geradeaus auf den Sitz vor mir und zwinge mich, ruhig zu atmen. Das Kribbeln verschwindet allmählich aus meinem Bauch und den Fingerspitzen, und auch mein Herz schlägt wieder beinahe im gleichmäßigen Trott.

Es ist erschreckend, wie schnell ich meine sonstige Reserviertheit aufgebe. Heute Morgen war Wulf noch ein völlig Fremder für mich – na ja, eigentlich ist er das immer noch –, aber ich genieße seine Nähe im Moment. Normalerweise würde ich so weit wie möglich ans äußere Ende des Sitzes rücken, wenn ich neben einem fremden Mann säße – einfach, weil ich es nicht leiden kann, wenn mir Fremde zu nahe kommen und noch dazu ständig in meinen persönlichen Bereich eindringen.

Bei Wulf jedoch ist das anders. Mittlerweile zumindest. Das ist mir schon lange nicht mehr passiert und ich hatte mich schon an den Gedanken gewöhnt, einsam und verbittert alt zu werden. Vielleicht mit einer Menge Katzen mitten im Nirgendwo.

Dass Wulf vielleicht gar nicht menschlich ist, verdränge ich seit Stunden erfolgreich aus meinen Gedanken. Es scheint für mich gar keine Bedeutung zu haben, obwohl es mich eigentlich vor Angst zittern lassen müsste. Immerhin ist es möglich, dass er ein Alien und hier auf der Erde ist, um die Weltherrschaft an sich zu reißen.

Was machen wir heute Abend, Brain? – Dasselbe, was wir jeden Abend machen, Pinky: Wir versuchen, die Weltherrschaft an uns zu reißen!

Verdammt, nicht hilfreich! Ich stütze den Kopf in die Hände und massiere mir mit den Fingern die Schläfen. Warum denke ich immer in Filmzitaten, wenn eine Situation mich überfordert?

Seufzend schaue ich wieder nach links zu Wulf. Nein, er sieht beim besten Willen nicht so aus, als könnten ihm jederzeit Tentakel wachsen. Auch seine Augen scheinen keine todbringenden Laserstrahlen verschießen zu können. Bis auf seine Ohren und die Krallenfinger, die kaum auffallen, sieht er aus wie ein ganz gewöhnlicher Mann.

Na ja, *gewöhnlich* vielleicht nicht, aber eben wie ein Mensch. Mindy-Mandy hatte vorhin mit ihrer bissigen Bemerkung schon recht: Ein solcher Mann gibt sich nicht mit mir ab. Ich bin zwar nicht hoffnungslos entstellt, aber auch nicht von der Art Schönheit, nach der sich Männer auf der Straße den Hals verrenken. Ich bin ... einfach ich – nicht mehr und nicht weniger.

Meine Gedankengänge nerven mich selbst. Doch viel schlimmer ist das Wissen, dass es keine gute Idee war, Wulf mit zu mir zu nehmen. Ich hatte zwar keine Alternative, denn ich konnte ihn nicht in dieser Höhle zurücklassen, doch ... ich habe mir das einfacher vorgestellt. *Professioneller.* Aber das, was in mir vorgeht, wenn ich ihn ansehe, hat mit Professionalität in etwa so viel zu tun wie *Disney* mit *The Walking Dead.*

Ich muss diese verwirrenden Gefühle und Gedanken in den Griff kriegen und zwar schnell, ehe es noch schlimmer wird. Wenn ich mir vorstelle, dass mir eine ganze Woche mit ihm in meiner Wohnung bevorsteht – *allein!* –, weiß ich schon jetzt, dass es in einem Desaster enden wird. Ich werde ein nervliches Wrack sein.

Ich lehne mich zurück und schaue aus dem Fenster. O ja, das wird *richtig* übel enden, wenn ich nicht aufpasse. Aber wie soll ich es schaffen, Wulf auf Distanz zu halten, wenn ich doch alles, wirklich *alles* über ihn wissen will?

Ich erschrecke, als ich plötzlich ein Gewicht auf meiner linken Schulter spüre. Langsam, wie in Zeitlupe, drehe ich den Kopf und starre auf die bunte Wollmütze, unter der schwarze Haarsträhnen hervorlugen.

Stocksteif sitze ich da und wage es nicht, auch nur einen Muskel zu rühren, während ich Wulfs gleichmäßige Atemzüge beobachte. Das darf doch wohl nicht wahr sein! Will er jetzt wirklich an meine Schulter gelehnt weiterschlafen?

Wie von selbst wandert meine linke Hand ein Stück nach oben und streicht vorsichtig über seine Wange. Seine Haut ist überraschend weich, keine Spur eines Bartschattens. *Wow.*

So viel zur Professionalität ... Ich hatte schon immer ein Talent dafür, sehenden Auges in mein Verderben zu rennen. Warum also nicht auch bei dem Fund, den ich auf einer verlassenen Insel aufgelesen habe und der mir alle Türen der Archäologiewelt öffnen soll?

Ich bin so was von am Arsch ...

KAPITEL 8

Als die Durchsage ertönt, dass wir in wenigen Minuten zur Landung ansetzen werden, rüttele ich Wulf kurz. Er hat knapp drei Stunden mit dem Kopf auf meiner Schulter gelegen, sodass mein Arm mittlerweile eingeschlafen und vollkommen gefühllos geworden ist. Ich habe es aber auch nicht über mich gebracht, ihn zu wecken. Bei meinem ganzen Selbstmitleid habe ich nicht vergessen, dass es auch für ihn nicht einfach ist. Also habe ich ihm seinen Schlaf gegönnt, während ich kein Auge zumachen konnte. Zum Glück schenkten uns die anderen Teammitglieder keinerlei Aufmerksamkeit – nicht mal Anthony. Ich will mir gar nicht ausmalen, was passiert wäre, hätte er Wulf und mich in dieser Sitzhaltung erwischt. Obwohl die eigentlich ganz harmlos ist, im Vergleich dazu, dass er heute Morgen auf mir lag. Und doch hat diese Nähe, diese Berührung etwas viel Intimeres an sich, was mich zunehmend nervös werden lässt.

Verschlafen blinzelt Wulf mich an und reibt sich mit den Händen über die Augen. »Was ist los? Bin ich eingeschlafen?«

»Du hast den ganzen Flug verschlafen. Wir setzen gleich zur Landung an.«

»Und dann gehen wir zu deinem Haus?«

»Ich hab zwar nur eine Zweizimmerwohnung, aber ja, das ist der Plan. Sobald ich mein Gepäck habe, rufe ich uns vor dem Flughafen ein Taxi, das uns zu mir bringt.«

Kurz mustere ich ihn und meine zusammengewürfelten Klamotten, die er noch immer trägt. Schwitzt er nicht in den dicken Wintersachen? Aber was anderes hat er ja nicht, immerhin war er heute Morgen vollkommen ... nackt.

»Morgen früh sollten wir als erstes im Secondhandladen um die Ecke ein paar Pullis und zwei Hosen zum Wechseln für dich besorgen.«

Sofern das meine Ersparnisse noch zulassen, füge ich in Gedanken hinzu. Ich darf gar nicht daran denken, dass ich zugestimmt habe, beim nächsten Einsatz ohne Bezahlung zu arbeiten ... Selbst jetzt weiß ich nicht, wie ich den laufenden Monat überleben soll. Aber das kann ich Wulf gegenüber unmöglich zugeben!

Ich sehe ihm deutlich an, dass er nicht alles von dem, was ich gesagt habe, verstanden hat, aber er nickt, also lasse ich es dabei bewenden.

Während der Landung huscht wieder ein Hauch von Panik über Wulfs Miene, aber diesmal hält er nur fest meine Hand, anstatt sie zu Mus zu zerquetschen. Wir warten, bis die meisten anderen Teammitglieder ausgestiegen sind, dann öffne ich seinen Gurt – darauf bedacht, so wenig wie möglich *da unten* herumzufummeln – und ziehe Wulf hinter mir her zum Ausgang.

Meine Koffer liegen bereits mit den anderen neben dem Flugzeug auf dem Rollfeld, sodass ich sie nur holen muss. Am Rand der kleinen Startbahn befinden sich – wie immer – mehrere Taxis, die die Mitarbeiter nach der Landung nach Hause bringen. Das muss ich Anthonys Assistentinnen lassen: Planen können sie und sie überlassen nichts dem Zufall. Obwohl dieses kleine, kaum benutzte Rollfeld in der Nähe von Berlin liegt, gibt es hier keinerlei Verkehrsanbindung – und niemand stellt unbequeme Fragen. Wie beispielsweise meinem dunkelhaarigen Begleiter.

Wulf nimmt einen der Koffer, ich den anderen und mit der freien Hand halte ich seine fest, damit wir so rasch wie möglich von hier wegkommen.

Zumindest rede ich mir das halbwegs erfolgreich ein.

Ich schnappe mir eines der verbliebenen Taxis und werfe das Gepäck in den Kofferraum, bevor ich mich mit Wulf auf die Rückbank des Wagens schiebe und dem Fahrer meine Adresse durchgebe.

Erst als ich das Team nicht mehr sehe, kann ich wieder beruhigt atmen. Anthony und die anderen werden mich für die nächsten Tage in Ruhe lassen – zumindest hoffe ich das! –, weil sie zu sehr damit beschäftigt sein werden, auf die wissenschaftliche Analyse des Dolches zu warten. Obwohl sie genau wie ich wissen, dass die Ergebnisse nicht vor Ablauf einer Woche eintreffen werden, können sie gar nicht anders, als nervös vor dem Telefon auf und ab zu laufen. Unter normalen Umständen wäre ich bei ihnen und würde es genauso machen, aber ...

Ich werfe einen Blick nach links und sehe, wie Wulf mit offenem Mund die Hochhäuser und blinkenden Reklametafeln der Stadt betrachtet. Nein, zurzeit gibt es keine *normalen Umstände* bei mir.

Als wir vor meiner Wohnung am Stadtrand halten, pule ich zähneknirschend das letzte Bargeld aus meinem Portemonnaie, um den Taxifahrer zu bezahlen. Ich hoffe inständig, dass ich noch ein paar Fertigpizzen im Tiefkühlfach habe, denn um etwas beim Lieferdienst zu bestellen, reicht mein Geld nicht mehr.

Ich bringe die Koffer zu der kleinen Treppe, die zum Hauseingang führt. Wulf steht bereits dort und nimmt mir das Gepäck ab.

»Hier wohnst du?«, fragt er und legt den Kopf in den Nacken, um bis zum Dach des sechsstöckigen Mietshauses hinaufzuschauen.

»Ja, schon eine Weile«, murmele ich, während ich den Schlüssel aus der Handtasche krame. »Ist nicht die beste Wohngegend, aber alles, was ich mir leisten kann. Vielleicht ...«, ich drehe mich zu ihm um und grinse ihn an, »... kann ich aber bald umziehen, wenn die Antworten, die du mir versprochen hast, ein Vermögen wert sind.«

Sofort sehe ich, wie alles offene Staunen aus seiner Mimik weicht und er sich verschließt. Am liebsten würde ich das eben Gesagte zurücknehmen. Stattdessen drehe ich mich schnell wieder um und öffne die Haustür.

Ich habe mich unglücklich ausgedrückt, aber es war die Wahrheit. Wenn Wulf tatsächlich etwas ... Besonderes ist, werde ich keinen Tag länger als nötig in dieser heruntergekommenen Gegend wohnen.

»Wir müssen in den dritten Stock. Einen Aufzug gibt es leider nicht, also müssen wir alles hochtragen.«

Ich schnappe mir einen Koffer und gehe voran durch den engen, dunklen Flur. Immer wieder ecke ich am Geländer an, was einen Heidenlärm verursacht.

Vor meiner Wohnung nestele ich nach dem richtigen Schlüssel. Als ich ihn endlich gefunden habe, schließe ich die Tür auf.

»*Tadaaa,* willkommen in der *Casa Emma!*«, rufe ich überschwänglich, während ich eintrete und mit dem Fuß ein paar Klamotten wegkicke, die noch auf dem Boden verteilt liegen.

Mit undurchsichtiger Miene schaut sich Wulf in dem kleinen Flur um, wirft einen Blick ins Wohnzimmer und in die Küche, wobei ich unruhig von einem Fuß auf den anderen trete. Ich hätte wirklich aufräumen sollen, bevor ich nach Island aufgebrochen bin ... Hier drin sieht es aus, als hätte eine Bombe eingeschlagen und ich weiß, dass mein Schlafzimmer in einem noch viel schlimmeren Zustand ist, weil ich in aller Eile meine Schränke durchwühlt habe. Die Dreckwäsche von Ägypten liegt noch immer quer über der Bettseite, die seit Jahren unbenutzt ist, und über den Boden verteilt.

Aber warum mache ich mir darüber Sorgen? Es ist ja nicht so, als würde Wulf mein Schlafzimmer zu sehen bekommen! Allein der bloße Gedanke bringt mein Herz zum Stolpern, und obwohl ich mir einrede, dass das sowieso nicht passieren wird – Professionalität! –, nehme ich mir für morgen fest vor, das Schlafzimmer wenigstens ein bisschen aufzuräumen.

Ich lasse die Koffer im Flur stehen, gehe ins Wohnzimmer und werfe die Kissen von der Couch.

»Hier kannst du die Woche über schlafen. Ich schau mal, ob ich noch etwas anderes zum Anziehen für dich finde. Möchtest du währenddessen duschen?«

Bitte sag, dass du weißt, was eine Dusche ist! Es gibt Dinge, die ich ihm nicht unbedingt zeigen will. Sein fragender Blick sagt mir allerdings, dass er es *nicht* weiß. Ich schlucke angestrengt.

»Nun ... ähm ... Ich kann dir das Prinzip erklären, wenn du möchtest? Sicherlich schwitzt du in den dicken Klamotten.«

Ich lotse ihn ins Bad und schaue unsicher auf die Duschkabine. Mein Herz klopft bis zum Hals, während ich fieberhaft überlege, wie ich ihm alles zeigen und erklären soll, ohne dass er sich dafür ausziehen muss. Ob ich ihn einfach in Klamotten erst mal unter die Dusche stellen sollte? Die sind eh ein Fall für die Waschmaschine und ein bisschen Wasser wird ihnen schon nichts ausmachen. Ja, das klingt nach einem guten Plan! Meine Aufregung fällt von mir ab, bis ...

... ich mich zu ihm umdrehe.

Fassungslos starre ich auf seinen nackten Oberkörper und seine Hände, die bereits den Bund der Thermounterhose umfassen und sie ein Stück nach unten geschoben haben, sodass ich deutlich die Muskelstränge sehen kann, die darunter verschwinden und ein V bilden.

Ich muss einen wirklich grenzdebilen Anblick abgeben, wie ich dastehe und unfähig bin, mich zu rühren oder gar einen zusammenhängenden Satz von mir zu geben, denn Wulf fängt schallend an zu lachen.

»Du solltest dein Gesicht sehen!«, gluckst er zwischendrin.

Auch ohne in den Spiegel zu schauen, weiß ich, wie ich aussehe: knallrot, wie ein Schweinchen mit Sonnenbrand. Ich spüre, wie das Blut durch mein Gesicht rauscht und würde am liebsten im Boden versinken. Aber dass ein halb nackter und dazu noch mehr als gut aussehender junger Mann in meinem Bad steht, kam das letzte Mal ... Ich überlege fieberhaft. Nein, das kam noch *nie* vor. Heute Morgen noch stand ich zu sehr unter Schock und war zu verängstigt, um sein Aussehen ausreichend zu würdigen, doch nun kommt es mir vor, als wäre das Bad plötzlich zu klein für uns beide. Überdeutlich spüre ich die Präsenz, die von ihm ausgeht und an die ich nicht gewohnt bin. Ohne dass ich es verhindern kann, reagiert mein verräterischer Körper auf ihn. Viel zu schnell pulsiert das Blut durch meine Adern, während sich ein Kribbeln in meinem Bauch ausbreitet.

»Entschuldige mich«, murmele ich und will mich an ihm vorbei aus dem kleinen Bad zwängen, doch Wulf hält mich am Arm fest.

»Was ist los, Emma?«

Wieder ist er viel zu nah, sodass ich seine Körperwärme auf meiner Haut spüren kann. Den Drang, mich noch näher an ihn zu lehnen, kann ich zum Glück im letzten Moment abwürgen. Keine Ahnung, wann ich zuletzt derart stark auf einen Mann reagiert habe. Wahrscheinlich noch nie. Und ich habe keine Ahnung, was ich dagegen tun soll.

Ich schnappe nach Luft, wage es aber nicht, den Blick zu heben. Sinnlos öffne und schließe ich den Mund, ohne dass ein Wort herauskommt.

Mit einem trägen Grinsen, das derart verrucht aussieht, dass ich beinahe wimmere, beugt er sich weiter nach unten, sodass seine Lippen über mein Ohr streichen, während er flüstert: »Wolltest du mir nicht das Prinzip der Dusche erklären?«

Okay, atmen wird eindeutig überbewertet. Immerhin stehe ich bestimmt seit zwei Minuten hier und halte die Luft an. Aber an einem Herzinfarkt werde ich garantiert sterben, wenn er sich nicht gleich von mir entfernt, doch Wulf scheint meine Nervosität amüsant zu finden.

»Also? Was ist nun?«, wispert er mir erneut ins Ohr.

Mein ganzer Körper erschaudert wohlig. Ich möchte mich gegen ihn lehnen und die Hand über seine nackte Brust gleiten lassen. W-Was mache ich noch mal hier? Ach ja, die Dusche. Aber irgendwie läuft das nicht nach dem Plan, den ich mir extra zurechtgelegt habe. Darin kamen nicht so viel nackte Haut und Berührungen und Nähe und Nervosität vor. Und dieses allgegenwärtige Kribbeln erst recht nicht!

Professionalität, Emma!

»N-Nachdem du d-dich …«, ich schlucke gegen einen dicken Kloß in meinem Hals an, »… a-ausgezogen hast, gehst du unter die D-Dusche und drehst den Wasserhahn auf. Nach rechts für kalt, nach links für warm.«

Ich mache eine Pause und atme zweimal tief durch, um mich zu sammeln und selbst daran zu erinnern, wie die verdammte Dusche funktioniert.

»In der Dusche findest du Shampoo und Duschgel, das du benutzen kannst. Du wirst dann zwar wie ich riechen, aber ich habe leider keine Männerartikel hier.«

»Ich kann mir Schlimmeres vorstellen, als wie du zu riechen.«

Okay … Das ist mein Stichwort. Ich muss hier ganz dringend verschwinden, ehe ich noch etwas *richtig* Blödes anstelle. Doch meine Beine weigern sich, dem Befehl meines Gehirns nachzukommen und bleiben lieber wie festgewachsen an Ort und Stelle stehen. *Verdammt!* Stattdessen hebt sich meine Hand – ohne mein bewusstes Zutun, ich schwöre es! – und legt sich auf Wulfs Unterarm. Warum tut sie das bitte? Sie soll damit aufhören! Das wird nicht gut gehen …

Ich spüre seine warme, straffe Haut unter den Fingern und finde endlich den Mut, den Blick zu heben. Als ich in seine Augen schaue, verschlägt es mir für einen Moment wieder den Atem. Doch so sehr ich sie auch anstarre, bleiben sie doch bestehen: Seine Pupillen, von denen ich mir sicher bin, dass sie bisher ganz normal rund waren, haben sich in schmale Schlitze verwandelt.

Dann passiert so vieles gleichzeitig, dass mein Gehirn, das noch immer vollauf damit beschäftigt ist, Befehle an meine Gliedmaßen zu senden, komplett den Geist aufgibt. Wulf drängt mich zurück, bis ich mit dem Rücken gegen die kalte Wand stoße, und stemmt die Arme rechts und links neben mir ab. Kurz höre ich ein Kreischen, als er mit den spitzen Krallen über die Fliesen schabt. Während des Fluges hatte er sie die ganze Zeit über eingefahren – zum Glück! Sonst hätten meine Hände ernsthaften Schaden genommen … Doch warum fährt er sie jetzt wieder aus? Sein Gesicht ist so nah, dass ich seinen Atem auf der Haut spüre.

»Hast du Angst, Emma?«, fragt er mich, ohne den Blick abzuwenden.

Er wartet darauf, dass ich ihn panisch anflehe, mich gehen zu lassen. Und er erwartet es, das sehe ich ihm an. Doch auch wenn mein Herz rast wie noch nie zuvor, verspüre ich nicht den geringsten Hauch von Angst.

Ohne eine Miene zu verziehen, hebe ich die Hand und ziehe ihm die Mütze vom Kopf. Sofort stellen sich die spitzen, pelzigen Ohren auf und drehen sich kurz zur Seite, ehe sie sich wieder nach vorne ausrichten. Ich beobachte dieses Schauspiel fasziniert und lasse dann den Blick über seinen Arm zu seiner Hand wandern. Die Finger hält er gekrümmt, sodass die Krallen direkt auf den Fliesen aufliegen. Sie sind spitz und könnten eine Menge Schaden anrichten, da bin ich mir sicher. Zuletzt hebe ich meinen Blick wieder und schaue in seine Augen mit den geschlitzten Pupillen.

»Nein«, sage ich wahrheitsgemäß. »Ich habe keine Angst vor dir.«

Für die Dauer eines Wimpernschlags meine ich, Erleichterung über seine Miene huschen zu sehen, doch die Emotion ist genauso schnell wieder verschwunden, wie sie aufgetreten ist.

»Das solltest du aber«, knurrt er. »Ich könnte dich hier und jetzt töten.«

Ich nicke. Natürlich könnte er mich töten, selbst wenn er kein … *was-auch-immer* wäre. Ich stehe ihm allein gegenüber, habe nichts, womit ich mich im

Notfall verteidigen könnte, und doch ziehe ich nur spöttisch eine Augenbraue nach oben.

»Wenn du mich umbringen wollen würdest, hättest du das am besten in der Höhle auf dieser gottverlassenen Insel getan. Dort hätte niemand meinen Leichnam je gefunden, er wäre zu Staub zerfallen. Auch danach hattest du unzählige Gelegenheiten, wenn du es wirklich gewollt hättest. Das hast du doch selbst schon gesagt.« Ich breite die Arme so gut es geht in seiner Umklammerung aus. »Trotzdem stehe ich hier. Putzmunter. Du siehst, dass ich keine Angst vor dir habe. Was willst du jetzt also tun?«

Kurz legen sich seine Ohren flach an den Kopf, während er nachdenkt und mich dabei nicht aus den Augen lässt. »Warum fürchtest du dich nicht vor mir? Ich bin anders als du. Bisher ... hatten alle, die ich gekannt habe, vor mir Angst. Warum du nicht?«

Ich höre so etwas wie Schmerz in seiner Stimme und merke, dass er mit diesen Fragen an mich mehr über sich selbst preisgegeben hat als jemals zuvor.

»Du bist anders, das stimmt, aber das ist noch lange kein Grund, warum ich schreiend vor dir davonlaufen sollte. Während des Studiums und meiner Forschungen bin ich über so viele Dinge gestolpert, die ich mit normalem Menschenverstand nicht erklären konnte. Das bedeutet nicht, dass diese Dinge schlecht sind. Sie sind nur anders, als ich es gewohnt bin. Genau wie du. Und wenn irgendwelche Idioten Angst vor deinen Ohren oder deinen Fingern hatten und dich deswegen gemieden haben, dann sind sie genau das: Idioten.«

Wulf beobachtet mich mit schief gelegtem Kopf, als müsse er herausfinden, ob ich das, was ich gesagt habe, auch wirklich ernst meine oder mich auf seine Kosten amüsiere.

»Hattest du überhaupt Freunde?«, frage ich nach einer Weile des Schweigens.

»Einen«, gibt er zögernd zu. »Bis sich herausstellte, dass er genauso war wie all die anderen. Er hat mich verraten.«

»Das klingt ... furchtbar.«

Und das ist nicht nur eine leere Floskel, sondern mein Ernst. Ich weiß, wie es ist, gemieden zu werden, weil man anders ist. Als pummelige Halb-Ausländerin, die lieber Löcher buddelte als mit Puppen zu spielen, wurde ich auch eher gemieden und verspottet. Freunde hatte ich kaum.

Langsam hebe ich die Hand und lege sie auf Wulfs nackte Brust. Unter meinen Fingern spüre ich seinen Herzschlag. »Bei mir brauchst *du* dich auch nicht zu fürchten. Ich verurteile dich nicht, weil du anders bist. Ich bin dein Freund.«

Bämm!! In your face, Professionalität!

»Mein Freund also, hmm?«, murmelt er.

Als Wulf sich noch ein Stück zu mir nach vorne beugt, ist es jedoch schlagartig wieder vorbei mit der Professionalität. Ich schlucke hektisch und meine Hand, die noch immer auf seiner Haut ruht, zittert verdächtig. Ebenso wie meine Unterlippe, die plötzlich nur einen Hauch von seinem Mund entfernt ist.

Kurz bevor seine Lippen auf meine treffen, tauche ich unter seinem Arm hindurch und schaffe etwas Distanz zwischen uns.

Irgendwie habe ich diesen Verlauf so nicht geplant ... Wie komme ich aus der Nummer wieder raus, ohne als komplette Vollidiotin dazustehen oder das mühsam aufgebaute Vertrauen zu missbrauchen?

»Nun ... ähm ... du willst sicherlich duschen. Handtücher findest du dort drüben im Schrank. Ich schau solange, ob ich noch ein Shirt und eine Jogginghose finde, die dir passen könnten, und lege sie vor die Tür.«

Rückwärts nähere ich mich selbiger und taste hinter dem Rücken nach der Klinke. Wulf lässt mich unterdessen nicht aus den Augen und ich bin ebenso unfähig, den Blick abzuwenden. Mein Herz hämmert wie wild und denkt nicht daran, sich zu beruhigen, solange dieser Mann noch in meiner unmittelbaren Nähe ist.

Ich muss hier raus, muss Abstand zwischen uns bringen und meine Gedanken sortieren. Das kann ich nur, wenn er nicht ständig in meiner Komfortzone herumlungert und dadurch mein Gehirn in einen gefährlichen Dämmerzustand schickt.

Ich husche aus dem Bad und schließe die Tür. Von drinnen meine ich ein glucksendes Lachen zu hören.

Seufzend mache ich mich auf den Weg ins Schlafzimmer, biege aber kurz in die Küche ein, um nach etwas Essbarem zu suchen. Der Kühlschrank ist wie erwartet leer und auch im Tiefkühlfach finde ich nur eine Packung Spinat und eine Fertigpizza. Tja, dann werden wir uns die wohl heute teilen müssen, ehe ich morgen meine letzten Ersparnisse zusammenkratze, um einkaufen zu gehen. Irgendwie freue ich mich darauf, nicht nur für mich Lebensmittel einzukaufen, sondern überlegen zu müssen, was der andere gern essen würde. Ich mag das Gefühl, für jemanden zu sorgen und habe es schon lange nicht mehr gespürt. Viel zu lange ...

Ich greife nach einem Notizblock und einem Bleistift und beginne bereits, die grundlegenden Nahrungsmittel aufzuschreiben, die ich nicht vergessen darf. Eier, Brot, Aufschnitt, Butter, Wasser. Gedankenversunken laufe ich weiter Richtung Schlafzimmer, während ich immer wieder etwas auf den Block kritzele. Bei Obst und Gemüse werde ich Wulf besser erst fragen, was er mag. Ich bin da selbst sehr wählerisch und gerade für teure Südfrüchte wird mein Budget nicht ausreichen.

O Mann, hoffentlich beeilen sie sich mit der Analyse des Dolches, damit ich bald einen neuen Gehaltsscheck bekomme. Den letzten vorerst ...

Ich lege das Schreibzeug auf meinen Nachttisch und beginne, die Schränke zu durchwühlen. Viel ist nicht mehr darin zu finden: Die Sommerkleidung gammelt auf dem Fußboden vor sich hin und schreit nach einer Wäsche, die Winterkleidung befindet sich noch in den Koffern. Nur ein paar Kleider und alte Shirts liegen noch unordentlich in den Regalen, einige Blazer und ein Hosenanzug hängen auf Kleiderbügeln. Aber ich bin mir sicher, dass dort hinten ...

Ich stelle mich auf die Zehenspitzen und recke mich, um hinter die Klamottenstapel im obersten Regalfach zu greifen. Wenn mich nicht alles täuscht, müssten da noch ...

Bingo!

Ich zerre das T-Shirt und die Jogginghose hervor, die letzten Überbleibsel meiner gescheiterten Beziehung. Das Einzige, was ich von Robert, meinem Ex, aufbewahrt habe. Nie und nimmer wäre ich auf die Idee gekommen, diese Klamotten mal einem Wesen aus einer anderen Welt zu geben, das ich auf einer einsamen Insel aufgegabelt habe. Eigentlich wollte ich das Shirt und die Hose in einer Vollmondnacht verbrennen und dabei einige Verwünschungen aussprechen, während ich ums Feuer tanze.

Ich klemme mir die Sachen unter den Arm und haste zurück zum Bad.

Als ich mich bücke, um Shirt und Hose auf den Boden zu legen, öffnet sich die Badezimmertür. *Verdammter Mist!*

Wie versteinert starre ich auf seine Beine, die noch feucht glänzen. Aus dem Bad wabert ein warmer Dunst heraus und nimmt mir für einen Moment die Sicht.

»I-Ich wollte dir nur was zum Anziehen hinlegen«, stammele ich und kneife die Augen zu, ehe mein Blick – dieser elende Verräter! – weiter nach oben wandern kann. Schnell lasse ich die Klamotten fallen und richte mich wieder auf, um ins Wohnzimmer zu flüchten.

Ich will mich lieber nicht davon überzeugen, ob er die Handtücher gefunden und verstanden hat, dass man sich eines davon um die Hüfte binden kann, um besonders delikate Stellen zu verbergen. Das wäre zu viel für meine ohnehin angeschlagenen Nerven.

»Probier mal, ob sie passen. Ich mache uns inzwischen was zu essen.«

Eilig trete ich den Rückzug an. Gerade als ich dachte, ich hätte mich wieder halbwegs unter Kontrolle, muss er aus dem Bad kommen ...

Völlig in Gedanken versunken hole ich die Pizza aus dem Tiefkühlfach. Ich muss ihm dringend ein paar Spielregeln erklären, wenn er eine Woche lang bei mir wohnen will. Aber wo fange ich da am besten an?

Ich höre das Tapsen seiner nackten Füße, als er durch den Flur zur Küche kommt. Zögernd drehe ich mich um, weil ich befürchte, dass er die Klamotten einfach ignoriert hat. Dass er kein Problem mit Nacktheit hat, habe ich ja bereits in der Höhle festgestellt.

Ich meine, hey, wenn jemand so einen Körper hat wie er, darf er den auch gern zeigen, damit hab ich überhaupt kein Problem!

Aber wenn ich bedenke, dass ich für die nächsten knapp sechs Tage mutterseelenallein mit ihm bin und ich mir Professionalität auf die Fahne geschrieben habe, fände ich es doch sehr angenehm, wenn er mich nicht ständig in Versuchung führen würde. Ich bin schließlich auch nur eine Frau, deren letzte zwischenmenschliche Beziehung schon über ein halbes Jahr her ist.

Und vorhin im Bad war es *verdammt* knapp. Keine Ahnung, wie lange ich noch standhalten kann, sollte er es wirklich darauf anlegen ...

Erleichtert atme ich auf, als ich sehe, dass er die Klamotten angezogen hat. Das Shirt spannt über seiner Brust und an den Armen und auch die Hose ist gute zehn Zentimeter zu kurz, sodass sie eine Handbreit über seinen Knöcheln endet.

»Tut mir leid, dass die Sachen nicht richtig passen, aber das sind die einzigen, die halbwegs deine Größe haben. Morgen gehen wir in den Secondhandladen und schauen, ob wir etwas Passenderes für dich finden. Hast du Hunger?« Ich deute auf das noch immer offen stehende Gefrierfach hinter mir.

Wulf nickt, bleibt aber im Türrahmen stehen. Ich weiß nicht, woran es liegt, aber dieser Abstand, den er plötzlich hält, macht mich noch nervöser als seine ständige Nähe. Um mich abzulenken, packe ich die Pizza aus und schiebe sie in den Ofen. Nun habe ich nichts mehr zu tun und lehne mich mit dem Rücken gegen die Arbeitsfläche, während ich den Blick ziellos im Zimmer umherstreifen lasse.

Noch nie kamen mir die knapp zwanzig Minuten, bis die Pizza fertig ist, so lang vor.

»Du hattest Fragen«, sagt Wulf nach einer Weile in die Stille hinein.

Mein Kopf ruckt zu ihm herum und ich registriere seine abweisende Haltung. Mit vor der Brust verschränkten Armen lehnt er am Türrahmen, die Lippen zu einem schmalen Strich zusammengepresst.

»Ja«, antworte ich zögerlich.

Mir gefällt sein plötzlicher Stimmungsumschwung gar nicht und ich bin mir sicher, dass ich keine brauchbaren Antworten aus ihm herausbekommen werde, solange er so dichtmacht.

»Ich werde dir jeden Tag eine deiner Fragen beantworten. Nur eine einzige. Und ich behalte mir vor, auf bestimmte Fragen gar nicht zu antworten.«

»Das war aber so nicht abgemacht«, zische ich und stoße mich von der Anrichte ab. »Du hast mir Antworten versprochen!«

Er nickt knapp. »Die sollst du auch bekommen, aber es gibt Dinge ... dunkle Dinge in meinem Leben, über die ich weder mit dir noch mit jemand anderem reden werde.«

»Aber ... Das ist nicht fair! Du könntest ja bei jeder Frage sagen, dass du sie nicht beantworten willst!«

Ich stehe nun direkt vor ihm und strecke mein Kinn vor, baue mich zu meiner vollen Größe von knapp eins achtzig auf und trotzdem ist er noch einen halben Kopf größer als ich. Es ist ungewohnt, fast einschüchternd für mich, dass jemand auf mich herabsehen kann, und Wulfs abweisende Miene lässt meine innere Unruhe nur noch mehr wachsen. Zunehmend habe ich das Gefühl, auf verlorenem Posten zu kämpfen. Mir muss dringend etwas einfallen, wie ich ihn dazu bewegen kann, wenigstens ein paar brauchbare Antworten rauszurücken. Dafür mache ich den ganzen Mist doch! Wenn er sich nun weigert, irgendwas von sich preiszugeben, habe ich *nichts.*

Ich brauche eine Idee, wie ich dieses Spielchen mitspielen kann ...

... *Spiel!* Das ist es!

Ich wirbele herum und gehe zurück zur Anrichte, ziehe die Schubladen auf und durchwühle sie. Wo ist es nur hingekommen? Ach verdammt! Ich habe es so lange nicht mehr gebraucht, dass ich es nicht mehr weiß. Aber irgendwo hier muss es doch sein ...

In der hintersten Ecke der letzten Schublade, die mit allerlei Krimskrams vollgestopft ist, werde ich fündig. Innerlich jubelnd ziehe ich die rechteckige Schachtel heraus und entleere den Inhalt auf die Anrichte. Ich wühle mich durch die Karten, bis ich endlich die beiden gesuchten finde. Nicht ganz das, was ich eigentlich im Sinn hatte, aber besser als nichts. Ich wähle den Herz- und den Karobuben, die auf diesem alten Spielblatt als Junker gekennzeichnet sind. Ursprünglich wollte ich zwei Joker ziehen, aber die gibt es in diesem Blatt nicht. Nun ja, immerhin steht ein J für Junker in den Kartenecken und ich bin mir sicher, dass Wulf den Unterschied nicht bemerken wird. Sicher weiß er nicht mal, was ein Joker überhaupt ist.

Mit einem triumphierenden Grinsen auf den Lippen und den beiden Junkerkarten in den Händen drehe ich mich wieder zu ihm um. Die restlichen Karten lasse ich unbeachtet liegen.

»Ich mache dir folgenden Vorschlag: Ich finde es nicht fair, dass du mir Antworten vorenthalten willst, nur weil dir etwas unangenehm ist.«

Er öffnet den Mund, um mir zu widersprechen, doch ich hebe schnell die Hand und bringe ihn damit zum Schweigen.

»Ich habe aber auch Verständnis dafür, dass es Dinge gibt, die du mir nicht sagen kannst oder willst. Jeder von uns hat Geheimnisse, die er niemandem anvertrauen will, das ist ganz natürlich. Deshalb habe ich *die* hier.« Grinsend hebe ich die Karten in die Höhe.

Wulf macht zwei zögerliche Schritte auf mich zu. »Was ist das?«, fragt er, während er die Spielkarten näher betrachtet.

»Das sind Joker. Ich gebe dir diese beiden Karten. Sie sind sozusagen deine Rettungsleine. Wir haben fünf Tage, wenn ich den heutigen Tag und den, an dem die Forschungen am Dolch abgeschlossen sein sollen, nicht mitrechne. Ich habe also das Anrecht auf fünf Fragen. Zwei Antworten kannst du mir verweigern, aber dafür musst du mir je einen Joker zurückgeben. Hast du keinen Joker mehr, musst du jede gestellte Frage beantworten, egal wie unangenehm dir die Antwort ist.« Innerlich klopfe ich mir für diese geniale Idee auf die Schulter. »Also, haben wir einen Deal?«

Aus zusammengekniffenen Augen mustert Wulf abwechselnd mich und die Spielkarten. Ich sehe förmlich, wie es in seinem Kopf arbeitet und er seine Möglichkeiten durchgeht.

»Das heißt, dass ich dir drei Antworten geben muss«, hakt er nach. »Zwei kann ich umgehen, indem ich dir diese ... Joker zurückgebe, richtig?«

Ich nicke. »Das ist mein Angebot. Es ist ein Mittelweg, mit dem wir beide leben können. Ich habe dich von der Insel geholt, mir deswegen Ärger mit meinem Chef eingehandelt und lasse dich nun kostenlos in meiner Wohnung wohnen. Da ist es das Mindeste, dass du mich mit einer Währung versorgst, die ich sehr zu schätzen weiß: Informationen. Geheimnisse. Was sagst du?«

Er zögert noch eine Weile, doch dann hebt er die Hand, greift nach den Karten und steckt sie in die Tasche der Jogginghose.

Ich grinse ihn breit an. »Sehr gute Entscheidung! Dafür gibt es jetzt etwas Leckeres zu essen!«

Kapitel 9

Ich teile die Pizza in der Mitte und lege eine Hälfte auf je einen Teller.

»Ich hoffe, du magst Salami. Was anderes habe ich leider nicht da«, sage ich, während ich die beiden Teller ins Wohnzimmer trage und auf den niedrigen Couchtisch stelle. »Hast du dir schon einen Film rausgesucht?«

Meine Abendplanung umfasst – nach dem Beinahe-Desaster im Badezimmer – simples Fernsehen und da mal wieder nichts Gescheites im normalen Programm läuft, habe ich vorgeschlagen, eine DVD zu schauen. Unschlüssig steht Wulf vor meinem Regal und betrachtet die Hüllenrücken. Dabei zieht er fragend die Augenbrauen zusammen und legt den Kopf schief, um die Schrift lesen zu können. Bei diesem Anblick muss ich ein Lachen unterdrücken.

»Beeil dich, sonst wird deine Pizzahälfte kalt«, mahne ich und beobachte ihn weiter.

Seine Hand schießt vor und zieht eine Hülle heraus. Ungläubig mustert er den Titel und kommt auf mich zu.

Ich nehme ihm die DVD ab und lege sie in den Player. »*Thor*? Ich hätte gewettet, dass du dich für *Rambo* oder *Fast & Furious* entscheidest.«

Ich schnappe mir die Fernbedienung und mache es mir an einem Ende der Couch bequem, den Teller mit meinem Abendessen auf dem Schoß, während ich das DVD-Menü wegklicke und den Film starte.

Im Stehen starrt Wulf auf den Fernseher, als würde er nicht begreifen, was da vor sich geht. Ich warte darauf, dass er mir Fragen dazu stellt, was das für ein Gerät ist, aber er schweigt. Für einen Moment kommt er mir genauso erschöpft vor, wie ich mich fühle.

Wulf nimmt am anderen Ende des Sofas Platz und beäugt sein Pizzastück kritisch. Als er es mit spitzen Fingern anhebt, schnaube ich und sage: »Das kann man essen. Schmeckt lecker. Klar, es ist nur eine Tiefkühlpizza und keine von einem richtigen Italiener, aber es ist das Beste, was ich heute Abend organisieren konnte. Also, tu mir bitte den Gefallen und schau nicht so missmutig! Guck lieber deinen Film.«

Ich beiße in die Pizza, ehe ich noch mehr Blödsinn von mir geben kann, und verbrenne mir prompt den Gaumen. Nachdem ich mir ein paarmal mit der flachen Hand Luft zugewedelt habe, starre ich stur auf den Fernseher und sehe Chris Hemsworth dabei zu, wie er aus Asgard verbannt wird. Was für ein Idiot! Schon als ich den Film das erste Mal sah, konnte ich über sein kindisches Verhalten nur den Kopf schütteln.

Um sich selbst und seinem Daddy etwas zu beweisen, nahm er billigend einen Krieg mit den Frostriesen in Kauf. Zum Glück verweigerte Odin ihm den erhofften Thron, sonst hätte diese verwöhnte Blondlocke noch alle ins Verderben gestürzt. Sein Ziehbruder Loki, gespielt von Tom Hiddleston, konnte mich da schon mehr überzeugen.

Obwohl ich den Film zum gefühlt zwanzigsten Mal sehe, hat sich meine Meinung dazu nicht geändert. Noch immer würde ich am liebsten was in den Fernseher schmeißen, als Thor seine Kumpane ins Reich der Frostriesen führt, und ihn und seine Freunde anschreien, dass sie einen an der Waffel hätten.

Wahrscheinlich konnte ich ein genervtes Stöhnen nicht unterdrücken, denn ich spüre Wulfs Blick auf mir, doch ich gebe vor, es nicht zu merken und widme mich weiter meiner Pizza.

Als mein Teller leer ist und ich nichts mehr habe, woran ich mich festhalten könnte, werde ich unruhig. Ich kenne den verdammten Film auswendig – ganz allein dank Loki – und könnte ihn mitsprechen.

Mir entgeht nicht, wie weit entfernt Wulf von mir sitzt. Obwohl ich nur eine kleine, ausgesessene Couch mein Eigen nenne, hätten noch bequem zwei weitere Personen zwischen uns Platz, da wir beide jeweils an der äußersten Kante sitzen.

Als er fertig ist, schnappe ich mir seinen Teller, stelle ihn auf meinen und flüchte damit in die Küche, um sie abzuwaschen. Die Tatsache, dass ich eine

Spülmaschine habe, ignoriere ich geflissentlich. Ebenso wie die Schmerzen in meinen Knochen, die nach dem Sturz von der Klippe noch immer etwas empfindlich sind, wenn ich mich abrupt bewege.

Wulf mit hierherzunehmen, war eine saublöde Idee! Was hat mich da nur geritten? Gleich morgen früh werde ich meine Schwester oder Meghan anrufen und fragen, ob ich die Woche über bei einer von ihnen schlafen kann. Dann habe ich Wulf nur tagsüber um mich, aber das müsste zu schaffen sein. Ihn vierundzwanzig Stunden um mich zu haben, grenzt an Folter.

Als die Teller sauber und abgetrocknet sind, hadere ich mit mir, ob ich ins Wohnzimmer zurückgehen soll oder nicht. Am liebsten würde ich mich im Schlafzimmer verkriechen und die Tür hinter mir verschließen. Doch das kann ich nicht machen. Wulf ist mein Gast. Ich muss ihm zeigen, wo er schlafen kann, ihm ein Kissen und eine Decke holen und ihm erklären, was wir morgen vorhaben. Was wäre ich für eine schlechte Gastgeberin, wenn ich mich davor drücken würde, nur weil der Kerl mich ein bisschen nervös macht? Ich meine, ich buddele im heißen Wüstensand, trotze Schlangen und giftigen Skorpionen, hebe Gräber aus, auf denen jahrtausendealte Flüche liegen – und nun fürchte ich mich vor diesem Mann?!

Entschlossen schiebe ich meine Schultern nach hinten und mache mich zurück auf den Weg ins Wohnzimmer. Ich werde das durchstehen, ohne wie ein Schulmädchen zu zittern. Ich werde mich nicht durch seine bloße Präsenz einschüchtern lassen.

Doch schon als ich den Raum betrete, werden meine Schritte stockend, denn mir sind die Blicke, mit denen er mich mustert, durchaus bewusst. Wie Feuer brennen sie auf meiner Haut und lassen mich doch gleichzeitig frösteln. Ich unterdrücke den Drang, mit den Händen über meine Arme zu reiben, und setze mich auf die Couch, wieder so weit weg von ihm wie irgend möglich.

Herrgott, Emma, werd erwachsen! Er wird schon nicht über dich herfallen ...

Eigentlich schade ...

Sofort schüttele ich den Kopf, um die Gedanken zu vertreiben, die in eine *ganz* falsche Richtung abdriften. Das kann nur in einer Katastrophe enden ...

»Ist alles in Ordnung?«, fragt Wulf.

Ich drehe den Kopf und schaue ihn an. Es ist dunkel im Zimmer, nur der Fernseher gibt ein diffuses Licht ab. In der Dunkelheit sind Wulfs schwarze Ohren nicht zu sehen und es wäre so leicht zu vergessen, dass er nicht ganz und gar menschlich ist.

»Alles gut«, sage ich schnell. »Ich kenne den Film nur in- und auswendig.«

»Wollen wir uns etwas anderes ansehen?«

Ich schüttele den Kopf. »Du hast ihn dir doch ausgesucht, weil du ihn noch nicht kennst, oder? Also schauen wir ihn zu Ende. So lange geht er ja nicht mehr.«

Er geht noch mindestens eine Stunde, aber das behalte ich für mich und richte den Blick wieder nach vorne auf den Bildschirm. Wulf tut es mir jedoch nicht gleich, das merke ich, auch ohne dass ich dazu in seine Richtung schauen muss. Sein Blick steigert meine Nervosität ins Unermessliche und ich winde mich unruhig auf meinem Platz. Die Aussicht, ins Schlafzimmer zu flüchten und all meine Probleme auszusperren, wird immer verlockender, doch ich bleibe eisern sitzen. Ich werde mich von ihm nicht kleinkriegen lassen!

Erschrocken zucke ich zusammen, als ich seine Hand auf meinem Arm spüre. Sie ist warm und die Berührung sanft, trotzdem lässt sie mich erschaudern.

»Du zitterst ja«, murmelt er und rückt noch ein Stück näher. *Hilfe, kann er das bitte lassen?* »Ist dir kalt?«

»Nein«, sage ich schnell und suche nach einem Ausweg. Da ich aber schon auf der Kante sitze, kann ich nicht weiter von ihm abrücken. »Alles bestens, wirklich.«

Vielleicht hört er auf, mich zu berühren oder derart durchdringend anzusehen, wenn ich ihm klarmache, dass mit mir alles in bester Ordnung ist? Doch selbst in meinen eigenen Ohren hören sich meine Ausflüchte schwach und falsch an. Warum bin ich nur so eine miese Lügnerin?

»Du gehst mir aus dem Weg«, stellt er fest. »Warum? Hast du doch Angst vor mir?«

War ja klar, dass er das wieder zur Sprache bringt. Ich rolle mit den Augen, ehe ich sage: »Nein, hab ich nicht. Ich bin nur müde. Wahrscheinlich war alles ein bisschen zu viel für mich, was in den letzten Tagen passiert ist.«

Er legt den Kopf schief, als würde er über meine Worte nachdenken. Für einen Moment wird das Bild hell und ich kann seine zuckenden Ohren sehen. Dadurch wird mir schlagartig wieder bewusst, was ich *nicht* vor mir habe: einen Menschen.

»Ich kann deine Angst riechen«, knurrt er und ich sehe, dass sich seine Pupillen wieder zu Schlitzen verformt haben.

Ich drehe den Kopf und schnuppere an mir. Nein, nichts außer Deo und Waschmittel.

»Ich habe dir schon mehrmals gesagt, dass ich keine Angst vor dir habe, Wulf. Du machst mich nervös, das ist alles. Ich bin es nicht gewohnt, mit jemandem hier zu sitzen, der eigentlich ein Wildfremder ist. Das ist alles so ...«, ich zucke mit den Schultern, »... *unwirklich*.«

Wieder dieser intensive Blick, mit dem er jede Regung meines Gesichts abtastet und den er dann weiter nach unten wandern lässt. Dabei bleibt seine Hand auf mir liegen, sodass er jedes Zittern, das durch meinen Körper läuft, brühwarm mitbekommt. *Na großartig ...*

Ich könnte mich dafür ohrfeigen, dass ich nicht die Angsthasen-Schlafzimmer-Alternative genutzt habe, sondern ins Wohnzimmer zurückgegangen bin! Es hätte mir doch klar sein müssen, dass es nach der Sache im Bad wieder aus dem Ruder laufen wird ... Aber neeeiiin, ich wollte ja unbedingt stark und unabhängig erscheinen. Das hab ich nun davon: Allein seine Blicke verwandeln mich in ein zitterndes Bündel, das vergisst, dass der Kerl ihm gegenüber ein Alien ist.

»Warum mache ich dich nervös?«, wispert er, während er sich zu mir beugt.

Ich schlucke hektisch. Hat er das wirklich gefragt, während er *so was* tut? Merkt er denn nicht, was er mit seiner Nähe bei mir anrichtet? Aber ich schaffe es auch nicht, seine Hand abzuschütteln, aufzustehen und aus dem Zimmer zu flüchten. Zu gebannt bin ich von seinen leuchtenden Augen und den tanzenden Schatten, in die das flackernde Licht sein Gesicht taucht.

Als er mir wieder so nah ist, dass sich unsere Nasenspitzen beinahe berühren, atmet er tief ein und stößt dann ein kurzes Knurren aus. »Du hast recht, das ist keine Angst, was ich rieche.«

Dann passiert etwas, was mich erstarren lässt. Er rutscht so nah an mich heran, dass er seinen Kopf auf meine Schulter legt und sein Gesicht in meinen Haaren vergräbt.

»W-Was tust du da?«, stammele ich.

Wieder atmet er tief ein und ein wohliger Schauer nach dem anderen rieselt durch meinen Körper, bis hinab zu den Zehen. Ich hebe die Hände – eigentlich, um ihn von mir wegzustoßen –, doch stattdessen krallen sich meine Finger Halt suchend in sein Shirt. Keine Spur davon, ihn auf Abstand bringen zu wollen.

In Wulfs Gegenwart hat mein Gehirn die Vorherrschaft über meinen Körper verloren.

Es ist seltsam, wie schnell er mich aus der Fassung bringt. Ich kenne ihn nicht, fühle mich in seiner Gegenwart jedoch vollkommen sicher. Wäre da nicht meine ständige krasse Reaktion auf ihn und die Nähe, die er dauernd sucht. Es ist, als hätte ich bisher zu meinem eigenen Rhythmus getanzt, doch durch ihn verliere ich das Gleichgewicht und stolpere.

Genau wie mein Herz – das stolpert ebenfalls und wummert wie nach einem Marathon, um dann einen Schlag auszusetzen, als Wulfs Lippen meinen Hals streifen und ich dabei ein hohes Quieken ausstoße, das so überhaupt nicht sexy ist. Noch nicht einmal *das* kann ich … Ich bin männertechnisch eine totale Niete.

O Gott, ist er vielleicht ein *Vampir?* Was wird er dazu sagen, dass ich Jacob viel besser fand als Edward? Aber Vampire haben doch keine spitzen Ohren … oder? Vielleicht ist das ja üblich bei Alien-Vampir-Rassen … Auf jeden Fall will ich keine Löcher im Hals haben!

Für einen kurzen Moment reißt mein Gehirn wieder die Herrschaft über meinen Körper an sich und befiehlt meinen Armen, Wulf von mir zu stoßen. Verdutzt schaut er mich an, als er wieder eine Armlänge von mir entfernt ist, anstatt praktisch auf mir zu liegen – schon wieder!

»Was sollte das eben?«, fauche ich, doch es gelingt mir nicht, das Zittern aus meiner Stimme zu verbannen. Ich höre mich eher überrumpelt als wütend an und genau das hört Wulf auch, wie mir das einseitige Grinsen mitteilt, mit dem er mich bedenkt.

Anstatt mir zu antworten, nimmt er meine Hand in seine und führt sie zu seinem Gesicht. Mit angehaltenem Atem und aufgerissenen Augen schaue ich ihm dabei zu.

Hallo, Gehirn, wie wäre es, wenn du wieder was unternimmst? Doch in meinem Kopf herrscht Funkstille.

Mit der Nase fährt er meinen Handrücken nach oben, atmet dabei tief ein, als würde er meinen Geruch inhalieren. Ein Prickeln schießt meinen Arm hinauf, ausgehend von jeder Stelle Haut, die er wie zufällig berührt. Meine Hand zittert und er verstärkt den Druck mit seiner, sodass ich sie ihm nicht entziehen kann. Nicht, dass ich das wirklich vorgehabt hätte ...

»Was machst du da?«, frage ich.

Es ist nicht mehr als ein Hauchen, so leise, dass ich es selbst kaum verstehe. Wulf hebt nur den Blick, ohne aufzuhören. Obwohl seine Pupillen noch immer nichts als schmale Schlitze sind, genieße ich es, sie anzusehen. Sie faszinieren mich und ich habe das Gefühl, aus ihnen so viel mehr herauslesen zu können als aus den stumpfen Blicken der meisten Menschen.

Ohne Vorwarnung lehnt er sich zurück und lässt meine Hand los, die sich ohne seine Berührung sofort kalt anfühlt. Ich nehme sie in die andere und streiche darüber, um sie aufzuwärmen, doch es will mir nicht gelingen.

Das Kribbeln, das eben noch meinen Körper erbeben ließ, macht nun einer klirrenden Kälte Platz. Die Kluft zwischen uns kam so plötzlich und lässt mir das Herz schwer werden. Am liebsten würde ich näher an ihn heranrücken, um seine Wärme wieder zu spüren, doch ich halte mich zurück. Zu groß ist meine Angst, zurückgewiesen zu werden – wie schon so oft in meinem Leben.

»Ich mag deinen Duft«, sagt er in die Stille hinein und ich halte den Atem an. »Er war das Erste, was ich in der Höhle von dir wahrgenommen habe, und seitdem ... kann ich davon nicht genug bekommen.«

Ich blinzele, während seine Worte in mein Bewusstsein sickern. *Aufwachen, Gehirn, es gibt Arbeit!*

»Du magst, wie ich … rieche?«, fasse ich zusammen, um meinem Kopf genug Zeit zu verschaffen, wieder Herr über meinen Körper zu werden. »Ist das der Grund, warum du immer meine Nähe suchst?«

Er nickt, ohne den Blick von mir zu nehmen. »Ich bin gern in deiner Nähe. Ich fühle mich dann … sicher. Wie im Flugzeug.«

»Als du an meiner Schulter eingeschlafen bist«, beende ich seinen Gedankengang. Ich bin zu überrumpelt von seinem Geständnis, als dass ich wüsste, was ich davon halten soll. Einerseits schmeichelt es mir, andererseits … »Ist das der einzige Grund? Warum du mir nahe kommst, meine ich.«

Habe ich das gerade wirklich gefragt? O Mann, ich bin so erbärmlich! Ich presse die Lippen aufeinander, um mich daran zu hindern, noch mehr Blödsinn von mir zu geben – beispielsweise, dass auch ich seinen Duft nach frisch gemähtem Gras mag, weil er mich an meine Kindheit erinnert.

Die Sekunden verstreichen, in denen ich nur den eigenen Herzschlag in meinen Ohren wummern höre. Warum sagt er nichts? Warum sitzt er nur da und schaut mich an?

Warum berührt er mich nicht mehr? – Psst! Ruhe, Herz!

Nach einer gefühlten Ewigkeit des Schweigens grinst Wulf mich an. »Beginnen wir nicht erst morgen mit dem Verhör?«

»D-Das war eine ganz normale Frage, die nichts mit unserer Abmachung zu tun hat«, rechtfertige ich mich und spüre, wie ich rot werde. Zum Glück sieht er es nicht in dem schummrigen Licht. Schnaubend wende ich mich ab und verschränke die Arme. »Fein, dann guck deinen Film weiter, wenn du mir nicht antworten willst.«

»Der Film ist Blödsinn«, murmelt er, während er die Hand nach mir ausstreckt und eine Strähne meines Haares zwischen die Finger nimmt. Reglos beobachte ich ihn aus den Augenwinkeln. »Er hat rein gar nichts mit der Realität gemeinsam.«

Verwirrt runzele ich die Stirn, als ich mich nun doch zu ihm hindrehe. »Das ist ein Film, der auf einem *Marvel*-Comic basiert … Natürlich hat der nichts mit der Realität gemeinsam. Kennst du keine *Marvel*-Verfilmungen? *Iron Man? Hulk?* Von mir aus auch *Captain America?*«

Habe ich schon erwähnt, dass mir Leute, die keine einzige *Marvel*-Verfilmung kennen, suspekt sind?

Anstatt mir zu antworten, wickelt er sich die Strähne um den Zeigefinger und zieht mich ein Stück näher an sich heran. Nur zu gern gebe ich dem sanften Zug an meiner Kopfhaut nach.

»Ich glaube, ich habe einiges zu lernen.« Sein Blick ruht auf mir, während der Film unbeachtet weiterläuft. »Und ich werde morgen früh damit beginnen. Doch vorher ...«

Gebannt warte ich darauf, dass er weiterspricht, und halte vor Anspannung den Atem an. Seit ich mich wieder in seiner unmittelbaren Nähe befinde, hat sich meine Gehirntätigkeit erneut auf ein Minimum reduziert. Sein Gesicht ist direkt vor meinem. Vor wenigen Minuten waren wir in genau derselben Situation ...

»V-Vorher?«, hake ich nach, als ich es nicht mehr aushalte. Sein Atem streicht über meine Haut, was ein Kribbeln nach dem nächsten in mir hervorruft.

Ehe ich reagieren kann, legt er die freie Hand in meinen Nacken und zieht mich so nah an sich, dass ich gegen seinen Oberkörper pralle und halb auf seinem Schoß lande. Ich japse nach Luft und erbebe, als er wieder sein Gesicht in meinem Haar vergräbt und tief einatmet. Zitternd kralle ich meine Hände in seine Schultern, um nicht vollends das Gleichgewicht zu verlieren.

Kurz meldet sich mein Gehirn, das eigentlich bereits Feierabend gemacht hat, zu Wort und fragt, was ich verdammt noch mal eigentlich hier mache. Ich würde den Kerl nicht kennen und rein gar nichts über ihn wissen, wirft es mir vor. Doch im Moment ist mir das absolut egal und mein Herz, das nach Monaten der eisigen Einsamkeit endlich wieder aufblüht, versetzt meinem Gehirn einen Tritt und bringt es dadurch zum Schweigen.

»Vorher«, wispert er in mein Ohr und berührt mich dabei mit seinen Lippen, sodass ich ein leises Aufstöhnen nicht unterdrücken kann, »will ich wissen, ob du auch so gut *schmeckst*, wie du riechst.«

Ach. Du. Heilige ... *Ähm, Gehirn? Ich könnte dich doch noch mal kurz brauchen, denn ich habe keine Ahnung, wie ich darauf reagieren soll ...*

Meine Lippen schweben über seinen. Ich müsste mein Gewicht nur einen Hauch nach vorne verlagern, um sie zu spüren. Es wäre so einfach ...

... wäre da nicht die kleine innere Stimme, die mich eindringlich warnt, es nicht zu tun. Ich bin mir nicht einmal sicher, warum sie das tut, aber doch lässt sie mich zögern. Genau wie vorhin im Badezimmer will ich die Situation entschärfen, sie umgehen, um morgen nicht mit dem Gefühl aufzuwachen, dass der nächste Tag ... anders sein wird. Seltsamer. Wulf kommt mir nicht wie der Typ Mann vor, der mich nach dem ersten Kuss am nächsten Morgen mit einer Tasse Kaffee und einem »Guten Morgen, Schatz! Hast du gut geschlafen?« begrüßen wird. Nein, mit ihm wäre das anders. Wir würden die nächsten Tage pausenlos umeinander herumtänzeln, ohne dass einer von uns erneut den entscheidenden Schritt wagen würde.

Ich löse die Hände von seinen Schultern, lasse sie auf seine Brust gleiten, um mich abzustützen und so wieder etwas Distanz zwischen uns zu schaffen, doch sein unregelmäßiger Herzschlag, den ich unter meinen Handflächen spüre, lässt mich zögern. Ist er etwa genauso nervös wie ich?

»Wulf, ich ...«, beginne ich, obwohl ich überhaupt nicht weiß, was ich eigentlich sagen will. Und ich komme mir dabei unsagbar blöd vor. Ich bin eine erwachsene Frau und kein naives Gör, das Küsse und Berührungen nur aus Filmen und Büchern kennt.

Wulf ist nicht der erste Mann, den ich küssen würde, doch bei keinem anderen war ich vorher so aufgeregt. Bisher waren Küsse für mich eher ein notwendiges Übel. Sie gehörten zu den Beziehungen, die ich geführt habe, dazu, aber ich habe dabei nie etwas anderes als ein seichtes Kribbeln gespürt. Es war ... einfach eine Berührung, die in mir nichts ausgelöst hat, weder Freude noch Ekel.

Aber jetzt ... Wenn ich bloß daran denke, Wulf zu küssen, beginnen meine Lippen vor Verlangen zu kribbeln und eine ganze Horde Schmetterlinge fliegt in meinem Bauch Amok.

Und dieses Gefühl macht mir Angst. So neu, so alles verzehrend, aber auch so vernichtend, wenn es unerfüllt bleibt.

Vielleicht sollte ich mir selbst beweisen, dass ich nur aus der Übung bin und dass der in mir wütende Gefühlssturm nichts weiter ist als pure Einbildung. Dass das Kribbeln und Prickeln von ganz allein verschwinden, wenn ich Wulf küsse und rein gar nichts dabei fühle – so wie immer.

Aber … was, wenn nicht? Wenn das Gefühl bleibt oder sich gar noch verstärkt? Was mache ich dann?

Halb angestrahlt vom Fernseher sehe ich, wie Wulfs spitze Ohren ein Stück abknicken, und ich rufe mir wieder ins Gedächtnis, dass der Mann vor mir kein Mensch sein kann. Dass er mein Projekt ist, mit dem ich Großes erreichen will. Wie kann ich da überhaupt nur in Erwägung ziehen, etwas mit ihm anzufangen? Was würden die anderen Wissenschaftler dazu sagen? Sie würden mich verspotten, mich ausschließen, meine Arbeit anzweifeln als das Werk eines liebestollen Weibsbildes, das ihre Hormone nicht unter Kontrolle hat.

Und das ist etwas, was ich unter gar keinen Umständen riskieren kann. Ganz egal, was mein Herz von mir verlangt, ich muss sein Drängen ignorieren und mich darauf besinnen, was *wirklich* für mich zählt.

Entschlossen balle ich die Hände zu Fäusten und stoße mich von ihm ab, ehe ich von seinem Schoß klettere und mich wieder an die äußerste Ecke der Couch setze. Immer noch aufgewühlt, versuche ich mich zu beruhigen, indem ich mehrmals hintereinander mein T-Shirt glattstreiche und am Saum nestle.

»Was ist los?«, fragt Wulf, als er sich ebenfalls wieder in eine aufrechte Position begeben hat.

Ich atme tief ein und geräuschvoll wieder aus, während ich mir die Worte zurechtlege, die ich jetzt zu ihm sagen muss. Schwer wie Blei liegt jedes einzelne davon auf meiner Zunge und weigert sich, ausgesprochen zu werden, doch ich weiß, dass ich es tun muss. »Ich möchte nicht, dass du mich auf diese Art berührst oder mir weiterhin zu nahe kommst.«

Es vergehen ein paar Herzschläge, bis ich ein geknurrtes »Was?« vernehme.

»Du bist mein Gast. Nicht zuletzt bist du hier, weil ich Fragen an dich habe. Wichtige Fragen, die über meine berufliche Karriere entscheiden werden. Da kann ich es nicht riskieren, mich in etwas zu verrennen, sondern muss professionell bleiben.«

»*Professionell?*«, wiederholt er ungläubig und mit einer Schärfe in der Stimme, die sich tief in mich hineinschneidet und mich fast dazu bringt, das Gesagte zurückzunehmen.

Doch ich bleibe eisern. »Richtig, professionell. Und ich wünsche mir, dass du das akzeptierst. Etwas anderes wird es nicht zwischen uns geben.«

»Ich verstehe kein Wort von dem, was du sagst. Ich bin also nur hier, weil du meine Antworten willst, ja?« Er springt von der Couch auf und erreicht mit zwei großen Schritten die Tür, aber anstatt nach draußen zu stürmen, dreht er sich zu mir um und funkelt mich an. Im Halbdunkel meine ich seine blauen Augen leuchten zu sehen. »Du bekommst meine Antworten, so, wie wir es ausgemacht haben. Und dann bringst du mich zu dem Dolch und ich werde aus deinem Leben verschwinden, für immer. Das ist es doch, was du willst, nicht wahr?«

Ich öffne den Mund, um ihm zu widersprechen, schließe ihn jedoch wieder, ohne dass eine Silbe aus ihm herausgekommen wäre. Ohne etwas zu sagen oder ihn zurückzuhalten, schaue ich auf den Bildschirm, sehe zu, wie Thor von einem Metallkoloss ungespitzt in den Boden gestampft wird. Ja, genau so fühlt sich mein Inneres auch gerade an. Uuh, jetzt kommt gleich der Feuer-Laser-Beam. Jepp, auch das kommt mir bekannt vor.

Wulf wartet, gibt mir die Gelegenheit, die Sache zwischen uns richtigzustellen, doch es gibt nichts, was ich korrigieren möchte. Alles, was ich zu sagen hatte, habe ich gesagt, und es war richtig, dass ich es getan habe. Lieber schaffe ich jetzt klare Verhältnisse, bevor es zu spät ist.

Lieber nur ein bisschen verletzt, als am Boden zerstört.

Ich erhebe mich ebenfalls und gehe zur Tür, in der Wulf noch immer steht. Seine Augen blitzen wütend, während er jede meiner Bewegungen genau beobachtet.

»Lass mich kurz durch. Ich hole dir eine Decke und zwei Kissen, damit du es dir gemütlich machen kannst«, sage ich dann so ruhig wie möglich und versuche, jede Emotion aus meiner Stimme zu verbannen.

Doch er weicht keinen Zentimeter zur Seite, stemmt die Hände in die Hüften.

»Wulf, bitte, nicht heute Abend«, murmele ich und fasse mir mit der Hand an die Stirn, hinter der sich die ersten Kopfschmerzanzeichen bemerkbar machen. »Wir haben beide einen sehr langen Tag hinter uns. Ich bin müde und nicht mehr in der Lage, besonnen über irgendwas zu reden. Können ... wir das auf morgen verschieben?«

Oder es gar nicht mehr zur Sprache bringen?, füge ich in Gedanken hinzu.

Anstatt mir zu antworten oder mir den Weg freizugeben, packt er mich an der Schulter und zieht mich an seine Brust. Mit nichts weiter als einem überraschten Quieken lasse ich es geschehen und schließe für einen Moment die Augen, während seine Hand langsam an meinem Rücken auf und ab fährt.

So warm ... So beruhigend.

Sofort fallen der Stress, die Angst und die Ungewissheit der letzten Tage von mir ab und es fehlt nicht viel, um mich komplett fallen zu lassen. Seufzend schmiege ich mich mit der Wange an seine Brust. Ihn ebenfalls zu umarmen, traue ich mich jedoch nicht, sondern lasse die Arme unbewegt an der Seite herabhängen. Das wäre eine Grenze, die zu überschreiten ich heute Abend nicht bereit bin. Das heißt aber nicht, dass ich nicht ein wenig genießen kann.

Seine Hände wandern höher, umschließen mein Gesicht und heben meinen Kopf ein Stück an. Dann berühren seine Lippen federleicht meine Stirn, sodass ich mich frage, ob diese kurze, sanfte Berührung nur meiner Fantasie entsprungen ist. Er lässt mich los, tritt zur Seite und sagt: »Ich warte hier.«

Ich brauche einen Moment, um zu verstehen, was er meint, und um mich zu sammeln. Dann nicke ich und gehe auf wackeligen Beinen durch den Flur ins Schlafzimmer, hole eine der Decken und zwei Kissen aus dem Bettkasten, klemme mir alles unter den Arm und gehe zurück zum Wohnzimmer. Wulf steht noch genau da, wo ich ihn zurückgelassen habe, und beobachtet mich mit einem schiefen Grinsen, das erneut das Kribbeln in meinen Bauch zurückbringt. Himmel noch mal, wenn mich schon sein Lächeln so umhaut, was passiert dann, wenn es doch ernst werden sollte? Dann werde ich mich wohl komplett von meinem gesunden Menschenverstand verabschieden können ... Ein schauriger Gedanke für eine wissenschaftlich angehauchte Frau wie mich.

Unsicher halte ich ihm die Sachen hin. Ohne ein Wort nimmt er sie mir ab, macht jedoch keine Anstalten, sich damit einzurichten, um zu schlafen.

»Tja ... dann ... gute Nacht«, murmele ich lahm und könnte mich dafür ohrfeigen.

Warum fällt mir nichts Spritziges ein, um die drückende Situation aufzulockern? Ungelenk drehe ich mich um, komme mir dabei wie ein schlecht geölter Roboter vor. Meine Beine wollen sich nicht von der Stelle bewegen und meine Knie bestehen seit vorhin ohnehin aus Wackelpudding.

»Gute Nacht, Emma. Bis morgen«, sagt Wulf, ehe er doch die Wohnzimmertür schließt.

Erleichtert atme ich aus, obwohl ich gar nicht weiß, worüber ich erleichtert bin. Er ist immer noch da, dort, in diesem Zimmer. Mich trennt nichts weiter als eine dünne Wand von ihm, wenn ich mich gleich im Schlafzimmer in das große Bett lege, das mir auf einmal kalt und leer vorkommt.

Wie froh war ich, als ich Robert rausgeschmissen und endlich wieder das Bett für mich allein hatte! Wie sehr habe ich mich nach meinem weichen Bett gesehnt, wenn ich auf einem Feldbett in der Wüste schlafen musste? Doch heute Nacht ... will ich mich nicht hineinlegen. Ich will nicht die Leere um mich spüren, die mich einhüllen wird, sobald ich die Augen schließe.

Unschlüssig stehe ich in meinem Schlafzimmer, das einem Schlachtfeld gleicht, aber ich sehe die Unordnung nicht, sondern starre nur auf das Doppelbett, in das ich mich nicht legen will. Ehe ich weiter darüber nachdenken kann, raffe ich Decke und Kissen zusammen und stürme aus dem Zimmer.

Im Flur bleibe ich stehen. Mein Herz schlägt bis zum Hals, während die freie Hand schon über der Türklinke zum Wohnzimmer schwebt. Warum bin ich so nervös? Ich meine, ich stehe doch hier. Ich habe mich dafür entschieden. Und es ist ja nichts Weltbewegendes. Ich will nur ... nicht allein in einem verwüsteten Zimmer schlafen. Morgen steht gleich als erstes Aufräumen auf dem Plan, aber bis dahin ... Bis dahin werde ich mich mit meiner Decke im Sessel einrollen. Ich will nicht neben ihm schlafen oder gemeinsam auf der

Couch liegen, aber ich will … in seiner Nähe sein. Seinen Blick auf mir spüren, wenn wir aufwachen. Sein schiefes Lächeln sehen. Alles ohne Hintergedanken, ohne Körperkontakt.

Ich will … einfach nur bei ihm sein.

Entschlossen öffne ich die Tür, schiebe mich mit Sack und Pack ins Zimmer und schließe sie mit dem Fuß wieder.

»Kann ich … heute Nacht hier schlafen?«, frage ich unsicher.

Als ich es wage, den Blick zu heben, begegne ich seinen leuchtenden Augen und seinem Lächeln, das ich nur zu gern erwidere.

KAPITEL 10

Was für eine Nacht!

Noch ehe ich die Augen aufschlage, dehne und strecke ich mich, bis ich die Wirbel in meinem Rücken knacken höre. Halb sitzend auf dem Sessel zu schlafen, war wohl doch keine so gute Idee, wie ich gestern Abend noch dachte.

Ich lege die Hand in den Nacken und drehe den Kopf nach rechts und links, um die steifen Muskeln zu lockern. Anschließend fahre ich mir mit beiden Händen durch die Haare und sehe mich im Zimmer um.

Augenblicklich schrecke ich hoch, als ich sehe, dass die Couch leer ist.

Mist! Er ist weg!

Sofort komme ich auf die Füße, ignoriere das Kribbeln in meinen eingeschlafenen Beinen und haste aus dem Zimmer.

»Wulf?«, rufe ich durch die Wohnung. »Wulf!«

Keine Antwort. Verdammt, was mache ich jetzt? So was kann auch nur mir passieren! Innerhalb eines Tages verliere ich mein Projekt, das mir Ruhm und Ansehen einbringen sollte – und den einzigen Mann, der seit Jahren mein Herz zum Rasen gebracht hat.

Den letzten Gedanken bitte streichen! Der hat hier nichts zu suchen.

Ich eile in die Küche, deren Fenster zur Straße hin zeigen, und spähe nach unten. Es ist Montag und viele Menschen tummeln sich auf den Bürgersteigen – emsig darauf bedacht, nicht zu spät zur Arbeit zu kommen. Es wäre unmöglich, Wulf zwischen ihnen auszumachen, sollte er wirklich dort unten sein.

Verdammt! Er ist weg und ich werde ihn unmöglich finden können, wenn er nicht gefunden werden will.

Mit voller Wucht lasse ich meine Faust auf die Küchenanrichte krachen. Der Schmerz, der sich augenblicklich von meiner Hand den Arm hinauffrisst, lässt mich scharf die Luft einziehen.

»Was machst du da?«, fragt eine Stimme hinter mir und ich wirbele herum.

»Wulf!«, hauche ich, während mein Herz einen Satz macht und ich sein Aussehen förmlich in mich aufsauge.

Schelmisch grinsend steht er im Türrahmen, in einer Hand ein Handtuch, mit dem er sich die Haare trocken rubbelt. Das Shirt von gestern Abend klebt an seiner Brust und ich frage mich, ob er in Klamotten geduscht hat.

»Du ... Warst du ...? Ähm ... Ich ... Ich dachte, du wärst weg«, stammele ich, nachdem ich mich gesammelt habe.

»Nein«, sagt er und übergeht mein Stottern. »Ich war nur im Badezimmer und habe mich bemüht, leise zu sein, um dich nicht zu wecken. Schläfst du immer so lange?«

»Eigentlich nicht«, gebe ich zu, »aber die letzten Tage waren auch nicht wie immer. Ich war einfach erledigt.«

Er nickt, legt dann das Handtuch in den Nacken, sodass sich seine spitzen Ohren aufstellen, und kommt auf mich zu. »Also, was machen wir heute?«

»Zuallererst brauche ich einen Kaffee«, sage ich schnell und husche zur Kaffeemaschine. Umständlich nestele ich an den Filtern herum, bis es mir gelingt, einen aus der Schachtel zu ziehen.

Wulf beobachtet mich aufmerksam. »Was machst du da?«

»Ich koche Kaffee«, antworte ich, als ich um ihn herum zur Spüle laufe, um Wasser für drei Tassen abzufüllen. »Willst du auch einen?«

»Ja ... warum nicht?«

Ich füge noch etwas Wasser hinzu und umrunde ihn erneut in genügend Abstand, um die Maschine anzuschalten. Da ich nun nichts mehr zu tun habe, stehe ich unschlüssig herum.

»Ich ... kann und ein paar Brötchen holen. Hast du Hunger?«

»Ich sterbe vor Hunger«, sagt er grinsend. »Das war der Grund, warum ich aufgewacht bin.«

»Tut mir leid. Ich hätte wissen müssen, dass dir eine halbe Pizza nicht reicht, um satt zu werden. Ich schaue gleich nach, was ich dir anbieten kann. Du wolltest doch lernen, oder?«

Er gibt ein glucksendes Lachen von sich, während er mich beobachtet. Würde ich auf diese Weise lachen, klänge ich garantiert wie eine Geistesgestörte. Bei ihm hingegen ... Allein der Klang seines Lachens beschwört dieses unbekannte Gefühl in meinem Bauch herauf, an das ich mich unmöglich gewöhnen werde.

»Ja, das habe ich gestern Abend gesagt«, räumt er ein. »Aber ich wollte davor noch etwas anderes herausfinden. Erinnerst du dich?«

Ich weiß natürlich, worauf er anspielt, denn die Erinnerung an den gestrigen Abend ist noch sehr frisch – und wahrscheinlich auch unauslöschlich –, doch ich beschließe, nicht darauf einzugehen, um mir selbst weitere Peinlichkeiten zu ersparen.

»Du kannst dich solange an meinen Laptop setzen, während ich zum Bäcker gehe. Willst du normale oder Körnerbrötchen?«

Er blinzelt, als würde er den Sinn meiner Frage nicht verstehen, und ich sage seufzend: »Schon gut, ich bringe beide Sorten mit. Hier.« Ich ziehe den Stuhl zurück, klappe den Laptop auf und starte ihn. Als er hochgefahren ist, rufe ich Wikipedia auf. »Damit kannst du dich beschäftigen, bis ich wieder da bin. Dort oben in die Leiste kannst du den Begriff eintippen, über den du etwas erfahren willst.«

Ich husche ins Bad, bändige meine Haare zu einem Zopf, schnappe mir Jacke, Portemonnaie und Schlüssel und stecke noch schnell den Kopf in die Küche, wo Wulf mit spitzen Fingern einzelne Buchstaben sucht. »Ich bin spätestens in zwanzig Minuten zurück. Geh nicht vor die Tür und öffne niemandem, hörst du? Bis gleich!«

Ehe er widersprechen kann, ziehe ich die Wohnungstür auf und schlüpfe hinaus.

***

Tief atme ich die frische Morgenluft ein und augenblicklich stiehlt sich ein Lächeln auf meine Lippen, während ich beschwingt die Straßen entlanggehe.

Es mag seltsam klingen, aber ich fühle mich zufrieden, auch wenn es heute Morgen wie befürchtet seltsam zwischen uns war. Ich kann wieder lächeln, während ich alltägliche Dinge erledige.

Das war lange Zeit nicht so. Nach meiner Trennung von Robert bin ich in ein tiefes Loch gefallen, auch wenn ich mittlerweile glaube, dass ich ihn nie wirklich geliebt habe. Nach den fünf Jahren, die ich mit ihm zusammen war, hatte es sich eher zur Gewohnheit entwickelt, ihn um mich zu haben. Es war ... bequem. Aber ich habe in seiner Nähe nie ein Kribbeln oder Verlangen gespürt. Er war einfach die logische Wahl: ein junger, ambitionierter Anwalt mit den besten Chancen, bald als Partner in einer großen Kanzlei anzufangen. Meine Zukunft wäre gesichert gewesen, auch wenn es mit der Schatzsucherei nicht so gut geklappt hätte. Dann wäre ich eben eine brave Hausfrau geworden, die jeden Abend pünktlich das Essen auf den Tisch gestellt hätte.

Bei der bloßen Vorstellung schüttelt es mich. Nein, so hätte ich nie sein können. Ich brauche den Nervenkitzel, das vorfreudige Kribbeln, wenn ich eine Entdeckung mache. Es ist wie ein Kick, nach dem ich süchtig bin. Als Heimchen am Herd wäre ich eingegangen wie eine Pflanze ohne Licht.

Aber Robert war meine Passion ein Dorn im Auge. Als ich mein Studium beendet hatte und beinahe sofort in Anthonys Team aufgenommen wurde, tingelte ich durch die halbe Welt, ohne zwischendurch längere Zeit zu Hause zu sein. Robert fühlte sich vernachlässigt, unterstellte mir, in jedem Land, das ich besuchte, Affären zu haben, und schlussendlich konnten wir kein normales Gespräch mehr führen, ohne uns anzuschreien. Ich glaube, er kam nicht damit zurecht, dass ich das tat, was ich immer wollte. Ich verdiente nicht viel Geld – das ist bis heute so – und so sah er keinen Sinn darin, dass ich diesen Job ausübte. Er verstand einfach nicht, dass ich es tat, um mir etwas Gutes zu tun, und nicht, um möglichst schnell viel Kohle zu scheffeln.

Als ich von einer Expedition – ich glaube, es war meine dritte – zurückkehrte und Robert mir vorwarf, ich hätte es mit dem halben Team getrieben, platzte mir endgültig der Kragen und ich setzte ihn von einer Minute auf die andere vor die Tür. Rückblickend betrachtet war das eine der besten Entscheidungen meines Lebens, auch wenn die Zeit danach hart war. Ich musste aus der Wohnung ausziehen und meinen Lebensstandard drastisch zurückschrauben. Mich mit meinem mickrigen Gehalt über Wasser zu halten, fiel mir nicht immer leicht und es gab einige Monate, in denen ich nicht wusste, wie es weitergehen sollte. Doch irgendwie habe ich mich durchgebissen, nicht zuletzt mithilfe der Unterstützung meiner Schwester und meines Vaters, der aus Amerika immer mal wieder Geld geschickt hat, damit ich die Miete bezahlen konnte. Wie oft ich mich bei meiner Schwester eingeladen habe, um wenigstens eine Mahlzeit am Tag zu haben, kann ich gar nicht zählen.

Aber jetzt … jetzt hat das alles ein Ende. Ich bin mir hundertprozentig sicher, dass ich durch Wulf so berühmt werde, dass Anthony und seine schnippischen Assistentinnen bald für *mich* arbeiten werden.

Die Brötchen sind noch warm, als die Bäckerin sie mir über den Tresen reicht, und ich schiebe die Tüte in meine Jacke, um ihre Wärme zu halten, ehe ich mich schnell auf den Rückweg mache. Je näher ich meiner Wohnung komme, desto schneller werden meine Schritte. Die Anstrengungen (und Todesängste!) der letzten Tage scheine ich vollkommen vergessen zu haben.

Meine Gedanken kreisen einzig und allein um Wulf und diesmal stoppe ich sie nicht. Ohne ihn in meiner direkten Nähe kann ich klar denken.

Vor allem das Problem, welche Fragen ich ihm stellen und wie ich sie formulieren soll, beschäftigt mich. Wird er mir überhaupt ehrlich antworten oder wird er den unbequemen Fragen ausweichen? Ich beschließe, mit einfachen Fragen zu beginnen und mich dann jeden Tag zu steigern. Das Wissen, dass ich ihm pro Tag nur eine Frage zu ihm und seiner Herkunft stellen darf, wurmt mich, erweckt in mir aber auch das Bedürfnis, diese eine Frage möglichst gut und präzise zu wählen, um die Antworten zu bekommen, die ich so dringend von ihm benötige.

Ich eile das Treppenhaus hinauf und schließe die Wohnungstür auf. Noch ehe ich sie hinter mir zuwerfe, rufe ich: »Ich bin wieder da! Hast du Hunger?«

Schnell schäle ich mich aus der Jacke und kicke die Schuhe weg, bevor ich in die Küche gehe. Erleichtert atme ich auf, als ich Wulf genau so vorfinde, wie ich ihn verlassen habe. Unterschwellig nagte doch die Angst an mir, dass er auf und davon sein könnte, wenn ich heimkomme. Aber er ist hier und klickt sich wie besessen durch Wikipedia, wobei er nie länger als drei Sekunden auf einer Seite verbleibt.

»Was machst du da?«, frage ich, als ich mich über seine Schulter beuge und sein Vorgehen beobachte.

»Lernen«, bekomme ich zur Antwort, während er schon die nächste Seite aufruft.

»Aber du schaust dir die Seiten und Texte nie länger als ein paar Sekunden an. Wie kannst du da etwas lernen? Ich hab in der Zeit nicht einmal die ersten zwei Sätze gelesen.«

Er legt den Kopf in den Nacken und grinst mich an. »Ich lerne eben schneller als du.«

Ich stutze einen Moment und bringe dann schnell wieder Abstand zwischen uns. Warum vergesse ich immer wieder, wie ich in seiner Nähe reagiere? Ach ja, weil mir das noch nie zuvor passiert ist ...

»Und wie soll das funktionieren?«

Er beobachtet mich mit geschürzten Lippen. »Ist das deine heutige Frage?«

»Nein«, beeile ich mich zu sagen. »Ich will einfach nur verstehen, wie du das machst. Vielleicht wäre es auch für mich hilfreich.«

Er grinst überheblich. »Das ist für dich unmöglich. Du bist nur ein Mensch.«

Ich bemühe mich, jedwede Regung in meinem Gesicht in Schach zu halten. Wulf darf nicht merken, dass er mir unwillkürlich einen wertvollen Hinweis gegeben hat. Indem er mir sagte, dass ich nur ein Mensch sei, hat er zugegeben, dass er *keiner* ist. Das ist die Antwort, nach der ich mich so gesehnt habe! Und an die bin ich gekommen, ohne meine tägliche Frage dafür aufzubrauchen. Wenn das nicht mein Glückstag ist!

»Und ... du schaust dir die Seiten nur an und dann ... weißt du alles?«

Er nickt. »So in etwa. Ich brauche nur Bruchteile einer Sekunde, um mir alles einzuprägen, was wichtig für mich ist.« Er schaut wieder auf den Bildschirm, auf der Wikipedia über einen mir unbekannten Maler der Renaissance aufklärt.

Wissen, das die Welt nicht braucht, schießt es mir durch den Kopf. *Wissen, das vor allem Wulf nicht braucht.*

»Was schaust du so zweifelnd?«, fragt er, als er meinem Blick folgt. »Fragst du dich, warum ich so etwas lerne? Ich will so viel Wissen wie möglich in mir aufnehmen, bevor ich in wenigen Tagen wieder verschwinde.«

Bevor ich verschwinde ... So gleichgültig wie er es sagt, hört es sich an, als würde ich ihn nie wiedersehen. Als würde er sich ... in Luft auflösen. Oder an einen Ort gehen, an dem er unerreichbar ist. Beides würde mich ... traurig machen. Seine Worte lassen meine gute Laune beinahe gänzlich verpuffen.

Mit hängenden Schultern gehe ich zur Anrichte und lege die noch lauwarmen Brötchen in einen Korb.

»Klapp den Laptop zu, wir wollen frühstücken«, sage ich über die Schulter, während ich in den Schränken nach Tellern und Aufstrich krame. Doch so verführerisch die Backwaren auch duften, ist mir mit einem Mal der Appetit vergangen.

Hinter mir höre ich, dass Wulf meiner Aufforderung nachkommt. »Ich bin mordshungrig!«, sagt er. »Kann ich dir bei irgendwas helfen?«

Ohne ihm zu antworten, trage ich Brötchenkorb, Teller, Messer und Aufstrich zum Tisch. Er beobachtet mich schweigend, aber mir entgeht seine hochgezogene Augenbraue nicht. Ja, ich benehme mich seltsam. Normalerweise sind Stimmungsschwankungen nicht meine Art und ich würde mich am liebsten dafür ohrfeigen, jetzt in Melancholie zu verfallen, doch es hilft nichts. So sehr ich es auch versuche, es will sich einfach kein fröhliches Gefühl in mir breitmachen. Es scheint sogar schlimmer zu werden, je länger ich versuche, mich dagegen zu sträuben.

Ich greife nach einem Brötchen, schneide es auf und bestreiche es mit einer dicken Schicht Nutella. Schokolade fördert doch die Produktion des Glückshormons, nicht wahr? Vielleicht hilft mir das, wieder auf Spur zu kommen. Ich kaue monoton, während mein Blick durch die Küche huscht, ohne bewusst irgendwo hängen zu bleiben.

»Emma.« Wulfs tiefe Stimme unterbricht meine Gedanken. »Was ist los mit dir?«

»Nichts«, antworte ich einsilbig und beiße wieder in mein Brötchen. »Alles in bester Ordnung.«

Wulfs Augenbrauen schießen in die Höhe, doch er sagt nichts weiter dazu, was ich ihm hoch anrechne. Er weiß genau, dass ich lüge, aber wahrscheinlich denkt er, dass es sowieso nichts nützt, sich darüber mit mir zu streiten.

Wie recht er doch hat ... Immerhin verschwindet er in weniger als einer Woche aus meinem Leben. Was hat es da für einen Sinn, tiefgründige Gespräche zu führen?

Und erneut bin ich beim Thema Professionalität angelangt. Wie konnte ich mein Leitwort für diese Woche nur schon wieder vergessen? Ich sollte mich darauf beschränken, Wulf die wirklich wichtigen Fragen zu stellen und ihn so weit wie möglich zu erforschen, anstatt mir darüber Gedanken zu machen, was es mit mir macht, wenn ich ihn wirklich nie wiedersehe. Das ist zweitrangig! Nein, das hat mich *überhaupt nicht* zu interessieren!

»Ich möchte dir meine heutige Frage stellen«, verkünde ich, nachdem ich mit Essen fertig bin.

Wulf lehnt sich zurück und schaut mich aufmerksam an. »Und die wäre?«

Ich habe lange überlegt, mit welcher Frage ich am besten starten sollte, und habe mich für etwas Einfaches entschieden. Für etwas, was er beantworten kann, ohne gleich einen Joker ziehen zu müssen und womit ich ein wenig Vertrauen aufbauen kann.

»Wie heißt du?«, frage ich deshalb.

»Du kennst meinen Namen. Du verwendest ihn schon seit zwei Tagen.« Meine Frage scheint ihn zu belustigen.

»Das meine ich nicht. Du hast mir in der Höhle gesagt, dass du viele Namen hast, aber ich dich Wulf nennen könnte. Also gehe ich davon aus, dass Wulf nicht dein richtiger Name ist. Wie heißt du wirklich?«

Das Grinsen ist wie weggewischt, als er mich anstarrt. Er kneift die Augen zu Schlitzen zusammen und seine Ohren liegen flach am Kopf an. Ich sehe förmlich, wie es in seinem Gehirn arbeitet, wie er darüber nachdenkt, ob er diese Frage beantworten soll. Dabei ist es doch eine ganz simple Frage, oder etwa nicht? Er weiß ja schließlich auch, wie ich heiße. Was kann an einem Namen so schlimm sein, dass man ihn nicht verraten kann?

Wir starren uns gegenseitig nieder, ohne einen Muskel zu rühren. Nach einer Weile, die mir wie eine Ewigkeit vorkommt, greift Wulf in seine Hosentasche, zieht einen der Joker hervor und schiebt ihn wortlos über den Tisch.

Verwirrt blinzele ich die Karte an. »Du nutzt einen Joker? Für diese einfache Frage? Ich habe dich nicht gefragt, ob du planst, morgen die Welt in Schutt und Asche zu legen, verdammt noch mal!«

Für einen Moment weicht sämtliche Farbe aus Wulfs Gesicht, doch noch immer kann ich keinerlei Regung darin erkennen. Es ist versteinert, wie eine Maske, die zu überhaupt keiner Emotion fähig ist. *Als hätte ich einen Nerv getroffen.*

Zähneknirschend nehme die Karte an mich und stecke sie in meine Jeanstasche. »Na fein, wie du willst. Einen Joker hast du noch. Aber glaube mir: Die nächsten Fragen werden nicht einfacher zu beantworten sein!« Ich stehe so schwungvoll auf, dass um ein Haar der Stuhl nach hinten umkippt.

Was bildet er sich ein? Ist er sich zu fein dafür, mir seinen richtigen Namen zu nennen? Andererseits sollte es mich freuen, dass er für diese Antwort einen der kostbaren Joker verplempert hat. Es ist nur noch einer übrig und damit kann er also nur noch eine einzige Frage umgehen. Die restlichen muss er mir beantworten – und ich werde dafür sorgen, dass diese Fragen es in sich haben. Ich werde ihm jedes noch so kleine Geheimnis entlocken, das für mich von Wert sein könnte.

Und wenn ich mir sicher bin, mein persönliches Atlantis gefunden zu haben, werde ich einen Weg finden, ihn daran zu hindern, zu verschwinden. Er muss so lange bei mir bleiben, bis die Forschungen abgeschlossen sind. Bis ich weiß, *was* er ist. Denn ich bin mir ziemlich sicher, dass er mir die Frage zu seiner Herkunft ebenfalls verweigern wird. Die werde ich ihm gleich morgen stellen, um sicherzugehen, ihm beide Joker abgeluchst zu haben.

Dass ich ihn am Verschwinden hindern will, hat natürlich nichts damit zu tun, dass ich ihn vermissen würde!

»Wenn du aufgegessen hast, sollten wir etwas zum Anziehen für dich kaufen gehen«, sage ich, während ich bereits den Tisch abräume. »Ich hole dir gleich noch ein Basecap, das du unter allen Umständen auch auf deinem Kopf lässt. Bis zum Secondhandladen ist es nicht weit, aber wir werden trotzdem ein paar anderen Menschen auf dem Weg dorthin begegnen.«

»Und du willst nicht, dass jemand anderes außer dir meine Ohren sieht, richtig?«

Mit gerunzelter Stirn schaue ich ihn an, wobei mein Blick zwischen seinen zuckenden Ohren und seinem Gesicht hin- und herwandert. »Richtig«, antworte ich.

Betont langsam lehnt Wulf sich auf seinem Stuhl zurück und verschränkt die Arme. Für einen kurzen Moment habe ich Angst, dass er damit das T-Shirt sprengt, weil es sich bedrohlich über seiner Brust spannt. »Warum?«

»Wie *warum?*«, frage ich verwirrt.

Irgendwie kann ich ihm nicht folgen, da mein Blick an seiner Brust und seinem Bizeps klebt. Worüber haben wir uns gerade unterhalten?

»Warum niemand meine Ohren sehen soll.«

Etwas Lauerndes liegt in seiner Stimme, das mich aufhorchen lässt. Ein *»Weil ich es sage!«* liegt mir auf der Zunge, doch ich kann mich gerade noch bremsen, ehe ich es tatsächlich ausspreche. Ich glaube, dann hätte ich es mir mit ihm verscherzt. So unwissend und weltfremd Wulf auch erscheinen mag, so ist er doch nicht dumm.

»Niemand, den ich kenne – nein, kein anderer Mensch hat solche Ohren wie du«, erkläre ich ihm so ruhig wie möglich. »Du würdest viel Aufsehen damit erregen, wenn du auf die Straße gehen würdest, ohne sie zu verbergen. Die Leute hätten Angst vor dir.«

»Aber du hast keine Angst vor mir, egal wie oft du meine Ohren ansiehst.«

Bisher weiß er nur, dass ich Antworten von ihm haben will, aber nicht, dass ich plane, ihn einem Forschungsteam zu präsentieren, wenn seine Antworten weitere Studien nahelegen würden. Denn selbst wenn er mir wahrheitsgemäß meine Fragen beantwortet, muss ich sie von jemandem prüfen und wissenschaftlich belegen lassen. Das ist wichtig, um meine Glaubwürdigkeit zu wahren, denn sonst wäre ich wie eine von denen, die behaupten, während des Schlafs von Außerirdischen entführt worden zu sein. Ich würde vielleicht mit einem schlecht ausgeleuchteten Foto und einer reißerischen Überschrift in der Bild-Zeitung erscheinen, aber mein Traum vom Ruhm wäre unwiederbringlich dahin.

Doch wie wird Wulf darauf reagieren? Er zweifelt meine Entscheidungen schon an, wenn ich ihm nur sage, er solle eine Mütze tragen. Was wird er tun, wenn ich von ihm verlange, er solle sich auf eine Pritsche legen und sich Blut abzapfen oder ein MRT machen lassen?

»Emma?«

Wulfs Stimme reißt mich aus meinen Grübeleien und ich zucke schuldbewusst zusammen.

»Zieh bitte einfach das Basecap auf, wenn du zusammen mit mir die Wohnung verlässt«, murmele ich und umgehe seine Anmerkung von vorhin. »Es erspart uns eine Menge Fragen und Ärger.«

Obwohl ich ihm ansehe, dass er mit meiner Antwort nicht zufrieden ist, nickt er. Ich nicke ebenfalls, um zu zeigen, dass damit das Thema für mich beendet ist.

Nachdem ich fertig aufgeräumt habe, krame ich in einem Schrank im Flur ein blaues Basecap hervor, das ich bei irgendeiner Werbeveranstaltung bekommen habe. Zufälligerweise hat es fast die gleiche Farbe wie Wulfs Augen. Ich helfe ihm bei der richtigen Weiteneinstellung und kontrolliere dann, ob auch wirklich nichts mehr von seinen spitzen Ohren zu sehen ist.

»Bleib immer an meiner Seite, wenn wir draußen sind, damit du nicht verloren gehst«, schärfe ich ihm ein, weil ich genau weiß, dass er in der Stadt hilflos wäre. Er könnte sicher kein Telefon bedienen oder nach dem Weg zu mir fragen, weil er meine Adresse nicht wüsste.

Wie selbstverständlich greift er nach meiner Hand und verschränkt seine Finger mit meinen.

»Wenn ich dich festhalte, kann ich nicht verloren gehen«, erklärt er, als er meinem verdutzten Blick folgt.

»Ich … muss noch kurz Geld holen«, murmele ich, während ich versuche, ihm meine Hand zu entwinden.

Nicht, weil mir seine Berührung unangenehm ist, sondern weil sie mich an gestern Abend erinnert. Bisher ist der heutige Tag problemlos verlaufen – wenn man von der verweigerten ersten Antwort absieht – und ich habe gehofft, dass das so weitergehen, dass ich heute mehr Professionalität an den Tag legen könnte als gestern. Doch diese kleine, fast alltägliche Berührung lässt meine strikten Vorsätze ins Wanken geraten.

Wulf denkt anscheinend gar nicht daran, mich loszulassen, sondern verstärkt den Druck um meine Finger noch, als er bemerkt, dass ich ihm meine Hand entziehen will. Seufzend gebe ich nach, um nicht noch mehr Zeit zu vergeuden, und gehe mit Wulf gemeinsam nach hinten in mein Schlafzimmer, wo ich in einem Umschlag in der Sockenschublade immer einen Notgroschen aufbewahre, den ich jedoch nur im absoluten Ausnahmefall anrühre und der bereits so lange dort liegt, dass ich nicht mehr an ihn gedacht habe. Vor allem in den letzten Stunden kreisten meine Gedanken sowieso nur um Wulf – und nicht alle waren jugendfrei.

Ich blöde Kuh habe natürlich auch vergessen, dass mein Schlafzimmer einem Schlachtfeld gleicht, und selbst das ist noch geschmeichelt. Als ich die Tür öffne, will ich sie am liebsten sofort wieder zuschlagen, damit Wulf dieses Chaos nicht zu Gesicht bekommt, doch es ist zu spät. Fast gleichzeitig mit mir schiebt er sich ins Zimmer und betrachtet das Desaster mit hochgezogenen Augenbrauen. Ich habe zwar keine Ahnung, wo er herkommt – noch nicht! –, aber ich bin mir sicher, dass es kein Volk gibt, in dem eine solche Unordnung geschätzt wird.

»Entschuldige«, murmele ich und merke, dass ich rot werde. »Normalerweise sieht es hier nicht so aus. Der Aufbruch nach Island kam sehr plötzlich und ich ... hatte keine Zeit, für Ordnung zu sorgen, seit ich wieder da bin.«

Schweigend lässt Wulf den Blick über wild verstreute Klamotten, Schuhe und Dreckwäsche gleiten, die nahezu den ganzen Zimmerboden bedecken. Nur vereinzelt schimmert das braune Laminat hindurch. Als sich seine Lippen zu einem Schmunzeln verziehen, möchte ich am liebsten im Erdboden versinken.

Da ich es noch immer nicht schaffe, meine Hand zu befreien, knie ich mich vor das kleine Nachttischchen, öffne mit der freien Hand die unterste Schublade und fische den unscheinbaren Umschlag heraus, der unter den Sockenpaaren begraben liegt. Viel ist selbst in diesem Geheimversteck nicht mehr zu holen und ich hole zähneknirschend den vorletzten Fünfzigeuroschein heraus, ehe ich den Umschlag zurück an seinen Platz lege. Hoffentlich reicht das aus, um Wulf ein paar neue Klamotten und für uns beide etwas zum Abendbrot zu kaufen.

Nachdem ich auch meine Einkaufsliste eingesteckt und mich noch einmal davon überzeugt habe, dass Wulfs Basecap richtig sitzt, machen wir uns gemeinsam auf den Weg nach draußen.

***

Mir entgehen die Blicke nicht, mit denen Wulf unverhohlen auf offener Straße bedacht wird. Frauen und sogar einige Männer bleiben stehen und verrenken sich bald den Hals beim Versuch, ihm hinterherzuschauen.

Normalerweise verunsichert mich ein solches Verhalten. Ich fühle mich unwohl, wenn man mich anstarrt oder mir mit Blicken folgt, die ich nicht deuten kann, doch heute ist es anders. Die Menschen bemerken zwar zuerst Wulf, doch als zweites fallen ihnen unsere Hände auf, die noch immer fest verschlungen sind. Ein sicheres Zeichen für »Der ist schon vergeben«. Auch wenn das nicht der Wahrheit entspricht, gibt mir das Wissen, dass die Leute es zumindest denken, einen Kick. Albern, oder? Aber ich kann nichts dagegen tun. Ich weiß, dass er nicht vergeben ist – und schon gar nicht an mich! –, aber die Menschen, denen wir begegnen, denken, dass es so wäre. Sie trauen mir zu, mir einen Kerl wie Wulf zu angeln. Ich bin mein ganzes Leben lang schon nicht mit besonders viel Selbstwertgefühl gesegnet und die gehässigen Bemerkungen von Anthonys Assistentinnen haben meinem Ego den Rest gegeben.

Zum ersten Mal seit langer Zeit trage ich den Kopf erhoben, anstatt mich kleiner zu machen. Ich fühle mich wohl dabei, mich in der Öffentlichkeit zu bewegen und angeschaut zu werden.

Und der einzige Grund dafür ist Wulf. Mit ihm an meiner Seite und unter seinen Berührungen fühle ich mich sicherer, selbstbewusster und ausgeglichener. Ich deute nicht jeden Blick, der mich streift, als etwas Negatives, sondern sehe die Möglichkeit, dass er anerkennend gemeint sein könnte.

Nach kurzer Zeit erreichen wir den Secondhandladen. Wulf hat meine Hand nicht losgelassen und tut es auch nicht, als wir das Geschäft betreten.

»Sag Bescheid, wenn dir etwas gefällt«, weise ich ihn an, während ich schon damit beginne, die erste Kleiderstange nach etwas Brauchbarem zu durchforsten.

Wulfs zweifelnder Blick auf die Massen an Kleidungsstücken sagt mir allerdings, dass die Auswahl wohl an mir hängen bleiben wird.

»Lass meine Hand los, solange wir hier sind«, bitte ich ihn. »Ich reiche dir die Sachen, die du anprobieren sollst. Hier kannst du nicht verloren gehen.«

Als er meine Hand freigibt, ziehe ich Shirts und Hosen, die ihm passen könnten, heraus und werfe sie ihm in die Arme. Nach wenigen Minuten hat sich ein stattlicher Kleiderberg angehäuft und ich schicke Wulf zu den Umkleidekabinen.

»Komm raus, wenn du etwas angezogen hast, damit ich es sehen kann. Wir nehmen nur das, was dir auch wirklich passt und steht.«

Zur Antwort bekomme ich ein undeutliches Grummeln. Abwartend lehne ich mich gegen die Wand. Anders als erwartet geht es recht schnell und innerhalb von einer halben Stunde haben wir eine Jeans, zwei Shirts, einen Pullover und eine Jacke für Wulf gefunden. Ich reiche den Fünfziger an die Kassiererin und zähle das Rückgeld, nachdem ich Wulf die Plastiktüte in die Hand gedrückt habe.

»Wollen wir heute Abend was vom Chinesen kommen lassen?«, frage ich, nachdem ich kurz die Preise für Nudeln und gebackene Ente überschlagen und erleichtert festgestellt habe, dass das Geld noch ausreicht.

»Warum kochst du nicht etwas?«

Ich lache schallend. »O nein! Ich habe doch schon gesagt, dass ich eine miserable Köchin bin. Selbst beim Braten von Spiegeleiern habe ich schon zweimal den Rauchmelder aktiviert.«

Wulf mustert mich mit geneigtem Kopf und macht mich damit nervös.

Was habe ich denn jetzt schon wieder gesagt, dass er mich derart eindringlich ansieht? Schnell gehe ich in Gedanken noch mal durch, was ich von mir gegeben habe, doch mir fällt nichts auf, was diese Reaktion hätte auslösen können.

»Was?«, frage ich deshalb mit gereiztem Unterton.

Wulf zuckt lässig mit den Schultern. »Wenn du nicht kochen kannst, ist es kein Wunder, dass du keinen Mann hast.«

Meine Kinnlade fällt bis zum Anschlag herunter und ich habe Mühe, mich zu beherrschen und ihm nicht sofort an die Gurgel zu gehen. *Wie bitte?*

Ich fühle mich wie vor den Kopf gestoßen. Krampfhaft suche ich nach einem spritzigen Konter, der überspielt, wie sehr ich mich über seine Worte ärgere, doch mir will nichts einfallen.

»D-Das ist überhaupt nicht der Grund, warum ich keinen Mann habe«, grummele ich lahm, nachdem ich viel zu lange stumm und mit offenem Mund dastand.

Grinsend dreht sich Wulf zu mir um. »Ach nein? Was ist es dann? Es muss doch einen Grund geben, warum eine schöne Frau wie du ganz allein lebt. Liegt es vielleicht daran, dass du nachts schnarchst?«

»Ich schnarche nicht!«, schreie ich und hebe die Hand, um ihn für diesen fiesen Spruch zu hauen und endlich zum Schweigen zu bringen.

Er lacht, weicht mir leichtfüßig aus und fängt in der Luft meine Hand ab. »Natürlich tust du das. Ich habs doch letzte Nacht selbst gehört.«

Und auf einmal stehe ich wieder ganz nah vor ihm.

»Also«, raunt er, während er den Griff um meine Hand lockert und mit den Fingern meinen Unterarm entlangfährt, »warum bist du allein?«

»Ich ...« Schlagartig ist meine Wut verraucht und macht Nervosität Platz. Seine Berührungen hinterlassen eine heiße Spur auf meiner Haut und ich schließe seufzend die Augen.

Es ist mir egal, dass wir mitten auf dem Bürgersteig stehen und die Leute sich an uns vorbeiquetschen müssen. Ich spüre, wie sein Atem über mein Gesicht streicht, rieche seinen betörenden Duft, wage es aber nicht, die Augen wieder zu öffnen. Er ist mir nah – sehr nah – und ich weiß nicht ... was passieren würde, wenn ich ihn jetzt ansehe. Unser Zusammensein auf der Couch gestern Abend kommt mir wieder in den Sinn. Da bin ich ihm ausgewichen, ebenso wie zuvor im Badezimmer, aber ich bin sicher, dass ich das nicht für immer tun kann. Nicht mal bis zum Ende dieser Woche.

Ob ich ihm überhaupt weiterhin ausweichen *will*.

Mit seiner Frage hat er mich völlig aus dem Konzept gebracht. Ich frage mich seit fast zwei Jahren, warum ich allein bin, und habe noch keine adäquate Antwort darauf gefunden. Gern schiebe ich Ausflüchte wie meine Körpergröße oder die beruflichen Reisen vor, um mir nicht ernsthaft darüber den Kopf zerbrechen zu müssen. Aber ist das wirklich die Antwort? Ich habe nicht zwanghaft nach einem neuen Partner gesucht und es ist mir auch kein Mann zufällig ins Auge gestochen. Anstatt mich nach meiner gescheiterten Beziehung mit Robert in das nächste Liebeschaos zu stürzen, habe ich mich treiben lassen, ging mit meiner besten Freundin Meghan von einer Party zur nächsten, wenn ich mal in der Stadt war.

Hatte ich mir doch mal einen Mann aus der Menge gepickt und dieser auch Interesse an mir signalisiert, habe ich ihn testen lassen. Von Meghan. Die Frau ist Verführung auf zwei Beinen und keiner der Männer konnte ihr je widerstehen. Jeder ließ mich für sie links liegen. Das tat weh, jedes Mal aufs Neue, und irgendwann habe ich es dann aufgegeben. Vielleicht bin ich auch dazu bestimmt, einsam und allein zu sterben, umgeben von Wüstensand und alten Knochen.

Wulf streicht mir mit den Fingern über die Wange und reißt mich dadurch aus den wirren Gedanken. Ich erschauere unter dieser sanften Berührung, aber gleichzeitig will ich davor zurückschrecken. Immer wieder bete ich mein Mantra herunter, dass Wulf allem Anschein nach kein Mensch ist und ich ihn erst seit wenigen Tagen kenne. Und am allerwichtigsten: Er ist mein Projekt. Es ist völlig irrational, welche Gefühle er in mir auslöst. Ich muss mich dagegen wehren, anstatt mich dem Kribbeln in meinem Bauch und dem aufgeregten Klopfen meines Herzens hinzugeben.

Doch anstatt mich seiner Hand zu entziehen, schmiege ich die Wange dagegen und seufze erneut leise. Mir war gar nicht bewusst, wie sehr mein Körper nach dieser Art von Berührung gehungert hat.

Wenn schon ein Streicheln meiner Wange solche Gefühle in mir auslöst, will ich lieber gar nicht wissen, was mit mir geschieht, wenn …

Wulfs Nasenspitze berührt meine und ich halte den Atem an. So nah ist er mir bereits?

Als sein Daumen federleicht über meine Wange streicht, vergesse ich sämtliche Zweifel und hebe das Kinn ein Stück an. Mein Körper zittert; ich weiß nicht, ob es aus Angst oder Vorfreude ist, aber ich werde es gleich herausfinden. Gleich, wenn seine Lippen meine berühren.

»Emma!«

Ich zucke erschrocken zusammen. Augenblicklich ist der Zauber verflogen und ich blinzele verwirrt, während ich mich nach allen Seiten umsehe. Jemand umarmt mich von hinten und ich gebe ein überraschtes Quietschen von mir.

»Warum hast du mir nicht Bescheid gesagt, dass du zurück bist?«, schnattert es mir ins Ohr, während ich noch immer versuche, mich aus dem Klammergriff zu winden. »Wir hätten doch zusammen etwas … oh.«

Endlich habe ich es geschafft, mich zu befreien und drehe mich zu meiner besten Freundin um. Doch ihre Aufmerksamkeit hat sich bereits einem interessanteren Objekt als mir zugewandt. Mir entgeht nicht das begehrliche Funkeln in ihren Augen, als sie ihren Blick von oben bis unten an Wulf entlangwandern lässt.

»Willst du uns nicht vorstellen?«, fragt Meghan mit ihrer Verführerinnenstimme, als sie fertig mit Gaffen ist.

Mir wird schlagartig schlecht und ich schlucke eine patzige Antwort runter. Mir gefällt nicht, wie sie ihn anstiert. Wie eine verhungernde Löwin, die ein saftiges Steak vor sich hat. Ihre Absichten stehen ihr eindeutig auf die Stirn geschrieben. Bisher ist mir ihre offene Art noch nie so sehr gegen den Strich gegangen wie jetzt. Ich kenne Meg nicht anders und fand es immer faszinierend, dass sie das komplette Gegenteil von mir ist – sowohl optisch als auch in ihrem Verhalten.

Doch jetzt will ich, dass sie damit aufhört, ihn anzustarren!

Und was ist mit Wulf? Nach einem kurzen Seitenblick atme ich erleichtert auf. Er beäugt Meg zwar interessiert, aber nicht *in dem Sinne*. Trotzdem interessierter, als er die beiden Assistentinnen angesehen hat ... Muss ich mir doch Sorgen machen? Aber mit welchem Recht sollte ich das tun? Es ist ja nicht so, als ob ich irgendeinen Anspruch auf ihn hätte. Ich meine, zumindest keinen beziehungstechnischen.

Irgendwie denke ich zu kompliziert ...

»Wulf, das ist meine beste Freundin Meghan«, ringe ich mir ab. »Meghan, das ist Wulf.«

Nachdem sich Meghan mit einem koketten Lächeln an mir vorbeigeschoben hat, reichen die beiden sich die Hände. Ich stehe zähneknirschend daneben und beobachte die Szene mit einem stetig wachsenden miesen Gefühl. Am liebsten würde ich ihre Hände auseinanderschlagen und Meghan auf zehn Meter Sicherheitsabstand von ihm wegzerren.

»Emma hat mir gar nicht erzählt, dass sie sich wieder mit jemandem trifft«, säuselt Meg und wirft mir einen strafenden Blick zu.

»Ich treffe mich nicht mit ihm«, entgegne ich schnell, ehe Wulf etwas sagen kann, was uns nur noch tiefer in die Misere reitet, wie bei den beiden Assistentinnen. »Ich habe ihn während der letzten Expedition getroffen und er wohnt vorübergehend bei mir, bis seine Familie ihn abholen kommt.«

»Er *wohnt* bei dir?«, hakt Meg nach. Beim fassungslosen Unterton in ihrer Stimme würde ich am liebsten die Zähne fletschen. Bei ihr hört es sich so an, als hätte ich kleine Kätzchen entführt, um sie dann zu häuten. »Aber ihr ... seid nicht ...?«

»Nein.«

Sie kommt zu mir, stellt sich auf die Zehenspitzen und flüstert in mein Ohr: »Aber du willst, oder? Die Situation eben war eindeutig und du hast es genossen.«

Kurz huscht mein Blick zu Wulf, der uns abwartend mustert. Er sieht eher gelangweilt als interessiert aus und irgendwie beruhigt mich das.

»Vielleicht«, gebe ich zu. »Aber es ist ... kompliziert.«

Herrgott, wie oft habe ich schon über Paare gelacht, wenn genau dieser Satz gefallen ist! Dass ich ihn jemals selbst verwenden würde, ist mir nie in den Sinn gekommen. Und doch stehe ich jetzt hier und denke über das »Was, wenn doch?« nach.

Meghan grinst breit. »Willst du meine Hilfe? Soll ich ihn abchecken?«

»Nein!«, sage ich hastig. »Diesmal ... diesmal nicht. Entschuldige uns, Meg, aber wir müssen jetzt wirklich weiter.«

Sie tritt einen Schritt zurück und sieht mich mit einem Ausdruck an, den ich noch nie bei ihr gesehen habe. Eiskalte Berechnung liegt darin, gepaart mit dem unerschütterlichen Wissen, dass sie ihr Ziel erreichen wird. »Was hältst du davon, wenn ich heute Abend vorbeikomme und wir machen uns zu dritt ein paar nette Stunden vor dem Fernseher?« Als ich zögere, fügt sie hinzu: »Ich bringe auch was zu Essen mit.«

Sie kennt meine Schwachstellen und nutzt sie gnadenlos aus. Wulf zuckt nur mit den Schultern, also sage ich Meg zu, die sich freudig von uns verabschiedet und verspricht, nicht zu spät zu erscheinen.

»Und das ist deine beste Freundin?«, fragt Wulf zweifelnd, nachdem Meghan außer Hörweite ist.

»Ich kenne sie schon seit der Oberstufe. Sie hat mir durch schwere Zeiten geholfen. Meg ist nicht immer einfach, aber ich kann mich auf sie verlassen.«

Selbst in meinen Ohren klingen die Worte hohl und leer. Was ist bloß los? Normalerweise würde ich vor Freude an die Decke springen, wenn Meg sich zu mir einladen und etwas Essbares mitbringen würde. Das ist allemal besser, als mit ihr um die Häuser zu ziehen und dann wieder sitzen gelassen zu werden. Aber diesmal ... will ich nicht, dass sie zu Besuch kommt.

Wulf greift nach meiner Hand und hält sie fest. »Was bedrückt dich?«

Ich schüttele den Kopf und erwidere den sanften Druck seiner Hand. »Es ist nichts. Nur ein komisches Gefühl.« Als Meghan um die nächste Ecke gebogen ist, wende ich mich ebenfalls um und ziehe Wulf hinter mir her. »Lass uns nach Hause gehen.«

»Ist es wegen dem, was ich vorhin zu dir gesagt habe?«, fragt er während des Gehens. »Wenn ich dir damit zu nahe getreten sein sollte, tut es mir leid.«

»Nein. Wahrscheinlich hast du sogar recht mit allem. Ich bin allein, schon viel zu lange, und weiß nicht mehr, wie es sich anfühlt, einen Mann zu haben.« Noch während ich das sage, merke ich, wie falsch es rüberkommt.

Unvermittelt bleibt Wulf stehen und da ich noch immer seine Hand halte, fühlt es sich an, als würde ich gegen eine Wand laufen. Mit einem Ruck zieht er mich zu sich, sodass ich gegen seine Brust stolpere.

»Es lag mir fern, mich über dich lustig zu machen«, murmelt er, während er die Hand, in der er die Klamottentüte hält, um meinen Rücken legt. Sofort legt mein Herz ein paar Extraschläge ein. »Ich stelle mir diese Frage nur schon, seit wir gestern bei dir angekommen sind. Da, wo ich herkomme, ziemt es sich nicht für eine junge Frau, allein zu leben. Wenn sie keinen Mann hat – oder keinen will –, lebt sie zumindest mit anderen Frauen zusammen. Aber du bist anders. Du kannst offenbar nicht für dich selbst sorgen: Du kannst nicht kochen und deine Wohnung sieht aus, als wäre eine Kriegerschar hindurchgestürmt.«

»Wärmsten Dank auch«, murre ich und versuche mich aus seiner Umklammerung zu lösen.

Doch je mehr ich mich sträube, umso fester drückt er mich gegen sich. »Und doch bist du eine freundliche und lebensfrohe Frau. Du kommst ohne den Schutz eines Mannes aus, aber dennoch sehnst du dich nach Nähe. Ich werde ... einfach nicht schlau aus dir.«

Ich hebe den Kopf und sehe ihn an. Er beobachtet mich mit einer Mischung aus Belustigung, Neugier und ... etwas Warmem, das seine Augen zum Leuchten bringt. Das, was ich eben zu ihm sagen wollte, ist wie weggewischt.

»Du ...«, stammele ich, bis es mir endlich wieder einfällt. »Wir sind gar nicht so verschieden. Du hast mir erzählt, dass du allein bist und keine wirklichen Freunde hast. Sicherlich bist du auch einsam.«

Sein Blick wird mit einem Mal traurig, fast schwermütig. »Du hast recht. Vielleicht sind wir wirklich nicht so verschieden, wie ich anfangs dachte.«

»Ja ... das glaube ich auch.«

Wulf lächelt über meinen Kommentar und lässt mich los. »Was erwartet mich heute Abend, wenn deine Freundin vorbeikommt? Und muss ich da die ganze Zeit diese Mütze tragen?«

Ich kichere über den abrupten Themenwechsel, bin aber auch froh darüber. »Natürlich musst du das! Du weißt doch, dass nur ich deine Ohren sehen darf.«

Wieder greift er nach meiner Hand und führt sie zu seinem Mund. »Und niemandem sonst werde ich sie zeigen, wenn du es so wünschst.«

Federleicht legt er seine Lippen auf meinen Handrücken, ehe er sich halb umwendet und mich hinter sich herzieht. Ich befürchte, jeden Moment an dem unbändigen Kribbeln in meinem Bauch sterben zu müssen. Noch Sekunden später spüre ich die Stelle, die er sanft mit den Lippen gestreift hat, überdeutlich, als hätte ich mich dort verbrannt.

Völlig überrumpelt von den widersprüchlichen Gefühlen, die in meiner Brust toben, stolpere ich ihm nach.

Ebenso unbeholfen stolpert mein Herz vor sich hin, ohne in den gewohnten Trott zurückzufinden.

Kapitel 11

Auf dem Rückweg sprechen wir kaum miteinander. Wulf stellt ein paar Fragen zur Funktionsweise von alltäglichen Dingen wie Straßenbahnen und Geldautomaten, ansonsten schweigen wir.

Die ganze Zeit über kreisen meine Gedanken noch um das, was er vorhin zu mir gesagt hat. Wulf ist jemand, der das sagt, was ihm als Erstes in den Sinn kommt, zumindest scheint es mir so. Er denkt nicht darüber nach, was die Worte bei seinem Gegenüber auslösen könnten, sondern spricht sie einfach aus. Dass er mich damit völlig überrumpelt, ist ihm gar nicht bewusst.

Mir graut es vor dem heutigen Abend. Warum war ich auch so blöd und habe Meghan zugesagt? Ohne es zu wissen, bin ich in alte Muster zurückverfallen, und Meg war absolut klar, dass sie mich nur mit kostenlosem Essen ködern musste. Ihr plötzliches Interesse, mich zu besuchen und Zeit bei mir zu Hause zu verbringen, macht mich allerdings stutzig. Sonst kann sie es gar nicht erwarten, auf Partys zu gehen, um sich eine neue Eroberung zu angeln. Ich glaube, dass sie es noch nie in ihrem Leben zweimal mit demselben Mann gemacht hat …

Und ich bin mir sicher, zu wissen, wen sie als neue Beute auserkoren hat …

Da ich vorhin keinen Anspruch auf ihn geltend gemacht habe, gilt Wulf in ihren Augen als Freiwild, und Meghan ist niemand, der eine Chance ungenutzt verstreichen lässt.

Ja, das wird mit Sicherheit ein ganz *zauberhafter* Abend …

»Was ist los mit dir?«, fragt Wulf und unterbricht damit meine wirren Gedanken über das, was sich nachher in meiner Wohnung abspielen könnte.

»Nichts«, murmele ich.

Fieberhaft suche ich nach einem Vorwand, Meghan wieder auszuladen, aber egal, was ich sagen würde, sie würde trotzdem kommen. Ich kenne sie seit gut 15 Jahren und weiß, wie sie tickt. Selbst wenn ich eine hochansteckende Krankheit vorschieben würde, stünde sie pünktlich zur ausgemachten Zeit bei mir vor der Tür. So ist Meghan eben und normalerweise habe ich kein Problem damit. Seit zwei Tagen ist bei mir aber nichts mehr normal.

Wenn ich Meghan jetzt mit einem fadenscheinigen Vorwand absage, wird sie misstrauisch. Und wenn sie erst einmal Blut geleckt hat, ist sie schlimmer als jeder Hai. Aber ich kann mir keine Ablenkung erlauben, nicht jetzt, wo ich kurz davorstehe, Wulfs Geheimnis zu lüften. Und Meghan *wird* mich ablenken. Sie wird jeden Tag bei mir auf der Matte stehen oder mir wie zufällig über den Weg laufen.

Allein bei dem Gedanken daran, dass sie sich Wulf an den Hals schmeißen könnte, wird mir schlecht.

»Deine Freundin erschien mir ... eigenartig«, sagt Wulf.

Ich bleibe stehen und starre ihn an. Ohne dass er es beabsichtigt hat, treffen mich seine Worte. »Meinst du?«, ringe ich mir ab. »Ich glaube, sie fand dich nett.«

Verdammt, warum sage ich das? Warum kann ich nicht einfach meinen Mund halten?

Warum rege ich mich darüber auf? Ich kenne Meghans Wirkung auf Männer schließlich zur Genüge. Oft genug durfte ich Zeugin ihrer Verführungskünste werden. Warum sollte gerade Wulf da eine Ausnahme bilden? Er ist ein Mann.

Ich balle die Hände zu Fäusten und meine Nägel schneiden schmerzhaft ins Fleisch. Ich muss an etwas anderes denken. Dringend! An Hundewelpen oder Pandababys oder ...

»Emma.« Wulfs Finger streichen über meine rechte Faust, die sich zögerlich entkrampft. »Was kann ich tun, damit du wieder fröhlich bist?«

Ich atme tief durch und versuche, mir seine Worte nicht wieder so nahegehen zu lassen. »Es ist nichts. Ich ... mache mir nur darüber Gedanken, wie ich es schaffen soll, meine Wohnung bis heute Abend aufzuräumen. Wir haben schon so viel Zeit vertrödelt, dass es echt knapp wird. Meghan ist bestimmt schon gegen sechs da.«

»Ich werde dir helfen. Gemeinsam schaffen wir es bestimmt«, verspricht Wulf.

»Nein, nein, schon in Ordnung! Du ... kannst dich so lange wieder an den Laptop setzen und weiter lernen.«

Wulf, der in meiner (Unter-!)Wäsche herumwühlt und womöglich die letzten Überreste meiner Beziehung mit Robert findet, die ich im hintersten Winkel einer Schublade aufbewahre, kann ich dabei nicht gebrauchen.

***

Als wir zurück sind, setze ich Wulf wieder an den Küchentisch und starte den Laptop. Nebenbei räume ich die Spülmaschine aus und wieder ein und verstaue die neu gekauften Klamotten in einem Fach im Flur. Die Decken und Kissen aus dem Wohnzimmer trage ich ins Schlafzimmer, um Meghan keine Munition für Spekulationen zu geben.

Nachdem ich gestaubsaugt und gewischt habe, werfe ich einen Blick auf die Uhr. Nur noch eine halbe Stunde, bis Meghan hier sein wird.

Schnell stecke ich den Kopf in die Küche, wo Wulf sich noch immer durch Wikipedia klickt. »Ich springe schnell unter die Dusche. Willst du dich auch noch umziehen?«

Er dreht sich auf dem Stuhl zu mir um und schaut an sich herab. »Sollte ich das?«

» Du könntest die neue Jeans anziehen, wenn du möchtest. Und vergiss nicht das Basecap! Ich bin dann erst mal im Bad.«

Wulf nickt, wendet sich aber wieder dem Laptop zu.

Das Erste, was ich im Bad mache, ist, die Tür abzuschließen. Für mich sehr ungewohnt, ich lebe schließlich allein, aber solange Wulf hier ist, muss ich mir das dringend angewöhnen.

Nachdem ich geduscht und mir die Haare geföhnt habe, husche ich, nur in ein Handtuch gewickelt, in das noch immer verwüstetes Schlafzimmer. In der Hoffnung, noch etwas Tragbares und Sauberes in meinem Schrank zu finden, durchwühle ich die Fächer und Schubladen. Letztendlich fällt meine Wahl auf eine einfache Jeans und ein schwarzes Shirt. Ich schlüpfe in die Klamotten und schiebe mit den Füßen noch schnell die Dreckwäsche auf einen Haufen. Morgen müssen mindestens zwei Ladungen gewaschen werden, wenn ich nicht bald ohne frische Unterwäsche dastehen will. Ich hätte so viel Besseres zu tun, als einen Abend mit Meg zu verbringen, aber da muss ich nun durch. Insgeheim hoffe ich ja noch, dass Wulf sie genauso abweisend behandeln wird wie Anthonys Assistentinnen, sodass Meg von selbst die Lust verliert und wieder abzieht.

Während ich durch den Flur laufe, versuche ich meine Mähne zu einem Zopf zu bändigen.

»Bist du fertig?«, rufe ich in die Küche.

»Ja, ich brauche nur noch das Basecap«, erhalte ich zur Antwort.

Ich schnappe mir das Cap, das an der Garderobe hängt, und bringe es ihm. Er sitzt wie ein artiger Schuljunge auf der Sofakante. Genauer als sonst prüfe ich, ob seine Ohren noch zu sehen sind, nachdem er es aufgesetzt hat. Danach zupfe ich an seinen Haaren, um mit ihnen zu verdecken, dass er keine normalen Ohren hat.

»Du wirkst nervös«, stellt Wulf fest, während ich noch an seinen Haaren und dem Basecap herumziehe, um den optimalen Sitz zu prüfen.

»Das kommt dir nur so vor«, wiegele ich ab. »Sie darf nur deine Ohren nicht sehen, das ist alles.«

Er packt mein Handgelenk und ich halte inne. »Du lügst. Was ist es, was dich so aus der Fassung bringt?«

Nach ein paar halbherzigen Versuchen gebe ich es auf, meinen Arm befreien zu wollen, und seufze. »Meghan ist … speziell. Zumindest was Männer betrifft. Unter gar keinen Umständen darfst du heute Abend das Basecap abziehen, egal was passiert. Hörst du?«

Schweigend mustert er mich, den Kopf leicht schräg gelegt, als müsse er über meine Worte nachdenken.

»Und ich weiß nicht, wie oder warum du es machst, aber versuche bitte, deine Pupillen nicht zu Schlitzen werden zu lassen!«, füge ich hinzu. »Unterlass einfach alles, was nicht menschlich ist, okay? Dann werden wir den Abend schon irgendwie überstehen.«

Zumindest hoffe ich das.

Anstatt mir zu antworten, gibt Wulf ein unwirsches Knurren von sich und zieht an meinem Arm, sodass ich das Gleichgewicht verliere und mich verdattert auf seinem Schoß wiederfinde. Sofort versuche ich wieder aufzustehen, doch er schlingt einen Arm um meine Mitte und hält mich fest.

»Wulf, was soll das?«, rufe ich verärgert, während ich mich mit Händen und Füßen wehre. »Lass mich los!«

»Nein.« Seine Stimme ist völlig ruhig, duldet aber keinen Widerspruch. »Ich werde dich erst gehen lassen, wenn du dich beruhigt und mir gesagt hast, was mit dir los ist.«

»Das ist doch albern!«, murre ich. »Wie oft muss ich dir denn noch sagen, dass alles in bester Ordnung ist?«

»So lange, bis ich es dir glaube. Also, versuchen wir es noch mal: Warum bist du so nervös?«

Gehetzt fliegt mein Blick durchs Zimmer. Obwohl ich auf seinem Schoß sitze, versuche ich so weit wie möglich von ihm abzurücken. »Meghan hat ... vorhin Interesse an dir bekundet«, gebe ich zu.

»Und was bedeutet das?«

Ich ringe um Worte. Wie soll ich ihm meine Wut erklären, die völlig irrational und fehl am Platz ist?

»Wie ich Meghan kenne, wird sie ...«

Die Türklingel rettet mich vor einer gestotterten Erklärung und ich nutze Wulfs Verwirrung, um mich aus seiner Umklammerung zu befreien. Während ich zur Tür laufe, zupfe ich an meinem Shirt und streiche mir die Haare zurück, doch ich bin mir sicher, dass mein Gesicht feuerrot ist und es Meg sofort auffallen wird.

Kurz bevor ich die Tür öffnen kann, klingelt es ein zweites Mal.

»Ist ja gut«, stöhne ich, als ich meiner besten Freundin aufmache.

Breit grinsend steht sie an der Türschwelle, beladen mit fünf Pizzakartons in der einen und einer teuer aussehenden Flasche Wein in der anderen Hand.

Wie immer ist sie kunstvoll frisiert und geschminkt, sodass ich mir mit meinem Pferdeschwanz und den einfachen Klamotten sofort schäbig vorkomme.

»Warum dauert das denn so lange?«, fragt sie gespielt theatralisch, während sie auf ihren Heels in meine Wohnung stöckelt und mir die Pizzakartons in die Hand drückt. »Hier, Liebes, nimm das mal. Ihr habt bestimmt Hunger, denn so wie ich dich kenne, hast du wieder mal nichts im Haus, nicht wahr?«

Ehe ich protestieren kann, steuert sie bereits auf die Küche zu, wobei ihr kurzes Kleid um ihre Beine schwingt, von denen *sehr viel* zu sehen ist ...

Ich schlucke meinen Ärger runter und folge ihr. Noch bevor ich die Küche erreiche, höre ich ihre hohe Stimme zwitschern: »Ah, da ist er ja! Der große Unbekannte. Ich bin Meghan, aber das weißt du ja schon. Du kannst mich gern Meg nennen. Also, wirst du mir erzählen, wo Emma dich aufgegabelt hat?«

Unsicher schaut Wulf zu mir und ich schüttele schnell den Kopf. Er darf ihr auf keinen Fall die Wahrheit erzählen! Ach, verdammt, wir hätten das vorher durchsprechen müssen! Sich jetzt eine Notlüge aus den Fingern zu saugen, wird Wulf nicht leichtfallen.

Ich stelle die Pizzakartons auf die Anrichte und nehme Meg die Flasche Wein aus der Hand. »Lasst uns doch rüber ins Wohnzimmer gehen. Dort können wir uns weiter unterhalten. Wulf, hilfst du mir kurz mit den Gläsern und dem Essen?«

»Ich kann dir auch ...«

»Nein danke, Meg. Du bist hier Gast, also setz dich schon mal hin. Wir sind gleich bei dir.« Lächelnd, aber bestimmt schiebe ich Meg aus der Küche und atme erleichtert auf, als sie tatsächlich ins Wohnzimmer geht.

»Was soll ich ihr erzählen?«, fragt Wulf dicht hinter mir.

»Irgendwas ... Dass du ein Austauschstudent an der Uni bist oder so was.« Ich fahre mir mit dem Handrücken über die Stirn. »Ich bin so blöd ... Wir hätten uns vorher einen Plan zurechtlegen müssen. Wir werden uns in Widersprüche verstricken und sie wird erst recht misstrauisch werden.«

Ich bin so in Gedanken versunken, dass ich nicht merke, dass Wulf seine

Arme rechts und links von mir an der Anrichte abstützt und sich zu mir beugt. Überrascht drehe ich mich zu ihm um und erstarre.

»Du machst dir zu viele Gedanken«, murmelt er, während seine Hand an meinem Arm hinauffährt. »Es ist mir egal, was Meg über mich denkt. Sie ist unwichtig.«

»Aber wenn sie ...«

Seine Hand legt sich an meine Wange und ich klappe augenblicklich den Mund zu. Wie gebannt starre ich in seine blauen Augen, die so herrlich normal erscheinen, auch wenn mir der Zauber seiner geschlitzten Pupillen fehlt.

»Mach dir keine Sorgen. Wir werden jetzt dort rausgehen und uns ganz normal verhalten«, sagt er, während er mit dem Daumen über meine Wange streichelt. Es fehlt nicht viel und ich schmiege mich an seine Hand und seufze wohlig dabei, aber ich beherrsche mich. »Überlass mir am besten das Reden. Ich werde ihr schon irgendwas erzählen, was sie glaubt.«

»Bist du dir sicher?«, frage ich. »Was, wenn sie dich etwas fragt, womit du dich nicht auskennst?«

Abschätzend verzieht er den Mund. »Ich habe in den letzten Tagen viel gelernt und kann mich anpassen. Sie wird nicht merken, dass ich anders bin.«

O doch, das wird sie, denke ich. Dazu muss sie dich nur ansehen ...

Selbst wenn die offensichtlichen Hinweise für sein Anderssein versteckt sind, bin ich mir sicher, dass jeder mit einem Hauch Menschenkenntnis die seltsame Aura um Wulf wahrnehmen wird, die mich immer wieder vollkommen in ihren Bann schlägt. So wie auch jetzt.

Ich bin gefangen und habe nicht das geringste Bedürfnis, mich zu befreien.

»Wir sollten ... ins Wohnzimmer gehen«, bringe ich hervor, aber selbst für mich hört sich dieser Protest schwach an.

Ich will nicht ins Wohnzimmer gehen. Am liebsten würde ich alles andere ausblenden und einfach nur hier mit ihm stehen bleiben. Weiterhin seinen Blick auf mir spüren, der ein aufgeregtes Flattern in meinem Bauch auslöst, das mich alles andere vergessen lässt. Als ich bemerke, dass sich der Druck seiner Hand auf meiner Wange leicht verstärkt und er mich zu sich zieht, bleibt mein Blick an seinem Mund hängen, und sofort trommelt mein Herz mit doppelter Geschwindigkeit in der Brust.

Wenn er ... wenn er mich jetzt küsst ... dann werde ich ihn nicht zurückhalten.

Ich habe mich schon zu lange dagegen gewehrt und gebe nun endgültig auf. *Scheiß auf Professionalität!* Seit wann verhalten sich Wissenschaftler professionell? Wie viele Entdeckungen wurden nur gemacht, weil sie ihre Erfindungen an sich selbst getestet haben?

Uhh ... den Gedanken denke ich lieber nicht zu Ende, zumindest nicht jetzt in diesem Moment. Das geht gerade in eine *ganz* falsche Richtung.

Ich löse die Hände, mit denen ich mich die ganze Zeit über an die Anrichte hinter mir geklammert habe, und lege sie auf seine Brust. Er zögert kurz, als erwarte er, dass ich ihn wieder zurückstoße, doch das Gegenteil habe ich im Sinn. Ich kralle die Finger in sein Shirt, schließe die Augen und stelle mich auf Zehenspitzen, das Kinn leicht vorgestreckt.

Mein ganzer Körper zittert vor Aufregung und Vorfreude. Ich kann mich nicht erinnern, dass ich jemals vor einem ersten Kuss so nervös war. Nicht einmal vor meinem allerersten Kuss war das der Fall. Aber jetzt – als erwachsene Frau – stehe ich hier und zittere, während meine Lippen vor Verlangen brennen.

Ob es sich genauso wundervoll anfühlen wird, wie ich es mir vorstelle? Oder werde ich hinterher enttäuscht sein und über mich selbst den Kopf schütteln?

Ich spüre, wie Wulf sich das letzte Stück zu mir beugt, fühle seinen Atem, der mir sanft wie eine Liebkosung übers Gesicht streicht, ebenso wie seine Finger an meiner Wange. Obwohl ich es nicht für möglich gehalten hätte, wummert mein Herz noch schneller, schlägt mir mit einer halsbrecherischen Geschwindigkeit gegen den Brustkorb, als wolle es herausspringen.

Jetzt passiert es ... Ich drehe meinen Kopf um ein Stück, um ...

Die Sonnenblende des Basecaps stößt gegen meine Stirn und mit einem Mal ist der Moment dahin – verpufft von einer Sekunde auf die andere. Wir lösen uns voneinander und ich reibe mir mit gemischten Gefühlen über die leicht schmerzende Stelle. Enttäuschung, Wut, aber auch ein kleines bisschen Erleichterung wechseln sich ab, ohne dass ich mich für eine Regung entscheiden könnte.

»Kommt ihr zwei endlich oder soll ich den ganzen Abend allein hier sitzen?«, schallt es aus dem Wohnzimmer.

Ich werfe Wulf ein unsicheres Lächeln zu, bevor ich aus dem Küchenschrank drei Weingläser hole. »Bringst du bitte die Teller und das Essen mit?«, weise ich ihn an, ehe ich mich schnell umdrehe und aus der Küche flüchte.

Was bin ich doch für eine dumme Pute! Wieder einmal fliehe ich vor ihm, ohne dass es einen triftigen Grund dafür gibt. Langsam glaube ich, dass nicht Wulf es ist, vor dem ich flüchte ...

***

Wie erwartet hat sich Meghan bereits auf der Couch breitgemacht und zappt durchs Fernsehprogramm.

»Da seid ihr ja endlich!«, murrt sie, als Wulf und ich nacheinander eintreten. »Musstet ihr die Weingläser erst noch in Bagdad kaufen?«

Ich übergehe ihren bissigen Kommentar, entkorke die Weinflasche und schenke jedem von uns einen Schluck ein.

Währenddessen klopft Meghan auf den freien Couchplatz neben sich. »Setz dich doch zu mir, Wulf! Ich habe so viele Fragen an dich. Und wir ... haben den ganzen Abend Zeit.«

Ich kann förmlich das verschlagene Grinsen aus ihrer Stimme heraushören und weiß genau, welches Gesicht sie gerade macht, ohne sie direkt ansehen zu müssen. Wulf wirft mir einen hilfesuchenden Blick zu, doch ich zucke nur mit den Schultern. Als er sich neben sie gesetzt hat, drehe ich ihnen schnell den Rücken zu, um die Szene nicht weiter verfolgen zu müssen, gehe zum Sessel, in dem ich die letzte Nacht verbracht habe, und starre auf den Fernseher.

»Also, mein Lieber«, säuselt sie. »Erzähl mir alles über dich. Wo kommst du her? Was machst du hier? Und vor allem: Hast du eine Freundin?«

O Gott, ich muss gleich kotzen ... Wie habe ich es nur all die Jahre mit Meghan ausgehalten, ohne sie krankenhausreif zu schlagen? Ist mir ihr schmieriges Getue wirklich noch nie aufgefallen? Ich muss mich beruhigen, schließlich bringt es niemandem etwas, wenn ich vor Wut gleich durch die Decke gehe. Alles, was Aufmerksamkeit auf Wulf und mich zieht, könnte meine Forschung gefährden. Also muss ich gute Miene zum bösen Spiel machen.

»Ich bin ein ... Austauschstudent«, erklärt Wulf nach einer Weile.

Wenigstens hält er sich an das, was wir besprochen haben.

Ich mache den Fehler und drehe mich wieder zu den beiden hin. Wulf hat sich ans äußerste Ende der Couch gesetzt, doch Meghan rückt ihm dicht auf die Pelle und fährt ihm spielerisch mit dem Zeigefinger übers Knie. Ihr Kleid, das so kurz und tief ausgeschnitten ist, dass es nicht viel der Fantasie überlässt, zupft sie dabei wie zufällig mit der anderen Hand in Position, sodass es so gut wie nichts mehr verhüllt.

»Ach, dann studierst du auch Archäologie, so wie Emma? Was für ein Zufall!« Begeistert klatscht Meghan in die Hände und lässt dann wie zufällig eine davon auf Wulfs Oberschenkel liegen.

Schnell beiße ich die Zähne zusammen, damit ich nicht ausflippe. Um mich abzulenken, nehme ich mir einen Teller und fische zwei Stück Pizza aus einem Karton.

»Und was sind deine Hauptfächer?«

»Ähm ...« Wulfs Blick huscht wieder zu mir. »Mittelalterarchäologie«, antwortet er schließlich und ich bin so überrascht darüber, dass ich mich beinahe an einem Bissen Pizza verschlucke. Offenbar hat ihm Wikipedia mehr Wissen vermittelt, als ich bisher angenommen habe. »Vor allem die Arthus-Sage hat mich schon immer so fasziniert, dass ich unbedingt diesen Studienweg wählen wollte«, fährt Wulf fort, während ich ihm atemlos lausche.

»Arthus-Sage«, murmelt Meg nickend, doch ich sehe ihr deutlich an, dass sie keinen Schimmer hat, worum es genau dabei geht.

Ehe sie weitere Fragen stellen und Wulf sich doch noch in Widersprüche verstrickt, sage ich: »Er verbringt dieses Semester hier, ehe er wieder an seine Uni in Norwegen zurückkehrt.«

»Norwegen!«, ruft Meg hingerissen, ohne den Blick von Wulf zu nehmen. »Dafür sprichst du aber sehr gut deutsch.«

»Ich spreche nahezu alle Sprachen, die es gibt«, erwidert Wulf, ehe ich etwas einwerfen kann, und fängt sich sofort einen fragenden Blick von Meg ein.

»Ähm ... Er meint, dass er sehr gut in Fremdsprachen ist. Deshalb wurde er auch für das Auslandssemester ausgewählt.« Während ich mir die Lüge aus den Fingern sauge, werfe ich Wulf einen vernichtenden Blick zu und hoffe, ihn damit zum Schweigen bringen zu können.

Doch natürlich hat Meghan noch eine Menge weiterer Fragen. »Und wie bist du an unsere Emma geraten?«

Wir brauchen einen neuen Plan, ehe sie Verdacht schöpft, aber mein Gehirn ist zu sehr damit beschäftigt, sich möglichst schmerzhafte Foltermethoden für Meg zu überlegen, wenn sie nicht bald ihre Griffel von Wulf nimmt ...

Bevor Wulf ihr antworten kann, gehe ich dazwischen. »Ich dachte, wir wollten einen gemütlichen Fernsehabend verbringen«, sage ich mit einem Lächeln, das sich falsch anfühlt. »Lasst uns doch erst einmal was essen und einen Film schauen.«

Meg schaut mich an und ich meine, wieder etwas Berechnendes in ihrem Blick zu erkennen. Sie ahnt, dass ich sie nur ablenken will, doch das ist mir herzlich egal. Auch wenn sie deswegen sauer auf mich sein sollte.

Ich war nie eine Frau, die mit Zähnen und Krallen ihr Revier markiert, aber ich stehe kurz davor, dazu zu werden. Ich kann nur mit knapper Not einige sehr unschöne Wörter zurückhalten, ehe sie mir aus dem Mund schlüpfen.

Nachdem wir uns eine Zeit lang niedergestarrt haben, lehnt Meg sich zurück und verschränkt die Arme. Wenigstens hat sie ihre Flossen endlich von Wulf genommen, der ebenfalls erleichtert aussieht. Manchmal glaube ich, dass Meg an ihren Handflächen winzige Saugnäpfe hat, mit denen sie die Männer festhält und ihnen gleichzeitig ein Aphrodisiakum injiziert ...

»Ich weiß nicht, was dein Problem ist, Em«, sagt Meg.

Selbst der verkniffene Ausdruck um ihre Mundwinkel bringt mich in Rage. Wenn sie dazu noch spricht, wächst das brodelnde Unbehagen in mir nur weiter an.

»Warum willst du nicht, dass ich mich mit Wulf unterhalte?«

Es macht mich nervös, dieses Gespräch im Beisein desjenigen zu führen, um den es geht. Ich bin ich sicher, dass Wulf unter seinem Basecap gerade sehr aufmerksam die Ohren spitzt.

»Weil das hier immer noch meine Wohnung ist«, erwidere ich lahm.

Ich werde einen Teufel tun und die Wahrheit zugeben! Nicht, solange er dabei ist. Nicht, bis ich selbst weiß, was die Wahrheit eigentlich ist.

»Na fein.« Meg dreht sich wieder zu Wulf um, der sichtlich erstaunt ist, dass er erneut Mittelpunkt des Geschehens ist. »Wollen wir woanders hingehen? Wir könnten zusammen was trinken gehen, wenn du möchtest. Irgendwohin, wo wir keinen … Aufpasser haben.«

Miststück!, hätte ich beinahe laut gerufen. Und Megs verschlagenes Grinsen zeigt mir, dass sie genau weiß, dass sie mich auf die Palme gebracht hat.

»Du hast doch nichts dagegen, oder, Em?«

Und ob ich was dagegen habe! Schließlich weiß ich, wohin Megs *»Lass uns was trinken gehen!«* führt … Aber wenn ich jetzt etwas sage … Ich will nicht eine dieser eifersüchtigen Ziegen sein, die aus einer Mücke einen Elefanten machen. Und um nichts in der Welt will ich, dass Wulf diesen Eindruck von mir bekommen könnte.

»Das stört mich nicht im Geringsten, Meg«, erwidere ich mit einem falschen, zuckersüßen Grinsen, ehe ich den Teller, um den ich die ganze Zeit die Finger gekrallt haben, damit ich nicht auf meine Freundin losgehe, wegstelle. »Ich wollte heute sowieso früher ins Bett. Also amüsiert euch gut.«

»Emma …«

Doch ehe Wulf weitersprechen kann, bin ich schon aus dem Wohnzimmer und ins Schlafzimmer geflüchtet. Lauter als nötig schmettere ich die Tür hinter mir zu und schließe ab. Ich lasse das Licht aus. Irgendwie ertrage ich es gerade nicht, mich auf etwas anderes als meine Gefühle zu konzentrieren.

Hart und ungleichmäßig schlägt mir das Herz in der Brust, fast schmerzhaft, und ich weiß nicht, was ich dagegen tun kann. Mit der Hand fasse ich mir an den Hals, in der Hoffnung, besser Luft zu bekommen. Selbst das Atmen fällt mir schwer.

Aus dem Flur höre ich Megs aufgeregtes Geschnatter und das Klappern ihrer Absätze auf dem Parkett. Wulf erwidert etwas, aber ich kann es nicht verstehen. Und ich will es auch nicht verstehen ... Ich will die beiden weder zusammen sehen noch zusammen hören. Ich will es mir nicht einmal vorstellen. Nichts davon!

Doch so sehr ich auch versuche, die Gedanken an die beiden gemeinsam zu verdrängen, fressen sie sich immer tiefer in mich hinein. Wie ein Geschwür setzen sie sich fest, lassen mich nicht mehr klar denken.

Solche Gefühle sind mir fremd.

Ich schwanke von einem Extrem zum nächsten. Ich will mich auf mein Bett werfen und die ganze Nacht weinen. Ich will etwas gegen die Wand schmettern, am besten Megs ach so perfektes Gesicht – wieder und immer wieder. Ich will ihnen nachlaufen und Wulf anflehen, nicht mit ihr zu gehen, denn ich weiß genau, wo das enden wird – wusste es von dem Moment an, als Meg in meine Wohnung gestöckelt kam.

Sie wird mit ihm genauso verfahren wie mit all den anderen Männern. All die Jahre war mir das egal. Selbst wenn ich sie gebeten hatte, die Männer, auf die ich ein Auge geworfen hatte, zu testen, war es mir gleichgültig, ob sie sich auf Meg einließen. Ich strich sie von meiner Liste und redete mir ein, dass es nicht hatte sein sollen. Wer will schon einen Kerl, der es mit der besten Freundin treibt?

Aber bei Wulf ist es anders. Ihn könnte ich nicht von meiner Liste streichen. Und ganz gleich, wie vehement ich es mir auch einzureden versuche: Über die professionelle Ebene sind wir längst hinaus. Zumindest ich. Wie es bei ihm aussieht, weiß ich nicht. Ich dachte ... Während ein paar Augenblicken, die wir in den letzten Tagen hatten, dachte ich, dass es ihm auch so ergehen würde wie mir. Und doch bin ich wieder allein.

Das Schlimme ist, dass ich Meg nicht mal einen Vorwurf machen kann, denn es stimmt: Ich habe ihr gesagt, dass zwischen Wulf und mir nichts liefe.

Sie hat mich sogar um Erlaubnis gefragt und auch vorhin im Wohnzimmer hat sie mir wiederholt die Chance gegeben, ein Veto einzulegen.

Doch ich habe geschwiegen. Wie immer.

Weil ich Angst hatte. Angst vor Wulfs Zurückweisung. Was, wenn er gelacht hätte und anschließend trotzdem mit Meg losgezogen wäre? Das hätte ich nicht verkraftet. Schließlich war es immer so: Neben Meg verblasste ich in den Augen jedes Mannes. Ich schaffe es nicht, den alten Kreislauf der Selbstzweifel zu durchbrechen und verkrieche mich lieber einsam im Dunkeln, als auf aussichtslosem Posten zu kämpfen. Denn dass ein Mann Meg mir vorzieht, steht für mich außer Frage.

Heiß brennen mir Tränen in den Augen, die ich mit aller Macht zurückblinzle. Ich weine nicht. Niemals. Nicht einmal nach der Trennung von Robert habe ich eine Träne vergossen. Als ich mutterseelenallein auf dieser unaussprechlichen Vorinsel festsaß und dachte, ich müsse sterben, habe ich nicht geweint. Die an Mobbing grenzenden Sticheleien von Anthonys Assistentinnen habe ich wortlos ertragen, ohne dass mir eine Sekunde die Tränen in die Augen gestiegen wären.

Warum also jetzt? Wegen eines dahergelaufenen Kerls, der wegen nichts anderem hier ist, als mein finanzielles Auskommen zu sichern? Der für mich nichts anderes sein sollte als ein Projekt?

Wütend auf mich selbst wische ich mir mit der Hand über die Wangen, die bereits feucht von Tränen sind. Ich verfluche mich, schimpfe über meine eigene Dummheit und die sinnlosen Gefühle, die in mir toben und über die ich keine Kontrolle erlange, egal wie vehement ich es auch versuche.

Seit Wulf in mein Leben getreten ist, will mir nichts mehr gelingen. Alles scheint mir zu entgleiten, als hätte ich keinerlei Einfluss mehr darauf. Mit aller Macht stemme ich mich gegen das Chaos, das in meinem Inneren herrscht, doch ich werde davon überrannt. Gerade so schaffe ich es noch, auf den Beinen zu bleiben, doch ich sehne mich nach einer Stütze oder zumindest einem Wegweiser, denn ich weiß beim besten Willen nicht, was ich tun soll.

Soll ich zum ersten Mal in meinem Leben meinem Herzen anstatt meines Verstandes folgen?

Doch die Frage ist müßig, denn mittlerweile ist es zu spät. Wulf ist Meg gefolgt und hat mich hier zurückgelassen. Er hat seinen Standpunkt klargemacht, seine Wahl getroffen – und ob es mir nun gefällt oder nicht, ich muss damit leben.

Schniefend schließe ich die Tür wieder auf, um ins Bad zu gehen. Meine Augen brennen. Ein feuchter Waschlappen wird mir sicherlich Linderung verschaffen und …

Ich stolpere über etwas, stoße einen erschrockenen Schrei aus, aber finde im letzten Moment das Gleichgewicht wieder, ehe ich zu Boden gehe.

»Was zum …?!«, grummele ich, während ich im Dunkeln nach dem Lichtschalter taste.

Das Licht sticht in meinen ohnehin malträtierten Augen und ich brauche einen Moment, um mich daran zu gewöhnen. Ich blinzele gegen die Helligkeit an, sehe aber trotzdem nur verschwommene Umrisse. Ich bin mir sicher, dass sich vorhin nichts vor meinem Schlafzimmer befand, über das ich hätte stolpern können.

Als ich halbwegs klarsehen kann, begegnet mein Blick dem aus hellblauen Augen. Quer vor meiner Schlafzimmertür sitzt Wulf, die langen Beine angewinkelt, sodass ich keine andere Möglichkeit hatte, als über ihn zu fallen. Sofort sehe ich, dass er das Basecap abgenommen und die spitz zulaufenden Ohren direkt auf mich ausgerichtet hat.

»Wulf«, murmele ich ungläubig und runzele die Stirn. Beim Klang meiner Stimme zucken seine Ohren leicht. »Was … Was machst du denn hier? Ich dachte, du wärst mit … Meg ausgegangen …«

Er legt den Kopf schräg und betrachtet mich eine Weile. Unter seinem Blick tänzele ich unruhig von einem Fuß auf den anderen, während ich gespannt auf eine Antwort warte. Mein Herzschlag dröhnt mir in den Ohren und Sekunden kommen mir wie Stunden vor.

Seufzend kommt Wulf auf die Füße und stellt sich direkt vor mich. Ich halte den Atem an. Wieder ist er mir so nah, dass ich seine Körperwärme spüren kann, die mir eine Gänsehaut beschert.

Nervös kneten meine Hände den Saum meines Shirts, während mein Blick umherhuscht, ohne etwas bewusst wahrzunehmen. Einerseits will ich einen

Schritt zurückmachen, weil mich gerade alles überfordert, andererseits genieße ich seine Nähe, die die Einsamkeit um mich herum ausfüllt.

Sein Blick brennt auf mir, versengt mich, doch ich schaffe es nicht mehr, ihn zu erwidern. Es ist mir peinlich, dass er meine geröteten Augen und die laufende Nase – kurzum: meinen bemitleidenswerten Anblick – sieht.

Früher hat es mich nie gestört, dass ich nicht so gut aussah wie Meg. Ich war eben nie der Typ, der herumlief wie aus dem Ei gepellt, und ihre zierliche Statur habe ich von Haus aus nicht. Aber im Moment komme ich mir regelrecht schäbig vor. Im direkten Vergleich wird Wulf das auch auffallen, daran habe ich keine Zweifel.

Ergeben schließe ich die Augen und stelle mir vor, dass ich gar nicht hier wäre. Ich schäme mich und will dieser Situation am liebsten aus dem Weg gehen. Ob das feige ist? Ja, vermutlich, aber das ist mir egal. Ich will ...

Erschrocken zucke ich zusammen und reiße die Augen auf, als ich Wulfs Hände an meinen Wangen spüre. Sanft streicht er mit den Daumen erst auf der einen, dann auf der anderen Seite die Tränen weg, die plötzlich unaufhörlich fließen. Ohne einen Muskel zu bewegen, starre ich ihn an, während ich die Wärme seiner Finger an meiner Haut genieße.

Eine Wärme, die bis zu meinem Herzen vordringt.

»Ich habe keinen Grund, mit ihr mitzugehen«, flüstert er.

Ich blinzele verwirrt, weil ich im ersten Moment den Zusammenhang nicht verstehe – zu gefangen bin ich von seiner Nähe und seinen sanften Berührungen. Doch dann dämmert es mir: Er beantwortet meine Frage, die ich beinahe schon wieder vergessen habe. Von mir aus muss er gar nichts sagen. Es reicht mir vollkommen, wenn er weiterhin schweigen und mich *so* ansehen würde – als würde er etwas unsagbar Wertvolles betrachten, das er nur vorsichtig berühren kann, um es nicht zu zerbrechen.

Fragil. Schützenswert. Kostbar.

Alles Worte, die ich nicht in meinen kühnsten Träumen mit mir in Verbindung gebracht hätte. Und doch meine ich, sie gerade aus seinem Blick herauszulesen. Wie sehr ich mir wünsche, dass das keine Einbildung ist ... Wie sehr ich mir wünsche, dass er auch etwas zwischen uns fühlt ...

Noch während ich diesen Gedanken nachhänge, beugt sich Wulf das letzte Stück zu mir hinab und hebt gleichzeitig meinen Kopf etwas an. Ehe ich reagieren kann, spüre ich, wie seine Lippen fast fragend über meine streichen, so zart, dass ich mir nicht sicher bin, ob das wirklich geschieht oder meiner Einbildung entspringt.

Das Kribbeln in meinem Bauch rast mit Höchstgeschwindigkeit von einer Seite zur anderen, von oben nach unten und lässt mich all die Zweifel, die ich eben noch hegte, vollends vergessen. Zitternd hole ich Luft, doch selbst mit so einer normalen Tätigkeit ist mein Körper gerade überfordert. Die Zeit um mich herum scheint stillzustehen.

Das Einzige, was ich spüre, ist das heftige Pochen meines Herzens und das Prickeln meiner Lippen, die um eine Zugabe betteln.

Noch nie in meinem Leben habe ich mich so sehr nach etwas gesehnt, habe noch nie etwas so sehr gewollt und so sehr genossen.

Das Verlangen, ihn zu berühren, wird übermächtig und ich löse die steifen Finger vom Saum meines Shirts. Zögernd hebe ich die Hände, wobei ich jederzeit damit rechne, dass Wulf zurückweicht. So war es immer mit Männern und mir. Sobald ich einen Schritt auf sie zumachte, machten sie einen von mir weg.

Erst als ich seinen unregelmäßigen, aber kräftigen Herzschlag unter meiner Hand spüre, entspanne ich mich ein wenig. Die andere Hand lasse ich an seiner Brust nach oben fahren und lege sie in seinen Nacken, wo meine Finger wie von selbst damit beginnen, mit seinen Haarsträhnen zu spielen. Unstetig huscht mein Blick umher, als könne er sich nicht entscheiden, was fesselnder ist: seine Augen oder sein Mund. Ich will ihn küssen – jetzt sofort! – und zwar richtig – nicht nur flüchtig und leicht –, doch ich bringe nicht den Mut auf, ihn zu mir zu ziehen.

Noch immer bin ich eine Gefangene in einem Käfig aus Selbstzweifeln und irrationalen Ängsten, die sich mir wie Steine aufs Herz legen.

Erneut schießen mir Tränen in die Augen, die ich hastig wegblinzeln will, doch Wulf ist schneller. Er beugt sich nach vorne, neigt den Kopf und küsst sie weg, noch ehe sie meine Wange erreichen können.

Wie erstarrt stehe ich da, wage nicht, mich zu rühren, und bin doch innerlich angespannt wie eine Bogensehne. Als keine Tränen mehr da sind, ziehen seine Lippen eine heiße Spur bis zu meinem Mundwinkel.

Dort angekommen hält er jedoch inne. Alles in mir schreit nach mehr, verlangt nach seinen Berührungen, seinem Geschmack auf meinen Lippen und ich erwache endlich aus meiner Starre und drehe den Kopf zu ihm. Unsere Münder sind nur einen winzigen Hauch voneinander entfernt, doch keiner von uns scheint den Mut aufzubringen, den letzten Schritt zu machen und die minimale Distanz zu überbrücken.

Meine Nerven sind zum Zerreißen gespannt, warten darauf, dass endlich etwas geschieht. Dass ich endlich von meiner Warterei erlöst werde.

Wieder streicht Wulfs Daumen über meine Wange, während er die andere Hand auf meine Hüfte legt und mich näher zu sich zieht. Ich stehe so dicht an ihn gepresst, dass kein Lufthauch zwischen uns hindurchpasst, und meine Synapsen feuern aus allen Rohren, als ich seinen festen Körper an mir spüre.

Ich spüre ihn, spüre zu viel und doch nicht genug.

Mehr … ich brauche mehr!

Erneut kralle ich die Finger in sein Shirt. Ich habe es satt, zu warten!

Hungrig presse ich die Lippen auf seine und bade in den Gefühlen, die mich wie eine Flutwelle überrollen. Ich bin froh über Wulfs Arm, den er um meine Mitte geschlungen hat, denn meine Knie zittern verdächtig und drohen, nachzugeben.

Als ich an seiner Unterlippe knabbere, gibt er ein leises Knurren von sich, das mir einen wohligen Schauer über den Rücken jagt. Zu gern würde ich jetzt sehen, ob seine Pupillen sich wieder zu Schlitzen geformt haben, doch ich denke gar nicht daran, die Augen zu öffnen. Ich konzentriere mich nur darauf, was ich fühle, und davon werde ich derart eingenommen, dass es mir den Atem verschlägt.

Atmen wird sowieso überbewertet. Wer braucht schon Sauerstoff, wenn er Wulf küssen darf? Und dieser Mann kann wirklich gut küssen!

»Emma«, haucht er, als er sich für einen winzigen Moment von mir löst.

»Nicht reden«, wispere ich, ehe unsere Münder wieder verschmelzen.

Kein Wort wäre angemessen, um das auszudrücken, was in mir vorgeht, also versuche ich es gar nicht erst. Ich will nur fühlen … Wulf gibt mir die Gefühle, nach denen ich mich so verzweifelt gesehnt habe, ohne es zu ahnen.

Viel zu früh beendet er den Kuss und lehnt schwer atmend die Stirn gegen meine. In meinen Ohren dröhnt mein eigener Herzschlag, während ich versuche, den Rest meines Körpers wieder dazu zu überreden, seinen Aufgaben nachzukommen. Mir ist schwindelig und dankbar schmiege ich mich an Wulfs Brust. Mit den Fingern streiche ich über meine geschwollenen und herrlich wunden Lippen, während er meinen Nacken streichelt, was mir eine wohlige Gänsehaut beschert.

Für mich war der Moment nach dem ersten Kuss mit einem Mann immer etwas furchtbar Peinliches. Ich bin seinem Blick ausgewichen, aus Angst, dass er meine mangelnden Empfindungen darin sehen könnte. Bisher habe ich außer dem Offensichtlichen nie etwas gespürt: kein Kribbeln, kein Herzklopfen, kein Prickeln. Doch Wulf hat es geschafft, all das und noch viel mehr innerhalb weniger Sekunden in mir hervorzurufen. Empfindungen, von denen ich dachte, dass ich dazu überhaupt nicht fähig wäre.

Als ich halbwegs imstande bin, wieder klar zu denken, schaltet sich sofort die flüsternde Stimme in meinem Kopf ein, die mich fragt, was nun geschehen wird. Schlagartig wird mir bewusst, dass wir noch immer im Flur direkt vor meiner offenen Schlafzimmertür stehen.

»Wulf …«, beginne ich zögernd, doch die Worte bleiben mir im Hals stecken. »Könntest du … etwas sagen?«

Ich spüre, wie seine Brust unter meiner Wange bebt, weil er ein Lachen unterdrückt. »Ich dachte, ich soll nicht reden.«

Nun grinse ich ebenfalls und die Zweifel, die ich kurzzeitig gespürt habe, verblassen. Er erwartet rein gar nichts von mir, sondern ist einfach hier, um mir Halt zu geben. Dennoch habe ich Fragen … Fragen, auf die ich eine Antwort haben will, nein, haben *muss*, ehe ich mir selbst gestatten kann, noch mehr zu empfinden.

»Ich glaube, wir müssen uns unterhalten«, murmele ich und wage es endlich, den Blick zu heben und seinem zu begegnen.

Beinahe zufrieden stelle ich fest, dass seine Pupillen tatsächlich wieder zu Schlitzen geworden sind. Ich liebe diesen Anblick, liebe das Mysteriöse, das ihn umgibt. Doch ehe ich mich vollends verliere, will ich wissen, worauf ich mich einlasse.

Auch wenn ich die leise Befürchtung hege, dass die Antworten, sofern ich sie erhalte, mich zerstören werden.

Kapitel 12

Auf wackeligen Beinen stakse ich ins Wohnzimmer. Ich fühle mich immer noch so, als hätte man mir sämtliche Knochen eingeschmolzen, doch ich setze tapfer einen Fuß vor den anderen. Hinter mir spüre ich Wulfs Präsenz, obwohl ich nicht höre, wie er mir folgt. Er bewegt sich so leise, dass ich meinen könnte, er hätte sich in Luft aufgelöst, wäre da nicht das wohlige Kribbeln in meinem Nacken, das mich jedes Mal befällt, wenn er sich in meiner Nähe aufhält.

Im Wohnzimmer überlege ich kurz, ob ich mich in den Sessel oder auf die Couch setzen soll, entscheide mich für Letzteres. Im Sessel hätte ich genügend – professionellen! – Abstand, aber ich bin mir nicht mehr sicher, ob ich den weiterhin aufrechterhalten will. Ich bin heute Abend sehr dünnhäutig und mir sicher, dass ich nicht professionell sein kann, wenn seine Antworten die aufkeimenden Gefühle in mir zerschmettern werden. Nein, eher würde ich sentimental werden oder herumschreien. Irgendwie neige ich heute Abend zu Extremen, die ich sonst gar nicht von mir kenne ... Es ist zermürbend. Ich treibe rettungslos verloren durch einen Strom an Gefühlen, der mich zu verschlingen droht.

Schnell setze ich mich hin und ringe die Hände im Schoß. Wulf setzt sich ebenfalls, lässt genügend Platz zwischen uns und beobachtet mich schweigend. Manchmal habe ich den Eindruck, dass er in mir lesen kann wie in einem offenen Buch. Doch daran will ich gerade jetzt lieber nicht denken. Ich weiche seinem Blick aus, der mich noch nervöser macht, als ich es ohnehin bereits bin. Meine Zunge klebt nutzlos am Gaumen und all die Worte, die ich mir auf dem Weg hierher zurechtgelegt habe, sind ausgelöscht, als hätten sie nie existiert.

Auf einmal kommt mir die Idee, jetzt und sofort Antworten von ihm zu fordern, unsagbar dumm vor. Das ist eindeutig ein letzter verzweifelter Versuch meines Gehirns, die Sache zu retten, ehe sie eskaliert. Und *dass* sie eskaliert, hat der Kuss eben bewiesen. Selbst jetzt würde ich liebend gern auf dieses Gespräch verzichten und mich einfach nur in seine Arme werfen, seine Lippen auf meinen spüren und seinen berauschenden Duft einatmen. Was kümmert es mich, wer oder was er ist und woher er kommt? Er ist hier, bei mir, und raubt mir das letzte bisschen Verstand.

Doch der letzte kümmerliche Rest der Forscherin in mir verlangt Gewissheit.

»Ich weiß, dass ich meine heutige Frage an dich bereits gestellt habe«, beginne ich zögernd, »aber es gibt Dinge, die ich einfach über dich wissen *muss*, ehe ... ich mich auf mehr einlassen kann.«

Ohne eine Miene zu verziehen, legt Wulf den Kopf schräg und schaut mich an. Die Ruhe, die er ausstrahlt, treibt mich an den Rand des Wahnsinns.

»Dann frag«, murmelt er nach einer halben Ewigkeit, in der ich nervös meine Hände knete.

Erleichtert stoße ich die Luft aus. »Wenn du ... manche Fragen nicht beantworten willst, dann ist das okay. Du brauchst mir dafür nicht den Joker zurückzugeben. Das hat nichts mit den Fragen zu tun, die ich dir ...«

»Nun frag schon!«

Er klingt nicht genervt oder wütend oder erhebt auch nur die Stimme, dennoch zucke ich kurz zusammen. Ich habe gar nicht bemerkt, wie ich wieder ins Plappern verfallen bin ... Schnell kratze ich all meinen verbliebenen Mut zusammen und formuliere im Kopf die erste und elementarste Frage, auf die ich eine Antwort haben muss.

»Was bist du? Ein Mensch oder ...«

Augenblicklich legen sich seine Ohren flach an den Kopf und seine Miene nimmt einen wachsamen Ausdruck an. Die Oberlippe leicht gehoben, sodass ich die Zähne hindurchblitzen sehe, die Nase kraus und die Augen zu Schlitzen verengt. Fast wie ein ...

»... ein Wolf«, hauche ich tonlos, während ich ihn aus weit aufgerissenen Augen anstarre.

»Hast du es endlich begriffen?«

Wieder klingt er weder verärgert noch arrogant, eher belustigt – als würde ihn meine Begriffsstutzigkeit amüsieren. Ich spüre, wie mir die Wangen vor Scham und Aufregung brennen und muss mich stärker als gewöhnlich konzentrieren, um eins und eins zusammenzuzählen.

»Du willst mir ernsthaft weismachen, dass du der Wolf aus der Höhle bist? Aber das ist unmöglich! Du bist ... ein Mensch. Nun ja, zumindest der größte Teil von dir. Das war ein *echter* Wolf. Ich habe ihn gesehen, ihn sogar gerochen.« Ich schüttele mich kurz bei der Erinnerung daran, wie nah er mir war und wie knapp ich dem Tod von der Schippe gesprungen bin. »Ich hätte es bemerkt, wenn das kein echter Wolf gewesen wäre!«

Wulf wiegt den Kopf hin und her. »Nun, das war ein echter Wolf. Was hast du getan, als du ihm gegenüberstandst?«

Ich runzele die Stirn. »Abgesehen davon, dass ich mir beinahe ins Hemd gemacht habe?«

Er gibt ein halb unterdrücktes Lachen von sich. »So schlimm war es nun auch nicht!«

»Das glaubst du ... Du warst nicht dabei. Das Vieh war riesig und kohlschwarz und wollte mich fressen!«

»Hat es aber nicht, oder?«, raunt er grinsend. »Schließlich sitzt du quicklebendig hier vor mir. Es hat noch nicht mal an dir geknabbert.«

»Aber nur, weil ich es von diesem komischen Draht befreit habe«, murre ich. »Keine Ahnung, ob es eine Falle oder Leine war, doch ... es schien den Wolf zu stören.«

»Es war sowohl eine Falle als auch eine Leine«, murmelt Wulf so leise, dass ich ihn beinahe nicht verstehe, ehe er lauter fortfährt: »Und was ist danach geschehen?«

»Er hat mich angefallen. Ich wollte ihm ausweichen, bin mit dem Kopf gegen die Höhlenwand geknallt und wurde ohnmächtig. Als ich wieder zu mir kam, lagst du ... auf mir.«

»Und du hast dich nicht gefragt, woher ich gekommen bin?«

»Doch, die ganze Zeit über schon.« Ich verenge die Augen. »Aber du warst bisher nie sonderlich auskunftsfreudig, wenn ich Fragen an dich hatte.«

Nun sieht er tatsächlich zerknirscht aus. »Tut mir leid. Ich wollte dich da nicht mit hineinziehen. Ich dachte, wenn ich dich weiterhin im Ungewissen lasse, wird es leichter. Und ich habe gehofft, dass du irgendwann damit aufhörst, mir Fragen zu stellen.« Der Anflug eines Lächelns erscheint in seinen Mundwinkeln. »Da hab ich mich getäuscht.«

»Allerdings!«, bekräftige ich. »Ich bin Wissenschaftlerin. Wenn ich die Antwort auf ein Rätsel nicht kenne, will ich es nur umso mehr erforschen. Was mich zurück zur eigentlichen Frage bringt. Was bist du?«

Wulf verdreht die Augen. »Wie deutlich muss ich denn noch werden?«

Mein Blick huscht von seinem Gesicht zu seinen Ohren, die er leicht seitlich abgeknickt hält – wie immer, wenn ihn etwas nervt. Und dann macht es in meinem Kopf *klick*. »Warte! Bist du etwa ein Gestaltwandler?«

Die Idee ist derart absurd, dass ich am liebsten das Gesagte zurücknehmen will. Ich meine – ernsthaft? Wie hoch stehen die Chancen, dass ausgerechnet *ich* auf einen Gestaltwandler treffe? So etwas gibt es schließlich nur in Büchern und Filmen, aber nicht im richtigen Leben!

Doch zu meiner Überraschung hebt Wulf einen Mundwinkel zu einem schiefen Grinsen. »So was in der Art.«

Wäre ich eine Schlange, würde ich mir den Kiefer ausrenken, so weit klappt mir die Kinnlade herunter. Abgesehen vom anfänglichen Schock, vermischen sich eine Vielzahl anderer Gefühle in mir und ich beschließe, dem erstbesten nachzugeben – überbordende Freude.

Ich quietsche aufgeregt und klatsche in die Hände. »Wie cool!«

Für einen Moment herrscht eine gespenstische Stille, dann wirft Wulf den Kopf in den Nacken und fängt schallend an zu lachen.

»Hey, warum lachst du?«, murre ich ein wenig gekränkt über seine Reaktion.

Als er sich gefangen hat, bedenkt er mich mit einem schelmischen Lächeln, das ein wohliges Kribbeln in meinem Bauch auslöst. »Das war … nicht die Reaktion, mit der ich gerechnet habe.«

Ich neige den Kopf. »So? Womit hast du denn gerechnet? Dass ich schreiend davonlaufe und mich verkrieche?«

»Ja, wahrscheinlich.« Immer noch lächelnd streckt er die Hand nach mir aus und legt sie auf meine. »Aber ich hätte es besser wissen müssen. Vom ersten Moment an hast du nicht so reagiert, wie ich es gewohnt bin.« Kurz verdüstert sich sein Blick. »Du bist nicht weggelaufen.«

»Weggelaufen?«, echoe ich. »Ach, du meinst, als du mich als Wolf angeknurrt hast und fressen wolltest?«

»He!«, protestiert er grinsend. »Du bist in mein Zuhause hineingeplatzt und hast mich geweckt. Ich wollte dich eigentlich nur wieder loswerden.«

Ich wedele mit der Hand. »Schon vergessen. Lass mich dir bitte noch ein paar Fragen stellen! Kannst du dich auch wieder in einen Wolf zurückverwandeln?«

Ich bin mir sicher, dass meine Augen im Augenblick so funkeln, als würde die neue Staffel meiner Lieblingsserie beginnen – genau wie in dem Moment, in dem das Intro durch den Raum schallt und mich voller Erwartung auf den Bildschirm starren lässt. Ich giere nach Wulfs Antworten, nach seinen Geheimnissen, doch komischerweise verschwende ich nicht einen Gedanken daran, diese Antworten öffentlich zu machen und dadurch reich und berühmt zu werden. Weder greife ich nach Stift und Papier, um mir alles haarklein aufzuschreiben, noch nach dem Handy, um alles, was er sagt, aufzuzeichnen.

Wulf schüttelt auf meine Frage hin den Kopf. »Im Moment kann ich das nicht. Dazu fehlt mir die Kraft, weshalb ich an diese … Erscheinung gebunden bin.«

»Was ist das für eine Kraft? Oh, warte! Es hat bestimmt etwas mit dem Dolch zu tun, den du so dringend habend willst, richtig?«

Doch warum sollte er alles daransetzen, wieder zu einem Wolf zu werden? Ist das Leben in einer – zumindest größtenteils – menschlichen Erscheinung nicht leichter?

»Vielleicht«, antwortet er zögernd und weicht für einen Moment meinem Blick aus. »Darf *ich* jetzt mal eine Frage stellen?« Verdutzt über seine Bitte nicke ich. »Warum hast du keine Angst vor mir?«

Ich blinzele. »Das hast du mich schon mehrmals gefragt.«

»Dann lass es mich anders formulieren: Warum schreckt es dich nicht ab, dass ich so etwas wie ein Gestaltwandler bin?«

So etwas wie – eine ähnliche Formulierung hat er vorhin bereits verwendet.

»Weil das einfach verdammt cool ist!«, antworte ich, während garantiert ein breites Grinsen auf meinem Gesicht prangt. »Und weil es sehr viel besser ist als die Alternativen, die ich im Sinn hatte.«

»Alternativen?« Er beugt sich ein Stück zu mir vor. »Ich will alles darüber hören!«

»Na ja, ich wusste ja von Anfang an, dass du kein normaler Mensch sein konntest. Hauptsächlich wegen deiner Ohren und der Krallen. Und später habe ich auch deine geschlitzten Pupillen gesehen.«

Er schmunzelt, als ich die Pupillen anspreche. »Die hättest du nicht sehen sollen.«

Ich übergehe seinen Einwurf. »Also habe ich versucht, mir zusammenzureimen, was es mit dir und deinen Eigenarten auf sich hat. Die zwei wahrscheinlichsten Theorien, die ich mir zurechtgelegt habe, waren einmal, dass du ein fehlgeschlagenes Experiment eines verrückten Frankenstein-Wissenschaftlers bist.«

»Frankenstein?«, fragt Wulf.

Ich zucke mit den Schultern. »Einfach gesagt, hätte das bedeutet, dass dich jemand zusammengebaut hat. Dass du ... künstlich aus unterschiedlichen Lebensformen geschaffen worden wärst.«

Er verzieht den Mund. »Und die andere Theorie?«

»Die lautete, dass du ein Alien aus dem Weltall bist, wobei die Erklärung eher zuzutreffen schien. Du glaubst gar nicht, wie froh ich bin, dass du kein Abkömmling einer Alienrasse bist, die die Menschheit versklaven will! Da hört sich die Gestaltwandler-Theorie sehr viel besser an.«

Wieder lacht er und ich werde das Gefühl nicht los, dass er sich über mich und meine Theorien lustig macht. Trotzdem lässt der befreite Klang seiner Stimme ebenfalls ein Lächeln in meinem Gesicht erscheinen.

Ich bin unendlich erleichtert, dass Wulf meine wichtigste Frage augenscheinlich ehrlich beantwortet hat. Und auch über die Antwort an sich freue ich mich. Ein Gestaltwandler ist schon verdammt genial!

Weitere Fragen brennen mir auf den Nägeln. Jetzt, wo ich einmal Blut geleckt habe, will ich möglichst alles über ihn erfahren, ihn besser kennen- und verstehen lernen.

»Wenn du der Wolf in der Höhle warst, warum warst du dann gefesselt? Du sagtest, dass die Höhle dein Gefängnis sei.«

Augenblicklich erstirbt das Lächeln auf seinen Lippen. Sein Blick wirkt entrückt, als sehe er durch mich hindurch, während er sich an etwas erinnert, was er am liebsten vergessen hätte. Sofort bereue ich, die Frage gestellt zu haben, doch Wulf antwortet, bevor ich sie zurücknehmen kann.

»Die Höhle war tatsächlich mein Gefängnis und zwar für eine sehr lange Zeit. So lange, dass ich irgendwann aufgehört habe, die Monate zu zählen, die an mir vorbeizogen. Ich war dort gefangen ohne Aussicht auf Rettung. Denn es gab niemanden, der mich hätte retten *wollen.* Ich litt Hunger und Durst, ohne daran sterben zu können, doch die Leere in meinem Bauch schien sich durch meinen ganzen Körper zu fressen, bis ich nicht mehr klar denken konnte. Die Zeit in dieser Höhle ... das war die schlimmste Zeit meines Lebens.« Wieder hebt sich seine Oberlippe und ein tiefes Grollen steigt aus seiner Kehle auf. »Und ich werde mich dafür rächen.«

Er sieht beängstigend aus. Sein Blick ist wild, unzähmbar und für nichts in der Welt will ich mit demjenigen tauschen, gegen den sich Wulfs Zorn richtet. Doch ich kann ihn verstehen: Ich wäre auch angepisst, wenn man mich monatelang in dieser feuchten Höhle festgekettet hätte!

»Warum hat man dir das angetan? Was waren das für Leute, die dich dort gefesselt und deinem Schicksal überlassen haben?«

Für einen Moment denke ich, dass er mir nicht antworten wird. Sein Blick ist zwar nicht mehr so wild, doch weiterhin derart entrückt, als sehe er etwas in weiter Ferne, das nur für ihn bestimmt ist.

»Sie haben mich gefürchtet für das, was ich bin. In ihrer Furcht haben sie mich zuerst gemieden und dann eine Möglichkeit gesucht, mich aus dem Weg zu schaffen.«

Es ist, als würde der Schmerz, den er zweifelsohne all die Zeit über empfunden haben muss, auf mich überspringen. Ich spüre die Einsamkeit und die stechende Zurückweisung, die ihn heimgesucht haben müssen.

»Das klingt … furchtbar«, murmele ich, ehe ich ebenfalls die Zähne blecke. »Ich helfe dir gern, diesen Idioten in den Arsch zu treten!«

Wulf blinzelt und richtet seinen Blick wieder auf mich. »Das ist … nett von dir, aber du kannst mir dabei nicht helfen. Das ist etwas, was ich ganz allein erledigen muss.«

Augenblicklich verpufft meine Wut auf die Unbekannten, die Wulf Schmerzen zugefügt haben. »Warum?«

»Weil es meine Bestimmung ist.«

»Du glaubst also an so einen Kram wie Schicksal und Vorsehung?«, frage ich ungläubig.

Das traurige Abbild eines Lächelns umspielt seine Mundwinkel, ohne seine Augen zu erreichen. »Da, wo ich herkomme, haben Bestimmung und Vorsehung einen unglaublich hohen Stellenwert. Unser ganzes Leben ist vorherbestimmt. Es folgt einem festen Pfad und es gibt nichts, was wir dagegen tun können.«

Ich runzele die Stirn, während ich über seine Worte nachdenke. Was für ein Schwachsinn! Aus welch einem rückständigen Kaff stammt er denn, wenn die Leute dort so einen Blödsinn glauben?

Noch ehe ich den Mund öffnen und meine Meinung kundtun kann, fährt Wulf fort: »Auch ich habe eine Bestimmung, die ich erfüllen muss. Um mich daran zu hindern, haben die anderen mich gefesselt und weggesperrt.«

Er hebt die Hand, die eben noch auf meiner lag, und streicht mir mit den Fingerknöcheln über die Wange. Augenblicklich ersterben all die Worte, die ich eben noch sagen wollte.

»Und dann kamst du. Du bist nicht Teil meiner Bestimmung und niemand hat dich vorhergesehen. Ich weiß noch nicht, wie du in das große Ganze passt, und doch hast du mir einen unschätzbaren Dienst erwiesen, als du meine Fesseln durchtrennt hast, obwohl ich im Begriff war, dich zu beißen.«

Panisch sackt mein Magen ab. Er wollte mich wirklich beißen? Das ist aber *nicht* nett!

»In dem Moment, als du die Fesseln durchschnitten hast, die extra für mich gefertigt wurden, konnte ich mich aus dem Wolfskörper befreien, in dem ich seit Äonen steckte.«

»Moment … Äonen?« In meinem Kopf knirscht es, als ich versuche zu enträtseln, wie lange ein Äon ist. »Wie … wie alt bist du?«

Kurz blitzt eine Filmszene vor meinem inneren Auge auf. Ein Mädchen und ein Junge in einem nebligen Wald. *»Wie lange bist du schon 17?« – »Eine Weile.«* Schnell schüttele ich den Kopf. *Nicht hilfreich!*

»Ich glaube nicht, dass du die Wahrheit hören möchtest. Alt, *sehr* alt. Das muss dir als Antwort genügen.«

Ich schlucke geräuschvoll. Eigentlich sollte mich diese Antwort weit weniger erschrecken als die, dass Wulf die Gestalt eines Wolfs annehmen kann. Und doch frage ich mich unweigerlich, welche Geheimnisse sich noch um ihn ranken und welche davon er mir erzählen wird.

»Und warum bist du jetzt ein Mensch? Ist das deine richtige Gestalt?«

»Ich glaube, bei Wesen wie mir gibt es kein Richtig oder Falsch. Als Wolf fühle ich mich stärker, mächtiger und darum ziehe ich es vor, in dieser Gestalt zu sein. Das, was du in der Höhle gesehen hast, war nur ein schwaches Abbild davon, wie ich eigentlich aussehe. Aber es gibt Zeiten, in denen ich die menschliche Erscheinung annehmen muss, weil es entweder von mir gefordert wird oder weil ich nicht genug Kraft habe, um meine Wolfsgestalt aufrechtzuerhalten. So wie jetzt. Ich bin von meiner Kraftquelle abgeschnitten und erst, wenn ich wieder mit ihr vereint bin, werde ich meine Gestalt ändern können. Dieser Mangel an Kraft ist auch der Grund für diese … Mischerscheinung.«

»Deshalb die Ohren und Krallen?«, hake ich nach.

Wulf nickt. »Ohne die Kraftquelle bin ich nicht imstande, eine Erscheinung komplett anzunehmen. Nun ja, ich sollte wohl dankbar sein, dass sich das Vermischen nur auf meine Ohren und Hände beschränkt.«

»Und auf deine Augen«, werfe ich ein. »Manchmal … verändern sich deine Pupillen.«

So ruckartig, dass ich seinen Bewegungen kaum folgen kann, schnellt Wulf nach vorne und drückt mich mit seinem Oberkörper auf die Couch.

Erschrocken schnappe ich nach Luft; das ist aber auch der einzige Ton, den ich von mir gebe. Nicht, weil ich mich fürchte. Auch nicht, weil ich es nicht will. Sondern weil jeder Muskel, jede Sehne, ja, jeder einzelne Nerv in meinem Körper angespannt ist. Ich lechze nach seiner Nähe, nach seinen Berührungen. Und selbst jetzt, da er seinen Körper mit den Händen nur etwas abstützt, um mich nicht zu erdrücken, ist es mir nicht nah genug. Die Präsenz von unbändiger Kraft, die ihn umgibt, versetzt alles in mir in Schwingung. Nur mit Mühe kann ich mich davon abhalten, den Rücken durchzustrecken und mich an ihn zu schmiegen. Vielleicht gelingt es mir so, etwas von seiner Kraft in mich aufzunehmen.

Mit der Nase streicht er über meine Wange, ehe er mir ins Ohr raunt: »Welche Form haben sie jetzt?«

»Häh?«

Ich weiß, dass ich dümmlich klinge, aber ich bin viel zu sehr damit beschäftigt, nicht zu hyperventilieren. Denn das Wissen, dass sich sein gesamter Körper an mich presst, von der Hüfte bis zur Schulter, ruft in meinem Gehirn einen gefährlichen Kurzschluss hervor.

»Meine Pupillen.« Ich kann regelrecht das Grinsen aus seiner Stimme heraushören, während er mit den Lippen von meinem Ohr zu meinem Kiefer entlangfährt. »Du hast gesagt, sie ändern sich.«

»Ähm ...«

Irgendwie kann ich ihm gerade nicht folgen ... Worüber haben wir eben gesprochen?

»Dazu müsstest du mich ansehen, Emma.«

Genau, seine Pupillen! Das war es, worüber wir geredet haben, bevor er ... sich auf mich geworfen hat. Herrgott, selbst in meinen Gedanken klingt es ... *obszön.* Aber noch längst nicht so obszön, wie ich es gern hätte.

Ich drehe den Kopf ein Stück, sodass ich ihm ins Gesicht sehen kann. Unsere Nasenspitzen stoßen aneinander, während er nur wenige Zentimeter über mir verharrt.

»Nun?«, wispert er heiser.

Mein Atem geht allein beim Klang seiner Stimme schneller. Sie hat dieses ... Schlafzimmer-Timbre, das meine Vorstellungskraft verrücktspielen lässt und ich bisher für einen Mythos hielt. Selbst wenn er mir das Telefonbuch vorlesen würde, wäre ich keine Sekunde gelangweilt. Es sollte verboten sein, dass sich ein Mann derart heiß anhören darf! Das ist nicht gut für meine Denkfunktion.

»Sie sind …«

Ich schlucke trocken, weil sich mein Mund so ausgedörrt anfühlt, als hätte ich seit Tagen nichts getrunken. Krampfhaft zwinge ich meinen Blick, sich von seinen Lippen zu lösen, die zu einem trägen Grinsen geformt sind. Er weiß genau, was er mit mir anstellt, und genießt es. Ich bin mir nicht sicher, ob ich mich darüber freuen soll …

»… wieder Schlitze«, beende ich meinen Satz.

»Hm.« Ich spüre das Brummen, das von seiner Brust zu meiner überspringt, so nah ist er mir. »Woran das wohl liegt?«

Ich ziehe scharf die Luft ein, als ich seinen Mund am Hals spüre – seine Zähne, die sanft über meine Haut streifen. Halt suchend kralle ich die Finger in seine Schultern. Zwar liege ich, aber es fühlt sich an, als würde ich schweben. Alles um mich herum dreht sich und ich habe Angst, in den Emotionen, die in mir toben, zu ertrinken.

»W-Woran liegt es?«, frage ich krächzend.

Gott, ich erkenne meine Stimme kaum wieder! Ich muss mich dringend ablenken, sonst fange ich jeden Moment an zu sabbern. Einerseits will ich nicht, dass er mit dem, was er gerade tut, aufhört – o nein, das will ich ganz bestimmt nicht! –, andererseits ist nicht einmal die Hälfte meiner Fragen geklärt und ich befürchte, dass er mir nach diesem Abend nur wieder eine Frage pro Tag gestatten wird.

»Dass sich meine Augen verändern? Kommst du nicht von allein drauf?«

Ich komme auf gar nichts und bin froh, dass mein Körper grundlegende Dinge wie Atmen noch nicht komplett eingestellt hat. Obwohl – auch das macht er gerade nur unzulässig.

»Dann streng dein hübsches Köpfchen ein bisschen an, denn diese Frage werde ich dir nicht beantworten.«

»Wie gemein«, brumme ich.

Doch mein Protest währt nur kurz. Als er mit der Zunge durch die kleine

Kuhle an meinem Halsansatz fährt, krallen sich meine Hände wie von selbst in seine schwarzen Haare und halten ihn an Ort und Stelle. Jede noch so kleine Berührung von ihm schickt einen wahren Funkenschlag von Glücksgefühlen durch mich hindurch. Es fühlt sich an, als würde mein Körper aus einem viel zu langen Winterschlaf erwachen und sich an jedweder Zuwendung berauschen.

Ich winde mich unter Wulf, lechze nach mehr – mehr Berührungen, mehr Knabbereien, mehr Küsse. Mehr von ihm.

Mit einem Knurren schiebt er einen Arm unter meinen gewölbten Rücken und presst mich noch fester an sich. Mein weicher Körper trifft auf seinen festen und meine Nerven spielen vollends verrückt. Hitze und Kälte rauschen abwechselnd durch mich hindurch, während mein Herz in einem viel zu schnellen Takt schlägt.

Der Drang, diesen wundervollen Körper zu erkunden, wird übermächtig und ich kann die Hände nicht mehr stillhalten. Als ich seine Ohren berühre, stößt er ein Zischen aus und ich halte erschrocken inne.

»E-Es tut mir leid«, stammele ich.

Schnell will ich die Hände zurückziehen, doch Wulf packt mich mit seiner freien Hand am Handgelenk. Mist, ich habs vermasselt!

Immer noch schockiert schaue ich in seine Augen, suche dort nach Anzeichen von Unmut, ohne etwas zu finden. Er hält mich mit seinem Blick gefangen. Seine geschlitzten Pupillen sind so schmal, dass sie beinahe vom wirbelnden Blau seiner Iriden verschlungen werden.

Langsam führt er meine Hand wieder zurück zu seinem Kopf, ohne mich dabei eine Sekunde aus den Augen zu lassen. Kurz vor dem Ziel verharrt er und nachdem ich nichts Gegenteiliges aus seinem Blick herauslesen kann, strecke ich vorsichtig die Finger nach seinen spitzen Ohren aus, woraufhin er mein Handgelenk loslässt. Als ich seine Ohren berühre, schließt er halb die Lider und als ich ihre spitze Form mit dem Zeigefinger entlangfahre, gibt er ein sanftes Knurren von sich, das noch tief in mir nachvibriert und sich bis in meine Zehenspitzen ausbreitet.

»Emma«, haucht er, ehe er den Mund auf meinen presst.

Hart, fordernd, nehmend. Ganz anders als der Kuss vorhin.

Im ersten Moment bin ich erstaunt und etwas überrumpelt, doch im zweiten muss ich ein Stöhnen unterdrücken, als er meine Unterlippe zwischen die Zähne nimmt. Ich streiche weiter über seine Ohren, kraule sie, wie ich es bei einem Hund machen würde, und ernte dafür ein kehliges Knurren direkt an meinen Lippen. Die Vibration versetzt meinen ganzen Körper in Schwingung, und obwohl ich der Ansicht war, ich könne ihm nicht noch näher sein, klammere ich mich an ihn, als wäre er meine einzige Rettung in diesem Sturm, der mich zu verschlingen droht.

Er versteht, verstärkt den Druck an meinem Rücken und presst mich so fest an sich, dass ich kaum Luft holen kann. Aber das ist mir egal. Wie ich bereits vorhin dachte: Atmen wird überbewertet, vor allem, wenn ich in Wulfs Gegenwart bin. Da ist mein Körper mit *ganz* anderen Dingen beschäftigt. Damit, meine Beine um seine Hüften zu schlingen, zum Beispiel, was wieder mit einem kehligen Brummen belohnt wird.

Habe ich schon erwähnt, dass ich diese Laute, die er von sich gibt, absolut sexy finde? Kann er das bitte ständig machen, wenn wir allein sind?

Für einen kurzen Moment befreit sich mein Gehirn aus dem dämmrigen Autopilotzustand und lässt die Alarmlichter blinken. Irgendwie ... lief das schneller aus dem Ruder als gedacht. Dabei habe ich doch noch so viele Fragen ... Fragen über ihn, woher er kommt und ob es noch mehr wie ihn gibt.

Und ob er wieder in seine Heimat zurückkehren wird.

Die roten Warnlichter in meinem Kopf erlöschen jedoch schlagartig wieder, als ich Wulfs Zunge an meiner Unterlippe spüre. Sämtliche Zweifel, sämtliche Fragen verpuffen angesichts dieses Gefühls, das mir einen Schauer nach dem nächsten durch den Körper jagt. Ich zittere, habe Gänsehaut und im nächsten Augenblick scheinen die Hautstellen, die er berührt, zu verbrennen.

Mit einem Ruck setzt er sich auf und zieht mich in einer fließenden Bewegung ebenfalls in die Senkrechte, sodass ich auf seinem Schoß sitze, die Beine hinter seinem Rücken verschränkt, und ein Stück zu ihm nach unten sehen muss. Sanft fährt er mit den Händen an meinem Rücken unter das

Shirt und ich lehne genüsslich den Kopf in den Nacken. Während er mit den Fingern eine heiße Spur auf meiner Haut hinterlässt, tut es sein Mund ihnen gleich, indem er mit der Zunge kleine Kreise an meinem Hals malt.

So viel zu meinen professionellen Vorsätzen ...

Ach, scheiß auf Professionalität! Ich wäre eine Närrin, wenn ich jetzt ...

Ich japse nach Luft, als er mich an der Hüfte packt und sie nach unten drückt.

Okay ... ähm ... Vielleicht wäre es doch an der Zeit für einen Notfallplan!

»I-Ich glaube, wir sollten nicht ...«

Sofort erstickt er meinen schwachen und halbherzig vorgebrachten Protest mit dem Mund, indem er ihn erneut hungrig auf meinen presst. Doch anders als vorhin ist dieser Kuss nicht fordernd, sondern spielerisch. Beinahe neckend entlockt er mir mit dem festen und gleichzeitig sanften Druck seiner Lippen ein leises Seufzen. Erst dann löst er sich von mir.

»Du hast recht«, murmelt er so nah an meinen Lippen, dass ich jedes Wort spüren kann.

Hab ich das?, will ich am liebsten fragen. Ja, wahrscheinlich habe ich das ... Aber ich wünschte, ich hätte es nicht. Verdammt, allein mit diesem Kuss ist es ihm gelungen, sämtliche meiner Vorbehalte aufzulösen. Und doch bin ich dankbar dafür, dass zumindest er einen kühlen Kopf bewahrt; meiner ist dermaßen überhitzt, dass es mich nicht wundern würde, wenn mir gleich kleine Rauchwölkchen aus den Ohren kommen.

Ich habe heute Abend bereits eine riesige, mit dicken, roten Linien gezogene und grell blinkenden Warnschildern umringte Grenze überschritten – das reicht für einen Tag. Wir haben ja noch einige vor uns ... Aber was ist dann? Wird er ... hier bei mir bleiben oder aus meinem Leben verschwinden?

Ein dicker Kloß bildet sich in meinem Hals, als mir dieser Gedanke kommt, und macht es mir fast unmöglich, zu atmen.

Wulf hält mit seinen Liebkosungen an meinem Hals inne und sieht mich stirnrunzelnd an. »Was ist los? Ich wusste nicht, dass du sämtliche Berührungen meinst ...« Er bricht ab und blinzelt ein paarmal hintereinander. Ich verfluche das schummrige Licht dafür, dass ich die zarte Röte auf seinen

Wangen nur schwach erkennen kann. »Ich … kann auch damit aufhören, wenn du das wünschst.« Schuldbewusst legt er die Ohren flach an den Kopf.

»Nein!«, sage ich sofort. »Es ist nur … Ich muss das alles erst mal verarbeiten. Vor nicht einmal einer Stunde war ich total durch den Wind, weil ich dachte, dass du mit Meghan mitgegangen wärst, und jetzt …«

Ich schaffe es nicht, unsere Situation in Worte zu fassen, dennoch scheine ich ihn etwas beruhigt zu haben, denn ein Ohr stellt sich wieder auf. Bei dem Anblick muss ich kichern. Es sieht einfach zu niedlich aus.

»Warum dachtest du, dass ich mit ihr mitgegangen wäre?«

Seine Frage überrumpelt mich und ich muss aussehen wie ein Schaf, denn auch Wulf fängt an zu grinsen.

»Weißt du …«, beginne ich unsicher, während ich immer noch nach den richtigen Worten suche. »Meg und ich sind schon lange befreundet. Seit wir Kinder waren, sind wir unzertrennlich. Sie hat mir durch einige schwere Zeiten hindurchgeholfen. Ich kenne Meg … und vor allem kenne ich ihre Wirkung auf Männer.«

Abschätzend zieht Wulf die Augenbrauen hoch. »Ist das so?«

Ich nicke. »Nachdem … ich mich von meinem letzten Freund getrennt habe, ließ ich Meg ein paar Männer für mich … testen.« Stöhnend berge ich das Gesicht in meinen Händen. »O Gott, das hört sich so blöd an! Aber nachdem ich mehrmals mit Kerlen auf die Nase gefallen war, sollte sie testen, ob die anderen es wirklich ernst mit mir meinten.«

»Sie hat also die Treue der Kerle zu dir getestet?«

Wulf klingt derart zweifelnd, dass es mir schwerfällt, mir ein Nicken abzuringen. Um seinem prüfenden Blick auszuweichen, halte ich den Kopf gesenkt.

»Und? Wie haben die anderen Kerle abgeschnitten?«

Ich schlucke angestrengt. »Kein Einziger hat bestanden. Sie alle haben sich von Meg verführen lassen, ohne auch nur einen Gedanken an mich zu verschwenden. Meghan ist einfach … der Inbegriff des weiblichen Schönheitsideals. Jeder Kerl auf der Straße dreht sich nach ihr um, selbst wenn er seine Freundin an der Hand hat. Im Club findet sie schon nach wenigen Minuten ihr ... erstes *Opfer*, während ich vergessen und unbeachtet in einer Ecke sitze.« Als ich kurz hochschaue, sehe ich, dass Wulfs Blick sich verfinstert hat. »E-Es ist nicht so schlimm, wie es sich anhört! Es ist nur ...« Schnell breche ich ab. »Wie gesagt, ich kenne Meghans Wirkung auf Männer.«

»Und da dachtest du, dass es bei mir genauso laufen würde? Dass ich auch auf sie hereinfalle?«

Der angefressene Unterton in Wulfs Stimme lässt mich zusammenzucken. Er packt mich an den Hüften, hebt mich ein Stück hoch und lässt mich dann zurück auf die Couch plumpsen. Verdattert schaue ich ihm zu, wie er ans andere Ende rutscht und sich von mir abwendet.

Was ist denn jetzt passiert?

»Wulf, ich ...«

Doch sofort bringt er mich mit einer Handbewegung zum Schweigen. »Du hattest keinen Grund, das zu denken!«, weist er mich zurecht. »Du hattest keinen Grund, anzunehmen, dass ich mich auf ihre geflüsterten Versprechen einlassen würde.«

»Es tut mir ...«

»Nein!« Er wirbelt zu mir herum und ich klappe schnell den Mund wieder zu. »*Du* hast mich mit ihr allein gelassen. Du bist aufgestanden und hast mich sitzen lassen, obwohl ich deine Unterstützung gebraucht hätte, denn die Fragen, die sie mir gestellt hat, konnte ich nicht ohne deine Hilfe beantworten. Aber du hast es vorgezogen, dich zu verkriechen und mich meinem Schicksal zu überlassen.«

Ich schlucke. Seine Worte treffen mich härter, als ich es für möglich gehalten hätte – und dummerweise entsprechen sie der Wahrheit. Der Stich in der Brust tut weh und ich reibe verstohlen mit der Hand darüber, in der Hoffnung, die schlimmsten Schmerzen vertreiben zu können.

»Hast du das bei den anderen Männern auch so gemacht?«

»Ich hab dich nicht sitzen lassen«, rechtfertige ich mich. Meine Stimme ist nichts weiter als ein heiseres Krächzen. Ich räuspere mich, ehe ich weiterspreche. »Ich konnte es nicht länger mit ansehen. Schon oft habe ich beobachtet, wie Meghan einen Kerl nach dem anderen um den kleinen Finger gewickelt hat. Bei ihr sieht es so einfach aus ... Aber wirklich gestört hat es mich bisher nicht – das wurde mir aber klar, als ich euch beide vorhin beobachtet habe. Noch nie hat es mir so das Herz zerrissen, wenn sie sich an einen Kerl rangemacht hat.«

Ungehindert sprudeln die Worte aus mir heraus und erst als ich in Wulfs erstaunten Gesichtsausdruck blicke, merke ich, was für einen Bockmist ich da gerade von mir gegeben habe. Erschrocken schlage ich beide Hände vor den Mund. Verdammt! Das hätte ich nicht sagen sollen ... Stöhnend kneife ich die Augen zusammen.

Ich spüre, wie die Couch sich unter mir bewegt, als er sein Gewicht verlagert, doch ich wage nicht, die Augen zu öffnen. Sicher ist er aufgestanden und gegangen, sucht Meghan, um seinen Fehler von vorhin wiedergutzumachen.

Ich weiß, dass ich Bullshit denke ... Immerhin weiß er nicht einmal, wo Meg wohnt – zumindest hoffe ich das! –, aber ich kann einfach nicht aus meinen alten Denkmustern ausbrechen. Nicht so schnell ... Nicht, wenn mich alles so plötzlich überrollt wie ein Tsunami, der all das, was in meinem Inneren verschüttet war, wieder freispült und an die Oberfläche bringt. Es ist ... zu viel auf einmal für mich und ich brauche eine Weile, um mit der Situation zurechtzukommen.

Ich erschrecke, als sich sein Arm unter meine Kniekehlen schiebt und ich seine Hand an meinem Rücken spüre. Wieder hebt Wulf mich hoch, als würde ich nichts wiegen, und setzt mich auf seinen Schoß. Als er die Arme um mich schließt und mich fest an sich drückt, schmiege ich dankbar die Wange an seine Brust und lausche seinem stetigen Herzschlag.

»Frag mich noch etwas«, bittet er nach einer Weile und streicht mir beruhigend über den Rücken. »Irgendetwas. Ich werde dir darauf antworten.«

Ich schniefe kurz, hebe aber nicht den Kopf, sondern kuschele mich noch enger an seine Brust. »Du hast gesagt, dass du für lange Zeit in der Höhle gefangen warst. Willst du nicht Kontakt mit deiner Familie aufnehmen, um ihr zu sagen, dass du wieder frei bist?«

Die Bewegungen seiner Hand geraten ins Stocken. »Das ... werden sie noch früh genug erfahren.«

Ich hebe den Kopf und schaue ihn an. »Hast du kein gutes Verhältnis zu ihnen?«

Er zögert eine ganze Weile und ich bekomme den Verdacht, dass er es bereut, mich ermuntert zu haben, weiterzufragen. »Meine Familie ist alles, was ich je hatte. Keiner von uns hatte es leicht, doch wir hielten zusammen. Meine Familiengeschichte ist ... ziemlich kompliziert. Mein Vater ... ist ein bekannter Mann, obwohl er aus einfachen Verhältnissen stammt. Gegen den Willen seines Oberhaupts heiratete er eine Frau, die ... aus einem anderen Volk stammte. Er liebte sie und das brachte ihm eine Menge Ärger ein.«

Ich runzele die Stirn. »Das klingt aber nicht nach einer heilen Familie ...«

»Wahrscheinlich nicht für einen Außenstehenden ... Meine Mutter wird heute noch von den meisten gemieden, weil sie ... anders ist.«

»Das kenne ich. Anders zu sein, meine ich.« Mit dem Zeigefinger male ich unsichtbare Muster auf Wulfs Shirt. »Hast du Geschwister?«

»Ich habe ... einen älteren Halbbruder, über den die Familie aber nicht spricht und mit dem ich nie etwas zu tun hatte. Und zwei jüngere Schwestern.« Als er die Schwestern erwähnt, wird seine angespannte Miene weich.

»Sind sie auch Gestaltwandler, so wie du?«

»Alle, bis auf meine Mutter und meine jüngste Schwester Hel. Ihr Körper ... ist zwar auch anders, aber sie kann sich nicht verwandeln. Zumindest nicht wie Jörri und ich.«

»Jörri? Ist das deine andere Schwester?« Nun blicke ich doch zu ihm auf und stütze dabei das Kinn an seinem Schlüsselbein ab.

Wulf nickt. »Das ist ihr Spitzname, seit sie klein war. Sie hasst ihn«, fügt er schmunzelnd hinzu. »Und ich liebe es, sie damit aufzuziehen.«

»Du vermisst sie, oder? Deine Familie.«

Auf meine Frage presst er die Lippen zu einem schmalen Strich zusammen und dreht den Kopf weg. Augenblicklich fühle ich einen Stich im Herzen. Er sieht so ... traurig und gequält aus, während er stumm an die Wand starrt. Es tut mir weh, ihn so zu sehen. Deshalb hebe ich meine Hand, lege sie an seine Wange und drehe mit sanftem Druck seinen Kopf wieder zu mir.

»Ist schon okay«, wispere ich. »Du wirst sie wiedersehen.«

Ohne Vorwarnung presst er mich an sich und vergräbt das Gesicht in meiner Halsbeuge. Nun bin ich es, die ihm beruhigend über den Rücken streicht.

Nach einer Weile werden meine Bewegungen stockender und die Augen fallen mir zu. Sicherlich ist es schon weit nach Mitternacht, denn ich bin hundemüde. Ein Gähnen entschlüpft mir, obwohl ich versuche, den Mund geschlossen zu halten.

»Schläfst du heute Nacht wieder hier?«, murmelt Wulf an meiner Schulter.

»Ich ... glaube nicht, dass das so eine gute Idee ist.«

Quatsch! Natürlich wäre es eine hervorragende Idee, aber ... *Tja, die Professionalität.* Warum muss dieser Gedanke immer wieder in meinen Kopf kriechen, wenn die Sache langsam Fahrt aufnimmt? Ich meine, seit wie vielen Monaten hatte ich keinen Kerl mehr?! Aber neeeeiiiin, es muss ausgerechnet jetzt etwas Verantwortungsvolles wie *»Das ist keine gute Idee«* aus meinem Mund kommen! Manchmal könnte ich mir die Zunge abbeißen ...

»Ich rede nur vom Schlafen, Emma. Nebeneinander. Du sollst mir nicht deine Seele verkaufen oder so«, scherzt er, nachdem er den Kopf gehoben hat.

Ich rutsche seitlich von seinem Schoß und komme wackelig auf die Beine. Vom langen Anwinkeln sind sie eingeschlafen und kribbeln, als würden ganze Ameisenvölker darauf herumlaufen. Ich trete von einem Fuß auf den anderen, um das Gefühl zu vertreiben und die Durchblutung wieder in Gang zu bringen.

Vorsichtig stakse ich durch den Flur ins Schlafzimmer, wohin ich in meinem Aufräumwahn ja die Decken und Kissen verbannt habe.

Als mein Blick auf mein Bett fällt, zögere ich und kaue nervös auf meiner Unterlippe. Gestern Nacht kam es mir noch unendlich groß und kalt vor, doch heute ... Mein Bett ist auf jeden Fall bequemer als die Couch oder, wie in meinem Fall, der viel zu kleine Sessel. Allein beim Gedanken daran, eine weitere Nacht auf diesem engen Ding zu verbringen, spüre ich eine Verspannung im Nacken. Aber ... ein Bett ist eben doch etwas anderes als eine Couch.

Gnaarf, ich hasse es, wenn nicht einmal meine Gedanken einen Sinn ergeben! Warum muss das alles so kompliziert sein?

Ich schließe die Augen und hole tief Luft, ehe ich nach Wulf rufe. Es dauert nur drei wummernde Herzschläge, die ich mitzählen kann, weil sie unnatürlich laut in meinen Ohren dröhnen, bis er in der Tür steht.

»Ist etwas passiert?«, fragt er besorgt, als er mich mitten in dem verwüsteten Schlafzimmer stehen und rumzappeln sieht.

Ich schaffe es einfach nicht, meine Finger ruhig zu halten. Fahrig wandern sie herum, als hätten sie ein Eigenleben entwickelt: Vom Saum meines Shirts zu meinen Haaren, wo sie einzelne Strähnen zwirbeln, bevor sie über meine Arme reiben, um die Gänsehaut zu vertreiben, die sich darauf gebildet hat. Meine Zunge klebt am Gaumen und weigert sich, die Worte zu formen, die ich jetzt eigentlich sagen will. Worte, die nichts weiter bedeuten, als schlicht die deutliche Verbesserung unseres Schlafortes zu verkünden.

Und doch … fühle ich mich gerade wie acht Jahre alt, als ich vor meinem großen Schwarm stand und ihm meine Gefühle beichten wollte. Damals wütete in mir genau dieselbe verwirrende Mischung aus Scham, Peinlichkeit, Herzklopfen und Bauchkribbeln.

»Willst du heute Nacht hier schlafen?«, presse ich schließlich hervor. Als ich sehe, wie seine Augenbrauen in die Höhe schießen, sage ich noch schnell: »Nur schlafen! Also, ich meine nicht … Ich …« Hilflos fahre ich mir mit den Händen übers Gesicht, bis ich mich halbwegs unter Kontrolle habe. »Schlafen eben.« Ich bin mir sicher, dass mein Gesicht der Farbe einer Tomate sehr ähnlich sieht und kann nur hoffen, dass Wulf es bei den schlechten Lichtverhältnissen nicht auffällt. »Ich glaube einfach, dass das Bett bequemer ist als die Couch oder der Sessel.«

Als er endlich mit einem Lächeln nickt, fällt mir ein Stein in Form eines Hinkelsteins vom Herzen.

»Mach es dir ruhig schon bequem. Ich flitze noch schnell ins Bad.« *Falsches Signal, Emma!* »U-Um mich bettfertig zu machen, meine ich.«

Der Drang, meinen Kopf gegen den Türrahmen zu schlagen, wird beinahe übermächtig. Warum kann ich nicht *einmal* die Klappe halten?

»Geh nur. Ich werde hier warten.«

Ich schlucke krampfhaft, mein Hals ist viel zu eng. Mit der Hand taste ich nach der Tür, ohne den Blick von Wulf zu nehmen, der mitten in meinem

Schlafzimmer steht und von hinten vom Mond, der durch das offene Fenster fällt, angestrahlt wird. Seine sonst rabenschwarzen Haare glänzen in einem dunklen Silber. Mit all meiner Kraft brenne ich mir diesen Anblick ins Gedächtnis, auf dass ich ihn nie wieder vergesse.

Rückwärts schiebe ich mich aus dem Zimmer, drehe mich erst im Flur um und haste ins Bad, wobei ich vor lauter Eile beinahe über meine eigenen Füße stolpere. Umziehen, kämmen, Zähneputzen – all das verrichte ich heute in Lichtgeschwindigkeit. Während ich noch die Strümpfe ausziehe, habe ich schon die Zahnbürste im Mund.

Siedend heiß fällt mir ein, dass ich gar keinen Schlafanzug mitgenommen habe. Hier im Bad liegt zwar noch der von vor der Islandreise, aber den kann ich unmöglich anziehen! Die pinken Schafe auf hellblauem Grund sind eindeutig nicht das, was ich anhaben sollte, wenn ich nach fast einem Jahr mit einem Mann zusammen im Bett liege. *Um zu schlafen.*

Da ich noch nicht dazu gekommen bin, die Wäsche zu machen, seit ich zurück bin, begrenzt sich meine Auswahl auf Unterwäsche und ein paar Shirts. Ach, was solls? Allemal besser als der Schlafanzug. Ich krame nach einem möglichst weiten Höschen, das alles Wichtige bedeckt, und suche mir das schlabberigste Shirt heraus, das ich finden kann. Seufzend ignoriere ich den Schriftzug, der darauf prangt: *Take me drunk, I'm home!* Wo hab ich mir das denn gekauft? Ich habe keine Ahnung ... So wie es aussieht, hat es schon etliche Jahre auf dem Buckel. Ich hoffe, dass Wulf noch kein Englisch gelernt hat oder den Schriftzug im Dunkeln nicht lesen kann.

Nachdem ich meine Haare zu einem dicken Zopf geflochten habe, stecke ich unsicher den Kopf aus dem Badezimmer und spähe den Flur entlang. Niemand zu sehen. Wulf ist sicherlich im Schlafzimmer, vielleicht ist er sogar schon eingeschlafen. Umso besser, denn ich komme mir trotz Schlabbershirt und Slip nackt vor.

Barfuß tapse ich durch den Flur zurück ins Schlafzimmer. Erleichtert sehe ich, dass Wulf tatsächlich im Bett liegt und die Kissen und Decken ausgebreitet hat. Schnell schlüpfe ich darunter und fühle mich gleich etwas wohler.

Als ich spüre, wie die Matratze sich unter Wulfs Bewegungen regt, erstarre ich. Die Hand legt er auf meine Hüfte und zieht mich näher zu sich heran. Im ersten Moment sträube ich mich dagegen, obwohl es vollkommen irrational ist. Immerhin war ich ihm vorhin schon so nahe. Und trotzdem fühlt es sich jetzt anders an: halb bekleidet, im Dunkeln und im Bett. Ich glaube, das kann ich nicht mit Vernunft erklären. Erst recht nicht, wenn mein Gehirn sofort wieder Sonderurlaub anmeldet, als mich sein betörender Duft nach frisch gemähtem Gras umfängt, der mich schmerzlich an die Ranch meines Vaters in Amerika erinnert, wo ich als Kind immer die Sommerferien verbringen durfte ... Allein dieser Duft bringt so viele wunderschöne Erinnerungen in mir zutage, dass mein Herz zu zerbersten droht.

Mit einem leisen Seufzen schließe ich die Augen und sehe sofort die rotweiß gestrichene Ranch mit dem Wetterhahn auf dem Dach und rundherum die vielen Felder vor mir, die sich bis zum Horizont erstrecken, und die Ähren, die sich sanft im Abendwind wiegen.

»Woran denkst du?«, fragt er, während er mir eine kürzere Haarsträhne aus dem Gesicht streicht. »Du siehst so friedlich aus.«

»Ich habe mich nur ... an etwas aus meiner Kindheit erinnert.« Niemals werde ich ihm den wahren Grund sagen, der diese Bilder vor meinem inneren Auge heraufbeschwört. Das wäre mir zu peinlich!

Er gibt sich mit der Antwort zufrieden und fährt weiterhin mit den Fingern durch meine Haarsträhnen, die sich aus dem Zopf gelöst haben, streicht mir einzelne davon hinters Ohr. »Was machen wir morgen?«

Die Frage überrascht mich. »Was möchtest du denn machen? Soll ich dir irgendwas zeigen?«

Ein rotes Warnlicht springt in meinem Kopf an. *Falsche Wortwahl, Emma!*

»Ähm, ich meine ... irgendwelche Sehenswürdigkeiten vielleicht?«

Er hebt seinen Oberkörper ein Stück und stützt sich auf den Ellenbogen, während er mich von dieser erhöhten Position aus beobachtet und immer noch gedankenverloren mit meinen Haaren spielt. »Ich würde lieber hierbleiben.«

Ich blinzele mehrmals. »Hier? Warum? Es ist doch langweilig in der Wohnung und ...«

»Mir bleibt nicht mehr viel Zeit. Doch solange ich noch hier bin, möchte ich so viel über dich erfahren wie möglich.«

Auch auf die Gefahr hin, dass ich mich wiederhole, bin ich nur zu einem weiteren gestammelten »Warum?« fähig.

Im fahlen Licht kann ich seine Zähne aufblitzen sehen, als er mich anlächelt. »Waren das nicht genug Fragen für einen Tag? Ich glaube, ich konnte deine Neugier heute ausreichend befriedigen, oder?«

Kann er bitte noch mal »befriedigen« sagen? Nur ganz kurz?

Nachdem ich meine Gedanken wieder auf Kurs gebracht habe, sage ich: »Ja, schon, aber ...«

»Na also. Es ist schon spät und du bist müde. Wir sollten schlafen.«

Meine Müdigkeit war schon in dem Moment Geschichte, in dem ich Wulf in meinem Bett liegen sah. Ich bin mir hundertprozentig sicher, dass ich heute Nacht kein Auge zubekommen werde, schon gar nicht, wenn er in unmittelbarer Nähe liegt.

Um seine Worte zu unterstreichen, legt er sich zurück aufs Kissen und lässt die Hand auf meiner Hüfte ruhen. Sein Gesicht liegt nur eine Handbreit von meinem entfernt und ich versuche, so viel Distanz zwischen uns zu wahren wie möglich. Trotzdem spüre ich seine Körperwärme auf meinen Armen und Beinen, was mir ein wohliges Zittern beschert.

Nein, an Schlaf ist heute Nacht wirklich nicht zu denken ...

Kapitel 13

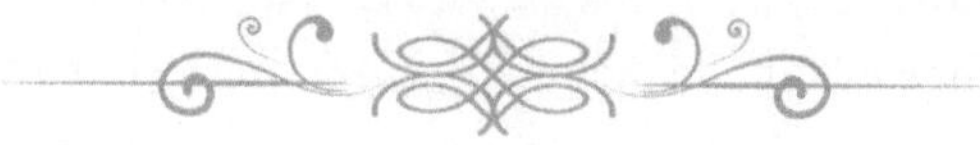

Helligkeit dringt durch meine geschlossenen Lider und kribbelt in meiner Nase. Grummelnd will ich mir die Decke über den Kopf ziehen oder mich wegdrehen, doch ich kann mich nicht rühren.

»Guten Morgen, Schlafmütze«, raunt mir Wulf ins Ohr und mit einem Mal bin ich hellwach.

Doch mein Gehirn ist mit den Eindrücken, die es verarbeiten soll, heillos überfordert. Von der gewahrten Distanz der letzten Nacht ist nichts mehr zu sehen. Unsere Beine sind ineinander verknotet, mein Shirt ist bis knapp unter die Brust hochgerutscht und Wulfs Hand ruht auf meiner Taille. Und meine eigenen Hände ... die liegen auf Wulfs nackter Brust, auf die ich gerade starre.

Ich schlucke angestrengt, bin aber nicht in der Lage, die Hände von seiner Haut zu lösen. Es ist, als würden sie durch einen Zauber auf ewig dort bleiben müssen.

»W-Warum hast du denn dein Shirt ausgezogen?«

Ich bin mir sicher, dass er es gestern Abend noch angehabt hat! *Ganz* sicher! Sonst wäre ich nicht mit einem halbwegs guten Gefühl ins Bett geklettert. Aber wenn es nach mir ginge, müsste er es nie wieder anziehen. Ich hätte nie gedacht, dass sich die Haut eines Mannes so glatt und fest und warm anfühlen könnte. Und erst diese wundervoll sehnigen Muskeln, die jedes Mal zucken, sobald ich einen Finger bewege.

»Weil du mich im Schlaf vollgesabbert hast«, bekomme ich zur Antwort.

Mit unvorteilhaft offenem Mund schaue ich ihn an und begegne seinem schelmischen Grinsen. »W-Was? Ich sabbere nicht!«

»Und ob! Soll ich dir den riesigen Fleck zeigen?« Sein Grinsen wird breiter.

»Wie soll ich dich denn angesabbert haben? Ich lag doch auf meiner Bettseite!« Zumindest hoffe ich das ... Jedenfalls lag ich noch dort drüben, als ich eingeschlafen bin.

»Aber nicht lange.« Beinahe meine ich, ein Schnurren in seiner Stimme zu hören. Dieser Klang stellt seltsame Dinge mit meinem Herzschlag an. »Dann lagst du bei mir, den Kopf auf meiner Schulter. Und hast gesabbert.«

Ich schließe stöhnend die Augen. Hoffentlich habe ich nicht auch noch geschnarcht! Oder schlimmer ...

»Und du hast meinen Namen im Schlaf gemurmelt«, bestätigt er meine schlimmste Vermutung.

Ich winde mich aus seiner festen Umarmung und berge den Kopf stöhnend im Kissen. Das ist ein Albtraum! Ich möchte bitte jetzt sofort aufwachen und diesem Horror entkommen!

»Schämst du dich etwa?«, höre ich seine Stimme neben mir.

Ich fühle mich hundeelend. Warum bin ich nur auf die bescheuerte Idee gekommen, mit ihm in einem Bett zu schlafen? Es hätte mir doch klar sein müssen, dass das in einer Katastrophe enden würde. Ich spiele mit dem Gedanken, auf eine einsame Insel auszuwandern, wo ich nie wieder an diese Peinlichkeit erinnert werde. Schon mein Ex-Freund hat mir mehrmals vorgeworfen, ich würde im Schlaf so viel reden, dass er kaum pennen könne. Aber dass mir das ausgerechnet bei Wulf passieren muss ...

»Emma.« Er lässt die Hand an meinem Rücken erneut unter mein Shirt gleiten und streichelt mir über meine Wirbelsäule. Beinahe seufze ich wohlig auf. »Das muss dir wirklich nicht peinlich sein.«

»Ist es aber«, murre ich undeutlich ins Kissen. »Und zieh dir wieder was an!«

... ehe eine noch größere Katastrophe geschieht.

Ich höre sein Seufzen und bin mir sicher, dass er meiner Aufforderung nachkommen wird. Deshalb bin ich mehr als überrascht, als er unter meinen Bauch greift und mich mit einem Ruck auf den Rücken wirft. Zischend hole ich Luft, will mich aufrappeln, doch da ist er bereits über mir. Auf die Ellenbogen gestützt, nimmt er etwas von seinem Gewicht von mir.

Ich liege da wie vom Donner gerührt. Nicht, weil er mich beinahe zerquetscht, sondern weil ich mich nicht bewegen *will.* Die Achterbahnfahrt der Emotionen, die durch mich hindurchrauscht, lässt mich keinen klaren Gedanken mehr fassen. An meinem Bauch trifft seine Haut ungehindert auf meine, weil mein Shirt schon wieder hochgerutscht ist.

Zitternd schaue ich zu ihm auf. Ich weiß nicht, ob ich um mehr betteln oder ihn von mir runterschubsen soll.

»Hörst du mir jetzt zu?«, raunt er, ohne den Blick von mir zu nehmen.

Mein Herz klopft bis zum Hals, während sich meine Gedanken in eindeutig nicht jugendfreien Zonen bewegen, doch ich bringe ein schwaches Nicken zustande.

»Äh, zumindest höre ich theoretisch zu«, stammele ich. »Erwarte aber nicht, dass ich mich mit dir in zusammenhängenden Sätzen unterhalte.«

Er neigt den Kopf nach vorne und fährt mit der Nase an meinem Hals entlang. »Warum nicht? Mache ich dich etwa immer noch nervös?«

»Üüüüberhaupt nicht!«, erwidere ich sarkastisch.

Er hebt den Kopf und schaut mich an. »Tatsächlich nicht?«

Ich weiß nicht, ob er meinen ironischen Wink nicht verstanden hat oder es einfach darauf anlegt, mich zu ärgern. Das Nächste, was ich spüre, sind seine Lippen, der an meinem Hals saugen. Für einen Augenblick spüre ich seine Zähne. Ich winde mich unter Wulf, doch seine Hände halten meine Arme erbarmungslos fest. Stattdessen nimmt das ziehende Saugen an meinem Hals zu.

»Lass das sein!«, rufe ich. »Was bist du? Ein Vampir?«

Auch wenn ich mich wehre, bedeutet das nicht, dass mich seine Lippen auf meiner Haut stören. Hin und wieder spüre ich seine Zunge, die über die Stelle gleitet, um die er den Mund geschlossen hält.

Nach einer gefühlten Ewigkeit lässt er von mir ab und hebt den Kopf mit einem zufriedenen Grinsen.

»Mache ich dich *jetzt* nervös?«

»Nein!«, blaffe ich – und bereue es schon im nächsten Moment.

Na ja, *bereuen* ist vielleicht nicht das richtige Wort, aber ich merke, dass ich ihn damit unnötig provoziert habe. Und sein schiefes Grinsen wird noch eine Spur breiter.

»Ich habe dir schon einmal gesagt, dass du eine schlechte Lügnerin bist, Emma.«

Der herausfordernde Klang seiner Stimme lässt sämtliche Alarmglocken in meinem Kopf schrillen. Was um Himmels willen hat er vor? Wird er mir einen weiteren Knutschfleck verpassen? Ich rucke an meinen Armen, um sie zu befreien, schaffe es jedoch nicht. Anstatt mich freizugeben, greift Wulf flink mit einer Hand um meine beiden Handgelenke, drückt sie zusammen und nach unten auf die Matratze. Aus dieser Umklammerung kann ich mich unmöglich herauswinden.

Immer noch grinsend schaut er auf mich herab und lässt seine freie Hand dabei langsam an meiner Seite nach unten wandern. Es kitzelt, als er meine Achsel berührt und kurz darauf über meine Rippen streicht. Ich kichere ungehalten. Doch das Lachen bleibt mir im Hals stecken, als seine Finger federleicht über meine entblößte Haut streichen. Augenblicklich stelle ich jede Gegenwehr ein. Der Streifen Haut, den er mit den Fingern liebkost, sendet bebende Impulse an den Rest meines Körpers. Ich fühle mich, als würde kochende Lava statt Blut durch meine Adern pulsieren – ein Gefühl, das das Eis in meinem vereinsamten Inneren zum Schmelzen bringt und mir zusätzlich den Verstand vernebelt.

Als sich seine Hand unter mein Shirt vorarbeitet, entfährt mir ein Keuchen. »Wulf, bitte …«, stammele ich, ohne zu wissen, worum ich eigentlich bitte. Dass er aufhört? Oder dass er immer weitermacht?

Stück für Stück lässt er die Finger unter meinem Shirt nach oben wandern. Bei jedem weiteren Zentimeter macht mein Herz einen Satz. Er streicht mir über den Bauchnabel, dann weiter oben über den Rippenbogen. Hektisch schnappe ich nach Luft, weil ich das Gefühl habe, dass kein Fitzelchen Sauerstoff in meinen Lungen ankommt.

Durch halb geschlossene Lider beobachte ich ihn und kann keinen Funken Übermut mehr in seinem Blick erkennen. Stattdessen haben sich seine Pupillen wieder zu Schlitzen gewandelt und seine sonst so strahlend blauen Augen sind mit einem glasigen Schleier überzogen, der sie dunkler als gewöhnlich erscheinen lässt.

Ich schlucke angestrengt, während ich ihn ansehe. Er lässt mich nicht aus den Augen und tastet mein Gesicht mit seinem Blick nach der kleinsten Regung ab. Ich bin mir sicher, dass er sofort aufhören würde, wenn ich ihn darum bäte.

Aufgeregt flattert das Herz in meiner Brust, während ich Wulfs warmen Atem, der mittlerweile ebenso stoßweise geht wie meiner, auf dem Gesicht spüre.

Wie sind wir noch mal an diesen Punkt gekommen? Ich gebe es auf, dem nachzuspüren, lasse mich fallen und all die Fesseln und einengenden Bedenken hinter mir und lebe in diesem Augenblick.

Obwohl ich mir auf die Lippen beiße, als er sanft den Ansatz meiner Brust berührt, kann ich ein Stöhnen nicht unterdrücken. Beinahe zeitgleich entweicht Wulf ein Knurren und er lässt endlich meine Hände los. Nun kann ich sie nutzen. Nicht, um ihn wegzustoßen, sondern um die Finger in seinem Haar zu vergraben und seinen Kopf näher zu mir zu ziehen, um endlich seinen Mund auf meinem zu spüren.

Genau in diesem Augenblick greift das brodelnde Feuer auf jede Zelle in meinem Körper über. Auch wenn er auf mir liegt, ist er mir doch nicht nah genug. Obwohl ich seine Haut unter den Fingern spüre, ist es nicht genug. Ich beiße ihm leicht in die Unterlippe, lecke dann darüber, und schmecke doch nicht genug von ihm.

Mit einer Hand streicht er sanft und neckend über meine Brust, die andere krallt er in meine Hüfte, die er an seine drückt. Ich spüre seine Härte, nur getrennt durch die Jogginghose und meinen Slip, und doch so deutlich, dass es meine Nervenenden zum Glühen bringt.

Mein Kopf ist wie leer gefegt und ich bin dankbar dafür. Keine nervende Stimme, die mir wieder und wieder die Professionalität, die ich eigentlich zur Schau stellen sollte, vor Augen hält, die mich bremst und mir wenig schmeichelhafte Dinge über meinen halb entblößten Körper einflüstert. Das Einzige, was ich tue, ist, fühlen. Ihn auf mir. Mich an ihm. Nichts wird mich jetzt noch davon abhalten, mit Wulf …

Ohrenbetäubend fängt neben meinem Kopf das Handy an zu klingeln – Wulf und ich schrecken auseinander.

»Scheiße!«, fluche ich ungehalten, während ich blind nach dem blöden Teil auf meinem Nachttisch taste.

Wulf rollt von mir herunter und ich kann mich aufrichten. Ein Blick aufs Display lässt mich all die Hitze, die ich eben noch verspürt habe, vergessen. Es ist, als hätte mich jemand mit einem Eimer voll eiskaltem Wasser übergossen. Einige Sekunden schwebt mein Daumen über dem Hörersymbol und ich denke ernsthaft darüber nach, den Anruf nicht anzunehmen. Dann wische ich nach rechts.

»Hallo?«, sage ich heiser.

Mein Blick ist starr auf Wulf gerichtet, der im Schneidersitz auf meinem Bett sitzt und mich scheinbar emotionslos mustert.

»Wann?«, ist die einzige Frage, die ich während des Gesprächs stelle, ehe ich ohne Verabschiedung wieder auflege.

Meine Finger zittern, als ich das Handy wieder auf den Nachttisch zurücklege. Ich zwinge mich dazu, Luft zu holen, obwohl jeder Atemzug in der Brust sticht, als würde mir jemand ein Messer hineinrammen.

Wo eben noch glühende Lava durch meine Adern geflossen ist, rauschen nun Eissplitter durch mich hindurch. Egal wie fest ich die Hände gegen meine Brust drücke – ich kann das bohrende Gefühl darin nicht abschwächen.

»Wer war das?«, fragt Wulf, als ich schweige.

Ich will es ihm nicht sagen. Ich habe Angst vor dem, was dann passieren wird. Aber ich kann es nicht vor ihm geheim halten. Und ich wusste, dass dieser Tag kommen würde. Ich habe gehofft, dass uns mehr Zeit zusammen bliebe, mindestens drei weitere Tage. Diese Hoffnung wurde durch einen einzigen Anruf zerstört.

»Das war mein Chef. Anthony …«, wispere ich weiterhin heiser. »Er … Er sagt, die Forschungen seien abgeschlossen.«

Fragend zieht Wulf die Augenbrauen zusammen. »Und was bedeutet das?«

Die Worte, die ich jetzt sagen muss, beschweren mein Herz wie Steine. All die erhebenden Emotionen von eben sind wie weggewischt und machen der harten Realität Platz. Einer Realität, die ich die ganze Zeit über vor Augen hätte haben müssen.

Er ist nicht meinetwegen hier oder wegen dem, was ich zwischen uns zu spüren glaube. Es gab nur einen Grund für Wulf, mir hierher zu folgen und bei mir zu bleiben. Und es wird derselbe Grund sein, warum er mich verlässt.

Es ist vorbei, noch ehe es begonnen hat.

»Das heißt ... dass wir Zugang zum Dolch haben. Ich kann dich zu dem Gegenstand bringen, wegen dem du hier bist.«

Kapitel 14

Wulfs Augen weiten sich, als meine Worte zu ihm durchdringen, und in Windeseile wandeln sich die Schlitze wieder zu runden Pupillen. Ich meine, ein begehrliches Funkeln in seinen Augen zu sehen und es ist dieses Funkeln, das mir den letzten Rest Hoffnung raubt, der sich im hintersten Winkel meines Herzens versteckt und dort hartnäckig festgehalten hat. Doch nun löst er sich auf, zerplatzt wie eine Seifenblase in der Sonne, denn nichts anderes sind die dummen Gefühle, die sich in mir eingenistet haben – ein Traum, der zerbersten wird, sobald das Tageslicht ihn berührt.

Wulf ist nur wegen des Dolches hier. Ich spiele dabei keine Rolle. Ich bin ihm nur zufällig über den Weg gelaufen. Uns verbindet nichts. Sobald ich ihn zum Dolch gebracht habe, wird er … Er wird …

Er wird genauso plötzlich aus meinem Leben verschwinden, wie er hineingestolpert ist.

Meine Brust fühlt sich an, als würde sie von einer überdimensionalen Zange zusammengequetscht werden. Aber noch schlimmer ist das Wissen, dass es nichts gibt, was ich dagegen tun kann – weder gegen das furchtbare Gefühl, das mir fast die Luft zum Atmen nimmt, noch dagegen, dass Wulf verschwinden wird.

Natürlich könnte ich mich weigern, Wulf zu dem Dolch zu bringen, doch das würde mein Leiden nur verlängern. Und würde weitere Zeit mit ihm tatsächlich einen Unterschied machen? Oder würde der Schmerz, den ich bereits jetzt in meinem Herzen verspüre, nicht nur noch schlimmer werden? Wenn ich ehrlich bin, will ich es gar nicht wissen. Lieber mache ich jetzt einen sauberen, klaren Schnitt, als mich noch länger zu quälen.

Das klingt nach einem guten Plan – zumindest, wenn ich es schaffe, das dumpfe Stechen in meiner Brust zu ignorieren.

Ich weiß, dass mir das gelingen wird – irgendwann. Nicht heute und auch nicht morgen, aber mit der Zeit wird es besser werden. In ein paar Monaten wird die Zeit mit Wulf nichts weiter sein als eine verblassende Erinnerung, ein kurzer Traum, der mir wieder einmal vor Augen geführt hat, dass Herzklopfen und Bauchkribbeln nicht für mich bestimmt sind. Ich werde immer diejenige sein, die vergessen in der Ecke der Bar sitzt und für die sich niemand interessiert.

Und schon gar kein Mann wie Wulf!

Es ist Zeit, die rosarote Brille abzusetzen und mich wieder auf das zu konzentrieren, was wirklich Bestand hat. Ich muss an mein eigenes Fortkommen denken, an das, was ich noch erreichen will. In meinem Plan vom Leben habe ich schon lange mit der Liebe und einer eigenen Familie abgeschlossen. Es fällt mir leichter, mich an messbare Größen wie Einkommen und Bekanntheit zu klammern.

Die Entdeckung von Wulf, einem Gestaltwandler, wird mich über Nacht berühmt machen. Ich werde in die Geschichtsbücher eingehen und mir nie wieder Sorgen darüber machen müssen, wie ich nächsten Monat die Miete bezahlen soll. Ich werde Vorträge halten, Empfänge geben und vielleicht wird sogar ein Museum oder eine Bibliothek oder gar eine Universität nach mir benannt werden. *Das* sind Dinge, die die Zeit überdauern und nicht zu einer verschwommenen Erinnerung werden.

Ich schlucke gegen die Enge in meinem Hals an, verbiete mir sämtliche Gedanken an das, was war und was hätte sein können, und greife nach meinem Handy.

»Bevor du gehst«, beginne ich und erschrecke darüber, wie kratzig sich meine Stimme anhört, »würde ich mir gern noch ein paar Notizen machen. Darüber, was du bist und was du kannst.«

Ehe Wulf mir widersprechen kann, scrolle ich mich durch mein Handymenü und starte die Kamera. Schnell mache ich mehrere Fotos von seinen spitzen Ohren.

Wulf legt selbige an den Kopf und knurrt wütend: »Hey, was soll das?«

Ohne auf sein Grollen zu achten, krabbele ich aufs Bett, um einen besseren Winkel zu finden und drücke pausenlos auf den Auslöser. Ich robbe um Wulf herum und versuche, seine Ohren von möglichst allen Seiten zu fotografieren. Erleichtert stelle ich fest, dass diese einfache Tätigkeit mein aufgewühltes Innerstes beruhigt. Ich gehe in meiner Aufgabe auf, ohne länger auf den Schmerz in mir zu achten. Wieder einmal wird mir bewusst, dass ich eine Wissenschaftlerin, eine Wahrheitssucherin bin; ich bin kein Gefühlsmensch und das ist mein Glück! Ansonsten würde ich jetzt heulen und betteln, dass er nicht geht. Wenigstens kann ich mir diese Schmach ersparen! Das bedeutet jedoch nicht, dass ich mich nicht die kommenden Nächte in den Schlaf weinen werde.

Erst als Wulf mein Handgelenk packt und mich so daran hindert, weitere Fotos zu machen, komme ich ins Hier und Jetzt zurück – und ich fühle mich schlagartig so ausgelaugt wie nach einem Dauerlauf. Ich keuche und starre ihn an, während die Berührung seiner Hand mein gefrorenes Blut wieder etwas auftaut.

»Was machst du da, Emma?«, fragt er. Seine Augenbrauen sind zusammengezogen, sodass sich eine steile Falte dazwischen gebildet hat und seine Haare hängen ihm wirr bis in die Augen.

»I-Ich mache Fotos. Ich brauche sie für meine Forschungsarbeit«, antworte ich wahrheitsgemäß.

»Forschung? Welche Forschung?«

Mir entgeht nicht der lauernde Unterton in seiner Stimme, doch ich lasse mich davon nicht beirren. Wulf hat mein Leben schon genug durcheinandergebracht. Ich werde nicht zulassen, dass er es weiterhin schafft, mich von meinem Weg abzubringen.

»Ich habe dich entdeckt. Und durch dich werde ich eine berühmte Forscherin werden. Da du bald gehen wirst, wohin auch immer, habe ich nicht mehr viel Zeit, die Fakten zu sichern. Ich wäre dir also dankbar, wenn du dich eine Weile nicht bewegen würdest und die Ohren wieder aufstellen könntest.«

»Wie bitte?«

Es sind eigentlich keine Worte, die er ausstößt, eher ein animalisches Knurren, das jedes Lebewesen mit einem Hauch von Überlebensinstinkt in die Flucht schlagen würde. Doch ich bleibe reglos auf dem Bett knien und schaue ihn so gefasst wie möglich an.

»Mehr bin ich nicht für dich? Eine Laborratte? Das ist der Grund, warum du mich mitgenommen hast?«

Wenn er es auf diese Art formuliert, klingt es so ... *negativ*, aber im Grunde trifft es den Kern ziemlich genau, also nicke ich nach kurzem Zögern mit zusammengepressten Lippen.

»Wenn ich einen Artikel über dich schreiben und die Existenz von Gestaltwandlern beweisen kann, wird mich das zu einer anerkannten Wissenschaftlerin machen und ich werde nicht mehr von Anthonys Launen abhängig sein. Nie wieder werde ich Eimer voll Sand durch die heiße Wüste schleppen müssen. Nie wieder werde ich seinen grässlichen Assistentinnen nach dem Mund reden müssen. All das wird vorbei sein. Doch dazu brauche ich ein paar weitere Informationen von dir.«

»Deswegen die Fragen, die du mir täglich stellen wolltest? Daher kam dein Interesse an mir? Weil du ... berühmt werden willst?«

Fassungslos starrt er mich an und ich spüre bittere Galle in mir aufsteigen. Das schlechte Gewissen lähmt mir die Glieder. Bei ihm klingt es, als sei es etwas Schlechtes, dass ich mich selbst verwirklichen will. Dass ich meine Lebenserfüllung abseits von Liebe und Familie finden will. Und obwohl ich weiß, dass ich im Recht bin, liegt mir eine Entschuldigung auf der Zunge – und das Bedürfnis, ihn um Vergebung zu bitten, wird beinahe übermächtig. Ich will nicht wimmern oder jammern. Ich werde das durchstehen, ohne eine einzige Träne zu vergießen.

Er zieht die Nase kraus und hebt die Oberlippe, während er mich anstarrt, und mir wird wieder bewusst, wen ich vor mir habe. Er ist kein Mensch, nicht so wie ich. Seine andere Gestalt ist ein schwarzer Wolf, der mich anfallen wollte, als er mich das erste Mal sah.

Genauso plötzlich, wie er meinen Arm gepackt hat, wirbelt er mich herum und presst meinen Körper auf die Matratze. Wieder ist er über mir und hält meine Hände fest. Er bewegt sich derart schnell, dass ich nicht einmal in Gedanken das Vorhaben, mich zu wehren, fassen kann.

Vor nicht einmal einer halben Stunde waren wir in genau derselben Position, nur irgendwie habe ich sie da mehr genossen. Nun hämmert mein Herz zwar auch wie verrückt, aber nicht aus Lust.

Sondern aus Angst.

Mit dem stechenden Blick eines Raubtiers hält er mich gefangen, während die Kraft, mit der er mich festhält, keinen Zweifel daran lässt, dass ich die Beute bin.

Und dass es rein gar nichts gibt, was ich ihm entgegensetzen könnte.

Ein unheilvolles Glimmen liegt in Wulfs Augen und immer wieder sehe ich seine weißen Zähne aufblitzen, während er über mir aufragt und versucht, mich mit bloßen Blicken zu erdolchen. Er ist stinksauer. Dabei bin *ich* doch diejenige, die zurückgelassen wird und die ohne ihn klarkommen muss. Er geht in seine Heimat, wo auch immer die sein mag, und ich bleibe allein. *So wie immer.* Eigentlich müsste ich diejenige sein, die vor Wut kocht, aber nach dem Schmerz von vorhin bevölkert nur eine eisige Leere mein Inneres. Ich spüre nichts, will nichts spüren, denn die allumfassende Taubheit, die die Leere mit sich bringt, ist immer noch besser als der glühende Schmerz, der mein Herz zerreißt.

Da ist nichts in mir, bis auf die unterschwellige Angst, wenn ich in seine Augen sehe, die gerade jetzt eher die eines mächtigen Raubtieres sind als die eines Menschen.

»Ich will es aus deinem Mund hören, Emma.« Sein Blick ist unerbittlich, hält mich gefangen und lässt mich erschaudern.

Ich schnappe erschrocken nach Luft, als er nur einen Moment später den Mund auf meinen presst. Da ist nichts Spielerisches oder Vorsichtiges mehr in diesem Kuss. Er ist roh und fordernd. Unsere Zähne schlagen aneinander und ich schmelze dahin, während ich den Kuss mit allem, was ich habe, erwidere. Verzweifelt kämpfe ich gegen Wulfs Umklammerung an, will ihn gleichzeitig mit den Händen noch näher zu mir ziehen.

»Sag es!«, fordert er, bevor seine Lippen wieder mit meinen verschmelzen.

Ich ringe nach Luft, als er seinen Mund an meinem Hals abwärtsbewegt, zart an meiner Haut knabbert. »Sag mir, dass ich nur hier bin, weil du mich erforschen willst. Dass ich nichts anderes als eine Laborratte für dich bin und dass du rein gar nichts spürst, wenn ich«, er greift unter mich und presst meine Hüfte an seine, »das hier mache.«

Augenblicklich drücke ich den Rücken durch und glaube zu verglühen. Anders kann ich mir das Feuer, das in meinem Unterleib wütet, sich in Lichtgeschwindigkeit durch den Rest meines Körpers frisst und jeden klaren Gedanken in Brand setzt, nicht erklären.

»I-Ich …«, keuche ich, während ich Wulfs Hände und Lippen überall auf mir spüre. Wie soll ich denn so einen geraden Satz herausbringen? »Ich habe dich …«, er knabbert an meinem Ohrläppchen, »mitgenommen, um herauszufinden …«, seine Hand bahnt sich den Weg unter mein Shirt, »was du bist. W-Was machst du da?«, frage ich leicht panisch, als er nach unten rutscht und seine Lippen eine Handbreit über meinem entblößten Bauch schweben.

»Weiter«, fordert er unnachgiebig, als er seinen Kopf nach unten neigt.

»Was hast du …?« Doch weiter komme ich nicht. Mein Körper zuckt unkontrolliert, als seine Zunge um meinen Bauchnabel fährt.

Ich weiß, dass ich ihn nur auf eine Art dazu bekomme, aufzuhören: Indem ich ihm die schonungslose Wahrheit sage. Aber dann wird er gehen und mich zurücklassen und ich werde in ein tiefes Loch stürzen, aus dem ich vielleicht nicht mehr herauskomme, und den Glauben an Gefühle für immer verlieren.

Es wäre besser, wenn ich es jetzt und hier beende, wie ich es vorgehabt habe. Es wird verdammt wehtun, aber … es wäre das Beste.

Für ihn. Und auch für mich.

Ich bemühe mich, meine Atmung zu beruhigen, doch mein Herz klopft noch immer abgehackt und viel zu schnell. Es kostet mich meine gesamte Willenskraft, ruhig liegen zu bleiben, während Wulf die Zunge über meine Haut wandern lässt. Ich täte nichts lieber, als ihn an mich zu ziehen und seinen Kopf dorthin zu leiten, wo ich ihn haben will.

»Ich … empfinde nichts dabei. Es … lässt mich … vollkommen …« Das letzte

Wort, »kalt«, bekomme ich nicht über die Lippen, ganz gleich, wie sehr ich mich bemühe.

Wulf arbeitet sich langsam wieder nach oben vor, wobei er kleine Küsse auf meiner Haut verteilt. Als unsere Blicke auf einer Höhe sind, lehnt er sich mit einem schiefen Grinsen zu mir nach unten.

»Sehr schön«, raunt er mir ins Ohr, wodurch ein weiterer wohliger Schauer durch mich hindurchrauscht. »Und nun sagst du es noch mal. Aber diesmal so, dass ich es dir auch glaube.«

Doch ehe ich etwas erwidern kann, klettert er aus dem Bett und fischt sein Shirt vom Boden.

Ich bleibe zitternd liegen und beobachte jede seiner Bewegungen. In mir herrscht ein Wirbelsturm an Gefühlen, der es mir unmöglich macht, mich für eine Regung zu entscheiden. Soll ich aufstehen und ihm nachgehen? Ihn um Verzeihung bitten? Er weiß, dass ich gelogen habe, daran hat er keinen Zweifel gelassen. Und ich weiß ebenso, dass es eine Lüge war. Anfangs mag mein Verlangen nach Anerkennung der Grund gewesen sein, ihn mitzunehmen, doch spätestens seit er im Flugzeug an meiner Schulter eingeschlafen war, wusste ich, dass ich mich gegenüber meinem »Projekt« nicht professionell verhalten werde können.

Umständlich richte ich mich auf und rutsche an die Bettkante. Ich will nicht aufstehen, will das Bett nicht verlassen, das jetzt mit so vielfältigen Erinnerungen behaftet ist, die mich jeden Abend erneut heimsuchen werden. Die Erinnerung daran, wie Wulfs Körper sich auf meinem angefühlt hat, wie seine Küsse geschmeckt haben, wie er mich berührt und angesehen hat.

In einem schwachen Moment wünsche ich mir, dass ich ihn nie mit zu mir genommen hätte. Dass ich ihn von Anfang an nicht an mich herangelassen hätte, wie ich es mir vorgenommen hatte. Dann würde mein Herz jetzt nicht so wehtun und ich hätte nicht so viel Angst vor dem Schritt, der nun vor mir liegt.

Fahrig lasse ich die Hände durch die Haare gleiten, die sich fast vollständig aus dem Zopf gelöst haben. Ich muss ins Bad, dringend! Eine kalte Dusche wird vielleicht Wunder bewirken. Und dann … werde ich Wulf zum Dolch bringen.

Ich stehe auf und umfasse den Saum meines Shirts mit beiden Händen, ziehe es so weit nach unten wie möglich; es reicht nicht mal bis zur Hälfte meiner Oberschenkel. Warum mache ich mir die Mühe eigentlich? Er hat mich die ganze Zeit so gesehen und sogar noch weit mehr nackte Haut. Woher kommt dieses plötzliche Schamgefühl? Ich könnte mich dafür ohrfeigen!

Ich schiebe mich an ihm vorbei und flüchte in den Flur.

»Wir starten in einer Stunde«, rufe ich ins Schlafzimmer, ohne mich dabei umzudrehen, ehe ich ins Bad haste.

Ich will seine Antwort nicht hören. Ich will das Glimmen in seinen Augen nicht sehen, wenn er an den Dolch denkt. Ich will nicht daran erinnert werden, dass es vorbei ist, ehe es begonnen hat.

Hastig schließe ich die Badtür hinter mir ab und gehe unter die Dusche. Eiskalt rauscht das Wasser auf mich herab, jeder Tropfen sticht mir in die Haut wie eine Nadel und doch ist es kein Vergleich zu dem Schmerz, der *in* mir tobt.

Obwohl ich mir geschworen habe, wegen Wulf keine weitere Träne zu vergießen, laufen sie mir nun doch in Strömen die Wangen hinunter, vermischen sich mit dem Wasser und verschwinden im Abfluss.

***

In Windeseile föhne ich mir die Haare, putze mir die Zähne und trage ein leichtes Make-up auf, das meine geröteten Augen und die geschwollenen Lippen hoffentlich halbwegs versteckt. In Ermangelung einer Alternative schlüpfe ich in die Klamotten von gestern.

Glasig erwidert mein Spiegelbild meinen Blick. Ich sehe erbärmlich aus und jeder, der mich kennt, wird sofort sehen, dass mit mir etwas nicht stimmt. Also kann ich nur hoffen, niemandem aus dem Team über den Weg zu laufen. Es ist noch früh am Tag, was mich hoffen lässt, dass wir die Einzigen sind, die den Dolch in Augenschein nehmen.

Ich beobachte im Spiegel, wie meine Hände meinen Hals entlangfahren und auf der Stelle verweilen, an der in den schillerndsten Lilatönen ein Knutschfleck prangt. Herrje, ich kann mich gar nicht mehr daran erinnern, wann ich zuletzt einen solchen Fleck hatte … Und muss lächeln.

Seufzend reiße ich mich von dem Anblick los und verlasse das Bad. Im Flur schnappe ich mir ein Halstuch aus dem Schrank, binde es mir um und verdecke damit den verräterischen Fleck.

»Bist du so weit?«, rufe ich durch die Wohnung. Ich schlüpfe in meine Sneaker, ehe ich mich auf die Suche nach Wulf mache.

Ich finde ihn im Schlafzimmer, wo er auf der Bettkante sitzt. Er ist fertig angezogen und hat sogar schon das Basecap auf. Sein Anblick versetzt mir erneut einen Stich ins Herz. Anscheinend hat er nicht so gezögert wie ich, sondern wartet nur darauf, dass es endlich losgeht.

Schnell husche ich ums Bett herum, schnappe mir mein Handy vom Nachttisch und stecke es mir in die Jeanstasche. Zumindest habe ich die Bilder von seinen Ohren, die meinen wissenschaftlichen Bericht untermauern werden.

»Lass uns gehen, ehe es in der Forschungsanlage nur so von Archäologen wimmelt. Wenn wir Glück haben, sind wir die Ersten und du kannst … was auch immer mit dem Dolch machen.«

Ich gebe mir Mühe, eine freudige Gleichgültigkeit an den Tag zu legen, doch bin mir sicher, dass Wulf das Zittern in meiner Stimme nicht entgeht. Ohne ein Wort zu sagen, steht er auf und geht in den Flur. Ich schlucke meine Angst und die verletzten Gefühle hinunter und folge ihm.

KAPITEL 15

Die Strecke zum Labor legen wir mit dem Taxi zurück und sprechen dabei nicht ein einziges Wort. Wulf sitzt teilnahmslos auf der Rückbank neben mir und starrt ins Leere. Ich hänge derweil meinen eigenen Gedanken nach, während wir unserem Ziel immer näher kommen.

Zwar weiß ich nicht, was genau er mit dem Dolch vorhat, aber ich werde das Gefühl nicht los, dass das Fundstück der Schlüssel zu etwas ist. Und dass Wulf aus meinem Leben verschwinden wird, sobald er den Dolch in die Finger bekommt. Aber mir wirft er vor, ich hätte ihn nur wegen meiner Forschungen mitgenommen! Was für ein Heuchler! Er wurde doch auch erst kooperativ, nachdem er wusste, dass Anthony den Dolch hat.

Meinen Herzschmerz kanalisiere ich während der Fahrt in Wut. Am liebsten würde ich Wulf irgendetwas gegen den Kopf donnern, aber ich entdecke im Taxi nichts, was sich dazu eignet. Deshalb trommele ich mit dem Zeigefinger auf meinem Knie herum, während ich den Blick stur nach draußen richte und den Häusern dabei zusehe, wie sie an uns vorbeirauschen.

Warum wollte er von mir hören, dass mir all das ... dass *er* mir nichts bedeutet, wenn es bei ihm doch genauso ist? Wenn der Dolch nicht gewesen wäre, hätte er sich nie mit mir ins Flugzeug gesetzt. Ich war auch für ihn nur ein Mittel zum Zweck. Es gibt also nichts, wofür ich mich schämen müsste. Jedenfalls versuche ich mir das krampfhaft einzureden – mit zweifelhaftem Erfolg.

Als das Taxi vor dem Labor hält, bezahle ich den Fahrer. Die Münzen gleiten mir aus den schweißnassen Händen und rollen unter den Sitz. Während er noch fluchend nach ihnen angelt, flüchte ich aus dem Fahrzeug, das mir auf einmal viel zu klein vorkommt. Hinter mir spüre ich Wulfs Nähe, ohne mich umdrehen zu müssen.

Entschlossen schiebe ich das Kinn vor und gehe zum Eingang, ziehe meinen Ausweis durch das Lesegerät der Schleuse und weise den Wachmann an, Wulf ebenfalls durchzulassen. Nachdem ich meine Handtasche im Schließfach verstaut habe, mache ich mich mit Wulf auf den Weg zum Atelier, wie wir den Raum witzelnd nennen, in dem unsere ausgegrabenen Schätze ausgestellt werden. Ich bin mir sicher, dass der Dolch dort ist.

Jeder Schritt, den ich näher auf das Atelier zumache, fällt mir schwerer, als würde sich unsichtbarer Zement an meine Schuhsohlen heften.

Vor dem Raum bleibe ich stehen und drehe meinen Ausweis in den schwitzigen Fingern.

»Was ist los?«

Nachdem ich Wulfs Stimme die ganze Zeit über nicht gehört habe, zucke ich bei ihrem Klang jetzt zusammen. Er ist mir so nah ... Wie an dem Tag, als ich ihn zum ersten Mal gesehen habe. Von Anfang an kannte er keine persönliche Distanz und bahnte sich so seinen Weg in mein Herz. Es hat keinen Zweck, es länger zu leugnen.

»Ich kann ihn spüren ... Der Dolch muss ganz in der Nähe sein. Öffne die Tür!«

Meine Hände beginnen zu zittern und um ein Haar lasse ich den Ausweis fallen.

Ich schaffe das nicht ... Warum habe ich ihn hierhergebracht? Warum habe ich ihm nicht einfach eine Lüge erzählt? Warum lasse ich es zu, dass er mir nichts, dir nichts aus meinem Leben verschwindet, nachdem ich endlich mutig genug bin, mir meine Gefühle einzugestehen?

Ich will nicht, dass er geht! Und doch sehe ich zu, wie sich meine Hand wie ferngesteuert hebt und den Ausweis an das Türschloss hält, das mit einem Piepen aufspringt. Unsicher mache ich einen Schritt ins Atelier. Sofort bemerke ich die sauerstoffarme Luft, mit der der Raum gespeist wird, um den Verfall der Fundstücke zu verlangsamen, und ein kurzes Schwindelgefühl erfasst mich, sodass ich mich an der Wand abstützen muss.

Als würde er von all dem nichts bemerken, durchquert Wulf das Atelier und wirft den glänzenden Artefakten nur einen flüchtigen Blick zu. Wie von unsichtbaren Fäden gezogen, als würde der Dolch nach ihm rufen, geht er zielstrebig auf die hinterste Vitrine zu, wo die neuesten Stücke verwahrt werden. Ich folge ihm eilig, nicht zuletzt, um ihn daran zu hindern, etwas zu stehlen. Das würde mich meinen Job kosten. Und nicht nur das ...

Aber das ist nur die halbe Wahrheit. Noch immer hege ich die Hoffnung, dass er nicht verschwinden wird. Dass er sich den Dolch nur ansehen und gar nichts passieren wird.

Dass sich nichts zwischen uns ändert.

Direkt vor dem Dolch bleibt Wulf stehen und betrachtet ihn eingehend. Seine Augen kann ich zwar nicht sehen, aber ich bin mir sicher, dass im Moment wieder dasselbe begehrliche Funkeln darin liegt wie vorhin, als ich erwähnt habe, dass wir freien Zugang zu den Fundstücken hätten.

Mein Herz schlägt bis zum Hals, als ich mich ihm nähere und die abstrusesten Szenarien schwirren durch meinen Kopf. Wird er sich einfach in Luft auflösen? Wird er sich wieder in einen Wolf verwandeln? Oder in etwas völlig anderes?

Vorsichtig, aber ohne zu zögern, streckt er die Hand nach dem glänzenden Griff aus und legt die Finger darum. Ich wage nicht zu atmen, als ich zuschaue, wie er den Dolch aus der Vorrichtung holt und ihn anschließend auf seine Handfläche legt.

In Island hatte ich keine Gelegenheit, den Fund näher zu betrachten oder gar herauszufinden, was es damit auf sich hat. Ich weiß weder, wer uns beauftragt hat, nach dem Schatz zu suchen, noch, was für eine Bedeutung der Fund hat. In erster Linie ist er für mich ein reich verziertes Schmuckstück, das erstaunlich gut erhalten ist. Die Klinge kommt mir nicht sehr scharf vor. Vielleicht handelt es sich um ein rein symbolisches Relikt, das nicht dazu geschmiedet wurde, um Schaden anzurichten.

Aber was ist der Dolch dann, wenn er keine Waffe ist? Und warum ist er für Wulf so wichtig?

Doch es gelingt mir nicht, eine der vielen Fragen in Worte zu fassen. Stumm stehe ich neben ihm und beobachte ihn dabei, wie er den Dolch anstarrt, ohne einen Muskel zu rühren. Mehrmals öffne ich den Mund, doch die Worte bleiben mir im Hals stecken.

»Ich danke dir, Emma«, murmelt Wulf, ohne den Blick vom Dolch zu nehmen.

Ich schlucke hektisch. »W-Was hast du jetzt vor?«

Er umfasst den Griff des Schmuckstücks und wendet sich zu mir um. »Ich werde dort hingehen, wo ich hingehöre. Ich bin schon viel zu lange hier ... Es wird Zeit, dass ich meine Bestimmung erfülle.«

Für einen Moment meine ich, endlos tiefe Trauer und Resignation in seinem Blick erkennen zu können, ehe er seine Mimik zu einer ausdruckslosen Maske formt. Das, was er sagt, und vor allem, *wie* er es sagt, klingt so ... *endgültig.*

Und so weitreichend, dass es mir für einen kurzen Moment die Sprache verschlägt.

»Deine Bestimmung ... Davon hast du mir schon einmal erzählt. Um was handelt es sich dabei?«

Er schüttelt kurz, aber heftig den Kopf, sodass das Cap zu Boden gleitet, dann legt er die Ohren flach an. Als ich mich bücken will, um das Basecap aufzuheben, sagt er: »Es tut mir leid, dass ich meine Schuld nicht begleichen konnte, aber ... du hast mein Wort, dass du die Einzige sein wirst, die von mir nichts zu befürchten hat. Ich werde einen Weg finden, dich zu schützen.«

Die Gedanken überschlagen sich in meinem Kopf und ich verstehe nur Bahnhof. Welche Schuld? Wovor will er mich schützen?

»Bist du in irgendwas Illegales reingeraten? Geht es um Waffen? Oder um Drogen?«

Was rede ich da für einen Blödsinn? Vor ein paar Tagen war Wulf noch in Wolfsgestalt in einer Höhle angebunden. Wie soll er sich da in solche Geschäfte verstrickt haben? Und doch weigert sich mein Gehirn, eine andere Erklärung zu akzeptieren. Beispielsweise, dass er gehen *will.*

Wulf übergeht meine Fragen, hebt die Hand mit dem Dolch und zielt mit der Klinge auf seine andere Handfläche, die er flach ausstreckt. »Hab Dank für alles, Emma. Ich werde dich nie vergessen.«

Panisch schnappe ich nach Luft, als seine Worte zu mir durchdringen. »Werde … werde ich dich je wiedersehen?«

Mein Herz setzt einen Schlag aus, als Wulf mich direkt ansieht. Ein wehmütiges Lächeln zupft an seinen Mundwinkeln, als er in seine Hosentasche greift, etwas herausholt und es mir reicht. Ich brauche nicht hinzusehen, um zu wissen, was es ist. Ich strecke die Hand danach aus. Als meine Finger die Spielkarte berühren, schließe ich die Augen und merke, wie mir eine einzelne Träne über die Wange rollt.

Sein letzter Joker, der Herz-Junker, den ich ihm gegeben habe, falls er eine meiner Fragen nicht beantworten will. Ich weiß, was es bedeutet, doch noch immer will ich es mir nicht eingestehen. Wulf wird aus meinem Leben verschwinden … Ich werde ihn nie wiedersehen.

Als ich die Augen wieder öffne, ruht Wulfs Blick wieder konzentriert auf dem Dolch, dessen Klinge über seiner ausgestreckten Hand schwebt. Ein Schrei bleibt mir im Hals stecken, als er das Schmuckstück nach unten sausen lässt und die Klinge sich in seine Haut bohrt. Anscheinend ist die Schneide doch schärfer, als ich angenommen habe, denn sofort fließt Blut aus der Wunde und tropft zu Boden.

»Bist du wahnsinnig?«, schreie ich ihn an, als ich einen Schritt auf ihn zumache.

»Bleib weg!« Die Strenge in seiner Stimme lässt mich tatsächlich innehalten und ich starre ihn fassungslos an. »Komm nicht näher!«

»Aber du bist verletzt und ich werde …«

»Nein!« Er schreit so laut, dass die Glasvitrinen um mich herum erzittern, ebenso wie ich.

Hilflos ringe ich die Hände und schaue zu, wie immer mehr von Wulfs Blut zu Boden tropft und sich dort in einer Pfütze sammelt.

Nachdem wir eine gefühlte Ewigkeit herumgestanden haben und ich mit mir ringe, ob ich ihm helfen soll oder nicht, geschieht etwas Seltsames. Wulf beginnt von innen heraus zu leuchten, ebenso wie das Blut, das vor seinen Füßen schwimmt. Immer heller und heller erstrahlt er, bis es in meinen Augen schmerzt, ihn anzusehen. Schützend hebe ich eine Hand, um die Helligkeit zu dämpfen.

Als ich dann sehe, wie er ... *durchsichtig* wird, gerate ich vollends in Panik. Das Strahlen, das von ihm ausgeht, steigt in einem Strudel nach oben und findet seinen Weg durch die Zimmerdecke. Wie erstarrt stehe ich da, kann nicht einmal meinen kleinen Zeh rühren. Zu viel passiert, das ich nicht verstehe und nicht einordnen kann. Zu viel ... Mystisches, das ich mit meinem rationalen Wissenschaftlerverstand nur unzureichend erklären kann.

Erst als ich den Tisch, der hinter Wulf steht, durch ihn hindurch sehen kann, kommt wieder Bewegung in mich. Es ist mir scheißegal, ob ich das, was ich gerade sehe, begreifen oder in irgendeine rationale Schublade einordnen kann. Bedeutsam ist für mich nur, dass Wulf gerade verschwindet. Der einzige Mann, der es je geschafft hat, das Eis in meinem Inneren zu durchbrechen, ist im Begriff, für immer aus meinem Leben zu verschwinden.

Und das kann und werde ich nicht zulassen!

Blind vor Tränen stürze ich nach vorne, schlinge beide Arme um seine Mitte und schmiege mich mit dem ganzen Körper an ihn. Ich halte ihn so fest ich nur kann, bis die Muskeln in meinen Armen zu zittern beginnen, doch ich weiß nicht, ob das genug ist. Atemlos vor Angst hebe ich den Kopf und begegne seinem überraschten Blick. Sein Mund ist leicht geöffnet, als wolle er etwas sagen, das ich aber nicht hören kann.

Dann versinkt alles um uns herum in endlose Schwärze.

KAPITEL 16

Noch bevor ich die Augen aufschlage, fühlt sich mein Magen an, als wäre er von innen nach außen gestülpt worden. Ich richte mich auf, als mir auch schon der erste Schwall Galle die Speiseröhre emporkriecht. Ich spucke, huste und würge, während selbst mit geschlossenen Augen das Schwindelgefühl einfach nicht abebben will. Alles dreht sich und zusammen mit dem widerlichen Geschmack in meinem Mund, muss ich erneut würgen.

Als ich mir sicher bin, dass ich nichts mehr in mir habe, das sich den Weg nach draußen bahnen könnte, wische ich mir mit der Hand über den Mund. Kalter Schweiß steht mir auf der Stirn und rinnt mir in Strömen den Nacken hinab. Ich spüre, wie mein Haar an den Schläfen festklebt, und hole zitternd Luft. Selbst so etwas Banales wie Atmen bereitet mir Schmerzen, ohne dass ich weiß, wo die Pein, die meinen gesamten Körper schüttelt, ihren Ursprung hat.

Das Letzte, woran ich mich erinnern kann, ist ... Wulf, der in ein seltsames, grelles Licht getaucht im Atelier steht und immer mehr verblasst. Ich ... Ich glaube, ich habe mich an ihn geklammert, um ihn daran zu hindern, aus meinem Leben zu verschwinden.

Und dann? Ich weiß nicht, was dann geschehen ist ... Ich habe keine Ahnung, warum ich mich so fühle, als wäre ich vor einen fahrenden Laster gerannt und anschließend in eine Müllpresse geraten.

Keuchend stoße ich den Atem aus und schlinge die Arme um mich, um die Kälte zu vertreiben, doch es gelingt mir nicht.

Deshalb gebe ich es auf und will mich auf die Arme gestützt zurücklehnen, bis ich wieder klar bei Verstand bin. Als meine Hände gegen einen warmen Körper hinter mir stoßen, zucke ich zurück und reiße gegen alle Vernunft doch die Augen auf – was prompt mit einer weiteren Übelkeitswelle belohnt wird, weil der Boden vor meinen Augen einfach nicht aufhören will zu schwanken. Krampfhaft schlucke ich die Magensäure wieder dorthin zurück, wo sie hingehört, und nehme blinzelnd meine Umgebung in Augenschein.

Ich habe keine Ahnung, wo ich bin, aber das Atelier ist es definitiv nicht. Ein seltsames, diffuses Strahlen taucht den schwarzen, kalten Boden, auf dem ich liege, in ein mattes Licht. Dabei zuckt es, als wären wir in einer Disco. Wir scheinen uns in einem kreisrunden Raum zu befinden, wie ich ausmachen kann, bevor ich schnell wieder die Augen schließe, weil das umherhuschende Licht meinen angeschlagenen Magen nicht gerade beruhigt. Ich lehne mich zurück und stoße erneut gegen den Körper, den ich über die Verwunderung, dass ich mich nicht mehr im Atelier befinde, vollends vergessen hatte.

Ich brauche nicht lange, um zu erkennen, wer da neben mir liegt. Ein einfacher Atemzug, der schlagartig sämtliche Übelkeit verfliegen lässt, genügt. Die Kälte und die Angst sind auch vergessen.

Er ist hier, ganz nah bei mir. Er ist nicht verschwunden. Ich kann gar nicht beschreiben, wie erleichtert ich gerade bin. Es ist mir völlig egal, wo ich mich befinde – solange Wulf bei mir ist, ist alles in Ordnung.

Ich schmiege mich enger an seinen Körper, kuschele mich in seine Arme und stoße mit einem Seufzen die Luft aus. Seine gleichmäßigen Atemzüge verraten mir, dass er wohl schläft. Ich merke, wie ich ebenfalls abdrifte, daher öffne ich schnell wieder die Augen. Das Schwindelgefühl hat zum Glück auch nachgelassen.

Das Erste, was mir jedoch auffällt, sind seine Ohren. Anstatt seiner spitzen Wolfsohren hat er nun gewöhnliche Menschenohren und ich brauche eine Weile, um mich an diesen Anblick zu gewöhnen. Wie ist das denn passiert? Warum sind seine Ohren plötzlich normal? Ich strecke die Hand aus und berühre sie mit den Fingern. Eindeutig Haut, kein Fell ...

Als ich noch über diese Frage nachgrübele, schlägt Wulf die Augen auf und sieht mich an. Ich schenke ihm ein strahlendes Lächeln, das er erwidert, bis ...

Das Lächeln auf seinen Lippen erstirbt und sich auf seinem Gesicht

Unglaube ausbreitet. Unglaube und Fassungslosigkeit, gepaart mit Wut und Angst. Wenn ich über diesen Stimmungswandel nicht selbst so erschrocken wäre, würde ich darüber lachen, denn es sieht wirklich zu komisch aus, wie sich seine Mimik im Bruchteil von Sekunden wandelt. Abrupt rückt er von mir ab und hält mich auf Armlänge von sich weg, ehe er sich zum Sitzen aufrappelt. Unruhig lässt er die Hände durch sein Haar gleiten, während er mich anstarrt. Dann bemerkt auch er, dass sich sein Körper irgendwie verändert hat. Forschend schaut er auf seine Hände, an denen die Krallen fehlen, und greift dann seitlich an seinen Kopf, um seine menschlichen Ohren zu befühlen.

»Ich ... ich bin zurück«, haucht er und ein kleines Lächeln stiehlt sich auf seine Lippen. Doch sofort ist es wieder verschwunden, als sein Blick erneut auf mich fällt. »Aber ... was machst *du* hier?«

Die Kälte in seinem Blick und seiner Stimme jagt in Windeseile eine Gänsehaut über meinen Körper. Hilflos lasse ich die Hände über meine verschränkten Arme gleiten, während ich nach den richtigen Worten suche.

Ich schlucke gegen das Brennen in meinem Hals an und rücke ebenfalls ein Stück von ihm ab. Die plötzliche Kluft zwischen uns ist beinahe greifbar und sie lässt mir das Herz bluten, ebenso wie seine eiskalten Augen, deren Blick unverändert und unerbittlich auf mir ruht.

»Wie konntest du hierherkommen?«, fragt er erneut mit genauso viel Schärfe in der Stimme.

Doch diesmal zucke ich nicht zusammen und ein bisschen bin ich darauf sogar stolz. Ich flüchte mich in ein emotionsloses Äußeres, räuspere mich kurz und sage: »Ich weiß weder, wo ›hier‹ ist, noch, wie ich dir gefolgt bin. Ich habe es einfach getan, ohne groß darüber nachzudenken, okay?«

»Das stimmt wohl«, knurrt er. »Hast du eigentlich eine Ahnung, in welche Gefahr du dich ...?«

Er verstummt mitten im Satz und sieht sich panisch um. Als ich fragen will, was denn los sei, schnellt seine Hand nach vorne und legt sich über meinen Mund. Den Zeigefinger der anderen Hand führt er an seine Lippen. Ich nicke und halte den Atem an.

Nun höre ich es auch: schwere Schritte, die sich uns nähern. Wie von selbst stellen sich die Härchen in meinem Nacken auf.

»Wir müssen hier weg«, wispert Wulf, greift nach dem Dolch, der neben ihm liegt, und springt auf die Füße. Nachdem er mir ebenfalls aufgeholfen hat, deutet er mit einem Kopfnicken zu einem Gang, der von dem Raum, in dem wir uns aufhalten, abgeht. Er huscht voraus, doch ich kann ihm mit meinen zitternden Beinen nicht so schnell folgen. Als er bemerkt, wie langsam ich hinter ihm herstakse, nimmt er grummelnd meine Hand und zieht mich mit sich.

Was ich eben noch für einen Gang gehalten habe, entpuppt sich als eine nur etwa zehn Meter lange Nische, die nirgendwohin führt und wohl höchstens als eine Art Abstellkammer dient. Wir sitzen in der Falle! Wer auch immer es ist, den wir eben gehört haben – Wulf wird nicht grundlos vor ihm davongelaufen sein. Ich habe zwar keine Ahnung, wo wir sind, aber da Wulf in seine Heimat zurückkehren wollte, scheint das hier sein Zuhause zu sein. Also werde ich ihm bei allem, was wir hier zu tun haben, vertrauen müssen. Zumindest so lange, bis ich selbst eine ungefähre Ahnung davon habe, was zum Teufel hier vor sich geht!

Während ich meinen wirren Gedanken nachhänge, wirbelt Wulf mich herum und presst mich gegen die Wand. Erschrocken schnappe ich nach Luft, woraufhin sich sofort wieder seine Hand über meinen Mund legt. Anschließend stellt er sich direkt vor mich, als wolle er meinen Körper mit seinem abschirmen. Seine Nähe versetzt die Schmetterlinge in meinem sowieso schon angeschlagenen Bauch in Aufruhr. Ich weiß nicht, warum sich meine Atmung beschleunigt – weil uns jemand verfolgt oder weil Wulf mir so nah ist wie seit Stunden nicht mehr. Stunden, in denen ich dachte, ich hätte ihn verloren. Stunden, in denen wir uns mehr voneinander entfernt haben, als ich es innerhalb so kurzer Zeit für möglich gehalten hätte. Seinen warmen Körper nun an meinem zu spüren, hat etwas Beruhigendes und gleichzeitig bringt es mein Blut in Wallung.

Gehetzt dreht Wulf den Kopf nach allen Seiten, als suche er nach einem Ausweg. Doch wir sitzen hier fest. Aus dieser Nische führt nur ein Weg hinaus und das ist der, den wir gekommen sind: der kurze Gang, aus dem sich Schritte nähern, schwer und polternd. Wulfs Blick schießt von mir zum Gang. Ich kann förmlich sehen, wie er sich unsere Chancen ausrechnet.

Entschlossen greife ich nach seiner Hand und ziehe sie von meinem Mund. »Du kannst uns nicht beide hier rausbringen, oder?«, flüstere ich so leise wie möglich, obwohl meine Stimme vor Panik Hüpfer macht.

Anstatt einer Antwort beißt sich Wulf auf die Unterlippe und ich schüttele lächelnd den Kopf. »Es ist in Ordnung«, wispere ich. »Bring dich in Sicherheit. Ich komme schon klar.«

Sofort zieht er die Augenbrauen zusammen. »Bist du von Sinnen? Ich lasse dich doch nicht hier zurück! Wofür hältst du mich?«

Schnell lege ich ihm die Hand auf den Arm, um ihn zu beruhigen. »Du hast gesagt, dass du deine Bestimmung vollbringen musst. Deswegen bist du hierher zurückgekommen.«

Die Schritte kommen näher und jede Sekunde werde ich denjenigen sehen, zu dem sie gehören. Gleich wird unser Verfolger vor uns stehen und uns den einzigen Rückweg abschneiden.

»Ich weiß nicht, wie du dich selbst hier rausbringen kannst, aber tu es endlich! Ich werde es auch irgendwie schaffen.« Der letzte Satz ist natürlich eine glatte Lüge und das weiß Wulf genauso gut wie ich. Ich weiß noch nicht einmal, wo ich mich befinde.

Vor uns erklingt eine Stimme, die mir das Blut in den Adern gefrieren lässt. »Ich weiß, dass du hier bist. Ich kann dich sehen. Also komm raus und hör mit deinen Versteckspielchen auf!«

Wulfs Arme sacken ab und baumeln kraftlos an seiner Seite. Ich kralle die Hände in sein Shirt und sehe zu ihm auf. Mit einem resignierten Seufzer lehnt er den Kopf nach vorne und legt seine Stirn auf meine Schulter.

»W-Wulf? Du musst fliehen, bevor ...«

»Es tut mir leid«, wispert er. »Ich wollte dich nie in Gefahr bringen.«

Ich stoße geräuschvoll den Atem aus und schlinge die Arme um seine Mitte. Ich gebe ihm den Halt, den er gerade benötigt. Zwar weiß ich nicht, von welcher Gefahr er spricht und was uns bevorsteht, aber ich werde hier sein, werde seine

Stütze sein auf seinem Weg, seine Bestimmung zu erfüllen, was auch immer sie sein mag. Für Wulf scheint es wichtig zu sein, also ist es auch für mich wichtig.

Es hat keinen Sinn, es länger zu leugnen. Selbst wenn sein Weg ihn bis ans Ende der Welt führen sollte, würde ich ihm folgen. Ohne zu zögern, ohne mich zu beschweren, ohne ins Wanken zu geraten.

Egal wer oder womöglich was da auf uns zukommt – wir werden es gemeinsam bezwingen. Wir werden einen Weg finden, koste es, was es wolle.

Ich lasse eine Hand durch Wulfs Haar gleiten – sein Kopf fühlt sich so ungewohnt an ohne die Wolfsohren –, nehme einzelne Strähnen zwischen meine Finger und ziehe leicht daran, sodass er den Kopf von meiner Schulter heben und mich ansehen muss.

Es bedarf keiner Worte zwischen uns. Alles, was wir wissen müssen, sehen wir im Blick des anderen. Der schmerzliche Ausdruck verschwindet aus seinen Augen und macht einem eisernen Willen Platz. Für einen kurzen Moment presst er mich an sich, lässt seine Hände über meinen Rücken gleiten. Dann lässt er mich genauso abrupt los, wie er mich gepackt hat, und wirbelt zu unserem Verfolger herum.

»Egal was ab jetzt passieren wird«, raunt er mir zu, »vergiss nicht, was in den letzten Tagen geschehen ist.«

Gerade als ich ihn fragen will, was er damit genau meint, erscheint ein Hüne im Gang. Mit behäbigen Schritten kommt er auf uns zu, wissend, dass wir keine Chance haben, ihm zu entgehen. Mit dem Licht in seinem Rücken ist es mir unmöglich, sein Gesicht zu erkennen. Seine Statur ist riesig, er ist sogar größer als Wulf, sein Kreuz ist so breit wie das eines Footballspielers. Instinktiv verstecke ich mich hinter Wulfs Rücken und kralle meine zitternden Finger in sein Shirt.

»Ich hätte nicht gedacht, dass du dich freiwillig hierherwagst, Missgeburt«, poltert der Fremde und sofort gibt Wulf ein kehliges Knurren von sich, sodass sein Brustkorb unter meinen Händen vibriert. Ich spüre, dass uns der Fremde alles andere als wohlgesonnen ist, und langsam kriecht Panik in mir hoch. »Du weißt, was dir blüht, wenn du erneut einen Fuß über den Bifröst setzt. Ich hatte dich für schlauer gehalten.«

Unzählige Rädchen greifen knirschend in meinem Kopf ineinander, um den Sinn des Gesagten zu entschlüsseln. Stirnrunzelnd beobachte ich den Fremden über Wulfs Schulter hinweg. Bifröst ... Bifröst ... Warum kommt mir das Wort nur so bekannt vor, obwohl es gleichzeitig definitiv nicht zu meinem Wortschatz gehört? Es liegt mir auf der Zunge, aber ... es will mir einfach nicht einfallen.

Wulfs Körper versteift sich unter meinen Fingern. Fieberhaft überlege ich, wie ich ihm helfen kann. Ich komme mir so nutzlos vor ...

»Was hast du jetzt vor, Missgeburt?«, höhnt der Fremde. »Willst du mich fressen? Anders wirst du nicht an mir vorbeikommen.«

Für einen Moment glaube ich wirklich, dass Wulf ihn gleich anspringen und zerfleischen wird. Ich spüre seine Anspannung und ungezügelte Wut, die zu mir überspringt. Herrgott, sogar ich will dem Typen am liebsten meinen Fuß dort hinrammen, wo es richtig wehtut! Wie kann er es wagen, so mit Wulf zu sprechen?!

Der Kerl scheint erst jetzt auf mich aufmerksam zu werden, denn sein Gesicht nimmt einen verwunderten Ausdruck an. »Und wer ist das? Eine der Walküren? Wie dumm muss eine Walküre sein, um sich mit dir einzulassen?«

»Also, hör mal ...«, begehre ich auf, doch gerade, als ich mich so richtig in Fahrt reden will, bringt Wulf mich mit einer Handbewegung zum Schweigen.

»Sie ist unwichtig. Ich bin es, um den du dich kümmern musst. Doch ich bin nicht hier, um dir etwas zuleide zu tun. Ich habe nur eine Bitte an dich, Heimdall.«

Heimdall ... Irgendwo in meinem Kopf klingelt etwas, aber ich bringe es unmöglich mit dem Hünen vor mir in Einklang.

Der Kerl, Heimdall, verschränkt die fleischigen Arme vor der Brust. »So? Und wie kommst du auf die Idee, dass ich dir deine Bitte erfüllen werde? Du bist nicht grundlos aus Asgard verbannt worden. Du bist Abschaum. Ich will mit dir nichts zu tun haben! Durch deinen Vater hatte ich schon genug Ärger, aber du und deine Schwestern, ihr raubt einem alten Wächter wie mir den letzten Nerv!«

»Ich habe nicht um dieses Schicksal gebeten, Heimdall, genauso wenig wie du um das deine. Und doch müssen wir das Beste daraus machen.«

»Das aus deinem Mund!«, spottet Heimdall. »Das ist schon irgendwie … kurios.«

»Hör dir doch wenigstens seine Bitte an, ehe du sie von vornherein ablehnst!«, werfe ich trotzig ein. Über die Schulter wirft mir Wulf einen warnenden Blick zu, doch ich denke gar nicht daran, den Mund zu halten. »Es ist außerdem sehr unhöflich, Menschen nur nach ihren Eltern zu beurteilen, denn die Kinder …«

»Du glaubst, er ist ein Mensch?«, unterbricht mich Heimdall und fängt schallend an zu lachen. »Bei den Göttern! Eine Walküre bist du nicht, auch wenn du wie eine aussiehst. Die haben mehr Grips im Kopf. Und da dir die spitzen Ohren fehlen, kannst du nur eine dieser bemitleidenswerten Kreaturen sein, die wir als Menschen bezeichnen.«

»Ich muss doch sehr bitten!« Energisch versuche ich mich an Wulf vorbeizuschieben, doch er breitet die Arme aus, sodass ich keine Chance habe, an Heimdall heranzukommen. »So redet man nicht mit einer Dame!«

Heimdalls ganzer Körper bebt unter einem erneuten Lachanfall, während ich vor Wut koche.

»Emma, bitte sei still!«, wispert Wulf eindringlich und ich klappe den Mund wieder zu, obwohl ich Heimdall gerade etwas wenig Nettes an den Kopf werfen wollte.

»Irgendwie gefällt mir deine kleine Gefährtin«, sagt Heimdall und reibt sich mit der Hand über die Augen. Wahrscheinlich, um seine Lachtränen wegzuwischen. Ich knirsche mit den Zähnen und am liebsten würde ich ihn sofort wieder anschreien, doch Wulf zuliebe halte ich mich zurück. »Sie hat Courage, die man heutzutage nicht mehr oft bei den niederen Völkern findet.«

»Ich geb dir gleich ›niederes Volk‹!«, grummele ich ihn an, presse dann aber schnell die Lippen zu einem schmalen Strich zusammen und zwinge mich, ruhig und gleichmäßig zu atmen.

Niederes Volk, pah! Für wen hält der sich eigentlich? Er ist garantiert nicht so cool wie Wulf, denn der ist ein Gestaltwandler! Heimdall ist einfach nur ein langweiliger, großer Kerl.

Seine mächtigen Schultern erbeben unter einem diesmal unterdrückten Lachen. »Nun gut, Missgeburt. Weil ich deine kleine Gefährtin äußerst unterhaltsam finde, habe ich beschlossen, mir deine Bitte zumindest anzuhören. Also sprich, ehe ich es mir anders überlege.«

»Bring mich zu ihm, Heimdall«, sagt Wulf. »Bring mich zum Allvater.«

Für eine Weile schweigt Heimdall, dann schüttelt er den Kopf. Zu gern würde ich jetzt sein Gesicht sehen, doch es liegt noch immer im Schatten verborgen. »Du bist verrückt. Die Jahre der Gefangenschaft sind dir eindeutig nicht gut bekommen. Wie kannst du freiwillig zu ihm wollen? Er wird dich mit einem Schlag vernichten.«

»Was?«, kiekse ich panisch. *Vernichten wie umbringen?*

Heimdall wendet seine Aufmerksamkeit wieder mir zu. »Und was ist mit ihr?«

»Sind meine Mutter und mein Vater in Asgard?«, fragt Wulf nach kurzem Zögern. Heimdall nickt. »Dann lasse ich sie in der Obhut meiner Eltern.«

»Das wird sie nicht schützen, das weißt du. Wer auch immer sie ist, es war sehr dumm, sie mit hierherzubringen.«

Wulf lässt niedergeschlagen den Kopf hängen. »Ja ... ich weiß.«

»Ich habe keine Ahnung, was du vorhast, aber lass dir gesagt sein, dass der Allvater dich nicht mit heiler Haut davonkommen lassen wird. Und sie ebenso wenig, wenn er sie in die Finger bekommt. Er ist auf dich noch schlechter zu sprechen als auf deine Schwestern.«

»Ich weiß«, murmelt Wulf erneut.

Heimdall gibt ein Schnauben von sich, dreht sich um und sagt zu uns: »Dann kommt. Ich will das so schnell wie möglich hinter mir haben.«

Ohne weiter auf uns zu achten, geht er den Weg zurück, den wir gekommen sind.

Ich klammere mich ängstlich an Wulfs Arm. »Was ist hier los? Was ist das für ein Kerl? Und wer ist der Allvater, der nicht gut auf dich zu sprechen ist?«

Anstatt mir zu antworten, lehnt Wulf sich vor und küsst mich auf die Stirn.

»Du musst dir über all das keine Gedanken machen. Meine Mutter wird sich deiner annehmen. Ich werde dafür sorgen, dass dir nichts geschieht, das verspreche ich dir. Bleib bis dahin bei mir, rede mit niemandem und verhalte dich möglichst unauffällig. Je weniger sie von dir Notiz nehmen, umso besser ist es für dich.«

»W-Wer sind ›sie‹?« Noch in dem Moment, in dem ich die Frage ausspreche, weiß ich, dass ich die Antwort darauf lieber gar nicht hören will.

»Die Götter, Emma. Die Götter, die über alle Welten herrschen.«

Kapitel 17

Wir folgen Heimdall den Gang zurück in den Raum, in dem Wulf und ich erwacht sind. Meine Füße fühlen sich an, als würden sie mit jedem weiteren Schritt auf dem Boden durch Klebstoff gezogen, sodass jede Bewegung vorwärts mir immer schwerer fällt.

Ich habe nicht im Geringsten verstanden, worüber Wulf und Heimdall vorhin gesprochen haben, aber ich spüre die Anspannung, die von beiden ausgeht. Als wären sie jederzeit bereit, sich einander zuzuwenden und sich gegenseitig zu zerfleischen. Ich fühle mich fehl am Platz – wie ein Eindringling, der etwas gehört hat, das nicht für seine Ohren bestimmt war.

Eine Stimme in meinem Kopf fleht mich an, diesen Ort auf der Stelle zu verlassen, zu fliehen, zurück nach Hause zu gehen, weg von all den seltsamen Dingen, die hier geschehen. Aber selbst wenn ich wüsste, wie ich wieder zurück nach Hause kommen könnte, würde ich nicht gehen. Verbissen klammere ich mich fester an Wulfs Arm. Ohne zu zögern, bin ich ihm hierher gefolgt – wo immer auch *hier* sein mag –, furchtlos und ohne einen Gedanken daran zu verschwenden, was mir passieren könnte. Da werde ich doch nicht beim ersten Unbehagen kehrtmachen und flüchten!

Trotzig beiße ich die Zähne zusammen. Ich habe schon viel Schlimmeres überstanden, sage ich mir. Treibsand, Skorpione, sengende Hitze, Fallen in alten Pharaonengräbern. Das hier ist nichts gegen das, was ich bereits hinter mir habe. Ich werde mir von diesem Hünen Heimdall keine Angst machen lassen, und wenn er es noch einmal wagen sollte, Wulf zu ...

Als wir den hellen Raum betreten, stocke ich und starre Heimdall unverhohlen an. Es ist wie bei einem Autounfall: Eigentlich will man nicht hinsehen, aber man *muss* einfach.

Heimdalls Gesicht ist mit Narben übersät. Eine besonders tiefe und wulstige zieht sich von seiner Schläfe über den Nasenrücken bis zur anderen Gesichtshälfte. Seine buschigen Augenbrauen hat er fast bis zum Haaransatz hochgezogen, als er mein Starren bemerkt. Wie ich schon an seiner Silhouette bemerkt habe, ist er riesig und kräftig, mit Armen wie ein Bodybuilder. Auf seinem ganzen Körper, auch im Gesicht, sprießen massig Haare, die ihn fast aussehen lassen wie einen Bären.

Es sind jedoch nicht seine Narben, die mich instinktiv hinter Wulf Schutz suchen lassen. Nein, es sind seine Augen. Sie sind schneeweiß, ohne Iris, ohne Pupille. Einfach nur weiß. Und sie leuchten, als würde eine Lampe von hinten durch sie hindurchstrahlen.

Als er meine Unsicherheit bemerkt, verzieht Heimdall die schmalen Lippen zu einem höhnischen Grinsen, das mir eine Gänsehaut beschert. »Ich kann immer noch nicht glauben, dass du eine von ihnen mit hierhergebracht hast. Gerade in deiner Situation ... Was soll aus ihr werden, wenn du ...?«

»Es reicht!«, knurrt Wulf. »Sie ist mir ohne mein Wissen gefolgt, aber sie ist vollkommen unwichtig.«

Autsch, das tat weh. Auch wenn ich mir einzureden versuche, dass er das gesagt hat, um mich zu schützen, konnte ich trotzdem ganz deutlich das zarte Knirschen hören, das mein Herz bei seinen Worten von sich gegeben hat.

»Ist das so?« Heimdalls Grinsen reicht fast von einem Ohr zum anderen, wodurch die Narbe sich spannt.

Er wendet sich von uns ab und geht in die Mitte des Raums. Vorhin habe ich es nicht bemerkt, doch jetzt sehe ich ein Podest, von dem das seltsame Glimmen ausgeht, das den Raum ausleuchtet. In der Mitte des Podests steckt ein Schwert, das fast so groß ist wie ich. Ich schlucke angestrengt beim Anblick, wie Heimdall den Griff mit einer Hand packt und dieses Monstrum scheinbar spielend aus dem Boden zieht. Seine Muskeln scheinen echt zu sein und nicht nur billig aufgepumpt durch Proteinshakes. Lässig schultert er das Schwert und kommt auf uns zu. Mein Herz klopft bis zum Hals, als ich mich an Wulfs Rücken presse. Ich spüre, wie auch er sich versteift und die Luft anhält.

»Du kennst die Regeln, Missgeburt«, poltert Heimdall. »Kein Sterblicher darf den Bifröst überqueren. Und ich muss meiner Aufgabe als Wächter gerecht werden. Wollen doch mal sehen, ob sie wirklich so unwichtig ist, wie du sagst.«

Und plötzlich sehe ich ganz klar. Ich hätte schon längst draufkommen müssen, doch mein auf Fakten getrimmtes Gehirn hat sich strikt geweigert, all das zu verstehen. Aber das Wort ›Wächter‹, gepaart mit dem übergroßen Schwert, lässt ein Bild vor meinem geistigen Auge erscheinen: ein Schwarzer in goldener Rüstung mit tiefer Baritonstimme.

Doch der Kerl vor mir hat so gar nichts mit dem Heimdall aus *Thor* gemeinsam. Weder die Hautfarbe noch das Aussehen. Wo der Film-Heimdall starke Eleganz ausstrahlt, sehe ich gerade nichts weiter als rohe Grobschlächtigkeit vor mir. Wahrscheinlich ist durch die Verfilmung, die ich mir wieder und wieder angesehen habe, meine Vorstellung stark fehlgeleitet worden, denn ich dachte wirklich, die Götter – sofern es sie denn gibt – seien schillernde Wesen, schön, stark, manchmal hitzköpfig, aber doch ... *strahlend.* Und nicht so ein Kerl, der im Sumpf hätte aufgewachsen sein können!

Dummerweise weiß ich nichts weiter über Heimdall, außer, dass er derjenige ist, der den Bifröst, die Regenbogenbrücke, bewacht.

Mit zittrigen Händen zupfe ich an Wulfs Shirt. »Ähm ... Ist der Kerl da wirklich *der* Heimdall?«

Wulf wirft mir einen zweifelnden Blick über die Schulter zu. Wahrscheinlich fragt er sich auch, warum ich so lange gebraucht habe, um darauf zu kommen. Oh, bitte, lass das ein Traum sein, aus dem ich gleich wieder aufwache! Götter, ganz gleich, ob ägyptische oder nordische, sind nichts weiter als ein Mythos, den die Menschen damals gebraucht haben, um sich Naturkatastrophen oder andere, für uns heute alltägliche Dinge zu erklären. Götter sind nicht real! Genauso wenig wie die Welten, in denen sie leben. Wie konnte ich nur für eine einzige Sekunde glauben, dass das wahr ist?

»Vergiss meine Frage einfach«, nuschele ich und wende meine Aufmerksamkeit wieder dem Hünen mit seinem Schwert zu.

»Ich will keinen Ärger mit dir«, stellt Wulf klar und lässt Heimdall nicht aus den Augen. »Aber wenn du ihr auch nur ein Haar krümmst, werde ich die Prophezeiung vergessen und dich selbst töten.«

Es ist schon erstaunlich, wie schnell Wulfs Worte mein angeknackstes Herz wieder kitten können.

»Große Worte für den Sohn eines Emporkömmlings. Ich konnte deinen Vater noch nie leiden.«

»Ich weiß«, gibt Wulf ungerührt zurück. »Aber das könnt ihr zu einem späteren Zeitpunkt klären. Lass uns nach Asgard, damit ich mit dem Allvater sprechen kann.«

Langsam, aber sicher wird mir klar, dass Wulf tatsächlich der Überzeugung ist, wir befänden uns in Asgard. Und dass der grobschlächtige Kerl Heimdall der Wächter über den Bifröst ist. Dann kann der Allvater nur Odin sein ...

»Und was willst du ihm sagen, Bürschchen? Er wird wissen, warum du hier bist. Es gibt nur einen Grund, warum du deine Fesseln gesprengt haben könntest.«

»Ähm ...«, mische ich mich ein. »Eigentlich hat er seine Fesseln nicht gesprengt.«

Sofort wirft Wulf mir einen warnenden Blick zu und ich verstumme. Still sein und mich im Hintergrund halten, da war ja was ...

Heimdalls weiße Augen verengen sich zu Schlitzen. »Wie hast du es dann geschafft, aus deinem Gefängnis zu entkommen? Die Fesseln ... Sie hätten dich bis ans Ende aller Zeiten halten sollen. Wie konntest du ...?«

»Das werde ich dem Allvater erklären, nicht dir, Wächter!«, weist Wulf ihn scharf zurecht. »Und nun bitte ich dich erneut, den Weg über den Bifröst freizugeben.«

Ich sehe, wie Heimdall mit sich hadert. Einerseits will er seine Pflichten als Wächter nicht verletzen, andererseits giert er nach den Informationen, nach dem Geheimnis um Wulfs Rettung. Ich habe zwar keine Ahnung, warum alle ein solches Gewese um ihn machen, aber ich bin sehr gespannt auf den Allvater – Odin höchstpersönlich. Bleibt nur zu hoffen, dass wenigstens er so cool ist wie seine von Anthony Hopkins gespielte Filmversion.

In Ermangelung einer besseren – logischeren! – Erklärung beschließe ich, zunächst mitzuspielen und gehe davon aus, dass ich tatsächlich in Asgard gelandet bin.

»Du hättest dich nicht befreien sollen«, murmelt Heimdall in seinen Bart, der so ungepflegt und verfilzt ist, dass ich ihn mir lieber nicht genauer anschauen will. »Das war noch nicht vorgesehen. Die Prophezeiung ... Es ist noch nicht an der Zeit!«

»Das haben weder du noch ich zu entscheiden, Wächter, sondern der Allvater.«

Abschätzend wandert Heimdalls Blick von Wulf zu mir und wieder zurück. Dann dreht er sich unvermittelt um, klopft dreimal mit der Schwertspitze auf den Boden und spricht etwas in einer Sprache, die ich nicht verstehe. Mit einem ohrenbetäubenden Knirschen öffnet sich ein Tor, das ich bisher für eine Wand gehalten habe, und dahinter ...

»Heiliges Kanonenrohr!«, flüstere ich, während ich einen unsicheren Schritt hinter Wulfs Rücken hervorwage.

Als ich mir sicher bin, dass der Wächter mir nicht sein Schwert in den Bauch rammen wird, widme ich meine volle Aufmerksamkeit dem spektakulären Farbspiel vor mir. Ich habe während meines Studiums mal nebenbei über den Bifröst gelesen und erinnere mich auch seine Darstellung in *Thor*, aber die Realität – sofern mir meine Fantasie nicht doch einen Streich spielt – übertrifft all das um ein Vielfaches.

Eine andere Form der Regenbogenbrücke kenne ich nur aus *Mario Kart:* den Regenbogen-Boulevard. Und ganz im Ernst – dieses Level hat einige meiner Freundschaften zerstört!

Wie in den Überlieferungen beschrieben ist der Bifröst eine Brücke, aber keine aus Holz oder Stein. Woraus genau der Bifröst besteht, kann ich nicht sagen, aber er erstrahlt in allen Farben, die schillernd den Raum, in dem wir stehen, mit einer schwebenden Insel am Horizont verbinden. Dazwischen herrscht dunkles Nichts, so, wie ich mir das Weltall ohne Sterne vorstelle.

»Es ist wunderschön«, hauche ich ehrfurchtsvoll, ohne den Blick davon abwenden zu können.

»Nicht vielen Bewohnern von Midgard wird die Ehre zuteil, den Bifröst mit eigenen Augen zu sehen«, ertönt Heimdalls Stimme hinter mir. »Nur die größten Krieger erlangen das Recht, an Odins Tafel zu sitzen. Und du bist nun wahrlich keine Kriegerin. Aber ich werde noch herausfinden, wer oder was du bist.«

Seine unterschwellige Drohung lässt mir trotz der Schönheit vor meinen Augen einen eisigen Schauer über den Rücken laufen. Erst als Wulf meine Hand ergreift, fühle ich mich ein wenig sicherer. Ich weiß, dass er mich im Notfall verteidigen würde, auch wenn ich mir nicht sicher bin, ob er gegen den riesigen Heimdall mit seinem übergroßen Schwert bestehen könnte.

Ab jetzt werde ich mich an Wulfs Anordnung – *niemanden ansehen, nichts sagen, eins sein mit dem Hintergrund* – halten, um ihm und mir nicht noch weitere Schwierigkeiten einzuhandeln.

»Lass uns gehen«, flüstert er mir zu und ich nicke.

Je eher ich von Heimdall und seiner einschüchternden Aura wegkomme, desto besser. Ich hoffe, dass die anderen Götter nicht genauso grobschlächtig sind wie er …

Während ich Wulfs Hand ganz fest halte, setze ich vorsichtig einen Fuß auf den Bifröst, um zu testen, ob er mich auch hält. Hinunter in das schwarze Nichts zu fallen, möchte ich nämlich gern vermeiden. Wulf versteht meinen Zwiespalt und macht grinsend den ersten Schritt auf die Brücke, sieht mich dann abwartend an, bis ich so weit bin, ihm zu folgen.

Kurz wende ich mich zu Heimdall um, der uns stoisch nachblickt und dabei sein Schwert fest umklammert hält. Ich bin erleichtert, dass er uns nicht begleitet, aber auch nervös. Wenn der Wächter Wulf schon mit solch einer Abneigung begegnet, was wird dann erst der Allvater tun? Warum stürzt sich Wulf überhaupt in dieses Dilemma, anstatt bei mir auf der Erde zu bleiben?

Seit wir hier sind, wirkt er getrieben und nicht mehr so ausgelassen wie noch vor ein paar Tagen, als es ihm eine diebische Freude bereitet hat, mich wahnsinnig zu machen. Ihn so zu sehen, lässt mir das Herz schwer werden. Ich möchte, dass er lächelt, und ihn dabei erwischen, wie er mich heimlich beobachtet. Doch im Moment sieht er angespannt und grüblerisch aus, etwas, was ich gar nicht an ihm kenne.

Ich spüre, wie sich seine Unruhe auf mich überträgt, und kann nichts dagegen tun. Tausend Fragen stürmen auf einmal meine Gedanken. Was, wenn wir nicht mehr in meine Welt zurückkommen? Oder wenn die anderen Götter beschließen, Wulf wieder in dieser Höhle zu fesseln, warum auch immer? Und wer weiß, was sie mit mir machen werden ... Heimdall hat keinen Zweifel daran gelassen, dass ich hier unerwünscht bin. Die anderen Götter werden das sicher auch so sehen.

Doch nicht einen Augenblick lang bereue ich meine Entscheidung, Wulf Hals über Kopf gefolgt zu sein, ohne die Konsequenzen zu kennen. Ich verschränke die Finger mit seinen und verstärke den Druck, den er erwidert. Egal was uns am Ende dieser Brücke erwartet, wir werden damit fertig werden.

Und dann finden wir auch einen Weg zurück in meine Welt, da bin ich ganz sicher.

***

Unser Marsch über die Brücke scheint eine Ewigkeit zu dauern. Ich sehe zwar die schwebende Insel vor uns, aber ich habe das Gefühl, dass wir nicht näher an sie herankommen, egal wie lange wir gehen. Immer wieder werfe ich einen Blick über den Rand des Regenbogens hinab in die allumfassende Schwärze, nur, um Wulfs Hand dann noch fester zu umklammern. Noch immer habe ich Zweifel, ob die Brücke nicht im nächsten Moment unter uns verschwindet wie ein echter Regenbogen.

»Hab keine Angst«, sagt Wulf, als er meine nervösen Blicke über den Brückenrand bemerkt. »Der Wächter hat uns den Weg freigegeben, also werden wir auch in Asgard ankommen. Nichts und niemand kann uns schaden, bis wir den Bifröst verlassen haben.«

»Und dann?«, frage ich unsicher. Doch Wulfs starrer Blick nach vorne und seine zusammengepressten Lippen sind Antwort genug. Ein Gefühl von Enge macht sich in meiner Brust breit. »Warum ... warum willst du zum Allvater?«, frage ich, nachdem ich wieder besser Luft bekomme. »Ich meine, wenn Heimdall dich schon so schlecht behandelt hat …«

»Sie können nicht anders«, antwortet Wulf knapp, ohne mich dabei anzusehen. »Sie fürchten mich und sogar die Götter treffen merkwürdige Entscheidungen, wenn sie etwas fürchten.«

Ich runzele die Stirn, während ich sein Profil mustere. »Aber sie sind *Götter!* Ich meine, sie haben übernatürliche Kräfte und sind unsterblich. Warum fürchten sie dich? Du kommst mir nicht gefährlich vor …«

Als Wulf beharrlich schweigt, füge ich hinzu: »Du hast keinen Joker mehr, den du mir zurückgeben kannst, also beantworte meine Frage.«

Endlich bleibt er stehen und sieht mich an. Sein Blick ist jedoch so kalt und durchdringend, dass ich mich darunter winde und mir wünsche, ich hätte ihn nicht so bedrängt. »Du hast keine Ahnung von den Göttern, oder?«, stellt er, statt mir eine Antwort zu geben, eine Gegenfrage.

»N-Nicht wirklich. Die nordischen Göttersagen waren nie mein Steckenpferd, dafür haben mich die ägyptischen Götter fasziniert. Alles, was ich über Odin und die anderen Götter zu wissen glaube, habe ich aus *Thor*.«

Ach verdammt! Warum hängen wir nicht in der ägyptischen Pharaonenzeit fest? Da würde ich mich spielend leicht zurechtfinden. Wahrscheinlich hätte ich auf den ersten Blick auch Heimdall erkannt, zusammen mit sämtlichen Verwandtschaftsgraden zu möglichen Gottheiten. Aber hier … bin ich vollkommen aufgeschmissen.

Wulf stößt ein ungläubiges Schnauben aus. »Das ist alles, was du weißt? Und du glaubst den Blödsinn, den sie in diesem Film behaupten?«

»Ich … Ja …«

Ich weiß nicht, was er von mir hören will. Natürlich weiß ich, dass es nur ein Film ist, der die »Tatsachen«, sofern man bei Sagengestalten von Tatsachen sprechen kann, für das breite Publikum zurechtrückt. Trotzdem habe ich bisher geglaubt, dass zumindest die Grundsubstanz den archäologischen Funden entspräche. Wulfs Frage lässt mich an dieser Annahme zweifeln.

Und ich habe bisher noch keine Ahnung, wie *er* ins Bild passt.

Heimdall habe ich kennengelernt, zu Odin sind wir auf dem Weg. Garantiert werden mir auch Thor und Loki über den Weg laufen. Aber … welcher Gott ist Wulf? Ist er überhaupt ein Gott?

Herrje, habe ich etwa mit einem *Gott* rumgemacht?

Mir schießt das Blut in den Kopf und ich wende schnell den Blick von Wulf ab. Ich hatte ja schon immer Probleme, mich zu fokussieren, aber dieser Gedanke setzt der Situation die Krone auf.

»L-Lass uns weitergehen«, murmele ich, um diesen peinlichen Moment zu überspielen, und ziehe Wulf hinter mir her.

»Heimdall war auch nicht so wie im Film, nicht wahr?«

Wieder bleibe ich stehen und seufze. »Nein. Ganz und gar nicht.«

»Und dabei hatte er heute noch einen guten Tag. Du solltest ihn mal sehen, wenn er schlechte Laune hat. Von den anderen Göttern wirst du ebenfalls enttäuscht sein, denn keiner von ihnen ist so edelmütig oder zumindest auch in seiner verschlagenen Art schillernd, wie er im Film dargestellt wird.«

Ich weiß, dass ich auch diese Frage bereuen werde, doch ich stelle sie trotzdem. »W-Wie sind sie denn?«

»Alt und gelangweilt trifft es wohl am ehesten. Sie existieren schon so viele Jahrtausende, dass sie selbst den Überblick darüber verloren und alles in diesen Welten gesehen haben. Die Langeweile hat sie grausam werden lassen. Sie sind ständig auf der Suche nach einem neuen Opfer, einem neuen Schwächeren, den sie zu ihrer Belustigung quälen können.«

»Das klingt … als wüsstest du das aus eigener Erfahrung.«

Schnell klappe ich den Mund wieder zu, als Wulfs eiskalter Blick mich trifft. Ich merke schon: Fragen zu seiner Vergangenheit oder darüber, wie er hier reinpasst, sind ein absolutes No-Go. Und trotzdem kann ich sie mir nicht verkneifen. Zu groß sind meine Neugier und mein Interesse, alles über Wulf zu erfahren, was es über ihn zu wissen gibt.

Unvermittelt streckt er seine Hand nach mir aus und streicht mir eine Haarsträhne hinters Ohr. »Ich will nicht, dass du zu ihnen gehst.«

»Warum? Für mich als Archäologin wäre das eine …«

»Weil sie dich zerstören würden. Ich habe dich erlebt, als du nur dachtest, Meghan hätte mich abgeschleppt. Aber die Götter, vor allem die ältesten unter ihnen, sind Millionen Mal schlimmer als Meg. Sie würden sich einen Spaß daraus machen, dir schweres Leid zuzufügen. Das kann ich nicht erlauben.«

Ich lege meine Hand auf seine und schaue ihm fest in die Augen. »Ich weiß, dass du da sein wirst, um mich zu beschützen. Du wirst nicht zulassen, dass jemand von ihnen mir Schaden zufügt. Deshalb ... lass mich bitte an deiner Seite bleiben!«

Wulf verzieht den Mund zu einem spöttischen Grinsen. »Ich glaube nicht, dass du das willst. Versprich mir, dass du dich im Hintergrund halten wirst, wo dich niemand zu Gesicht bekommt. Bitte, Emma! Hör dieses eine Mal auf mich.«

»Ich versuchs«, sage ich ausweichend.

Natürlich werde ich mich nicht irgendwo verstecken und mir die Götter entgehen lassen. Das ließe mein Wissenschaftlergehirn gar nicht zu. Aber das muss ich Wulf ja nicht gerade jetzt auf die Nase binden.

Ich ärgere mich maßlos darüber, dass ich meine Handtasche mit Handy, Notizblock und Stift im Atelier zurückgelassen habe, als ich mich, ohne nachzudenken, an den verschwindenden Wulf geklammert habe. Wie gern würde ich jetzt Fotos vom Bifröst oder später von den Göttern machen! Oder zumindest Skizzen anfertigen oder mir ein paar Stichpunkte aufschreiben. Bestimmt werden mich die Eindrücke so überfordern, dass ich die Hälfte wieder vergessen habe, wenn ich zurück nach Hause komme.

... Ich komme doch wieder zurück, oder?

Ich beschließe, diese Frage jetzt lieber nicht noch zu stellen und folge Wulf stattdessen schweigend weiter den Bifröst entlang, während ich meinen Gedanken nachhänge.

KAPITEL 18

Mein Zeitgefühl hat sich völlig verabschiedet, seit wir hier angenommen sind. Deshalb kann ich nur schätzen, wie lange wir über den Bifröst gewandert sind, bis wir endlich auf der schwebenden Insel ankommen. Den Schmerzen in meinen Beinen zufolge waren wir *sehr* lange unterwegs ... Nur mein eiserner Wille lässt mich noch einen Fuß vor den anderen setzen, obwohl ich am liebsten keuchend zusammenbrechen und nie wieder aufstehen würde.

Als wir beide die Insel betreten, verschwindet der Bifröst hinter uns, löst sich einfach in Luft auf, als wäre er nie da gewesen.

»Wir ... sitzen jetzt hier fest, oder?«

Wulf nickt grimmig, setzt aber gleich seinen Weg fort und ich folge ihm eilig. Der Bifröst endete an einer gepflasterten Straße, die sich zwischen hohen Bauwerken verliert. Die schwebende Insel ist groß, viel größer, als ich es aus der Ferne vermutet hätte.

»Was ist das hier?«, frage ich, während wir der Straße folgen, die uns in eine Stadt führt.

»Das ist Asgard, die Heimat der Götter.«

Mit offenem Mund lege ich den Kopf in den Nacken und schütze mit der Hand meine Augen vor der Helligkeit und dennoch kann ich nicht die Spitze der Gebäude sehen, die neben uns aufragen. Auf den ersten Blick sehen sie wie Wolkenkratzer aus meiner Welt aus. Beim näheren Hinsehen fallen mir jedoch die Verzierungen auf, aus denen die Mauern bestehen. Ich löse mich von Wulf, gehe auf eins der Häuser zu und fahre vorsichtig mit der Hand über das Relief. Es fühlt sich nicht an wie Stein oder Beton, schon gar nicht wie Holz. Eher kalt und trotz der Musterung glatt. Wie Metall oder Eisen. Die Muster sind verschlungene Zeichen. Ich erinnere mich daran, den Begriff *kel-*

tischer Knoten dafür gelesen zu haben. Als ich die Muster genauer betrachte, fällt mir auf, dass sie sich von Haus zu Haus unterscheiden. Wieder und wieder lasse ich meine Finger über die Verzierungen fahren, versuche mir die unterschiedlichen Muster genau einzuprägen, um später davon berichten zu können.

»Haben die Zeichen eine Bedeutung?«, frage ich, während ich zur nächsten Hausmauer gehe.

»Hier, am äußeren Rand von Asgard, wohnen viele Halbgötter und sonstige Mischlinge, die von den Altgöttern gezeugt wurden. Ihre Häuser tragen das Zeichen des Gottes, von dem sie abstammen«, erklärt Wulf und wartet geduldig, bis ich mit meiner Sightseeingtour fertig bin.

»Hast du auch ein Haus hier?«

Okay, zugegeben, die Frage ist alles andere als subtil, und Wulf durchschaut auch sofort meine Absichten.

Dennoch schüttelt er zur Antwort den Kopf. Bedeutet das jetzt, dass er nicht von einem Gott abstammt oder gar kein Gott ist? Ich weiß ja, dass er ein Gestaltwandler ist, daher war die Annahme, dass er auch ein Gott sein könnte, nicht allzu abwegig für mich. Schließlich kann ich nicht das eine Unmögliche glauben und das andere als Humbug abtun.

Und nun stehe ich hier, in einer scheinbar fremden Welt. Mit ihm. Ein Teil von mir glaubt noch immer, dass ich mir beim Sturz von der Klippe in Island den Kopf so dermaßen hart angeschlagen habe, dass ich im Koma liege und träume. Dass weder Wulf noch Asgard wirklich Teil meines Lebens sind. Und ein wenig habe ich Angst davor, dass sich von einer Sekunde auf die nächste das alles vor meinen Augen auflösen wird und ich in einem sterilen Krankenhauszimmer aufwache.

Deshalb nehme ich schnell wieder seine Hand in meine. Es fühlt sich real an, ihn zu berühren und dieser simple Hautkontakt vertreibt den Großteil meiner Bedenken. Solange ich hier stehe und ihn berühren kann, verschwindet er auch nicht einfach.

Im Grunde ist es mir egal, ob Wulf ein Gott, Halbgott oder was weiß ich ist. Solange ich seine Haut unter meinen Fingern spüren kann, ist er real und nur das zählt für mich. Natürlich reizt es mich, diese fremde Welt zu erkunden, neue Geheimnisse zu entschlüsseln und Entdeckungen zu machen, die vor mir noch kein anderer Wissenschaftler gemacht hat. Aber all das brauche ich nicht wirklich. Die Hauptsache ist, er ist bei mir.

Allerdings macht mir seine Stimmung zu schaffen. Es beunruhigt mich, dass er so reserviert ist. Dass er mich nicht an sich heranlässt und meine Fragen nur oberflächlich beantwortet. Ich weiß, dass er das tut, um mich zu schützen, aber ich bin weder klein noch so hilflos, dass ich unablässigen Schutz bräuchte.

Andererseits ... fühlt es sich unglaublich gut an, sich an Wulfs starke Schultern anzulehnen und zu wissen, dass er für mich da ist, wenn ich ihn brauche.

Wenn ich es nicht besser wüsste, würde ich sagen, dass er panische Angst hat. Ein ungutes Gefühl beginnt an mir zu nagen und frisst sich in meine Eingeweide. Es muss ein dunkles Geheimnis geben, dem ich noch nicht auf die Spur gekommen bin. Etwas, was es wert ist, dass Wulf hohe Risiken eingeht. Aber auch etwas, was so schlimm ist, dass er sich davor fürchtet.

Noch einmal lasse ich die freie Hand über das Relief gleiten. Hier unten hat keines der Gebäude Fenster. Erst einige Meter weiter die Straße hinauf kann ich kleine Einbuchtungen erkennen. Auch sehe ich keine Türen oder sonstige Eingänge.

»Leben hier wirklich die Kinder von Göttern? Es sieht so ... unbewohnt aus.«

Wulf wiegt den Kopf hin und her. »Sie leben hier, aber meistens halten sich in einer der großen Hallen in Odins Palast auf. Davon gibt es mehrere und die größte ist Odin und den anderen Göttern vorbehalten. Es sind Götter, Emma, das darfst du nicht vergessen. Normalerweise brauchen sie weder einen Schlafplatz noch eine Küche.«

»Sie müssen weder schlafen noch essen?«, frage ich erstaunt. Wulf nickt. »Aber ... Wie existieren sie dann?«

Schweigend laufen wir eine Weile Seite an Seite die Straße entlang, ehe Wulf mir antwortet. »Sie leben vom Glauben.«

»Glaube?«, frage ich verwirrt. »Ich meine, ich kenne den Spruch, dass der Glaube Berge versetzen kann, aber was hat das damit zu tun?«

»Du erinnerst dich doch an meine anderen Ohren?« Leicht perplex über diesen Themenwechsel nicke ich. »Und erinnerst du dich auch an meine Erklärung dazu?«

Ich brauche einen Moment, ehe es mir wieder einfällt. »Du sagtest, dass du nicht genug Kraft hättest, um deine Gestalt komplett zu ändern. Dass du zu lange von einer Kraftquelle abgeschnitten gewesen wärst. Du hast mir aber nicht gesagt, was diese Kraftquelle ist.«

»Der Glaube«, wiederholt er.

»Ich verstehe nicht ... Welcher Glaube? Und was hat das mit dir zu tun?«

»Neben deiner und dieser Welt gibt es noch sieben weitere Welten, die wir kennen. In jeder von ihnen leben die unterschiedlichsten Geschöpfe: Lichtelfen, Riesen, Zwerge und viele mehr. Aber hier, in Asgard, leben die Götter und deren Kinder, die über alle neun Welten herrschen. Sie sind die Oberhäupter, die Lenker und Leiter.«

»Warte, Moment«, unterbreche ich ihn. »Versuchst du mir gerade zu erklären, dass die Erde von deinen Göttern beherrscht wird? Aber die nordische Mythologie ist nichts weiter als eine Legende. Eine untergegangene Zivilisation und ihr Glaube, ebenso wie der des Alten Ägyptens. Ein Relikt, nichts weiter.«

»Arme Ungläubige«, spottet Wulf mit einem gutmütigen Lächeln. »Solche ketzerischen Reden solltest du Odin oder einen der anderen Hauptgötter lieber nicht hören lassen.«

»Okay, nehmen wir mal für einen Moment an, dass all das hier real ist und dass es diese Götter wirklich gibt. Und auch die anderen Welten und ihre Bewohner, von denen du eben geredet hast. Was hat der Glaube damit zu tun?«

»Der Glaube an die Götter ist das, was sie am Leben hält, wenn du es so nennen willst. Ohne den Glauben würden sie in Vergessenheit geraten und sich irgendwann in Luft auflösen. Mit den Vorfahren von Odin, den ersten Göttern, ist genau das passiert. Neben den Heldentaten ihrer Nachkommen verblassten sie, wurden unwichtig und verschwanden irgendwann ganz aus dem Gedächtnis der niederen Völker. So bezeichnen die Götter all jene Völker, die nicht so alt und mächtig sind wie sie selbst. Der Glaube und die Gebete der Niederen sind unser Lebenselixier. Und hier, in Asgard«, er hält inne und nimmt einen tiefen Atemzug, »ist selbst die Luft erfüllt von reinem Glauben.« Wulf ballt die Hände zu Fäusten und öffnet sie wieder. »Hier habe ich meine Kraft und damit auch meine Erscheinungsform vollständig unter Kontrolle. In deiner Welt, in Midgard, ist das für mich sehr schwer. Die Menschen glauben nicht mehr an die alten Götter. Sie haben sich anderen Religionen zugewandt.«

»Oder glauben an gar nichts«, sage ich. »Und die anderen Völker? Glauben die an euch?«

Wulf grinst mich an. »Die Götter erinnern sie regelmäßig daran, dass es sie gibt. Sie überfallen ihre Welten, zetteln Kriege an und werden nicht müde, ihnen ihre Macht und Überlegenheit zu demonstrieren. Midgard jedoch ... gilt als Tabu. Kaum einer der Götter verirrt sich jemals dorthin. Einige sagen, dass eure Welt zu unbedeutend sei, um ihr Beachtung zu schenken.«

»Unbedeutend? Die Erde?«, frage ich erstaunt.

»Ihr habt keinerlei magische Fähigkeiten und seid, im Vergleich zu den Lichtelfen oder Riesen, ein ziemlich langweiliges Völkchen. In den Tagen bei dir habe ich sehr viel über euch und eure Kultur gelernt. Und ich muss leider sagen, dass die Götter durchaus recht haben. Ihr könntet in eurer Entwicklung sehr viel weiter sein, wenn ihr endlich aufhören würdet, euch selbst zu zerstören.«

Ich kann nur zustimmend nicken. Zwar kenne ich die anderen Völker und auch die Götter nicht, aber das, was Wulf gesagt hat, stimmt: Wir Menschen stehen uns selbst im Weg. Anstatt dass wir alle einem großen Ziel folgen, verfolgt jeder sein eigenes – und legt dabei dem anderen Steine in den Weg.

»Die Götter haben unsere Welt also aufgegeben, weil dort nicht genug für sie zu holen ist? Oder wie kann ich das verstehen?«

»Das nicht. Eure Welt ist eher so etwas wie ... ein Verbannungsort für uns. Abgeschnitten vom Glauben ist es für die Götter nahezu unmöglich, weiterhin zu existieren. Sie geraten in Vergessenheit und verschwinden.«

»Und hier kann ihnen das nicht passieren?«

Wulf schüttelt den Kopf. »Nein. Asgard ist die oberste von allen neun Welten. Sämtlicher Glaube, der in den unteren Welten erzeugt wird, steigt hinauf nach Asgard und wird unter den Göttern aufgeteilt. Solange es in den anderen Welten solche gibt, die glauben und beten, werden die Götter hier weiter existieren.«

»Und wenn die anderen Völker aufhören würden zu glauben?«

»Das wird nicht passieren. Dafür sorgen die Götter. Spätestens nach einem Dürrejahr oder einem extrem kalten Winter fangen die Ersten doch wieder an, den Beistand der Götter zu erflehen. Und falls nicht, lässt Odin seine Speertrupps einfallen, um in ein paar Provinzen Angst und Schrecken zu säen.«

»Das klingt ... aber nicht nett«, stelle ich unnötigerweise fest.

»Wie ich schon sagte: Die Götter existieren schon sehr, sehr lange, viel länger, als du es dir vorstellen kannst. Und abgesehen von der latenten Sorge um ihre Existenz, ist ihnen langweilig. Somit ist ihnen fast alles recht, um etwas Aufregung oder Nervenkitzel in ihren Alltagstrott zu bringen.«

Ich kann mir zwar nur schwerlich einen Gott im Alltagstrott vorstellen, trotzdem klingt Wulfs Erklärung logisch, je länger ich darüber nachdenke. Die meisten heutigen Religionen basieren auf einem friedfertigen Gott, der den Weltfrieden oder Ausgeglichenheit predigt. Vielleicht fällt es mir deshalb so schwer, mir einen Haufen barbarischer Götter vorzustellen, deren einzige Freude es ist, die niederen Völker zu drangsalieren.

Ich habe überhaupt keine Lust mehr, Odin kennenzulernen ... Wenn er nur halb so schlimm ist, wie Wulf ihn beschrieben hat, ist er ein richtiges Ekelpaket. Je länger ich darüber nachdenke, desto mehr macht sich Heimweh in mir breit.

»Wo finden wir die Götter eigentlich?«, frage ich, um mich abzulenken.

»In Odins Halle.« Wulf stellt sich dicht neben mich und deutet mit dem Finger auf einen Berg, der sich inmitten der Stadt erhebt, auf dem ein Palast, umgeben von vielen kleineren, aber nicht weniger prunkvollen Gebäuden, steht. »Dort oben.«

»Da müssen wir hoch?« Verwirrt schaue ich mich um, suche etwas, was wenigstens entfernt Ähnlichkeit mit einem Lift oder einer Straßenbahn hat, finde jedoch nichts. »M-Müssen wir etwa dort hinlaufen?«

Grinsend beugt er sich zu mir hinab und haucht mir einen Kuss auf die Stirn. »Nein, Dummerchen. Die Götter sind zum Glück genauso lauffaul wie du.«

Seine liebgemeinte Stichelei lässt mich grinsen.

»Dort vorne ist ein Transporter, der uns direkt hinter die Mauern bringt, die Odins Halle gegen Angreifer sichern. Wir werden also in wenigen Augenblicken da sein.«

»Ein Transporter? So wie in *Star Trek*? Wie funktioniert das Ding? Mit Elektrizität? Und den kann ich auch benutzen? Immerhin bin ich ein Mensch ... Vielleicht funktioniert es bei mir gar nicht.«

»Ich kann dir die Funktion des Transporters in etwa so genau erklären wie du mir, warum ein Flugzeug fliegen kann. Er funktioniert, auch bei anderen Völkern, mehr muss ich nicht wissen. Ich bin bei dir. Mach dir keine Sorgen. Solange du in meiner Nähe bist, wird dir nichts geschehen.«

Einerseits erleichtern mich seine Worte. Andererseits mache ich mir auch Sorgen. »Du hast gesagt, ich solle nicht mit dir kommen, wenn du zum Allvater gehst. Heißt das, du lässt mich dann zurück?«

Wulf zögert mit seiner Antwort. »Ja«, gibt er schließlich zu. »Das wird der einzige Zeitpunkt sein, an dem du nicht bei mir sein kannst. Ich werde nicht riskieren, dass die Götter dich zu Gesicht bekommen. Sobald wir die äußeren Hallen betreten haben, in die sich die Götter so gut wie nie verirren, werde ich dich verstecken und meine Mutter suchen. Sie wird wissen, was zu tun ist. Erst dann, wenn ich weiß, dass du in Sicherheit bist, werde ich zu Odin gehen können. Es war ... nicht geplant, dass du mitkommst. Ich hätte es nicht einmal für möglich gehalten, dass es in meiner Macht steht, ein sterbliches Wesen durch die Welten reisen zu lassen.« Er verzieht den Mund. »Und nun muss ich mich darum kümmern, was mit dir geschieht.«

Ich schlucke angestrengt. »Das hört sich so an, als ... wäre ich eine Belastung für dich.«

Noch während ich die Worte ausspreche, merke ich, dass mir Tränen in den Augen brennen, doch ich blinzele sie verbissen zurück. Ich will nicht weinen und schwach wirken, doch je mehr ich mich dagegen wehre, desto heftiger werden das Brennen und die Enge im Hals, die mich daran hindern, noch mehr gefühlsduselige Dummheiten von mir zu geben. Das ist doch sonst nicht meine Art! Aber im Moment ist nichts, wie ich es gewohnt bin.

Die ganze Situation beginnt mir über den Kopf zu wachsen. Ich habe nichts mehr im Griff, kann keine Entscheidung treffen – ja, nicht einmal einen einzelnen Schritt machen, ohne Gefahr zu laufen, dass etwas Furchtbares geschieht oder ich einem streitlustigen Gott in die Arme laufe. Ich bin auf Wulf angewiesen und die Aussicht, von ihm getrennt zu werden, während ich mich in dieser fremden und gefährlichen Welt befinde, lässt mir das Blut in den Adern gefrieren.

Wulf scheint meine zweifelsohne tränenfeuchten Augen zu missdeuten. »Meine Mutter wird auf dich achtgeben, als wärst du ihre eigene Tochter. Du brauchst dich nicht zu fürchten.«

Ich lächele ihn an, doch ich merke selbst, wie falsch dieses Lächeln ist. Wie gezwungen. Doch es ist das Beste, was ich momentan zustande bringe. Ich finde es schon eine Meisterleistung, dass ich noch nicht schreiend und zitternd zusammengebrochen bin. Die vergangenen Tage hätten manch anderem mehr als nur graue Haare beschert, aber ich halte mich ganz wacker, finde ich. Nicht zuletzt wegen Wulf. Er hat mich von der ersten Sekunde an fasziniert und mein Denken bestimmt. Ohne ihn würde ich jetzt zu Hause sitzen, mein Handy anstarren und auf den nächsten Einsatzanruf von Anthony warten. Stattdessen streife ich durch die Straßen einer fremden Welt, die ich nur flüchtig aus alten Sagen und Filmen kenne und die es eigentlich gar nicht geben dürfte. Es fühlt sich alles so surreal an und doch spüre ich, dass es echt ist, auch wenn sich mein Kopf gegen diese Erkenntnis noch zur Wehr setzt. Die Regenbogenbrücke, Heimdall und der äußere Ring Asgards mit seinen Gebäuden aus diesem seltsamen Metall – all das konnte ich sehen, riechen und anfassen. Alles fühlte sich zu echt an, um das Resultat meiner Fantasie zu sein, die sowieso nie sonderlich ausgereift war. Schon als Kind hatte ich kein Interesse an Märchen und Disney-Filmen, sondern wünschte mir zu Weihnachten ein Mikroskop.

Nun habe ich die Chance, die für mich – nach Wulf – größte Entdeckung meines Lebens zu machen. Mittlerweile ist mir klar, dass mir niemand ein Wort glauben wird, wenn ich wieder in meiner Welt bin, aber das ist mir egal. Ich weiß, dass es geschehen ist. Ich habe in der Vergangenheit vielen Widrigkeiten getrotzt und bewiesen, dass ich auf eigenen Beinen stehen kann, deshalb werde ich jetzt nicht damit anfangen, mich in Watte packen zu lassen!

»Ich möchte die Götter treffen, Wulf. Ich will sie mit eigenen Augen sehen.«

Wulf bleibt stehen und sieht mich ernst an. »Auf keinen Fall! Das wäre viel zu gefährlich. Die Götter sind nicht gerade davon begeistert, wenn Sterbliche durch ihre Welt wandern. Dieses Risiko können wir nicht eingehen.«

Ich nicke und beschließe, nicht näher auf das Thema einzugehen. Seine Erklärung klingt logisch, aber ich habe das Gefühl, dass es nicht die ganze Wahrheit ist. Noch immer weiß ich nicht, wer oder was Wulf ist. Er spricht von den Göttern als *die*, nicht als *wir*, was darauf schließen lässt, dass er selbst also kein Gott ist. Aber was ist er dann? Er *muss* ein Gott sein, anders wäre es doch gar nicht möglich, zwischen den Welten zu reisen. Ich kann mir zumindest nicht vorstellen, dass jeder Hinz und Kunz diese Fähigkeit besitzt.

Seine Warnung, die Götter nicht mit eigenen Augen zu sehen, schieße ich jedoch, ohne länger darüber nachzudenken, in den Wind. Als ob ich in eine fremde Welt kommen und sie dann nicht erforschen würde! Wulf sollte mich mittlerweile besser kennen …

Die hohen Häuser säumen weiterhin unseren Weg, während wir die Straße entlanglaufen. Die ganze Zeit über bekomme ich nicht ein Lebewesen zu Gesicht. Weder einen Menschen (oder Gott) noch einen Vogel, ja, nicht einmal eine Fliege verirrt sich vor unsere Füße. Ganz Asgard scheint wie ausgestorben zu sein … kalt und leer. Wulf erklärte vorhin, dass die Götter sich in Odins Halle aufhielten, aber dass rein gar nichts um uns ist, macht mich stutzig. Jetzt, wo ich darüber nachdenke, fällt mir auf, dass ich nirgendwo nur eine Pflanze sehe. Kein Grashalm bahnt sich seinen Weg zwischen dem

Kopfsteinpflaster hindurch, kein Baum steht zwischen den Gebäuden. Alles wirkt künstlich und tot.

Wulf führt mich zu einem kleineren Gebäude, das ich zwischen den anderen wahrscheinlich übersehen hätte. Als würde ein Floh zwischen Elefanten stehen. Den Eingang bildet ein gebogenes Tor und an den Außenfassaden fehlen die Reliefs, die die anderen Gebäude zieren.

»Wohnt hier kein Nachkomme?«, frage ich, während ich Wulf nach innen folge. Das Haus scheint nur aus einem einzigen Raum zu bestehen. Es hat keine Fenster; durch den Torbogen fällt Licht herein.

»Dies ist ein Portraum.« Wulf stellt sich in die Mitte des Raums, wo sich ein rundes Podest befindet. »Dank dieser Räume können wir durch die ganze Stadt reisen, ohne laufen zu müssen.«

»Musst du ... dich dazu wieder mit dem Dolch schneiden?« Nur zu gut erinnere ich mich an die Szene im Atelier – wie mir das Herz beinahe stehen blieb, als er sich die Klinge in die Handfläche rammte. Als ich nun daran denke – wie konnte ich das nur vergessen?! –, schnappe ich mir seine Hand, drehe sie nach allen Seiten, kann aber keine Verletzung finden. »Wo ist die Wunde?«, frage ich verwirrt.

»Hier, umgeben von dem Äther, wie wir die reine Essenz des Glaubens nennen, bin ich im Vollbesitz meiner Kräfte. Dazu gehören auch so nette Kleinigkeiten wie schnelle Heilung. Selbst wenn ich mich wieder mit dem Dolch verletzen muss – was nicht der Fall ist –, wird sich die Wunde sofort wieder schließen.« Er nimmt meine Hände in seine.

Erleichtert atme ich aus, werde jedoch misstrauisch. Wenn Wulf ebenfalls auf den Glauben, den Äther, wie er es nannte, reagiert, muss es bedeuten, dass er doch ein Gott ist. Verdammt, warum kann Wulf nicht Anubis oder Ra oder einer der anderen *ägyptischen* Götter sein? Dann hätte ich ihn in der ersten Sekunde durchschaut und alles runterbeten können, was auch nur im Entferntesten mit ihm zu tun hat. Aber so ... tappe ich vollkommen im Dunkeln. Und das macht mich wahnsinnig!

Wulf verstärkt den Druck um meine Hände und zieht mich zu sich auf das Podest. Meine Knie zittern verdächtig, als ich neben ihm stehe und mich umsehe. Als ich das letzte Mal teleportiert wurde, um Wulf zu folgen, wurde ich mit starker Übelkeit belohnt. Meine Lust, das noch mal durchzumachen, hält sich spürbar in Grenzen, aber mir bleibt keine Wahl, wenn ich mehr von dieser Stadt sehen und in Wulfs Nähe bleiben will.

»Lass meine Hand nicht los!«, schärft er mir ein, ehe er etwas in einer fremden Sprache murmelt, das wie eine Beschwörung klingt.

Das hätte er mir nicht sagen müssen! Verbissen umklammere ich mit meinen Fingern die seinen, wobei sie sich verkrampfen, doch das ist ein kleiner Preis, verglichen damit, irgendwo ohne ihn aufzuwachen.

Als der Boden unter unseren Füßen zu glühen beginnt, kann ich gerade noch einen Schrei zurückhalten. Wieder spüre ich, wie mein Körper schwerelos wird, beinahe, als würde er sich auflösen, bevor alles um mich herum schwarz wird.

***

Warme Hände umfassen mein Gesicht, als ich die Augen aufschlage und gegen die Helligkeit anblinzele. Ich spüre zwar ein Stechen hinter der Stirn, die Übelkeit und das Würgen bleiben aber aus. Was für ein Glück! Mein Körper fühlt sich an, als wäre er aus Gummi, vollständig ohne Knochen und Muskeln. Das macht das Aufsetzen schwieriger, als ich es vermutet hätte.

»Alles in Ordnung?«, fragt Wulf besorgt und streicht mir mit dem Daumen über die Wange.

»Ja, es ... geht. Zumindest muss ich nicht kotzen.« Ich stütze mich mit den Armen ab, nachdem ich meinen Oberkörper hochgewuchtet habe, um nicht sofort wieder das Gleichgewicht zu verlieren. Wulf legt eine Hand auf meinen Rücken und gibt mir so zusätzlichen Halt, trotzdem dreht sich vor meinen Augen alles, als ich nicht mehr liege. Schnell konzentriere ich mich auf einen Punkt am Boden, bis das Schwindelgefühl allmählich abklingt.

»Bleib hier sitzen, ich bin gleich wieder da!«

Ehe ich etwas erwidern kann, ist Wulf auch schon verschwunden und ich bleibe allein in dem fremden Raum zurück. Unsicher schaue ich mich um. Der Raum sieht fast genauso aus wie der, von dem aus wir uns hierher teleportiert haben und das scheint mir nur logisch zu sein. Bei uns in Berlin sehen die Bushaltestellen schließlich auch fast identisch aus, um den Reisenden die Orientierung zu erleichtern.

Ich rappele mich auf und klopfe mir mit den Händen eine leichte Staubschicht von der Hose, während ich konzentriert in die Richtung schaue, in die Wulf verschwunden ist. Ich weiß nicht, ob es an seinen zahllosen Warnungen liegt, aber ohne ihn in meiner Nähe fühle ich mich rastlos und verletzlich. Wenn ich den Aspekt des Erforschens und meinen inneren Drang nach Antworten für einen Augenblick außer Acht lasse, war es eine dumme Idee, ihm Hals über Kopf zu folgen. Ich würde vieles dafür geben, einfach mit Wulf zurück auf die Erde reisen zu können – weg von Göttern und anderen Welten und den Schrecken, die hier lauern.

Aber im Moment bin ich mir nicht sicher, ob er überhaupt mit mir zurückreisen *will*. Auch wenn er versucht, sich nichts anmerken zu lassen, spüre ich doch, wie getrieben er ist. Wulf hat sich sowohl äußerlich als auch innerlich verändert – beides nicht sehr stark, aber doch stark genug, um nicht mehr der Wulf zu sein, den ich gefunden habe. Hier, in seiner Heimat, ist er jemand anderes. Jemand, der gehasst und gemieden wird und der trotzdem dazugehören und seine Bestimmung erfüllen will. Oder muss.

Ich verstehe nicht, warum er wieder hier ist, wo er doch wusste, was ihn erwartet. Hätte seine Familie ihn jubelnd nach seiner Ankunft in die Arme geschlossen, hätte ich es verstanden. Aber selbst wenn wir nachher seine Eltern treffen werden, glaube ich nicht, dass das passieren wird. Etwas sagt mir, dass sie sich nicht freuen werden, ihren Sohn wiederzusehen. Dass es ihnen, wie allen anderen auch, lieber wäre, er würde noch immer als Wolf gefesselt in dieser isländischen Höhle vor sich hinvegetieren.

Während ich noch darüber nachdenke, kehrt Wulf zurück. In den Armen hält er Berge aus buntem Stoff. Einen davon reicht er mir.

»Zieh das über«, weist er mich an.

Ich breite den Stoff zwischen den Armen aus und er entpuppt sich als eine Art Überwurf mit reichen Brokatverzierungen am Saum. Fragend sehe ich Wulf an. Er zieht sich seinen Überwurf, der in einem dunklen Blau gehalten ist, über die Schultern, sodass der Stoff nahezu komplett die übrige Kleidung verdeckt.

»Die Götter müssen nicht sofort unsere Jeans und Shirts sehen«, erklärt er auf meinen Blick hin. »Leider komme ich nicht an die richtige Kleidung, um uns besser zu tarnen. Das hier muss erst einmal genügen.«

Ich nicke und tue es ihm gleich. Anschließend zupfe ich den dunkelgrünen Stoff, der mir fast bis zu den Knöcheln reicht, zurecht. Meine Sneakers sind zwar noch zu sehen, aber ansonsten blitzt weder der Jeansstoff noch mein T-Shirt durch.

Meine Finger beginnen zu zittern und ich verstecke sie zwischen den Falten des Überwurfs. Wulfs Anspannung überträgt sich auf mich. Ich kann deutlich spüren, wie seine Unruhe noch mal um ein Vielfaches gestiegen ist, seit wir den Transporter genutzt haben. Unablässig schaut er sich um und schreckt beim kleinsten Geräusch zusammen, während er mir den Weg aus dem Portraum nach draußen weist.

Wieder stehen wir auf einer breiten Straße, die zu einem riesigen, prunkvollen Gebäude führt, das zweifelsohne Odins Palast sein muss. Daneben, direkt an den Palast gebaut, kann ich eine Art Tempel erkennen – zumindest ist das das Erste, was mir beim Anblick der vielen runden Säulen in den Sinn kommt.

Anders als bei unserer Ankunft auf der Insel, wo hohe Gebäude die Straße säumten, sind wir hier umgeben von kleineren Häusern, die neben den bis in den Himmel ragenden Mauern jedoch fast verblassen. Normalerweise müsste es dunkel um uns herum sein, doch das Material, aus denen die Mauern gefertigt sind, ist lichtdurchlässig. Vorsichtig fahre ich mit den Fingern darüber. Es ist kalt und glatt und erinnert mich an Glas. Aber die Textur ist anders. Mit den Fingerknöcheln klopfe ich dagegen. Es klingt dumpf, ähnlich wie Kunststoff.

Ich lege beide Hände an das seltsame Material und schaue hindurch. Der Transporter hat uns tatsächlich auf den Berg gebracht, auf dem ich vorhin den Palast gesehen habe, denn zu meinen Füßen erstrecken sich die hohen Gebäude, die von hier oben wie Spielzeughäuser aussehen. Etliche Straßen ziehen sich durch die leblose Stadt, in der ich weit und breit nichts Grünes entdecken kann. Die meisten Häuser sind in Braun, Gold oder Kupfer gehalten. Der Anblick erinnert mich an eine Steampunk-Szenerie, nur ohne den Dampf und das Klicken der Maschinerie.

Im krassen Gegensatz dazu erstrahlt der Himmel über uns in einem hellen Blau. Von der Schwärze, die uns beim Weg über den Bifröst begleitet hat, ist nichts mehr zu sehen. Als ich den Blick zur Seite wende, sehe ich in der Ferne andere Planeten am Himmel stehen, rund und halb angestrahlt von der Sonne.

»Sind das die anderen Welten?«, frage ich und zeige mit dem Finger dorthin.

Wulf stellt sich neben mich und schaut in dieselbe Richtung. »Ja, das sind Vanaheimr und Álfheimr, die Welten, die Asgard am nächsten sind. Wenn die Sonne im richtigen Winkel steht, kann man von hier auch Nidavellir erahnen.«

Als ich den Hals recke, um noch mehr von dem zu sehen, was abseits dieser leblosen Insel liegt, spüre ich Wulfs Hand an meinem Rücken.

»Wir dürfen nicht zu lange an einem Ort verweilen«, mahnt er mich.

Ich nicke und drehe mich um. Erst jetzt schenke ich den Gebäuden um uns herum einen zweiten Blick. Sie sind kleiner als die am Fuß des Berges, aber trotzdem weit größer als das mehrstöckige Mietshaus, in dem ich wohne. Ihre Dächer sind kuppelförmig mit goldenen Verzierungen. Auch hier sind die glänzenden Außenwände, die das Sonnenlicht golden reflektieren, mit verschlungenen Mustern versehen, allerdings sind es immer dieselben Muster.

An diesen Häusern gibt es Türen und Fenster, allesamt mit Gold verbrämt. Das erste Wort, das mir in den Sinn kommt, ist »dekadent«.

»Die Götter zeigen gern, was sie haben, nicht wahr?«, murmele ich, während ich Wulf folge.

Jetzt säumen auch Statuen, gefertigt aus einem weißen Material, unseren Weg. Wenn ich es nicht besser wüsste, würde ich auf Marmor oder gar Elfenbein tippen. Die Statuen zeigen Krieger mit Waffen und in voller Kampfmontur. Einige auch Frauen, die einen Speer oder ein Schwert heben und auf einem riesigen Tier sitzen, das entfernte Ähnlichkeit mit einem Tiger hat.

»Sind das Abbilder der Götter?«, frage ich.

»Nein«, antwortet Wulf, ohne anzuhalten. »Das sind Statuen der großen Helden, die während Schlachten ehrenvoll gefallen und nach Walhalla gekommen sind. Schau!« Er zeigt auf das Gebäude direkt neben dem Palast, das mich vorhin an einen Tempel erinnerte. »Das ist Walhalla, die Kriegerhalle. Siehst du das Dach? Es besteht aus den Schilden der tapferen Recken, die dort drin hocken und bis zum letzten Tag nichts anderes zu tun haben, als Met zu trinken und sich im Zweikampf zu messen.«

Mir entgeht nicht sein ironischer Unterton, aber ich übergehe ihn. »Und die Frauen? Sind die auch im Krieg gefallen?«

»Ja, das sind Odins Walküren. Sie sind Schildmaiden, die ebenso wie die Einherjer, die Krieger aus Walhalla, ehrenvoll im Kampf gefallen sind. Es ist eine Streitmacht, die nur aus Frauen besteht, und sie kämpfen nicht allein: Jede Walküre wählt sich ein Tier, ein Begleitwesen, das sie im Kampf unterstützt. Beliebt sind große Katzen, auf denen sie reiten können, oder Adler und andere Greifvögel, die sie auf ihre Gegner hetzen.«

In meinen Ohren klingt es irgendwie cool, ein solches Haustier zu haben. Und eine Katze, die so groß ist, dass man auf ihr reiten kann?! Da könnte mir jeder Porsche gestohlen bleiben.

Ich folge Wulf weiter durch die Straßen, während ich die Statuen mustere. »Und die Götter? Wo sind die Statuen von ihnen?«

»Von den Göttern gibt es keine Abbilder«, erklärt er weiter. »Und die, die ihr auf Midgard von ihnen kreiert, schmeicheln ihnen und stellen sie sehr ... idealisiert dar.«

»Du meinst so wie Heimdall?«

Ich kann mich zwar nicht erinnern, dass es von ihm eine Statue auf der Erde gibt, aber ein Funko Pop tut es zur Not sicherlich auch.

»Nicht nur ihn. Du würdest sehr enttäuscht sein, wenn du Thor zu Gesicht bekämst. Er hat nicht viel mit dem blonden, edlen Asgardprinzen gemein, den du aus dem Film kennst.«

»Und noch nicht einmal den mochte ich«, flüstere ich im Gehen.

»So? Du sagtest doch, du würdest den Film auswendig kennen. Wen mochtest du dann?«

»Loki. Der war wenigstens cool.«

Unvermittelt bleibt Wulf stehen und schaut mich entgeistert an. Als ich gerade fragen will, was ich Falsches gesagt habe, fängt er laut an zu lachen und ein warmes Funkeln blitzt in seinen azurblauen Augen auf. »Du ziehst also diesen Emporkömmling, der nichts als Unfrieden sät, dem strahlenden Prinzen vor? Wirklich, Emma, du bist immer für eine Überraschung gut.«

Schmollend verziehe ich das Gesicht. »Thor ist ja wohl kein strahlender Prinz. Eher so etwas wie das verwöhnte Papasöhnchen, das alle seine Freunde wieder und wieder ins Verderben zieht. Aber«, füge ich hinzu und grinse dabei, »er ist ein leuchtendes Beispiel dafür, dass auch der schlimmste Mann sich mit einer ordentlichen Frau, oder besser: Wissenschaftlerin, an seiner Seite zum Guten ändern kann.«

Spöttisch zieht Wulf eine Augenbraue hoch, lächelt aber. »Spielst du damit auf jemanden an, den ich kenne?«

»Nö, eigentlich nicht.« Immer noch grinsend folge ich ihm und bin froh, dass zumindest ein Teil seiner Anspannung verschwunden ist. Jetzt fühle ich mich ihm wieder verbunden und werde auch selbst ruhiger, um mit offenen Augen meine Umgebung wahrzunehmen.

Als wir uns dem größten Gebäude auf dem Berg nähern, frage ich: »Ist das Odins Halle?«

»Das ist Gladsheim, Odins *Palast.* In seinem Inneren befindet sich seine Halle, die als Versammlungsort der Götter dient.«

Ich lege den Kopf in den Nacken und beschirme meine Augen mit den Händen, trotzdem kann ich nicht bis zur Spitze des Palastes sehen, der bis in den Himmel hinaufragt. Geblendet von all dem Gold, das den Torbogen, die Fenster und selbst die Musterungen, die sich über die Mauern erstrecken, verziert, wende ich den Blick ab. Neben all den hohen Gebäuden und zuletzt diesem imposanten Palast komme ich mir klein und unbedeutend vor. Trotzdem kribbelt es vor Vorfreude in meinem Bauch. Ich stehe hier vor dem Palast der bedeutendsten nordischen Sagengestalt überhaupt. Gleich werde ich mit meinen eigenen Augen Götter sehen! Es ist mir egal, ob Wulf mich verstecken will. Ich werde auf jeden Fall einen Weg finden, sie zu sehen, koste es, was es wolle.

Als wir die Stufen zum Palasteingang emporsteigen, klopft mir das Herz bis zum Hals. Und als ich von drinnen laute Stimmen vernehme, klammere ich mich vor Aufregung an Wulfs Arm. *Ich werde Götter sehen!* Dort, hinter dieser riesigen Doppeltür sind sie und warten nur darauf, von mir entdeckt zu werden.

Wulf bemerkt mein angespanntes Zittern, sagt aber nichts dazu, sondern führt mich die Stufen hinauf, umrundet dann mit mir ein Stück den Palast und bleibt vor einem Nebeneingang stehen.

»Erinnere dich daran, was du mir versprochen hast. Du wirst dich verstecken und im Hintergrund halten, bis wir meine Eltern gefunden haben. Sie müssen hier in den Hallen sein. Außerdem wirst du niemanden direkt ansehen und mit keinem reden, ist das klar?«

Wulfs Blick ist eisig, während er mir all das aufzählt, was ich nicht darf. Aber was ist mit dem, was ich darf? Wie soll ich meine Forschungen voranbringen, wenn ich mich meinen Forschungsobjekten nicht nähern kann?

»Versprich es mir, Emma!«

»Jaja, schon gut«, gebe ich genervt zurück.

Wulf macht einen Schritt auf mich zu und steht mir nun so nahe, dass ich am liebsten vor ihm zurückweichen würde. Das ist Schwachsinn, denn er war mir schon *viel* näher, aber im Moment strahlt er eine so starke Autorität aus, dass ich regelrecht eingeschüchtert bin. Herrgott, so habe ich mich das letzte Mal in der achten Klasse gefühlt, als ich nach einem fehlgeschlagenen Streich zum Direktor zitiert wurde …

Ich senke den Kopf und weiche seinem stechenden Blick aus, der sich durch meine Haut bis in mein Innerstes zu fressen scheint. Ich kann nur hoffen, dass es mir nicht auf die Stirn geschrieben steht, dass ich auf seine Forderung, mich im Hintergrund zu halten, pfeife.

»Wir nehmen Versprechen hier sehr ernst«, raunt er mir zu, ehe er sich umdreht und die Tür öffnet.

Ein »Mir egal, ich bin nicht von hier« liegt mir auf der Zunge, doch ich kann mich gerade noch zurückhalten, es laut auszusprechen. Ich glaube, das hätte die Stimmung zwischen uns merklich kippen lassen. So folge ich ihm lieber stumm durch die kleine Seitentür, die mich in mein persönliches Paradies bringen wird.

KAPITEL 19

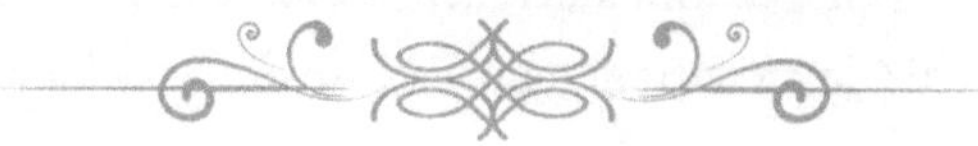

Mit weit aufgerissenen Augen und offenem Mund nehme ich all die Eindrücke in mich auf, die auf mich einprasseln, sobald ich einen Schritt durch die Tür gemacht habe.

Anders als erwartet stehen wir nicht in einem Nebenraum, der Küche oder einem Dienstbotenzimmer, sondern mitten in der Eingangshalle. Auch hier drin sind die vorherrschenden Farben Gold und Kupfer. Ebenso stehen in den Ecken die überlebensgroßen Statuen weiterer Kriegshelden. Ihre Gesichter sind stoisch nach oben gerichtet, während sie ihre Waffen – meistens Schwerter oder Speere – umklammert halten. Sie sehen so echt aus, als würden sie jeden Moment zum Leben erwachen und mich entdecken.

An den Fenstern des Ganges, durch den wir anschließend laufen, hängen schwere Brokatvorhänge, die mich an alte, französische Burgen denken lassen. In Nischen stehen Gegenstände, die ich als Antiquitäten bezeichnen würde: Schilde, Waffen, ja, sogar Urnen. Alles wirkt luxuriös und dekadent, beinahe protzig. Zu viel des Guten. Aus Angst, etwas kaputtzumachen, wage ich es nicht, die Hände auszustrecken, sondern umklammere mit den Fingern den Saum des Überwurfs.

Ich bleibe dicht hinter Wulf, der mich zielstrebig durch ein Wirrwarr aus Gängen führt, von denen für mich jeder gleich aussieht. Allein hätte ich mich hier hoffnungslos verlaufen. Das ist ja fast schlimmer als das Innere einer Pyramide!

Unvermittelt bleibt Wulf vor mir stehen, sodass ich in ihn hineinrenne.

»Hey, was …« Doch er schneidet mir mit einer Handbewegung das Wort ab und ich verstumme. Neugierig, aber auch ein wenig ängstlich, spähe ich an ihm vorbei den Gang hinunter.

Nun höre ich es auch: Schritte. Jemand nähert sich. Sofort legt mein Herz ein paar Extraschläge ein. Ist das einer der Götter, den ich nun zu Gesicht bekommen werde? Wie gebannt starre ich in die Richtung, aus der die Schritte kommen. Gleich! Gleich wird er da vorne um die Ecke biegen und ich ...

Wulf packt mich am Arm und zieht mich in eine Nische. »Sei still!«, raunt er, als ich protestieren will und stellt sich direkt vor mich.

Ich versuche mich gegen ihn zu wehren, ihn wegzuschieben, damit ich wieder etwas sehen kann und meinen ersten Gott nicht verpasse. Doch genauso gut könnte ich versuchen, einen Hinkelstein zu bewegen. Wulf rührt sich kein Stück von der Stelle.

Die Schritte sind nun ganz nah und hallen laut vom Marmorboden wider. Vor Aufregung halte ich die Luft an und versuche weiterhin, irgendwie an Wulf vorbeischauen zu können.

Kurz vor der Nische verstummen die Schritte.

»Die Dame scheint nicht begeistert davon zu sein, dass Ihr sie in diese Nische gezerrt habt«, höre ich eine Stimme zu Wulf sagen und schaue erschrocken zu ihm hoch.

Wulfs Gesicht gleicht einer steinernen Maske und bis auf die zu einem schmalen Strich zusammengepressten Lippen zeigt er keinerlei Emotion.

»Nein, es ist alles in Ordnung«, antworte ich anstelle von Wulf der körperlosen Stimme. »Ich komme zurecht, vielen Dank.«

»Ich würde mich wohler fühlen, wenn Ihr aus der Nische herauskommen würdet, meine Teure.«

Wieder blicke ich zu Wulf auf, doch auch diesmal regt er sich nicht. Er scheint erstarrt zu sein und ich weiß nicht warum. Daher versuche ich erneut, mich an ihm vorbeizuschieben – und diesmal gelingt es mir. Umständlich winde ich mich unter seinem Arm hervor und stolpere aus der Nische, trete dabei auf den Saum meines Überwurfs und wäre um ein Haar auf den harten Boden geknallt.

Doch ich werde aufgefangen. Ein Arm schließt sich um meine Mitte und hindert mich daran, mir das Marmormuster aus nächster Nähe anzusehen. Stattdessen zieht er mich an eine feste Männerbrust. Als ich aufsehe, schaue ich in ein Paar dunkelbrauner Augen, die fast schwarz wirken, aber freundlich auf mich herabschauen. Der junge Mann, zu dem der Arm gehört und der mich noch immer festhält, trägt blondes Haar, das ihm bis auf die Schultern reicht, und einen ebenso blonden Bartschatten. Sein Gesicht ist fein, aber dennoch maskulin geschnitten und ich komme nicht umhin, ihn weiter anzustarren. Wäre er ein Mann in meiner Welt, wäre er garantiert Schauspieler oder Model. An ihm kann ich keinerlei Rohheit erkennen. Nicht wie bei Heimdall. Dennoch umgibt ihn eine Kälte, die mir die Haare zu Berge stehen lässt.

»Ich … ähm … danke«, murmele ich und versuche dabei, mich aus seiner Umklammerung zu lösen und von ihm abzurücken. Doch anstatt meine Befangenheit zu bemerken, hält er mich nur fester und drückt mich an seine Brust, bis ich nach Luft schnappe. »He, lass mich …«

Ich höre, wie wieder Leben in Wulf kommt, denn hinter mir ertönt ein tiefes Knurren.

»Wenn du sie nicht augenblicklich loslässt, beiße ich dir die andere Hand auch noch ab!«, grollt er und die Aggression, die von ihm ausgeht, veranlasst sogar mich dazu, die Luft anzuhalten. Und das, obwohl seine Wut sich nicht gegen mich richtet.

Mit offenem Mund starrt der junge Mann über meinen Kopf hinweg in Richtung der dunklen Nische. Seine Augen werden immer größer, als er Wulf erblickt. »Was, bei allen Göttern, machst *du* hier?«

Selbst mir entgeht nicht, dass die beiden sich kennen und augenscheinlich nicht gut aufeinander zu sprechen sind.

Was meint Wulf damit, er würde ihm die andere Hand auch noch abbeißen? So gut es geht, drehe ich mich in der Umklammerung und versuche, einen Blick auf den Arm zu erhaschen, der mich nicht umschlungen hält. Und tatsächlich: Aus dem Ärmel des blonden Kerls lugt keine Hand hervor. Wenn ich den hängenden Stoff seines Hemdes richtig deute, endet sein rechter Arm knapp unter dem Ellenbogen.

Wulf macht einen Schritt auf ihn zu, wohl um seine Drohung zu unterstreichen, und der Kerl lässt mich los, um sogleich ein Stück zurückzuweichen. Mit einer begütigenden Geste hebt er die verbliebene Hand.

»Ich wusste nicht, dass du hier bist. Oder dass du dich deiner Fesseln entledigt hast«, sagt er, ohne den Blick von Wulf zu nehmen, der mich sofort hinter sich schiebt, als er mich erreicht hat. »Es ist noch nicht an der Zeit … Warum bist du also hier?«

Schon der Zweite, der Wulf diese Frage stellt …

»Na schön«, seufzt der Blonde, als Wulf stumm bleibt. »Vielleicht willst du mir *diese* Frage beantworten.« Sein Blick huscht zu mir und ich drücke mich instinktiv an Wulfs Rücken. Eben kam mir der Blick des Fremden noch gutmütig vor, doch nun lässt er mir das Blut in den Adern gefrieren. »Was macht das Menschenweib hier? Auch wenn du eine lange Zeit nicht hier warst, gehe ich davon aus, dass du die Regeln kennst, nicht wahr? Kein lebender Sterblicher betritt Asgard.«

Ich schlucke hörbar. Hier habe ich es mit Kriegern zu tun, nicht mit »Liebe-deinen-Nächsten-Predigern«.

»Hör auf, sie anzusehen!« Wulf schiebt sich zwischen den Blonden und mich und schirmt mich so vor dessen Blicken ab. »Sie ist nicht dein Problem.«

»Ach nein? Nun, wenn der Allvater davon Wind bekommt, dass eine Sterbliche hier ist und noch dazu durch seinen Palast spaziert, dann *wird* es mein Problem, alter Freund.«

»Ich bin *nicht* dein Freund!«

Der Fremde ignoriert Wulfs Ausbruch. »Weißt du, was Odin mit ihr machen wird? Tja, ich weiß es, immerhin bin ich der Gott und Wahrer des Rechts. Er wird mich um meine Meinung bitten. Und ich kenne die Gesetze. Besser als du, wie es aussieht.«

»Wenn du ihr in irgendeiner Weise Schaden zufügst, dann …«

»Jaja, ich weiß. Dann beißt du mir auch die andere Hand ab, richtig? Dann wäre ich nicht mehr der einarmige Gott und müsste mir einen neuen Spitznamen einfallen lassen.«

Seine gehässigen Bemerkungen fangen an, mir auf den Keks zu gehen. Kann er nicht einfach dahin verschwinden, wo er hergekommen ist, und mich und Wulf in Ruhe lassen? Seine bloße Anwesenheit beschert mir eine Gänsehaut. In seinem Blick und seiner Stimme liegt etwas Lauerndes, das mich auf der Hut sein lässt. Ich glaube, wenn Wulf ihm wirklich die andere Hand abbeißen würde – wie auch immer er das anstellen will –, hätte ich nichts dagegen.

»Aber anders als die meisten anderen Götter halte ich dich nicht für dumm, *alter Freund.* Hitzköpfig und starrsinnig vielleicht und mit einer gehörigen Portion Todessehnsucht gesegnet, aber nicht dumm. Das warst du noch nie und ich glaube nicht, dass die Jahre der Gefangenschaft dich verblödet haben.« Er beginnt, Wulf zu umrunden und redet dabei unaufhörlich weiter. »Das bringt mich erneut zu der Frage, was du hier machst. Du bist anscheinend freiwillig hierher zurückgekommen und hast es irgendwie geschafft, den Wächter zu überzeugen, dir den Weg freizugeben. Ich gehe jede Wette ein, dass es mit der Kleinen da zu tun hat, dass Heimdall dir den Bifröst geöffnet hat. Ist es nicht so?«

»Es ist mir egal, was du über mich denkst«, knurrt Wulf und dreht sich mit ihm mit. Nicht für eine einzige Sekunde lässt er ihn aus den Augen, als erwarte er jederzeit einen Angriff. »Ich bin hier, weil ich etwas Wichtiges mit dem Allvater zu bereden habe und nicht mit dir, Einarmiger! Also geh mir aus dem Weg!«

»Nein, so einfach mache ich es dir nicht.« Den gesunden Arm stützt er in die Hüfte und stellt sich breitbeinig mitten in den Gang – und versperrt uns so den Weg. »Die Tatsache, dass du freiwillig hier bist und noch nichts in Schutt und Asche gelegt hast, lässt mich misstrauisch werden. Ich habe dir nie vertraut.«

»Ach ja? Ich dir genauso wenig. Was beim letzten Mal passiert ist, als ich einem von euch selbstgefälligen Göttern vertrauen wollte, sieht man sehr eindrucksvoll an dir. Nur zur Erinnerung: Es war *deine* Idee, deine Hand als Pfand einzusetzen.«

Ich verstehe kein Wort von dem, was Wulf sagt. Fassungslos lausche ich dem Schlagabtausch der beiden Männer, die sich immer mehr und mehr in etwas hineinsteigern, das sich mir nicht erschließt. Ich weiß nicht, was zwischen ihnen vorgefallen ist, aber die Narben davon sitzen bei beiden sehr tief. Wenn es nach mir geht, will ich nicht zwischen die Fronten geraten, wenn die beiden aufeinander losgehen, und am liebsten würde ich mich irgendwo verkriechen.

Der Testosteronspiegel, der in der Luft liegt, ist hoch genug, um eine ganze Kleinstadt damit zu versorgen und trotzdem bei allen Bewohnern eine Überdosis auszulösen. Immer wieder öffnen und schließen sich Wulfs Hände zu Fäusten, als könne er sich nur mit Mühe davon abhalten, gleich auf den anderen loszugehen. So kenne ich ihn nicht. Klar, er hat auch bei Heimdall eine sehr beschützende Art an den Tag gelegt, aber das hier ist persönlich. Die beiden Männer würden sich auch an die Gurgel gehen, wenn ich nicht hier wäre.

»Wenn du mir nichts weiter zu sagen hast, dann verschwinde endlich«, grollt Wulf, als der andere Kerl endlich schweigt. »Ich habe Besseres zu tun, als hier herumzustehen und mit dir über sinnlose Nichtigkeiten zu diskutieren. Hast du kein Thing, über das du wachen musst? Oder irgendwas anderes Wichtiges, was ihr Götter eben so tut, wenn ihr gerade mal nicht damit beschäftigt seid, Schwächere zu drangsalieren?«

Mit einem spöttischen Grinsen schüttelt der Fremde den Kopf. »Immer noch die alte Leier? ›Keiner der Götter hat mich lieb! Alle haben Angst vor mir! Dabei bin ich doch nur eine arme, missverstandene Kreatur!‹«

»Halt den Mund!«, knurrt Wulf und beugt sich leicht vor, als wolle er jeden Moment auf seinen Kontrahenten losgehen.

»Warum sollte ich?«, gibt der andere ebenso angriffslustig zurück. »Du hast mir schon meine rechte Hand genommen, falls du dich erinnerst. Was willst du diesmal machen?«

»Dir den Kopf abreißen wäre eine gute Alternative. Dann bist du wenigstens still!«

Ehe die beiden tatsächlich aufeinander losgehen können, schiebe ich mich hinter Wulfs Rücken hervor und stelle mich zwischen sie. Mit ausgebreiteten Armen schaue ich jedem von ihnen lange ins Gesicht. Und – im Ernst! – die beiden gucken echt finster. Doch ich zwinge mich dazu, ihrem wütenden Starren standzuhalten und nicht klein beizugeben.

»Ihr werdet auf der Stelle damit aufhören!«, sage ich laut und imitiere dabei die Tonlage, die ich nutze, um die ungezogenen Bälger meiner Schwester zu kontrollieren. »Ich habe keine Ahnung, was hier los ist, und es interessiert mich auch nicht. Aber ich habe die Nase voll davon, euch beiden dabei zuzusehen, wie ihr euch in etwas reinsteigert, das schon vor sehr vielen Jahren geschehen ist.« Ich wende mich dem Fremden zu. »Wir sind hier, um mit dem Allvater zu sprechen. Dass ich dabei bin, ist eher ... na ja, sagen wir mal, es ist eher ein Unfall als Absicht. Ich habe nicht vor, hierzubleiben, aber ich werde nicht ohne ihn«, ich deute mit einer Handbewegung hinter mich, wo Wulf steht, »wieder von hier verschwinden. Ich würde es also sehr begrüßen, wenn du uns endlich den Weg freigeben könntest, denn wir haben wirklich mehr vor, als in diesem Gang mit dir zu diskutieren. Wer immer du auch bist.«

»Du erkennst mich nicht?«, fragt der Fremde fassungslos und schüttelt den Kopf, ehe er über meine Schulter hinweg Wulf ansieht. »Du hast dir eine *Ungläubige* gesucht und bringst sie hierher? Odin wird platzen vor Wut.« Ehe ich etwas sagen kann, wendet er sich wieder mir zu. »Also, kleine Unwissende, vor dir steht niemand anderes als der große Gott des Krieges und des Rechts – Tyr.«

Ich blinzle ein paarmal, bevor ich sage: »Nie gehört.«

Tyrs Kinnlade klappt fast bis auf seine Brust hinunter. Wahrscheinlich habe ich ihn beleidigt oder zumindest seinem imposanten Ego einen empfindlichen Dämpfer verpasst. Geschieht ihm recht!

»Können wir dann durch?« Um meine Forderung zu unterstreichen, tippe ich mit der Fußspitze auf den Marmorboden. Das Geräusch hallt im Gang wider und ist das einzige, ausgenommen von Wulfs glucksendem Lachen hinter mir, der sich anscheinend köstlich über meine Bemerkung amüsiert. Ich beschließe, noch einen draufzusetzen. »So ein toller Kriegsgott kannst du nicht sein mit einem Arm. Du bist – oder besser warst – bestimmt Rechtshänder, oder?«

Schlagartig verfinstert sich Tyrs Miene. »Vorsichtig, kleine Ungläubige, sonst endet dein Ausflug nach Asgard früher, als dir lieb ist. Es ist *mein* Name, den die Männer rufen, ehe sie in die Schlacht ziehen. An deinen Namen hingegen wird sich in hundert Jahren niemand mehr erinnern. Aber um auf deine Frage zurückzukommen: Ja, ich *war* Rechtshänder. Bis mir ein räudiger Köter den halben Arm abgerissen hat.«

Besagter Köter hinter mir will einen Kommentar dazu abgeben, doch jetzt bringe ich ihn mit einer Handbewegung zum Schweigen.

»Du bist also ein Gott, richtig? Müsstest du dann nicht ... unsterblich und unverwundbar sein? Warum wächst dir dein fehlender Arm nicht nach?«

In meinen Gedanken blitzt ein grüner Namekianer namens Piccolo auf, der sich einen neuen Arm wachsen lässt, doch ich bemühe mich, das Bild zu vertreiben, denn es ist mal wieder wenig hilfreich.

»Du scheinst ja wirklich keine Ahnung zu haben ...« Seufzend fasst sich Tyr mit der verbliebenen Hand an die Stirn. »Wir Götter sind alles andere als unsterblich. Wir altern nicht und können ebenso wenig krank werden, aber wir können durchaus sterben oder verwundet werden. Zwar nicht durch so schwächliche Kreaturen wie euch Menschen, aber wenn ein Eisriese, ein Dunkelelf oder, sagen wir, ein anderer Gott es auf uns abgesehen hat, ja, dann ist es durchaus möglich, dass wir in einem ehrenhaften Kampf unser Ende finden.«

»Was habt ihr nur alle gegen uns Menschen?«

Grinsend beugt Tyr sich zu mir nach vorne. »Ihr seid einfach langweilig und schwach. Und das Schlimmste: Ihr seid ehrlos. Über die Jahrtausende ist euch jedwedes Ehrgefühl abhanden gekommen. Ihr seid feige, kämpft mit Massenvernichtungswaffen, anstatt den ehrenvollen Zweikampf zu suchen. Schau nicht so überrascht, natürlich behalten wir euch im Auge – wie alle anderen Welten auch. Nur ist Midgard, eure Welt, für uns uninteressant geworden. Wir lassen euch gewähren und wenn ihr euch selbst auslöscht, seis drum. Eine Welt weniger, auf die wir Acht geben müssen.«

»Ihr Götter seid wirklich überhebliche Kotzbrocken!«, bricht es aus mir heraus. »Wie kannst du so etwas sagen?«

Er streckt die Hand nach mir aus und greift nach meinem Haar, das mir über die Schulter nach vorne gerutscht ist. »Ich bin ein Gott, Kleines. Ich habe schon sehr viele Menschen gesehen, aber für keinen habe ich auch nur einen

Hauch von Sympathie empfunden. Du hingegen,« er verstärkt seinen Griff und zieht mich ein Stück zu sich heran, »bist gerade dabei, meine Meinung zu ändern.«

Knurrend geht Wulf dazwischen und schlägt Tyrs Hand weg. »Wenn du sie noch einmal anfasst, dann ...«

Mit einem Schnauben dreht Tyr sich um. »Wie oft willst du dich eigentlich noch wiederholen, Köter? Deine Drohungen laufen bei mir ins Leere. Ich habe einmal meine Hand geopfert, aber das wird mir kein zweites Mal passieren. Das nächste Mal werde ich vorbereitet sein und dann bist du es, der den Kürzeren zieht, verlass dich drauf! Ich bin nicht umsonst der Kriegsgott, während dein Name schon lange in Vergessenheit geraten ist.«

»Ich bin nicht vergessen!«, herrscht Wulf ihn an. »Sonst stünde ich nicht hier. Mag sein, dass mein Name nicht so bekannt ist wie Odins oder Thors, aber es gibt genügend Götter, die beim Klang meines Namens erzittern. Und du tätest gut daran, das ebenfalls zu tun. Denn wir beide wissen, was geschehen wird.«

Wieder stehe ich nur da wie eine sinnlose Statistin und lausche gebannt dem verbalen Duell der beiden ungleichen Männer. Insgeheim hoffe ich darauf, endlich Wulfs richtigen Namen zu erfahren, den er mir bisher vorenthalten hat. Deshalb beschließe ich, lieber den Mund zu halten und nur wieder einzugreifen, wenn es unbedingt notwendig scheint.

»Tja, die Sache mit der Bestimmung ist blöd«, sinniert Tyr und wendet sich wieder halb zu uns um. »Ich frage mich, was passieren wird, wenn ich dich hier und jetzt töte, bevor wir beide unsere Bestimmung erfüllen können. Werden die Welten dann trotzdem untergehen? Oder werden sich die Nornen einfach eine neue Bestimmung für die Übriggebliebenen aus den Fingern saugen? Ich habe ja noch nie an das Gefasel der drei Weiber geglaubt, wenn ich ehrlich bin. Und wenn ich es mir recht überlege, würde ich es gern auf einen Versuch ankommen lassen.«

Im selben Moment, als ein verschlagenes Grinsen auf Tyrs Gesicht erscheint, greift er mit der Linken an seinen Gürtel und zieht einen Dolch hervor, mit dem er auf Wulf losgeht, der im letzten Moment zur Seite springt.

»Hör auf damit!«, schreie ich, wage aber nicht, dazwischenzugehen. »Bist du wahnsinnig?«

»Was passiert wohl, wenn ich dem Göttermörder hier und jetzt die Kehle durchschneide?« Ohne auf mich zu achten, fixiert Tyr Wulf.

Letzterer scheint davon aber wenig beeindruckt zu sein. »Lass gut sein, großer Kriegsgott. Glaubst du, dass ich vor deinem Messerchen Angst habe? Im Gegensatz zu dir war ich mehrere Jahrtausende in einer Höhle gefesselt. Ich habe Schrecken gesehen und erlebt, die dir nicht einmal in deinen schlimmsten Schlachten widerfahren sind.«

Ohne Vorwarnung schießt Wulf nach vorne. Mir bleibt ein Schrei im Hals stecken und so sehe ich mit offenem Mund zu, wie er mit einer fließenden Bewegung Tyrs Handgelenk packt und dessen Hand gegen die Wand schmettert. Klirrend kommt der Dolch auf dem Boden auf und schlittert ein paar Meter weiter, bis er außerhalb von Tyrs Reichweite liegen bleibt.

Wow, das war ... richtig cool! Wenn ich ehrlich bin, hätte ich das Wulf nicht zugetraut. Ich wusste, dass er stark ist (dazu reicht ein Blick auf sein Kreuz oder seine Oberarme), aber nicht, dass er sich so schnell und präzise bewegen kann. Kraft und Geschwindigkeit sind Eigenschaften, die im Kampf nur selten gemeinsam auftreten. Und doch konnte er Tyr überrumpeln, ehe dieser überhaupt wusste, wie ihm geschah.

»Also, *Kriegsgott.*« Bei Wulfs abwertender Anrede zuckt ein Muskel unter Tyrs rechtem Auge. »Wenn du fertig bist, uns im Weg herumzustehen, wäre es nett, wenn du uns zum Allvater durchlassen würdest. Wir sind beschäftigt und haben noch etwas vor, wie meine Begleiterin bereits treffend formuliert hat.«

Eine gefühlte Ewigkeit schießt Tyrs finsterer Blick zwischen Wulf und mir hin und her. Ich kann förmlich sehen, wie er zu verstehen versucht, wie ich in diese Gleichung passe. Doch das weiß ich noch nicht einmal selbst. Vielleicht bekomme ich beim Allvater die Puzzleteile, die mir noch zur Vollendung meines Bildes fehlen.

Wulf hat nicht übertrieben: Die beiden Götter, denen wir bis jetzt begegnet sind, haben gehörig einen an der Waffel und bestätigen so gar nicht meine

Erwartung von den strahlenden Helden, die ich aus Filmen, Serien und Comics kenne. Meine Lust, noch weitere dieser rohen Gesellen zu treffen, geht gegen null, auch wenn mein Wissenschaftlerhirn protestiert. Bisher habe ich noch nichts Interessantes erfahren, außer, dass Tyr der Gott des Krieges und des Rechts ist, aber das hätte mir Wikipedia auch erzählt, wenn ich danach gegoogelt hätte.

Einzig ein paar Bemerkungen Tyrs sind mir im Gedächtnis geblieben – »Göttermörder« und »Weltuntergang« und irgendwas über Nonnen. Ich habe keine Ahnung, was all das zu bedeuten hat. Vielleicht war es auch nur heiße Luft, wie so vieles, das Tyr in den letzten Minuten von sich gegeben hat. Trotzdem beschließe ich, Wulf in einem ruhigen Moment danach zu fragen.

Nach einer Weile wendet Tyr sich mit einem Schnauben ab und tritt zur Seite, um uns den Weg freizugeben. Sein stechender Blick ruht dabei auf mir und am liebsten würde ich mich hinter Wulfs Rücken verstecken.

»Ich lasse euch durch«, sagt er gönnerhaft. »Aber nur, damit ich zusehen kann, wie Odin dich Stück für Stück auseinandernimmt und sich dann dem Menschenweib zuwendet. Keiner von euch beiden wird seine Hallen lebend verlassen. Das ist dir doch hoffentlich klar?«

Ich schlucke hart bei seinen Worten. So langsam verstehe ich, warum Wulf nicht will, dass ich den anderen Göttern begegne. Sie alle scheinen etwas gegen ihn zu haben und er möchte nicht, dass ich in seine Angelegenheiten mit reingezogen werde. Nun kann er aber seinen Plan, mich ungesehen zu seiner Mutter zu schmuggeln, vergessen.

Tyrs wenig versteckte Drohung setzt dem Ganzen die Krone auf. Nachdem Wulf ihn nach allen Regeln der Kunst vorgeführt hat, wagt es dieser arrogante Mistkerl, uns beiden zu drohen? Nur die Tatsache, dass Tyr ein Gott ist, hält mich davon ab, ihm hier und jetzt kräftig vors Schienbein zu treten.

Wulf legt mir eine Hand auf den Rücken und schiebt mich vorwärts. Keine Sekunde lasse ich Tyr aus den Augen, der scheinbar lässig gegen die Wand gelehnt beobachtet, wie wir weitergehen. Ständig rechne ich damit, dass er einem von uns einen weiteren Dolch in den Rücken rammen wird, und das eiskalte Lächeln, das er mir zuwirft, trägt nicht gerade zu meiner Entspannung bei.

»Was ist los?«, fragt Wulf, als wir in sicherer Entfernung sind. »Willst du uns nicht begleiten und dabei zusehen, wie der Allvater uns dem Erdboden gleichmacht?«

Tyr stößt ein Lachen aus, das mir eine Gänsehaut über den Rücken jagt. »Ich werde da sein, verlass dich drauf! Es gibt Dinge, die ich für nichts in allen Welten verpassen würde.« Anstatt uns zu folgen, setzt er seinen Weg in die entgegengesetzte Richtung fort.

Erst als er um die nächste Ecke gebogen ist, wage ich wieder normal zu atmen.

»Komm, wir müssen uns beeilen, damit wir vor ihm bei den Hallen sind«, sagt Wulf und hastet durch die Gänge.

Mein Unbehagen wächst mit jedem Schritt. Wenn ich mir vorstelle, dass schon recht ... na ja, *unbedeutende* Götter (ich bin froh, dass Tyr meine Gedanken nicht hören kann) solche Idioten sind, wie werden dann erst Thor oder Odin drauf sein? Oder Loki? Was ist, wenn der einzige Gott, den ich bisher wirklich cool fand, die schlimmste Enttäuschung von allen ist? Ich glaube, da würde etwas in mir zerbrechen.

»Alles in Ordnung?«, fragt Wulf im Gehen und wirft mir einen besorgten Blick über die Schulter zu.

Ich nicke, kann aber ein Seufzen nicht unterdrücken. »Es ist alles so anders, als ich es mir vorgestellt habe. Und ich verstehe so vieles nicht. Warum sind die Götter so wütend auf dich? Ich meine, Tyr wollte dich sogar töten!«

»Tyr ist ein selbstgefälliger Idiot, der das Recht, über das er eigentlich gebieten soll, so verdreht, wie er es gerade braucht. Mach es wie ich und ignoriere ihn. Eines Tages wird auch er seiner Bestimmung folgen müssen.«

»Das ist das größte Rätsel für mich. Ihr sprecht alle immerzu von Bestimmungen. Meint ihr damit das Schicksal? Und wer sind diese Nonnen, die Tyr erwähnt hat?«

»Nicht Nonnen. *Nornen*«, berichtigt er mich. »Die Nornen sind die Schicksalsgöttinnen, die jedem Gott oder einem seiner Nachkommen bei dessen

Geburt die Bestimmung mitteilt, die sie für ihn gesponnen haben. Selbst jedem Sterblichen weisen sie eine Bestimmung zu, aber nur in den seltensten Fällen erfahrt ihr davon.«

»Willst du damit sagen, dass auch mein Leben von ihnen vorherbestimmt ist? Dass irgendwelche schrullige Frauen zu meiner Geburt festgelegt haben, was ich erleben und wann ich sterben soll?« Als Wulf nickt, schnaube ich ungläubig. »Das ist doch Blödsinn! So etwas wie Schicksal oder Bestimmung gibt es nicht, schon gar nicht durch irgendwelche uralten Götter.«

»Wie würdest du es dann bezeichnen?«

»Du meinst, was mir in meinem Leben widerfährt? Zufall. Eine Verkettung unglücklicher Umstände. Such dir was aus. Aber garantiert nicht Bestimmung.«

Er bleibt stehen und sieht mich mit geneigtem Kopf an. »Was ist so schlimm daran, an Bestimmung oder Vorsehung zu glauben?«

»Ich habe gern die Kontrolle, auch wenn ich sie hin und wieder verliere. Vor allem, seit ich dir begegnet bin. Aber mir gefällt die Vorstellung nicht, dass mein Leben schon vorherbestimmt ist und ich nichts daran ändern kann. Ich glaube, dass es in meiner Hand liegt, was mit mir passieren wird.«

»Und wenn selbst das von den Nornen vorgesehen war? Wenn du an einer Straße stehst und dich entscheidest, nach rechts zu gehen anstatt nach links – was sagt dir, dass das nicht genauso vorherbestimmt war? Ist es wirklich deine eigene Entscheidung, dich für die rechte Seite zu entscheiden?«

Ich öffne den Mund, um ihm zu widersprechen, schließe ihn jedoch gleich wieder. Nicht, weil er mich überzeugt hat, sondern weil mir auf die Schnelle keine passende Erwiderung einfällt. Ich glaube nicht an Schicksal. Allerdings habe ich bis vor ein paar Tagen auch nicht an Gestaltwandler oder nordische Götter geglaubt.

»Müssen wir uns nicht beeilen?«, frage ich stattdessen und überhole Wulf. Hinter mir höre ich sein unterdrücktes Lachen.

Kapitel 20

Schon von Weitem höre ich den Krach: lautes Stimmengewirr, polterndes Lachen, das Klappern von Besteck. Automatisch verlangsame ich meine Schritte, die eben noch forsch waren.

Ich weiß nicht, ob es Angst ist, die mir die Glieder lähmt, aber ich traue mich nicht, zu atmen. Was mache ich, wenn die anderen Götter genauso raubeinige Idioten sind wie Heimdall oder solche Schnösel wie Tyr? Auf einen zurzeit von ihnen zu treffen, war auszuhalten, aber hinter dieser riesigen Doppeltür scheinen zig Götter versammelt zu sein, zumindest dem Lärm nach zu urteilen, den sie veranstalten.

Ohne dass ich etwas sagen muss, nimmt Wulf meine Hand und führt mich von der Tür weg. Erleichtert und ohne zu murren folge ich ihm. Erneut drängt er mich in eine Nische, von der aus ich freie Sicht auf den Halleneingang habe, aber trotzdem vor neugierigen Blicken geschützt bin, solange ich mich hinter den Vorhängen verberge.

Mein Herz schlägt schneller und immer schneller, während in meinem Kopf nur ein einziger Gedanke kreist: *Er wird mich zurücklassen.* Ich werde hierbleiben, schutzlos und der Möglichkeit beraubt, ihm irgendwie helfen zu können. Bisher war ich keine wirkliche Stütze für ihn, sondern eher eine Belastung – so kam es mir zumindest vor –, aber trotzdem lässt mich der Gedanke, von ihm getrennt zu sein, noch mehr schlottern als die Angst vor den Göttern. Sie und die Schrecken, die sie verbreiten, sind nichts im Vergleich zu dem klaffenden Loch, das Wulfs Weggehen in meiner Brust hinterlassen wird.

Vor ein paar Minuten haben wir noch miteinander gescherzt und gelacht, doch nun legt sich eine bleischwere Melancholie über uns, während wir eng umschlungen in der Nische stehen. Ich zittere unkontrolliert – keine Ahnung, ob es wegen der kalten Wand ist, gegen die mein Rücken gedrückt wird, oder wegen der aufkommenden Panik.

»Lass mich nicht hier zurück«, murmele ich undeutlich gegen seine Schulter, an die ich mein Gesicht presse. »Bitte lass mich mit dir gehen!«

Es ist mir egal, dass ich bettele. Zur Not flehe ich ihn auf Knien an, solange er mich nicht zurücklässt, in diesem fremden Palast, in einer fremden Welt, umgeben von Gestalten – Göttern! –, die allesamt nicht gut auf meine Rasse zu sprechen sind.

Wahrscheinlich würde ich sogar damit fertig werden. Ich bin Archäologin. Ich bin es gewohnt, in fremden Ländern voll fremdartiger Bräuche unterwegs zu sein, umgeben von Menschen, die meine Sprache nicht sprechen und die mich meist argwöhnisch betrachten. Damit komme ich klar, habe es immer geschafft. Auch gegenüber Heimdall und Tyr habe ich bewiesen, dass ich nicht so leicht einknicke oder klein beigebe. Ich kann mich durchsetzen, wenn es sein muss.

Aber ich bin Wulf nicht in diese andere Welt gefolgt, um nun von ihm alleingelassen zu werden! Ich bin hier, weil ich, trotz der kurzen Zeit, die wir uns kennen, keinen Tag ohne ihn sein möchte. Was ist, wenn Odin ihn wieder einfängt und fesseln lässt? Was ist, wenn er ihn gar tötet? Sagte Tyr vorhin nicht, dass Götter durchaus sterben könnten, vor allem, wenn ein anderer Gott es auf sie abgesehen habe?

»Nimm mich mit«, bettle ich erneut.

Seine Arme schließen sich noch fester um meine Mitte, bis ich befürchte, keine Luft mehr zu bekommen, doch ich denke gar nicht daran, ihn zu bitten, mich loszulassen. Ich brauche ihn, brauche seine Nähe, seine Berührungen.

»Du weißt, dass ich das nicht kann. Versteh doch, Emma: Hier bist du sicherer. Ich werde sofort meine Mutter zu dir schicken, die sich um dich kümmern und dich von hier wegbringen wird, wenn ...«

Er spricht es nicht aus, aber ich spüre ganz deutlich das »Wenn mir etwas zustoßen sollte«, das zwischen uns schwebt. Wulf weiß genau, worauf er sich einlässt. Er rennt sehenden Auges in sein Verderben und ich verstehe einfach nicht, warum er das tut. Was ist so wichtig, um dafür so viel zu riskieren?

»Meine Mutter wird auf dich aufpassen und dich an einen sicheren Ort bringen. Sobald sich alles beruhigt hat, wird sie einen Weg finden, um dich zurück nach Midgard zu bringen.«

»Zurück?«, echoe ich. »Aber … ich will nicht zurück! Du kannst doch nicht ernsthaft von mir erwarten, dass …«

»Doch, das tue ich«, sagt er streng, löst sich von mir und tritt einen Schritt zurück. Seine Hände bleiben auf meinen Schultern liegen, aber sein Blick wirkt fast abweisend. »Du kannst mir da drin nicht helfen, sondern wärst mir im Weg.«

»Was?« Ich hoffe so sehr, dass ich mich verhört habe. »Aber ich dachte, dass du … dass wir …«

Mein Kopf ist wie leer gefegt. Ich fühle mich wie in einem Strudel, der alles mitreißt und durcheinanderwirbelt. Das Gefühl, dass mir durch eine unsichtbare Macht der Boden unter den Füßen weggezogen wird, lässt meine Knie zittern.

Wulfs rechte Hand beginnt, an dem Tuch um meinen Hals zu nesteln, bis es zu Boden gleitet. Anschließend streicht er mit dem Daumen über den Knutschfleck, den er mir heute früh verpasst hat. War das wirklich erst heute früh? Es fühlt sich an, als wäre es eine halbe Ewigkeit her. Wie eine andere Realität, die Lichtjahre entfernt ist.

»Es war nicht geplant, dass du mir folgst«, raunt Wulf, ohne auf mein Gestammel einzugehen. »Ich habe dich nicht ohne Grund zurückgelassen. Diese Welt ist viel zu gefährlich für dich. Ich wollte dich nicht in Gefahr bringen, selbst wenn der bloße Gedanke, dich zu verlassen, meine Entscheidung ins Wanken gebracht hat. Ich wollte, dass es dir gut geht. Und wenn ich erledigt hätte, weswegen ich hier bin, hätte ich nach einem Weg gesucht …, zu dir zurückzukommen.«

Ich schaue ihn aus großen Augen an. »Du … wärst wieder zu mir gekommen?«

Er nickt, ohne den Blick von mir zu nehmen, und mir rieselt ein Schauer den Rücken hinunter.

»Mein Schicksal ist allgegenwärtig und bestimmt alles, was seit dem Tag meiner Geburt mit mir geschehen ist: wer mit mir redet, wie man mich behandelt, was man mir antut. Mein ganzes Leben verbrachte ich in Angst, Einsamkeit oder Gefangenschaft.« Seine Hände wandern höher und umschließen mein Gesicht. »Bis ich dir begegnet bin.«

Ich schlucke hörbar. Mit einem Mal ist sein Blick so weich, dass mein Herz ein paar Extraschläge einlegt.

»Ich weiß nicht, wie du es gemacht hast«, murmelt er und beugt sich nach vorne, bis unsere Gesichter nur noch wenige Zentimeter voneinander entfernt sind, »doch irgendwie hast du es geschafft, meinen Schicksalsfaden mit deinem zu verknüpfen. Du hast die Fesseln, die meine Bestimmung waren und mich in allem, was ich tat, einschränkten, durchtrennt. In den wenigen Tagen, die ich bei dir verbringen durfte, habe ich mich … normal gefühlt – etwas, was ich noch nie gespürt habe. Und dafür danke ich dir aus tiefstem Herzen. Aber jetzt«, er streicht mit seiner Nasenspitze über meine und ich hole zitternd Luft, »muss ich dafür kämpfen, dass auch die anderen verstehen, was es mir bedeutet, diesem Weg weiter zu folgen.«

Ich verstehe nicht, was er mir sagen will. Meine Gedanken kreisen einzig und allein um seine Lippen, die so nah über meinen schweben und die ich endlich wieder spüren will.

»Sie müssen verstehen«, fährt er fort, »dass es auch ein Leben abseits unserer Bestimmung gibt. Und du bist der Schlüssel dazu.«

»Ich?«, frage ich und blinzele verwirrt. »Wie soll ich der Schlüssel sein? Ich kapiere nicht einmal, was mit diesem ganzen Bestimmungskram gemeint ist.«

»Ich begreife es selbst nicht, Emma. Aber es muss einen Grund geben, warum wir uns begegnet sind und wieso du meine Fesseln durchtrennen konntest. Diesen Grund will ich herausfinden, aber zuerst muss ich frei sein. Solange es meine Bestimmung gibt, werden wir vor den anderen Göttern nicht sicher sein.«

»Aber … warum? Was ist das für eine Bestimmung, die dich zum Außenseiter macht?«

Unvermittelt lässt er mich los und ich sacke fast zusammen. Er macht ein paar Schritte von mir weg, dreht sich um und für einen Moment denke ich, dass er mich einfach hier stehen lassen wird. Ohne ein Wort. Ohne eine Erklärung. Ist es denn so falsch, dass ich seine Beweggründe verstehen will? Vielleicht kann ich ihm doch helfen, immerhin sagte er, dass ich der Schlüssel sei. Zu was auch immer.

Obwohl er nur zwei Meter von mir entfernt steht, fühlt es sich für mich an, als wäre er in einer anderen Welt. Ich weiß so gut wie nichts über ihn, weder über seine Vergangenheit noch seine Eltern oder seine Geschwister. Alles, was er mir erzählt hat, ist vage. Immer wenn ich das Gefühl habe, etwas über ihn zu erfahren, tun sich sofort die nächsten Fragen auf, die das Erfahrene unbedeutend erscheinen lassen.

Wulf ist ein Mysterium, das mich nicht mehr loslässt.

Er fährt sich mit den Händen übers Gesicht, während er mir noch immer den Rücken zudreht, und ich strecke die Arme nach ihm aus. Dieser Abstand zwischen uns macht mich verrückt und ich kann nicht mehr klar denken. Wie von selbst tragen mich meine Füße zu ihm und ich schmiege mich an seinen Rücken. Kurz merke ich, wie er sich unter meinen Berührungen versteift, und ich befürchte, dass er gleich wieder von mir abrücken wird, doch er bleibt stehen. Erleichtert atme ich auf.

»Die Bestimmung, die wir am Tag unserer Geburt bekommen, enthält alles über uns: wem wir begegnen, was wir erleben, selbst wie und wann wir sterben werden«, erklärt er, ohne dass ich ihn dazu auffordern muss.

Allein der Gedanke daran, mein ganzes Leben lang zu wissen, wann genau ich wieder abtreten werde, lässt mich das Gesicht zu einer Grimasse verziehen. Es muss schrecklich sein, jeden Tag mit dem Wissen aufzuwachen, wie viele einem noch bleiben. Wulfs Leben scheint in Stein gemeißelt zu sein und ein Abweichen gibt es nicht. Ich würde mich so eingeengt fühlen, dass ich kaum noch atmen könnte. Beinahe kann ich die Götter verstehen, die Jahrtausende ihr Schicksal vor Augen haben, ohne etwas daran ändern zu können. Ich glaube, ich wäre unter diesen Umständen auch grausam geworden. Oder verbittert. Oder beides.

Endlich dreht Wulf sich zu mir um, legt die Hände um mein Gesicht und beugt sich zu mir hinab. Seine Lippen streichen nur federleicht über meine und mir entfleucht ein ärgerliches Schnauben, das ihn zum Lächeln bringt.

»Das Seltsame an meiner Bestimmung ist, dass du«, mit den Daumen streicht er mir über die Wangen, »darin nicht vorkommst.«

»Komme ich nicht?«, frage ich und blinzele mehrmals. »Aber ich dachte, dass alles genau festgelegt sei.«

Wulf nickt. »Ganz genau. Alles *ist* festgelegt. Das ist ja das Seltsame. Es war niemals vorgesehen, dass du mich von den goldenen Fesseln befreist – noch dazu mit einem Taschenmesser, wohlgemerkt! –, oder dass ich …« Er bricht ab und schaut zur Seite.

»Dass du was?«

Mit den Fingern klammere ich mich an seinen Überwurf. Das Gefühl, dass er mir etwas Wichtiges, etwas Lebensveränderndes sagen wollte, ehe er sich selbst unterbrochen hat, lässt in mir keinen klaren Gedanken zu. Ich muss wissen, was er mir sagen wollte. Ich hänge an seinen Lippen, flehe ihn mit Blicken an, es endlich auszusprechen.

Seine Hände gleiten nach unten über meinen Hals, umfassen meine Schultern und ziehen mich fest an sich heran. Mein Kopf ruht an seiner Brust und ich kann selbst durch die Kleidung sein wild pochendes Herz hören, das mit meinem um die Wette klopft.

Sein Mund ist ganz nah an meinem Ohr und ich erschaudere wohlig unter dem kleinen Luftzug, den er beim Sprechen von sich gibt. »In meiner Bestimmung warst du nicht vorgesehen, Emma.« Geduldig warte ich darauf, dass er weiterspricht, auch wenn ich vor Unruhe beinahe platze. »Ich hätte dich niemals treffen sollen und ich weiß nicht, wie es möglich war, dass wir uns doch begegnet sind. Es gab noch nie eine fehlerhafte Bestimmung, aber ich bin mir sicher, dass meine falsch ist.«

»Warum?« Meine Stimme ist nur ein heiseres Flüstern.

Wulfs Arme umschließen mich fester und drücken mich so fest an sich, dass ich nicht mehr sagen kann, wo er anfängt und ich aufhöre. Wenn es nach mir ginge, gäbe es zwischen uns kein »zu nah« mehr. Anfangs fand ich seine Nähe aufdringlich, fast frech, doch jetzt bin ich regelrecht süchtig danach.

»Weil ich laut meiner Bestimmung mein ganzes Leben lang einsam sein sollte. Ich hätte nie jemanden treffen dürfen, dem ... mein Herz gehört.«

Mir stockt der Atem, als ich langsam den Kopf hebe und seinem Blick begegne. So viel Wärme, so viel Gefühl und Leidenschaft schlägt mir entgegen, dass ich nicht wage zu blinzeln. Ich will diesen Anblick in mir aufsaugen, auf dass ich nie wieder das Funkeln in seinen blauen Augen in diesem Moment vergesse.

»Die Nornen gaben mir eine Bestimmung, die geprägt war von Hass, Leid und Rache. Für andere Regungen war darin kein Platz. Andere Gefühle waren für mich und das Schicksal, das ich erfüllen muss, nie vorgesehen. Ich habe mich damit abgefunden und mal mehr, mal weniger geduldig auf den Tag gewartet, an dem sich meine Bestimmung erfüllen würde und ich endlich an denen Rache nehmen könnte, die mir von klein auf das Leben schwergemacht haben. Ich habe gewartet und mir ausgemalt, wie es sein würde, sie alle dafür leiden zu lassen. Für jede Qual. Für jeden Tag in Einsamkeit und Dunkelheit. Für all den Spott, den ich ertragen musste.«

Ich schlucke angestrengt, denn irgendwie nimmt das Gespräch gerade eine Wendung, mit der ich nicht gerechnet habe. Dennoch erzählt mir Wulf gerade mehr von sich als in den ganzen letzten Tagen, deshalb höre ich aufmerksam zu, auch wenn das, was er beschreibt, mein Herz schwer werden lässt. Er tut mir unendlich leid und beinahe meine ich, denselben Hass gegen seine Peiniger in mir aufsteigen zu spüren.

»Das Einzige, das mich vorantrieb und mich meine Gefangenschaft ertragen ließ, war meine Aussicht auf Vergeltung. Doch dann ... dann kamst du in diese Höhle gestolpert. Ich wollte dich nicht in meiner Nähe haben, sondern weiter in meinem Selbstmitleid und meinen Rachepläne versinken, also habe ich dich angegriffen. Aber anstatt schreiend davonzulaufen, hast du ein Messer gezückt. Nicht, um mich zu verletzen, wie ich zuerst glaubte, sondern, um mich zu befreien. So selbstlos, so tapfer.« Er haucht mir einen Kuss auf die Stirn, der mich aufseufzen lässt. »Und dann hast du mich mit zu dir genommen, ohne dass ich darum gebeten habe. Du hast mir deine Welt gezeigt und hast mich zu einem Teil davon werden lassen. Und ohne dass ich es verhindern konnte, wurdest auch du ein Teil von mir.«

Seine Worte scheuchen einen ganzen Schwarm Schmetterlinge in meinem Bauch auf.

»Dunkelheit, Einsamkeit und Zerstörung – das waren die Dinge, die meine Bestimmung für mich bereithielt. Aber du hast mir gezeigt, dass es noch mehr Gefühle gibt, zu denen selbst jemand wie ich fähig sein kann. Jede Sekunde, die ich in deiner Nähe verbracht habe, jeder Blick, den du mir zugeworfen hast, jedes Lächeln von dir ließ die Dunkelheit in mir Stück für Stück verschwinden. Du hast Gefühle in mir geweckt, von denen ich nicht einmal zu träumen gewagt habe. Gefühle, die ich laut meiner Bestimmung überhaupt nicht haben dürfte. Ich hätte dir nicht begegnen dürfen, dürfte nicht das fühlen, was ich fühle, wenn ich dich ansehe oder dich berühre. Und doch tue ich es. Ich weiß nicht warum. Ich weiß nur, dass es so ist.«

Mit einem Seufzen schließe ich die Augen. Seine Erlebnisse und seine Gefühle aus einem Mund zu hören, berührt mich bis tief in mein Herz. So etwas Wundervolles hat noch nie jemand zu mir gesagt. Und all das von einem Mann, der eigentlich aufgrund seiner Erfahrungen gebrochen sein müsste, macht es noch tausendmal schöner. Ich kann zwar nicht sagen, dass ich alles verstanden habe, was er gesagt hat, aber das Wichtigste habe ich durchaus herausgefiltert. Mehr muss ich nicht wissen, um zur zufriedensten Frau aller Welten zu werden.

Gerade als ich den Mund öffne, um ihm ebenfalls zu sagen, was ich empfinde, höre ich hinter ihm ein Klatschen. Applaudiert da jemand?

Jedwede Weichheit ist aus Wulfs Blick verschwunden, als er mich abrupt loslässt, herumwirbelt und mich hinter sich schiebt. Neugierig, aber vorsichtig spitze ich hinter seinem Rücken hervor. Tatsächlich, dort stehen drei Männer. Der mittlere, ein untersetzter Mann, ich schätze ihn auf Ende sechzig, schlägt seine riesigen Pranken aneinander, während uns die anderen beiden stumm und feindselig beobachten. Als ich sie erkenne, schlucke ich hart gegen einen Kloß in meinem Hals an. Den Mann in der Mitte flankieren Heimdall und Tyr.

Unter meiner Hand vibriert Wulfs Rücken bei einem Knurren, das mich unruhig werden lässt. Wer ist der Kerl, der Wulf so aus der Fassung bringt und diesen wundervollen Moment zwischen uns zu stören wagt?

Ich nehme den Unbekannten, so genau ich es von meiner Position aus kann, unter die Lupe. Am augenfälligsten ist sein weißgrauer Bart, der die Hälfte seines Gesichts bedeckt und ihm bis auf die Brust reicht. Selbst aus der Entfernung von mehreren Metern sieht er ungepflegt und abgerissen aus. Ein kunstvoll verzierter Helm ragt ihm tief in die Stirn und bedeckt eines seiner Augen, als hätte er ... Erneut schlucke ich. So wie es aussieht, hat der Mann nur ein Auge.

Ein Krächzen lässt mich zusammenzucken und jetzt zur Schulter des Mannes schauen, auf der – tatsächlich! – ein Rabe sitzt und mich mustert, während er sein glänzend-schwarzes Gefieder aufplustert. Die Augen des Vogels glühen in einem unheilvollen Goldton und sein Blick scheint bis auf den Grund meiner Seele zu gehen. Schnell sehe ich zur Seite.

»Wahrlich eine sehr rührende Vorstellung«, sagt der Mann nun, während er immer noch Beifall klatscht und auf uns zukommt.

Wulfs Körper ist so angespannt, als wolle er jede Sekunde zum Sprung ansetzen und sich auf die Ankömmlinge stürzen. Unruhig huscht mein Blick zwischen Tyr und Heimdall hin und her, die lässig am Eingang der Nische lehnen und uns so den Weg abschneiden. Ich hätte wissen müssen, dass die beiden uns verraten!

»Dachtest du wirklich, du könntest meine Welt, sogar meinen Palast, betreten, ohne dass ich es bemerke?«, fragt der Fremde in einem freundlichen Tonfall, bei dem sich jedoch sofort die Härchen in meinem Nacken aufstellen.

Selbst mein menschlicher Körper stellt nun auf Fluchtmodus um, obwohl der Alte uns doch in keiner Weise bedroht. Aber ich nehme die drückende Aura wahr, die von ihm ausgeht. Autorität wäre noch weit untertrieben. Dieser Kerl strahlt pure Macht aus.

»Odin«, knurrt Wulf. Aus seinem Mund klingt dieser Name wie ein Fluch.

Wieder schweift mein Blick zu dem Alten. Das soll also Odin, der Allvater und König der Götter, sein? Für mich sieht er wie ein ungepflegter, alter Mann aus, der den ganzen Tag im Park sitzt, um Tauben – oder Krähen – zu füttern und dessen lüsterner Blick die jungen Mädchen, die an ihm vorbeilaufen, verfolgt. Wäre da nicht die unheimliche Aura, würde ich es für einen schlechten Scherz halten. Wulf hatte recht: Ich bin wirklich enttäuscht von diesen Göttern, die ich mir strahlend und heldenhaft vorgestellt habe. Hopkins als Odin in *Thor:* eine Topbesetzung. Doch der Kerl vor mir hat leider nichts mit dem Film-Odin gemein.

»Geh nicht zu nah an ihn heran, Allvater!«, warnt Heimdall im Hintergrund, macht aber keine Anstalten, seinem Herrn beizustehen. Entweder ist er zu feige, in Wulfs Nähe zu kommen, oder … er besitzt genug Vertrauen, dass Odin spielend mit meinem Begleiter fertig wird. Bedauerlicherweise tippe ich stark auf Letzteres.

Jetzt fällt Odins Blick auf mich und gleitet von meinem Scheitel bis zur Sohle. Ich winde mich unter ihm, denn mir entgeht nicht das Glitzern in seinem Auge.

»Und dann wagst du es auch noch, eine Sterbliche mit hierherzubringen? Ich wollte es gar nicht glauben, als Heimdall mir davon berichtete. Selbst Tyr hielt ich für einen Lügner, auch wenn ich wohl gespürt habe, dass ein weiterer ungebetener Besucher in mein Reich eingedrungen war. Du brichst wissentlich zwei meiner Gesetze. Ich hätte dich durchaus für schlauer gehalten, Missgeburt.«

»Er ist keine Missgeburt!«, bricht es aus mir heraus. Wulf neben mir zieht scharf die Luft durch die Zähne, während mir Odin nur einen belustigten Blick zu wirft. »Hört sofort auf, ihn so zu nennen!«

Die spöttischen Mienen der drei Götter, die anscheinend an meiner Zurechnungsfähigkeit zweifeln und nicht im Mindesten beeindruckt sind, fachen meine Wut nur noch mehr an. Langsam fühle ich mich wie ein Kind im Supermarkt, das mit einer Trotzattacke seine Mutter davon überzeugen will, die Tüte Gummibärchen zu kaufen, aber beharrlich ignoriert wird.

»Köstlich, einfach zu köstlich.« Odins Lachen lässt mich die Hände zu Fäusten ballen und nur zu gern würde ich sie Bekanntschaft mit seinem Gesicht machen lassen. Wäre da nicht die Sorge, dass ich mir bei der Berührung seines Bartes irgendwas einfange. »Ich bin mir nicht sicher, ob du sehr mutig oder sehr dumm bist, Menschenweib. Aber das werden wir noch herausfinden, nicht wahr? Auf jeden Fall scheinst du unterhaltsam zu sein.«

»Zu dem Schluss bin ich auch schon gekommen«, sagt Tyr mit einem schiefen Grinsen und Heimdall nickt bekräftigend. »Selten habe ich eine Menschenfrau erlebt, die nicht sofort zusammengebrochen ist, sobald sie sich nach Asgard verirrt hatte.«

»Was daran liegen könnte, dass ihr allesamt keinerlei Manieren habt!«, schnappe ich zurück. »Ihr seid ungehobelt und gemein und wenn ihr *alle* Frauen so behandelt, ist es kein Wunder, dass sie vor euch wegrennen oder den Verstand verlieren! Ein paar schöne Götter seid ihr! Ich bin mittlerweile der Überzeugung, dass es durchaus einen Grund gibt, dass in meiner Welt niemand mehr an euch glaubt.«

Auf einen Schlag verdunkeln sich die Mienen der drei Götter und Wulf stößt ein Zischen aus. Oh, oh! Habe ich mich zu weit vorgewagt? Das Adrenalin, das eben noch durch meinen Körper gerauscht ist und mich dazu verleitet hat, den dreien gehörig den Marsch zu blasen, verpufft und macht einer ängstlichen Starre Platz.

»Ich verlange als oberster Gott nicht viel von meinen Untertanen.« Das Grollen in Odins Stimme lässt mich die Luft anhalten. Jede schnippische Antwort, die mir eben noch auf der Zunge lag, ist wie weggewischt. Ich würde mich am liebsten verkriechen, denn die Wut, die er ausstrahlt, ist selbst für mich fast mit Händen greifbar. »Ehre deine Götter. Liebe deine Frau. Beschütze deine Familie. Aber selbst diese drei einfachen Grundregeln können deinesgleichen nicht einhalten. Sie wenden sich lieber Göttern zu, die sie in Gebäuden anbeten oder alle paar Stunden beknien, um ihr Wohlgefallen zu erlangen. Beantworte mir eine Frage, Weib: Haben diese sogenannten Götter je etwas für euch getan?«

Ich kratze das letzte bisschen Mut in mir zusammen und antworte mit ruhiger Stimme: »Sie haben genauso viel für uns getan wie ihr – gar nichts.«

»Eine Ungläubige.« Odins Blick huscht zu Wulf, der krampfhaft die Zähne zusammenbeißt. Ich sehe, wie seine Kiefermuskeln arbeiten. »Du bringst eine Ungläubige in meine Welt? Deine Dummheit kennt wahrlich keine Grenzen.«

»Odin, lass mich erklären …«, beginnt Wulf, doch der Allvater schneidet ihm mit einer knappen Handbewegung das Wort ab.

»Ich werde mir deine Erklärung sehr gern anhören, Missgeburt, und ich bin mehr als gespannt darauf. Denn von ihr hängt es ab, ob ich dieses Menschenweib schnell oder sehr, sehr langsam umbringe. Aber nicht hier. Außerdem …«, ein beängstigendes Lächeln erscheint auf Odins Lippen, »… warten in meiner Halle noch mehr Götter, die erfahren wollen, wie es dir gelungen ist, dein Gefängnis vor der Zeit zu verlassen. Wir sollten sie nicht länger warten lassen.«

Er gibt Tyr und Heimdall ein Zeichen, woraufhin sich die beiden in Bewegung setzen und neben Wulf und mir Stellung beziehen. Flankiert von ihnen, folgen wir Odin hinaus in den Gang.

Mit jedem Schritt verstärkt sich das beklemmende Gefühl, dass ich mich auf dem Weg zum Galgen befinde, der extra für mich aufgestellt wurde.

Kapitel 21

Schweigend gehe ich hinter Wulf her, doch ich schaffe es nicht, den Rücken so gerade zu halten wie er. Stattdessen ziehe ich den Kopf zwischen die Schultern und spähe mal nach links zu Heimdall, mal nach rechts zu Tyr. Beide tragen ein Pokerface zur Schau, sodass ich keine Ahnung habe, was mir genau bevorsteht. Aber eins ist klar: Es wird kein Vergnügen werden. Odin hat keinen Zweifel daran gelassen, dass er mich für mein Eindringen in seine Welt bestrafen wird.

Ich klemme die Hände unter die Achseln, um ihr Zittern zu verbergen. Was, wenn er mich wirklich töten wird?

Als der Lärm um uns herum zunimmt und ich vorsichtig aufblicke, stehen wir bereits vor der großen Doppeltür zu Odins Hallen. Vor lauter Nervosität höre ich das Blut in meinen Ohren rauschen und sehe stumm zu, wie Odin mit beiden Händen die Tür aufdrückt und voranschreitet. Augenblicklich verstummen sämtliche Gespräche in dem großen, kerzenerleuchteten Raum. Man könnte eine Stecknadel fallen hören. Und natürlich sind alle Blicke ausnahmslos auf uns gerichtet.

Meine Füße sind wie festgewachsen und weigern sich, auch nur einen einzigen Schritt in diese Halle zu machen. Die feindselige Neugier, die mir von den Anwesenden entgegenschlägt, lässt mich den Atem anhalten.

Wulf ist Odin bereits gefolgt, sodass ich nur zwischen Tyr und Heimdall in der Tür stehe. Einer von beiden versetzt mir einen Stoß in den Rücken, sodass ich nach vorne taumele und fast der Länge nach hinschlage. Doch selbst, um mich über diese rüde Behandlung zu beschweren, fehlt mir der Mut. Nicht, weil mir Tyr oder Heimdall Angst machen, sondern weil mir nun die ungeteilte Aufmerksamkeit aller in der Halle Versammelten sicher ist.

Hastig lasse ich den Blick einmal durch die Halle schweifen, ehe ich ihn wieder auf den Boden vor mir richte. Bestimmt fünfzig, wenn nicht sechzig Wesen gaffen mich an. Nicht alle von ihnen wirken menschlich, obwohl die meisten ein menschenähnliches Äußeres angenommen haben. Dennoch spüre ich deutlich die Macht, die sie ausstrahlen. Jeder einzelne Blick brennt sich mir in die Haut und verstärkt den Drang zu fliehen, sodass die Muskeln in meinen Beinen mich regelrecht anbetteln, endlich von hier verschwinden zu dürfen. Doch ich schlurfe weiter, folge Wulf, der zusammen mit Odin die Halle durchschreitet.

Nur am Rande nehme ich die reichen Verzierungen und Säulen wahr, die das Innere der Halle schmücken. Ich bin gerade zu sehr damit beschäftigt, auf meine Füße zu schauen, als ihre Schönheit zu bewundern. Das Einzige, was ich denke, ist: *Ich will hier weg!*

Während ich meinen Weg fortsetze, nehme ich aus dem Augenwinkel wahr, dass zwei der Anwesenden sich nicht auf mich konzentrieren. Sie sind von ihren Sitzen aufgesprungen und haben nur Augen für Wulf, der seinen Blick jedoch stur geradeaus gerichtet hält. Ich wünschte, ich hätte sein stoisches Gemüt ... Mir kann man meine Panik sicherlich ansehen.

Selbst als ich direkt an ihnen vorbeilaufe, würdigen sie mich keines Blickes, also wage ich es, sie kurz zu mustern. Der Mann ist hochgewachsen und gut aussehend, seine kohlschwarzen Haare fallen glatt bis zu seinen Schultern. Wäre da nicht die krumme Nase, die wirkt, als sei sie mehrmals gebrochen gewesen und schlecht zusammengewachsen, hätte er locker mit Wulfs Aussehen mithalten können. Die Frau ist ebenfalls eine rassige Schönheit, muskulös und kräftig, mit flammend rotem Haar, das zu einem dicken Zopf geflochten ist, der ihr bis zur Hüfte reicht. Sofort fallen mir ihre blauen Augen auf, auch wenn sie nicht auf mich gerichtet sind. Mann und Frau sind gekleidet in feine, fließende Stoffe, in der Taille zusammengehalten mit einem reich verzierten Gürtel.

Odin und Wulf sind bereits am anderen Ende der Halle angekommen und sehen abwartend zu mir. Ich richte den Blick nur auf Wulf. Er ist der Einzige, der mich jetzt noch einen Fuß vor den anderen setzen lässt. Ich bin ihm hierher gefolgt, ohne einen Gedanken an die Konsequenzen zu verschwenden, also werde ich nicht umdrehen und fliehen. Außerdem muss ich ihm noch etwas Wichtiges sagen, wofür ich vorhin keine Zeit hatte. Es ist also ausgeschlossen, dass ich kneife.

Ich atme tief durch, als auch ich die Halle durchmessen habe, und stelle mich neben ihn, fasse schnell nach seiner Hand und verschränke die Finger mit seinen. Es gibt mir Kraft, wieder in seiner Nähe zu sein, und ich habe das Gefühl, dass ein wenig von seiner Ruhe auf mich abfärbt.

Als er unsere Hände bemerkt, zieht Odin nur spöttisch eine Augenbraue nach oben. Aus den vorderen Reihen meine ich Zischen und aufgebrachtes Gemurmel zu hören. Immer wieder fällt das Wort »Missgeburt« und »Monster« und ich muss mich beherrschen, um ihnen nicht dasselbe an den Kopf zu donnern wie vorhin Odin. Wulf hingegen tut so, als würde er es gar nicht hören. Dabei bin ich sicher, dass er es tut.

»Meine lieben Gäste.« Odins Stimme durchdringt den Raum und scheint sogar die hintersten Tische zu erreichen. Die Anwesenden recken die Hälse, um besser sehen zu können. »Denjenigen, der hier neben mir steht, brauche ich euch nicht vorzustellen. Ihr alle wisst, wer er ist und was er tun wird. Fraglich ist nur, warum er hier ist, noch dazu in Begleitung einer ungläubigen Sterblichen.«

Instinktiv verstärke ich den Druck meiner Finger, den er sofort erwidert, und zwinge mich dazu, weiterhin ruhig zu atmen. Ein Raunen geht durch die Halle, doch ich hefte den Blick starr auf eine Säule direkt hinter Odin. Ich will niemanden anschauen, will nicht den Hass, den man mir entgegenbringt und der mir so unverständlich ist, mit eigenen Augen sehen. Ich will das hier nur durchstehen und dann gemeinsam mit Wulf nach Hause zurückkehren. Ja, an diesen Gedanken klammere ich mich, während ich die Angst vor Odin und seinesgleichen konsequent aus dem Kopf verbanne. Trotzdem trommelt mein Herz wie wild in der Brust.

Erneut setzt Odin zum Sprechen an. »Was wir mit Sterblichen machen, die uneingeladen unser Reich betreten, ist jedem von euch bekannt.« Zustimmendes Gemurmel erhebt sich. »Zudem haben sie es geschafft, sich an meinem Wächter vorbei in mein Reich zu schleichen. Heimdall wurde erst auf sie aufmerksam, als sie bereits in Asgard waren. Doch viel wichtiger ist für mich die Frage, wie die Missgeburt es geschafft hat, sich aus ihrem ewig währenden Gefängnis zu befreien.«

Er wendet sich Wulf zu und sieht ihn herausfordernd an. Wahrscheinlich ist das seine Erlaubnis, endlich sprechen zu dürfen.

»Allvater«, beginnt Wulf und räuspert sich kurz. »Ich trete heute vor dich und all die anderen Götter, um über meine Bestimmung zu sprechen. Wie du in deiner Weisheit richtig erkannt hast, war es mir möglich, die Fesseln, die mich so lange Zeit gefangen hielten, zu durchbrechen. Das sollte noch nicht geschehen und doch ist es passiert. Und es ist etwas, was in keiner unserer Bestimmungen vorhergesagt wurde.«

»Willst du damit sagen, dass die Bestimmungen falsch sind?« Tyrs Stimme überschlägt sich beinahe vor Unglauben. »Wie kannst du es wagen, an den Weissagungen der Nornen zu zweifeln? Warst du etwa so lange in Midgard, dass du selbst zum Ungläubigen geworden bist?«

»Wie könnte ich ein Ungläubiger sein, wo ich doch genau weiß, was ich bin?«, kontert Wulf. »Auch wenn ich nicht so lange in Asgard gelebt habe wie du, Tyr, so kenne ich doch die Götter und weiß, wozu sie fähig sind. Ich habe es mit eigenen Augen gesehen, sodass es mir gar nicht möglich ist, zu zweifeln. Es gibt nur eines, woran ich zweifele, und das ist meine eigene Bestimmung. Ich kann heute vor euch stehen, weil ich befreit wurde, lange, bevor es eigentlich an der Zeit gewesen wäre. Ich bin hier, ohne dass etwas Schreckliches geschieht. Ist das nicht Beweis genug dafür, dass meine Bestimmung falsch sein muss?«

Tyr presst die Lippen zu einem schmalen Strich zusammen, doch auch ohne dass er etwas sagt, sehe ich deutlich, dass er mit Wulfs Erklärungen alles andere als einverstanden ist.

»Die Weissagungen der Nornen waren noch nie fehlerhaft«, stellt Odin klar. »Und es ist unerhört, dass du es auch nur in Betracht ziehst.«

»Aber, Allvater, ich …«

»Schweig!« Odins Auge funkelt bedrohlich und sein Rabe fliegt krächzend von seiner Schulter, um sich auf dem Thron hinter ihm niederzulassen. »Ich will nichts mehr von deinen ungläubigen Reden hören. Ich selbst werde die Nornen befragen, was es mit deiner vorzeitigen Befreiung auf sich hat. Bis dahin ... werden wir dich erneut fesseln und die Sterbliche, die sich so verbissen an dir festhält, ihrer gerechten Strafe zuführen.« Er schnipst mit den Fingern und sofort setzen sich Tyr und Heimdall in Bewegung, um uns einzukreisen.

Ich presse mich an Wulfs Rücken und kneife die Augen zusammen. Das verlief irgendwie gar nicht nach Plan ... Verzweifelt versuche ich, eine Lösung für dieses Dilemma zu finden, doch in meinem Kopf herrscht eine allumfassende Leere. Ich sehe, wie die zwei Personen, die mir vorhin aufgefallen waren, nach vorne zu uns stürzen, aber von anderen Anwesenden zurückgehalten werden.

»Das kannst du nicht tun, Allvater!«, ruft die Rothaarige wütend. »Er hat schon genug gebüßt. Du kannst ihn nicht wieder gefangen nehmen! Das ist nicht ...«

»*Was* ist es nicht, Angrboða?«, schreit Odin über den Tumult hinweg. »Wolltest du *gerecht* sagen? Falls du es vergessen haben solltest: Ich bin der Allvater. Ich allein entscheide über das Recht. Und wenn ich sage, dass diese Missgeburt zurück in die Höhle geworfen wird, aus der sie gekrochen kam, dann soll es so sein!«

Von der Seite nähert sich ein gedrungener Mann, der ein goldenes Seil in Händen hält. Ich erkenne es sofort: Es ist das Seil, das um den Körper des Wolfs in der Höhle geschlungen war und ihn gefesselt hatte. Das Seil, das um *Wulf* geschlungen war.

Mit kampfeslustigem Blick hält Wulf Tyr und Heimdall auf Distanz, bemerkt aber den Mann mit dem Seil nicht, der sich ihm von hinten, wo ich stehe, nähert. Ich löse meine Finger von Wulf und gehe auf den Mann los, der mir nur bis zur Schulter reicht. Wie ein ausgebildeter Footballspieler tackele ich ihn und hole ihn von den Füßen. Schreiend und mit den Armen rudernd geht er zu Boden. Mir kommt zugute, dass es sich bei dem Kerl wahrscheinlich um keinen Gott, sondern nur um einen Lakaien handelt. Wulf wirbelt zu mir herum, einen Arm nach mir ausgestreckt und die Augen angsterfüllt aufgerissen.

Da ich mich aber aus seinem schützenden Umkreis bewegt habe, ist es für Tyr ein Leichtes, mich am Arm zu packen und ihn mir schmerzhaft auf den Rücken zu drehen. Ich wimmere, beiße mir dann aber auf die Lippen, um keinen weiteren Laut von mir zu geben.

»Ach ja, die Sterbliche«, sinniert Odin. »Die hätte ich beinahe vergessen.«

»Wag es nicht, ihr etwas zuleide zu tun«, grollt Wulf. »Und du«, sein wütender Blick richtet sich auf Tyr, »nimmst sofort deine Hand von ihr, wenn du sie behalten willst.«

»Endlich kommt die Bestie, die du in Wirklichkeit bist, zum Vorschein.«

Odin tritt zwischen mich und Wulf. Mein Blick schießt zwischen den beiden hin und her und ich wage nicht, zu atmen. Dann streckt Odin eine Hand nach mir aus, packt mich an den Haaren und reißt mit einem Ruck meinen Kopf nach hinten. Ich schreie auf.

Wulf gibt ein tiefes Knurren von sich und seine Pupillen wandeln sich zu Schlitzen, während er seinen Oberkörper nach vorne beugt.

»Was willst du tun, Missgeburt? Willst du sie retten? Wie nobel von einer Bestie wie dir.«

Wieder reißt er an meinen Haaren und ein erneutes Wimmern kommt mir über die Lippen. Ich fühle mich hilflos; gepackt von zwei kräftigen Männern ist es mir unmöglich, mich zu wehren. Doch trotz meiner Angst möchte ich Wulf anflehen, nichts zu unternehmen. Odin scheint nur darauf zu warten, dass Wulf einen Fehler macht, und so sehr ich mir auch wünsche, dass er mir hilft, will ich nicht, dass er für mich Kopf und Kragen riskiert.

Odin greift an seinen Gürtel und zieht einen Dolch hervor, dessen Klinge im Schein der Kerzen aufblitzt. Mit aufgerissenen Augen sehe ich zu, wie er die Klinge an meine dargebotene Kehle legt, und die Kälte des Stahls lässt mir das Blut in den Adern gefrieren.

Ein Knurren, gefolgt von einem Reißen, lässt den Allvater innehalten. Der Dolch verschwindet von meinem Hals und auch meine Haare lässt er los, sodass ich den Kopf zu Wulf drehen kann.

Der sich – in den *nachtschwarzen Wolf* verwandelt hat!

Wulfs Blick ist auf Odin gerichtet, seine langen, spitzen Zähne sind gebleckt. Doch Odin zögert. Wenn ich es nicht besser wüsste, würde ich sagen, dass er *Angst* hat.

»Fesselt die Kreatur!«, ertönt seine Anweisung und mehrere Anwesende der vorderen Reihen springen auf und greifen nach dem goldenen Seil, das noch immer am Boden liegt. »Beeilt euch!«

Doch Wulf setzt bereits zum Sprung an. Tyr lässt mich los und weicht nach hinten aus. Zähnefletschend setzt Wulf ihm nach, doch sein Gebiss schnappt ins Leere. Wie erstarrt beobachte ich das Schauspiel, ohne mich von der Stelle zu rühren.

Als Wulfs Gestalt beginnt, größer und größer zu werden, bekomme ich den Mund überhaupt nicht mehr zu. Er wächst und das in einer Geschwindigkeit, die mich fassungslos zurücklässt. Sein Rücken ist bereits auf Höhe meines Kopfes und seine Pranken sind so groß wie mein ganzer Arm.

Wulfs Schweif fegt die Becher und Teller von den Tischen, als er herumwirbelt, um Tyr zu verfolgen.

»Wo bleibt das verdammte Seil?«, schreit Odin. Über Wulfs Knurren hinweg kann ich ihn kaum verstehen.

Plötzlich tritt die Rothaarige Wulf in den Weg und breitet die Arme aus. »Beruhige dich! Hörst du? Du musst dich beruhigen. Wenn du weiterwächst, dann wirst du ...«

Doch Wulf springt einfach über sie hinweg, nimmt keine Notiz von ihr. Noch immer wird er größer, bis er mit seinen spitzen Ohren fast die Decke der Halle berührt. Ich muss den Kopf in den Nacken legen, um sein Gesicht sehen zu können. Die Mauern der Halle erbeben unter seinem Knurren und seiner Wut, in der er alles zerstört, was ihm vor die Pranken kommt. Hektisch flüchten die Anwesenden aus der Halle. Einige versuchen, ihn mit Schwertern oder Speeren zu attackieren, doch außer ihn noch weiter zu reizen, erreichen sie damit gar nichts.

So ungern ich es mir auch eingestehe, aber ... es macht mir Angst, ihn so zu sehen. Im Augenblick scheint er nichts anderes als die hirnlose Bestie zu sein, als die ihn Odin die ganze Zeit über bezeichnet. Ist das Wesen, das gerade diese Halle Stück für Stück auseinandernimmt und die Ausmaße eines Hauses hat, wirklich *mein* Wulf?

Ich sinke auf die Knie, während heiße Tränen über meine Wangen laufen.

»Du! Weib!« Odin tritt neben mich und packt mich an der Schulter. Verwirrt blinzle ich zu ihm auf, kann ihn durch meinen Tränenschleier nur verschwommen erkennen. »Warst du es, die ihn von seinen Fesseln befreit hat? Antworte!«

Ich nicke benommen, ohne zu wissen, worauf er hinauswill.

»Dann sprich die Beschwörungsformel, die du damals gesagt hast. Schnell! Uns bleibt keine Zeit!«

»W-Welche Beschwörungsformel?«

Ich verstehe nur Bahnhof. Sein Gefasel ergibt in meinen Ohren noch weniger Sinn als Wulfs Gerede über Bestimmungen.

Ungeduldig rollt Odin mit seinem einen Auge. »Die Worte, die du gesagt hast, nachdem du seine Fesseln durchtrennt hattest! Die Formel, mit der du seine Macht an dich gebunden hast.«

»Was?«

Nun packt er mich mit beiden Händen, seine Finger graben sich schmerzhaft in mein Fleisch und er zerrt mich auf die Füße, um mich zu schütteln. »Ich habe jetzt keine Zeit für lange Erklärungen! Sprich endlich die verdammten Worte oder willst du, dass diese Bestie alles Licht verschlingt?«

Mir liegt ein »Häh?« auf der Zunge, doch ich bleibe still. Ich erinnere mich an die Worte, die ich in der Höhle zu dem Wolf gesagt habe. Als er auf mich losging, nachdem ich seine Fesseln mit meinem Taschenmesser durchgeschnitten hatte. Ich habe mich damals noch über die wohl schlechtesten letzten Worte der Geschichte geärgert. Doch nun scheinen sie einen Sinn zu ergeben. Zumindest, wenn ich dem Allvater glaube. Trotzdem zögere ich. Was wird mit dem Wolf, der eigentlich Wulf ist, passieren, wenn ich die Worte erneut ausspreche?

Ein Krachen lässt mich zusammenzucken und ich drehe den Kopf zu dem schwarzen Ungetüm, das mit seinen massigen Schultern eine der Steinsäulen umgestürzt hat. Wenn ich jetzt nichts unternehme, wird Wulf in Kürze den Palast über uns einstürzen lassen.

Ich gebe Odin mit einem Nicken zu verstehen, dass ich weiß, was er von mir erwartet, und mache ein paar Schritte auf den riesigen Wolf zu, der heulend und knurrend die Halle zerlegt. Diejenigen, die noch da sind, starren mich an, machen mir aber eilig Platz und stellen die Angriffe auf das Untier ein.

Ich habe keine Ahnung, ob mich Wulf in seinem jetzigen Zustand erkennt, und ich will es auch nicht auf einen Versuch ankommen lassen.

Also bleibe ich in sicherer Entfernung stehen, hole tief Luft und rufe, so laut ich kann: »Pfui, böser Wolf!«

Mitten in der Bewegung erstarrt das riesige Wesen vor mir und beginnt augenblicklich, zu schrumpfen. Der Wolf krümmt sich und reißt das Maul auf, als hätte er Schmerzen, und sofort krampft sich mein Herz vor Schuldgefühlen zusammen. Ich hätte es nicht tun sollen. Ich hätte Odin nicht trauen dürfen! Als er ein hohes Winseln von sich gibt, wird die Enge in meiner Brust noch schlimmer, bis ich kaum noch atmen kann.

Und genauso plötzlich, wie es begonnen hat, ist es vorbei. Erstaunt sehe ich zu, wie das schwarze Fell nach und nach verschwindet und rosiger Haut Platz macht, wie sich die Gliedmaßen zurückbilden und ihn wieder zu einem Menschen machen.

Einem Menschen, der nackt und bewusstlos auf dem Hallenboden liegen bleibt.

Mein Herz setzt für einen Schlag aus. Ohne nachzudenken, stürze ich auf ihn zu, doch jemand reißt mich zurück. Es ist Tyr, dessen Hand meinen Arm umklammert hält. Ich schlage nach ihm, schreie ihn an, dass er mich auf der Stelle loslassen solle, doch er beachtet mich gar nicht. Sein Blick ist starr auf Wulf gerichtet, der sich noch immer nicht bewegt hat. O Gott, was mache ich nur, wenn ich ihm durch meine Worte irgendetwas angetan habe? Schließlich war es Odin, der darauf bestanden hat, dass ich sie ausspreche. Was, wenn …?

»Soso«, murmelt der Allvater, während er neben mich tritt. »Das sollen also die Worte sein, die den Weltenzerstörer bändigen können? ›Pfui, böser Wolf!‹? Welch Ironie.«

Ich löse den Blick von Wulf und starre Odin an. »Wie hast du ihn genannt?«

Kurz blinzelt er mit dem Auge, dann verzieht sich sein Mund zu einem gehässigen Grinsen. »Den Weltenzerstörer«, antwortet er gelassen.

»Aber ... sein Name ist weder Missgeburt noch Monster oder Weltenzerstörer. Er heißt Wulf.«

Etwas blitzt in Odins Auge auf, das mir das Blut in den Adern gefrieren lässt, und am liebsten würde ich meine Worte zurücknehmen. Die Gewissheit, dass ich die nun folgende Antwort nicht wissen will, schnürt mir die Kehle zu.

»Hat er dir das gesagt?«, fragt Odin amüsiert.

Doch ich beachte ihn nicht weiter, denn plötzlich beginnt Wulf sich zu regen und stützt sich keuchend auf die Unterarme, um den Blick zu heben. Selbst aus der Entfernung höre ich, wie sein Atem rasselt. Aber zumindest atmet er. Er lebt! Nur das zählt gerade für mich.

»Wulf!«, hauche ich und pure Erleichterung durchflutet meinen Körper. Er wendet seinen Blick zu mir. Wir schauen uns tief in die Augen. Doch es fällt mir schwer, in den seinen zu lesen.

»Sein Name ist nicht Wulf«, sagt Odin mit eisiger Stimme, die keinen Widerspruch duldet.

Noch immer schaue ich in Wulfs Augen, doch er wendet bei Odins Worten den Blick ab und verzieht gequält das Gesicht. Schmerz, Abscheu und Angst huschen über seine Miene.

»Er ist der Unglücksbringer, der Verschlinger allen Lichts, der Weltenzerstörer, der Fenriswolf«, fährt Odin unerbittlich fort und betet all diese Beinamen mit beinahe perfider Bosheit herunter. »Er ist derjenige, der alles, was wir kennen, zerstören wird. Vor dir liegt niemand anderes als Fenrir Lokison.«

ENDE von Band 1

Impress
Die Macht der Gefühle

Impress
Ein Imprint der CARLSEN Verlag GmbH
Januar 2020

Lektorat: Nina Schnackenberg
Umschlagbild: shutterstock.com / © Zdenka Darula / © Szczepan Klejbuk /
Adobe Stock: © rcfotostock / © Niko_Cingaryuk / © Tryfonov
Umschlaggestaltung: formlabor, Laura Welslau
Satz und Umsetzung: readbox publishing, Dortmund
Druck und Bindung: CPI Books GmbH, Birkach
ISBN 978-3-551-30227-4
Printed in Germany
www.carlsen.de/impress

Alle Bücher im Internet: www.carlsen.de